U0924107

天津出版传媒集团
天津人民出版社

目录

CONTENTS

心悦

Chapter 1

小可爱

01

“我就知道今天不应该见你！”女人咬牙道，瞄了角落那桌鬼鬼祟祟的男人一眼后，抬手将头上的帽子取下来扣到对面的男人头上，又啪地压低了帽檐挡住那双桃花眼，拉着他匆匆地走出咖啡店。

虞纪大步流星地跟着她的小碎步，还抽空喝了几口咖啡，一脸的无所谓：“只是几个粉丝，又不是记者，别担心。”

“粉丝会戴顶帽子、拿着单反偷偷摸摸地跟拍，连合照都不想要？”即使她现在已经不是他的助理了，也还是会习惯性地替他考虑到方方面面，“在这个节骨眼儿上还是小心一点为好。”

虞纪一脸无奈，但也早已习惯。他把甜甜圈递上去：“你的甜甜圈，还吃吗？”

“吃！”司栗接过来，察觉到他根本没有危机感，又没好气地白了他一眼，“好好拍着戏呢，跑回来干什么？我看你的新助理不太行啊！”

他显得有些无辜了：“我大老远跑回来看你，你就这么嫌弃啊？”

司栗懒得搭理他，看到对面戴黑色鸭舌帽的狗仔已经出了电梯四下张望，连忙拉着虞纪往旁边走，抬眼看到面前的洗手间，想也没想就拉着他进去了。

因为这边是拐角，而且商场这一层尚未完全开放，许多店铺还在装修中，所以司栗理所当然地以为里面不会有人。

万万没想到里面不仅有人，还是一个男人。

对方背对着他们站在便池前，手臂微微动着，一时也看不出是在解皮带还是在系皮带。司栗心里咯噔了一下，还没来得及捂眼睛，里面的男人因为听到了动静，下意识地微微侧身，回头看了一眼。

司栗自然无可避免地看到了一点……东西。

她下意识地“啊”了一声，整个人过电一般僵住了，脑子里轰隆隆地滚过一片炮响，也不知道是被吓到了还是怎么着，被虞纪扯了一下才反应过来，一边说“对不起”，一边匆忙低头转身。

但她脑子里仍然不受控制地不断浮现某一处的画面，甚至都忘了应该立即退出去。

洁白瓷砖反射出倒影，她能看到一双笔直修长的腿，能看到对方垂着头慢条斯理地理了理衣服，而后走过来，丝毫未见慌乱。

虞纪那家伙还在一边窃笑，揶揄道："这里是男厕啊，姐姐，你真的不是故意的？"

这小浑蛋！司栗暗骂着，低声道："不然我拉你进女厕？当红小生溜回国私会女人，还躲进女厕，是要搞大新闻吗？"

另一边传来水声，司栗连忙回头道歉："抱歉，冒犯了，我们真不是故意的……"话还未说完，当看到镜子里男人的脸时，她完全愣住了。

见鬼了。

对方站在洗手台前洗好手，而后通过镜子看了她一眼，眸光冷清，薄唇微抿，面无表情，并无任何话语，这个表情完全看不出是不悦还是薄愠。

完了，完了，完了。

虞纪仍然没个正行，视线扫过男人腰间，挑着眉笑嘻嘻地说："一沉哥哥好棒。"

啊！司栗想把他掐死。

大概是因为认得虞纪，男人勾了勾唇，微微点头："谢谢。"

待男人转身走掉之后，司栗扶着洗手台，一脸生无可恋。

虞纪还在旁边独自回味："妈呀，这样都能遇上，我刚刚怎么没求他跟我拍照呢？"又念叨着，"真是男神，全身上下没有半点儿缺点！"

是啊，这样都能遇上。

她活了那么多年，拼命留在娱乐圈，努力向他靠近，都没能有机会和他说句话，今天却直接看到了他。

她……其实还是蛮爽的，虽然也很心痛。

男神好冷漠，都没理她。

"拍照？在洗手间？"司栗冷笑着，将甜甜圈摔到他怀里，"你个祸害，这次真的是被你害死了！"

虞纪摸摸鼻子："你这人真是的，不该感谢我吗？仰慕人家那么久，连张合照都没有的人，哦，是有合照的，上次我和他同台，你在旁边站着，拍照的时候入镜了是吗？"

不提还好。

"那是我最想销毁的照片。"当时她站在灯光照不到的角落，正悄悄扯内衣，闪光灯就亮了。

“这下赚大发了，连最关键的部位也看了。”

司栗握拳，咬牙低声吼道：“你给我滚回巴黎去！”

把虞纪赶走之后，她花半个小时整理好心情，然后直接去了工作室。第一天报到，她不能迟到，更不能请假。

她只能在路上不停祈求今天悦一沉不需要去工作室。

对，就在几天前，她顺利被悦一沉的工作室录用了，并在今天作为他的私人助理正式上任。

这就是为什么她在看到“福利”之后反而会感到心痛了。

她知道第一印象非常重要，所以今天还提前一个小时起床，花半小时化了心机淡妆，搭配了一身干练而又不死板的服装，结果功亏一篑了。男神会怎么想她？会不会在看到她的瞬间把她辞掉？话又说回来了，男神为什么在洗手间都能那么气质非凡？

她怀着无比悔恨的心情，忐忑不安地到了工作室。

悦一沉的工作室位于一个幽静的高档小区里，交通便利，环境优美。司栗早就像个痴汉一样把那个位置铭记于心了，完全不需要看邮件上的地址，光靠着记忆就找到了工作室。

她上楼之后在门口给桔姐打了一个电话，对方立刻就在里面朝她挥了挥手，而后亲自过来将她引了进去。

桔姐从悦一沉出道起便做他的助理，熬成了知名的经纪人之后，又在悦一沉开工作室转幕后时毅然决然地跟随他。若不是因为今年悦一沉的工作室想发展新人，需要她这个经纪人出山，她根本不需要再替悦一沉找助理。

进门之后，司栗飞快地扫了一眼工作室，发现悦一沉不在，松了一口气。

桔姐和她，从前就在各种场合碰过头，面试的时候也谈得很愉快，所以不算陌生，也不需要过多寒暄。桔姐带着司栗走一圈，向大家介绍一番，接着便带着她上楼了。

这个工作室在一个二百多平方米的跃层，一楼装修简洁，氛围舒适，对比来看，二楼就显得有些严肃了，连角落的花瓶都是冷色调的。

“大的那一间是会议室，这一间是我的办公室，中间那间是悦一沉的。”桔姐向她介绍，“先到我办公室坐坐，趁着悦大还没到，我简单跟你说说你的工作和他的一些习惯，还有近期的一些工作计划，我都整理好了，就放在他的工作邮箱，回头我把账号给你。”

“好。”助理的工作都差不多，她接受得很快，不过是从头做起。

“虽然你的职位目前是助理，但我们的情况你也清楚，其实也相当于经纪人了，只不过悦一沉工作量不大，所以一些经纪人的活儿我也得丢给你，我实在是太忙了。”

“这个我知道。”司栗点头，前一次面谈的时候桔姐和她聊起过，而且他们给出的薪酬也相当于经纪人的水平了。

司栗跟着她进屋，道谢之后从她手里接过果汁，又问道：“你们平时都这么叫他？”

“悦大吗？”桔姐笑了，解释道，“称呼什么的，随便来，他不在意这些。”

桔姐又说了一些工作事项和他的习惯。他倒是很好应付，没什么癖好，能自己处理的事情绝对会亲力亲为。任何场合，就算助理站在旁边，他也会自己拿水和衣服。他的口碑在业内一直很好，比很多小明星都好接触，也是出了名地绅士。

据说此次助理招募，光是投简历的就有二百多人，若不是因为和桔姐有点交情，又在星娱那样的大公司磨砺过两年，她根本挤不进来。

谈完正事后，两人又随意聊了一会儿，桔姐办公室的门没有关，所以司栗很清晰地听到了楼下传来的声音。

“悦大早。”

“悦大来啦，今天又是跑步过来的？”

男人的声音很低，但音色很清透，也很有辨识度。只是司栗太紧张了，所以完全不知道他说了什么。

“哦，桔姐在上面，和你的新助理在说话。”

司栗放在膝盖上的手微微蜷起，心怦怦直跳，太阳穴紧绷，双腿开始发虚，也不知道是该后悔今天来报到，还是该后悔今天见了虞纪。

试问哪个明星会接受一个闯进洗手间看到他隐私的女人做助理？

也许她应该先在车上卸个妆再换身衣服，这样或许就不会被认出来了。

真是失策又煎熬。

桔姐也听到了声音，打住话头，扬眉对司栗道：“你老板到了。”

她自然也听到上楼的脚步声了。

桔姐说完往外看了一眼，而后笑着站起来：“说曹操，曹操就到了，来来来，见一见你的美女助理——司栗。”

司栗深呼吸，僵着脖子回头，望着那个颀长的身影，强作镇定地展开一个笑颜：“悦先生，早上好。”

02

对方却没有走进来，正盯着手机，头也不抬地问了一句："会开车吗？"

桔姐望向司栗，她连忙答应："会。"

"桔姐，你把车钥匙给她，我一会儿要去录音棚。"

他最近在为一个动画片配音。

"十点钟才开始，来得及。"桔姐说，"我让她在楼下等你。"

他"嗯"了一声，这才收起手机微微转头看了司栗一眼，是很不经意的一瞥，而后似乎怔了怔。

这表情显然是认出她了。

司栗有些局促，生怕再生变故，根本不敢与他对视。

桔姐拿了车钥匙递给她，又细细交代她："慢点儿开，他再催你也要慢点儿开，注意安全。"

"我知道的。"司栗小声说。

余光看到那双大长腿走开了，她暂时放下了心，整个人如同从海里捞出来似的，出了一身冷汗。

桔姐还在说："今晚我女儿过生日，他之前答应了要来的，礼物应该就在车上，你记得提醒他。"

司栗连连点头，等桔姐把地址写给她后，她才转身下楼去车库取车。

车是一辆不打眼的德国车，司栗开过这款车，所以不担心手生。她刚刚上车调整好座椅，副驾的车门就被拉开了。

司栗愣了一下，她以为他会坐到后面。

"知道位置吗？"悦一沉一边扣安全带一边问。

"知道。"她连忙说，也不敢多说别的话。

"走吧，尹老师不喜欢等人。"

司栗连忙发动车子，结果不知道是紧张还是太倒霉，车子居然狠狠地抖了一下，熄火了。

司栗吓死了，连声道歉重新点火，简直都想掐死自己了。

她听见身边的人轻声一笑，声音还算温柔："不要紧，慢慢来，这车被桔姐开得有些问题了，要热半分钟。"

司栗顿了顿，忍不住转头看了他一眼。这是她今天第一次敢正眼看他，没想到他也正在看她，而且表情并无异色。

那不是装作对她没印象的安抚眼神，而是明明白白地记得她但完全不介意的眼神。

司栗的那声尖叫堵在嗓子眼儿，憋着一口气“嗯”了一声，之后稳稳当当地把车开出去。

男神也太治愈了吧！

到录音棚的时候，悦一沉没让她把车开进车库，而是示意她就在门口停下。司栗把车停了，望着正在解安全带准备下车的男人，有些不解。

悦一沉笑了一下，说：“你不用跟我上去了。”

司栗的心揪了起来，生怕他下一句就是要解聘她的话。

“在上面也是等，还无聊，你可以先回工作室，或者到对面咖啡店等我。”

心情宛如过山车，司栗点头：“好的。”

他走了之后，司栗才看到桔姐发过来的信息：“他录音的时候你不用跟着。”

司栗默默回了一个“噢”。

她没有去咖啡店，而是去商场转了一圈，选了一套乐高积木给桔姐的女儿当作礼物，之后又把车开回录音棚的车库里等他，结果一等就等到了晚上八点。

悦一沉从录音棚出来的时候，天色已经完全沉了下来。夜幕中挂着蒙蒙的细雨，隔着雨帘，他的身影有些模糊，但在一众工作人员中依然突出又醒目。

因为今天需要录音，所以他只穿了一件黑色毛衣，手里搭着他的烟灰色风衣，整个人看起来随意又舒适。他在人群里那么抢眼，不完全是因为身高的绝对优势，还因为那独一无二的气质。

走近了，她才发现他戴着一副金边眼镜，也不知道这副略显斯文的眼镜是从哪儿弄的，虽然很奇怪，但也莫名地没有违和感，反而添了一点儿精致文雅。

司栗的车就停在门口附近，悦一沉走下台阶的时候，她立刻拿了雨伞打开车门要下车过去接他，那人却更快一步地跑了过来，直接上了车。

她只好收了伞跟着上车。

车内被他身上的味道挤满时，司栗莫名地想到男厕所的那一幕，登时大脑有些缺氧。

明明在独自等人的那几个小时里，她已经消化得差不多了。

悦一沉摘下眼镜，揉了揉鼻子，表情无奈：“这眼镜还真是不如不戴。”

司栗小心翼翼地回头问他：“你近视吗？”

她从没见过他戴眼镜。

他“嗯”了一声：“有一点，平常倒是没什么问题，只是今天这个录音棚有些暗，我又忘了戴隐形眼镜上去。”

“你可以……”司栗斟酌着说，“让我给你送上去的。”

悦一沉看了她一眼：“懒得问桔姐。”

司栗反应过来，他还没有她的号码。

“还顺利吗？我听说尹老师比较严厉。”她迅速切换工作模式，一边问一边眼疾手快地递上了润喉茶和温湿毛巾。

“还行，明天还有一点儿收尾的要录。”对方接过温茶喝了一大口，又从她手中接过毛巾盖住眼睛靠在椅背上，懒洋洋地呼出一口气，声音有着不易察觉的嘶哑，“回去吧。”

“嗯？”司栗怔了一下，“回去吗？桔姐那边……”

对方蓦地扯下毛巾，斜眉一挑：“差点儿忘了！今天唯唯生日。”他看了一眼表，道，“走最近的路过去。”

司栗抿唇，小声提醒：“生日礼物准备了吗？”

“准备了。”他看了一眼后座，而后伸手去取。

因为系着安全带，所以他拿东西的时候难免要微微探身往司栗这边靠。虽然只有一秒钟，但他带过来的温暖气息已经足够让她头昏脑涨了。

她偏头点火将车开出去，耳根都在发烫，好在光线够暗，旁边的人不会察觉——他正专注地捋着礼物包装上的蝴蝶结。

几分钟之后司栗再回头，就发现悦一沉已经靠着椅背睡着了，车窗外的光影飞速掠过他姣好的容颜，间或在他纤长的睫毛下打下阴影。

司栗收回目光，放慢了车速稳稳地开着。

她多希望这条路没有终点，就这么载着这位“睡美人”一直开下去。

到桔姐家已经九点多了，他们两人进去的时候一屋子人正准备切蛋糕，看到他们，先是不由分说地罚了他们三杯酒，而后才让进门。

屋里很热闹，似乎整个工作室的人都来了，两人还没走进屋，就有一个穿着泡泡公主裙的小女生扑过来，一把抱住悦一沉的大长腿，仰着脑袋撒娇道：“一沉哥哥，我过生日你还迟到，太讨厌了。”

这大概就是桔姐五岁的女儿唯唯了。

“生日快乐，小宝贝。”悦一沉俯身将她抱起，在她脸上亲了一口，笑着道歉，“是哥哥不对，迟到了多久？下次补给你好不好？”

声音温柔，满眼宠溺，他显然对这个小不点完全没有抵抗力，司栗忍不住一阵嫉妒。

悦一沉确实很疼爱这个小宝贝，几乎是看着唯唯长大的，工作不忙的时候一天三趟地往桔姐家赶，忙的时候又常常央着桔姐把唯唯带到工作室去，就连他办公室的冰箱里都永远会放着两瓶唯唯爱喝的香蕉牛奶。只是这几个月唯唯去上学了，他才来得少了。

“别闹哥哥。”桔姐在里边说：“司栗，你们还没吃饭吧？先来吃点东西，我给你们留了一些吃的。”

她带两人往厨房走，唯唯非要跟着，就坐在悦一沉对面眨巴着眼睛望着他。

这眼神很熟悉，又是一个小迷妹。

桔姐将食物从微波炉里端出来，分给两人：“我自己做的意面，你们尝尝。”

还有鸡翅和玉米浓汤，看起来很不错，司栗尝了一口，微微一顿，抬头的时候对上悦一沉的视线。他朝她笑了笑，笑容有些无奈。

意面煮得太软，酱汁有些咸，鸡翅七分熟，玉米浓汤太淡。

桔姐还在旁边巴巴地望着他们，等着他们评价。

“很不错。”悦一沉终于开口，“厨艺有所提高。”

司栗也附和：“我最爱吃意面了。”

桔姐这才笑眯眯地出去了。

东西虽然不好吃，但也并不是难以下咽，司栗看悦一沉都在吃，她也不好意思浪费，便跟着埋头苦吃。

吃完之后她刚想伸手去扯纸巾，就有一只小手比她更快地抽了一张，然后献宝一样地递给悦一沉。

她默默地给自己抽了一张。

有迷妹就是好。

今天虽然是唯唯的生日，但来的人大部分是工作室的，所以基本上也算是工作室的聚餐了。

桔姐是打算借着这个聚会让司栗尽快融入工作室，因此她不可避免地被灌了好些酒。

结束的时候，司栗已经站不稳了。

桔姐在门口陆陆续续地送走了客人，再回头时才发现司栗还没走，已经倒在沙发上不省人事了。

她扶额，她也喝多了，竟然完全忘了找人送司栗。

扭头看到从楼上下来的悦一沉，她立刻像看到救星一样：“你还能开车吗？”

悦一沉顺着她的视线看了看沙发上的女人。

03

桔姐和他一起把司栗扶起来，走到门口的时候桔姐又迟疑了："要不还是找辆车来送她好了。"

"没事。"悦一沉拍着女人的小腿示意她换鞋，"她醉成这样不安全，你把地址告诉我就好了。"

桔姐"哦"了一声，在手机里找出司栗的简历发给悦一沉，又从司栗包里找出钥匙递给他："确实是怕不安全，也是你脾气好，换谁都不会愿意送。"

忙了一天，还得送人回家，真不知道谁才是助理。

悦一沉莞尔："是你们灌得太凶了。"

这女人也是耿直，来者不拒，简直是个酒桶。

司栗靠在他身上，神志不清地半眯着眼，脚趾碰到一只鞋子就往里套，又被悦一沉哭笑不得地捉住脚踝："那是我的鞋。"最后干脆直接矮下身替她把鞋穿好。

桔姐在旁边看着觉得好笑。

"我刚把唯唯哄睡了，你一会儿收拾东西的时候小声点儿。"出门前悦一沉还不忘提醒她。

"知道了。"桔姐打着哈哈侧开身，"开车小心点，拜。"

男人搀着司栗走出去，头也不回地扬扬手示意。

把"酒桶"塞进车后座之后，悦一沉回到驾驶座。刚调整好座椅，"酒桶"就探头过来，卡在座椅中间迷迷糊糊地望着他："悦一沉？"

他"嗯"了一声，推了推她："坐好，送你回家。"

她扒拉着椅子，没有被推回去，只是巴巴地看着他，嘴里嘀咕了一句："悦一沉，我今天什么都没看到，你不要辞掉我。"

很含糊，但是悦一沉听得很清楚，他回头，表情有点无奈："怎么？听这语气似乎很遗憾？"

司栗连忙把头摆得像拨浪鼓："没有没有，绝对没有。"

"坐好，我要开车了。"他不想再和她提这件事，即便她已经醉得神志不清了。

司栗傻笑着"噢"了一声，又问："那，你是不是没谈过恋爱啊？"

悦一沉疑心听错了："什么？"

"你——是——不——是——"

悦一沉深吸一口气，而后低头望着身边的这个脑袋，眸光沉沉，连带着声音都有些冷了："你喝多了。"

“零绯闻，从来不谈女朋友。”女人自然无知无觉，继续嘟囔她的。

“……”

“看你那么喜欢唯唯，难道你是……”

司栗今天听到了，唯唯许愿说长大要嫁给他，他没有拒绝，还摸着她的脑袋让她快点儿长大。

悦一沉懒得跟司栗计较，蛮横地把她推回去，只听到“咚”的一声，显然是某人灌满酒的脑袋撞到座椅了，她闷哼了一声，而后再无声息。

悦一沉把她扛回家的时候觉得自己腰都快断了，来不及喝口水，她又叫着要卸妆，他没法，只能折回去给她卸妆，而后还耐着性子帮她擦了手和脸。

末了，看着呼呼大睡的女人，他难得地被气得牙痒痒：“明天就把你辞了！”

本来已经睡着的人却噌地坐起来，乌溜溜的眼睛瞪着他：“辞谁？”

悦一沉叹气：“你听错了，睡吧。”

转身欲走，却被一股突如其来的力道拉回去，他没有防备，往后踉跄了几步，而后猝不及防地倒在那张粉蓝色的、香香软软的床上。

还没反应过来，他眼前便一暗，一个更软的东西贴在了他的嘴唇上，还伸出舌头舔了舔。

悦一沉呼吸一窒，目瞪口呆地望着上方的人。

她简直颠覆了他对助理的认知！

司栗离开他的嘴唇，骑在他身上揪着他的衣领，可怜兮兮地说：“你不要辞掉我，我是星娱的金牌助理，虽然经验不算丰富，人脉也不算多广，但是我自带旺星体质，带过的人都会大红大紫。”然后像参加面试一样，居高临下地罗列了她带过的明星和工作经验。

“别辞掉我。”

“不敢。”他要是再说那个字，恐怕就要晚节不保了。

司栗望着他，傻不拉几地笑了起来：“悦一沉，你真的好……好……”

话还没说完，她就一头倒下去，脑袋砰地砸在他胸膛上，这次是真的睡着了。

悦一沉推开她转身就走，到了客厅又停下脚步，十分无奈地折回去给她盖好被子，而后才揉着胸口离开。

他心脏有些疼，也不知道是被砸的还是被气的。

司栗睡得很沉，她很久没有喝这么多了，不是因为被灌，是因为她今天实在很开心，所以一不小心就喝多了。

她做了一个梦，梦到自己变成了唯唯，穿着粉色纱裙和小皮鞋，小跑到悦一沉身边，被男人笑着抱起来，在她脸上亲了一口。

尔后笑醒。

周遭一片漆黑，她摸索着找到手机看了一眼，发现才两点半。司栗觉得胃有些不舒服，脑袋也昏昏沉沉的，于是摸黑到客厅找药，没有寻着，又折回她爸的房间，摸了半天才在一个抽屉的角落找到一小瓶藿香正气水。

她没有开灯，眯着眼喝了一部分，才又扶着墙回了房间。

尔后更沉地睡过去了。

早上是被手机铃声闹醒的，司栗眯着眼睛摸手机，摸了半天只摸到她的iPad，最后只能睁眼去找。

她的手机就在枕头下面叫个不停，摸到的平板电脑不见踪影，司栗伸手要拿手机的时候完全愣住了。

她呆坐了半晌，一直到手机静了下来，才如梦初醒一般地爬下床，爬到梳妆台前的凳子上，目瞪口呆地望着镜子里的……自己。

如果那还是自己的话。

司栗以为自己还在做梦，她仍然记得自己的那个梦，小胖手、小短腿，被悦一沉抱起来亲了一口。

只是梦里的她穿的是公主裙，现在的她穿的是自己的毛衣，眼下松松垮垮地挂在她身上，简直像是一个唱大戏的人。

手机再度响了起来，司栗被吓了一跳，“啊”的一声跌倒在地。

虽然有地毯做了缓冲，但她还是疼得龇牙咧嘴。

原本只够她落脚的地毯现在完全可以给她做床了，不仅地毯，视线里的所有物件都放大了。那张原本只到她大腿的床，现在到她的胸部；落在她脚边的拖鞋，比她的脚大了整整一倍。

她爬起来把那个像平板电脑一样大的手机拖过来看了一眼，来电显示是悦一沉。

上头弹出一个标签：“接悦一沉去录音。”

她恍恍惚惚地接通了电话，听到那一贯低沉悦耳的声音：“司栗，车在我这里，我自己去录音棚就好了。”

有这么清晰的梦吗？

司栗扭头，看到了镜子里的自己，而后呆滞地掐了自己一把。

疼疼疼。

不是东西变大，是她真的……变小了。

惊慌、恐惧、混乱、不知所措和难以置信齐齐涌上心头。

电话那边隐隐有喇叭声，显然对方正在开车：“你昨晚喝多了，今天先好好休息一天。”

司栗“哇”的一声哭了出来。

悦一沉的方向盘差点儿打偏。

他有一丝丝后悔，就应该让桔姐给她打电话辞掉她的。

司栗在那头旁若无人地哭得上气不接下气，悦一沉耐着性子问她怎么了，她说得断断续续，悦一沉只隐约能听到“病了”“见鬼了”“要疯了”“救命”等字眼。

显然酒还没醒。

“司栗？司栗，你听我说，现在，回到你的床上去，闭上眼睛再睡一觉，醒来就好了。”

司栗在那边终于停了，窸窸窣窣了一阵，应该是爬上床了，悦一沉刚要挂掉电话，就听到她打着嗝说：“我睡不着……”

眼看她就要继续哭，莫名让他想起了唯唯，唯唯哭得厉害的时候，也会打嗝。

他还是第一次看到成年人会哭到打嗝。

让他大开眼界。

之后电话就断了。悦一沉看了一眼屏幕，车在大道上平稳地行驶着，开车的人却渐渐有些心不在焉。

他还真的有些担心那个不知道要怎么定义的助理了。

司栗挂了电话之后就急匆匆地给她爸打电话。

司国庆正在新疆做调查，一直都很难联系，前几天刚刚给她发过信息说自己要下坑了，所以会有一段时间联系不上。

这个电话自然打不通。

司栗的眼泪吧嗒吧嗒地往下落。她母亲早逝，没有爷爷奶奶，没有兄弟姐妹，亲人早就都不来往了。所以联系不到她爸，她就完全没了主意。

悦一沉赶到的时候已经过去了二十五分钟，他按了好一会儿门铃，才听到门内有动静，之后是椅子在地板上拖行的声音，而后门被隔着链条打开了。

一个看起来不过四五岁的小女孩站在椅子上，眼泪汪汪地仰着头望着他。

悦一沉微微一怔，忍不住回头看了一眼楼层和门牌号，确认自己并没有敲错门后，刚要开口询问，面前的小肉丸就卸下了门锁，叫了一声“悦一沉”之后撇着嘴就开始哭。她哭得一抽一抽的，隔壁邻居都被吸引了出来，狐疑地望着他。

悦一沉有些被吓到了，下意识地抱着她闪身进了屋，反手扣上门。

04

两人在玄关大眼瞪小眼。

他怀里抱着的是一个经典版的“中国瓷娃娃”，五官精致漂亮，一张粉雕玉琢的小脸上面挂着泪痕，实在惹人怜惜。她只穿着一件大人的毛衣，领口松垮，袖子在藕节一样的手臂上挽了好几道，一头乌黑的长发厚厚地叠在身上，看起来像是一个偷穿大人衣服的小淘气。

悦一沉抱着她，察觉到小淘气衣服下的屁股是光溜的，又连忙把她放下。

此时，这个小淘气稍微止住了哭泣，但一双圆溜溜葡萄似的大眼睛里还蓄着泪花，眼圈红红的；小巧的鼻子抽着气，鼻下有一片疑似鼻涕的东西晶亮；粉嫩嫩的小嘴撇着，仿佛下一秒就又要哭出来。

“乖，先别哭，家里还有人吗？”他柔声低抚，又迟疑着问，“司栗呢？”

女孩仰着头看他，努力止住眼泪，语调颤抖，看起来有些崩溃：“……我就是司栗。”

悦一沉笑了，看了看那似曾相识的面容，又问道：“你是她妹妹吗？”

是完全不相信的表情。

“我没有妹妹，我真的就是司栗，我也不知道自己是怎么了，早上一起来就变成这样了。”她无措地捏着自己的领口，因为身形缩小，那圆领此刻像是一字肩，宽松得要落下来，“悦一沉，我该怎么办？我是不是还在做梦啊？我是不是生病了？”

悦一沉哭笑不得：“别闹了，你姐呢？”

司栗有些生气了：“我真的没有妹妹！我一直都是独居，没有骗你！”她说完转身跑进屋，飞快地拿出一本相册，翻开指给他看，“这是我小时候的相片。”

悦一沉低头看了一眼，而后怔住。

照片有些年头了，但上面的小人儿和面前这个泪眼婆娑的人简直是一个模子里刻出来的。

“小朋友。”他仍然在笑，“照片是可以处理的。”

到现在为止，他完全觉得他这个助理是神经病，找了一个小朋友来骗他玩，有什么意思？

司栗嘴一撇，又想哭了：“我真的是司栗！”

悦一沉开玩笑道：“那你把你的简历背给我听听？”

司栗先是一怔，而后张嘴就念。悦一沉昨天刚刚看过，记忆犹新，倒是从头到尾一字不差。但他仍然有些怀疑，毕竟这年头神童太多，唯唯都会背《论语》。

“那你再说说，昨天晚上我们做什么了？”

“昨天是我第一天到你的工作室上班，之后我送你去录音，晚上八点多的时候我们去了桔姐家，因为唯唯生日。你穿的是一件黑色毛衣，录音的时候还戴了一副度数不合适的眼镜。我们在桔姐家吃了她亲手烹饪的食物，有意面、鸡翅和玉米汁，之后我喝了很多酒。”

司栗尽量描述细节，又一口气道：“还需要证实吗？你七岁的时候机缘巧合拍了一个广告，后被著名导演看中，拍摄了人生中的第一部电影，一炮而红。之后你拍过许多卖座电影，因悟性极高，气质绝佳，深受观众喜爱，二十岁前便集金马奖、金鸡奖和金凤凰奖三大影帝奖项于一身，是当时国内成就最高、含金量最足、最炙手可热的童星。但成年后的你渐渐有些厌烦拍戏，于是退居幕后，先是开了公司，破产了，而后又开了工作室，现在是制作人、投资人，偶尔也会应邀参加一些活动，这段时间接了一个动画片的配音，你今天早上还得去录。”

悦一沉先是被那个玉米汁逗笑了，之后又被一大串比百度百科还要细致的简介吓到了。

他扶额：“你让我缓缓。”

两个人都觉得有些荒谬，但是眼前的景象使他们不得不相信。

“是不是在拍整蛊节目？”悦一沉不死心地问，“有隐藏的机器？”

只有这个解释了。

司栗一脸绝望：“我也希望有。”

她望着仍然将信将疑的男人的脸，犹豫着下了最后一剂药：“我昨天还撞见你上厕所了。”

好了，就这一句话，他确信，这里没有摄像机，也不存在恶作剧的情况了。

“但是怎么会突然发生这样的事？”悦一沉觉得不可思议，“昨晚你被雷劈了？”

司栗气鼓鼓地瞪他，像一只鼓气的河豚，但一点儿威胁性也没有，悦一沉反而被逗笑了：“欸，撇开别的不说，小时候的你真的好可爱。”

胖嘟嘟的，真好玩。

司栗：“……谢谢了。”

悦一沉伸手捏她的脸蛋，还在开玩笑：“所以到底是重生还是返老还童？”

司栗有些气恼，张嘴就咬，被他灵敏地躲过了。

两人对视一眼，司栗眼底的恐惧和无措暴露无遗。

“要不……”悦一沉敛起笑容，犹豫着说，“我们去医院看看？”

司栗还未开口，他的手机就先响了起来，已经十点多了，多半是录音棚那边在催了。

司栗估计他是接了她的电话之后半路改道过来的，连忙说："你先去录音。"

"嗯……"悦一沉接了电话，和那边解释了几句，挂了电话之后望着她。他一向不喜欢拖工作，但是……

"你这样我怎么走得开？"

"啊？可是，你在这里也没什么用啊。"她说的是大实话，何况她总觉得自己还在做梦，也许睡一觉就好了呢？"你先去录音吧。"

悦一沉还要说什么，电话又响了，这次是尹老师亲自打过来催。司栗不想他为难，连哄带推地把他赶出去了。

他一走，她就又躺回床上了，指望着再睁眼的时候能变回原样。

但是她一直没有睡着，最后还是饿得受不了了，才不得不爬起来给自己弄吃的。

她望着比她还高的柜子，在厨房门口站了有十分钟才想到解决的办法。

这个形态的她恐怕做什么都需要带个板凳了，刷牙要板凳，煮面要板凳，开冰箱也要板凳。

她佩服自己刷完牙之后还不忘拿着手机臭美地自拍了几十张照片，而后才匆匆忙忙回厨房煮面条。

平时做起来游刃有余的事情，摊上这小胳膊、小短腿，就显出了一些力不从心。司栗下了面条转身去拿鸡蛋，结果一时忘记了自己还踩在凳子上，脚踏空的瞬间，打翻了锅，滚烫的汤水浇了一脚背。

司栗疼得蒙了。

悦一沉难得地在工作中失神了。

对白没有接上，旁边的尹老师看了他好几眼。所幸剩下的几段里他的部分不算多，强打精神录完之后，连聚餐也推了，拿上外套匆匆忙忙地就出门了。

他出门前跟司栗要了一把她家的备用钥匙，所以到了之后直接就开门进去了。在客厅没看到人，叫了一声之后听到浴室传来声音，他往里走了几步，看到的就是这样一副光景——小肉团子坐在厕所的小板凳上，脚泡在盛了水的盆里，一只手抓着几乎要垂到地上的头发，托着腮思考人生。

悦一沉突然觉得这个世界真是奇妙。

他敲敲门："怎么了？"

小丫头回头看他，而后咧嘴笑了："烫到脚了。"

悦一沉走过去看了她烫得通红的小胖脚丫一眼，失笑："烫脚还笑得出来？"

“因为很疼啊，所以确定了，我是真的……”小圆脸笑得看不出五官了，乐观地比了一个胜利的手势，“返老还童啦！”

悦一沉给她重新煮了面，而后看着她坐在椅子上费力地抓着筷子夹面吃，又忍不住勾唇。

司栗一脸哀怨地看着他：“如果是唯唯坐在这里，你肯定会喂她，对吧？”

“啊！抱歉。”男人闻言笑得更欢了，“只是我现在还是没法把你当小女孩儿看啊，何况我也没有真喂过唯唯吃饭，她妈妈不许我喂。”

司栗搁下筷子，扶着桌子爬下了椅子，而后拖着长出半个脚的拖鞋磕磕绊绊地进了厨房，拿出一个勺子。

悦一沉就这么坐着，怎么看都觉得逗。

小家伙走回来，费力地爬上椅子，自力更生地用勺子挑着吃。

“嗯，悦一沉，你煮的面好难吃。”

“少废话。”

她一只手扒着碗，另一只手抓着勺子，嘴上说着难吃，却吃得很欢，一下子就吃得精光。

最后捧着碗喝汤的时候，她动作的幅度有些大，衣领一侧顺着肩膀滑下去，露出光溜溜、滑嫩嫩的香肩。

悦一沉自觉地撇开了视线。

吃过东西之后，悦一沉便说要带她上医院。

司栗抱着沙发不撒手，两眼泪汪汪地望着他：“我不去医院，肯定会被抓起来做研究的，你不怕我被解剖吗？”

“你科幻片看多了……”他话刚出口又猛然顿住，这可不就是科幻片？

还是算了，万一真的被关起来，那就麻烦了。

司栗看他松动的表情，立刻放了心，四仰八叉地躺在沙发上开了电视，长发滑到地上：“那老大，我今天就请一天假了？”

悦一沉忍不住摸了摸她的小脑袋，朝她笑笑，调侃道：“你想上班我都不敢要啊，用童工犯法的。”

05

随后悦一沉接了一个电话就走了，司栗稍微失落了一会儿，但很快又将注意力拉回电视上了。

她和悦一沉是雇佣关系，大明星和小助理，并不会因为她生病了或是变小了而改变什么，他也没有义务留下来陪她。

她真的太久没有休假了，在星娱的最后几个月里，她手上最多时带过三个新人，每天忙得像陀螺，虞纪还老是给她找麻烦。辞职之后又立刻来悦一沉的工作室报到了，她连喘口气的机会都没有。现在难得可以不用去上班，她决定要把毕业前落下的美剧追完。

一集电视放到一半的时候，悦一沉去而复返，司栗始料未及，恰好80英寸的大屏幕上正上演着激烈的肉搏戏，整个客厅都是需要消音的暧昧声音。

这就……有点尴尬了。

悦一沉在门口怔了怔，再次怀疑自己进错了门。

司栗慌忙找出遥控器按了暂停，而后回头问他："你怎么又回来了？"

司栗是有些惊喜的，但是在悦一沉听来，似乎带有一些埋怨的意味。

是在埋怨他打扰她看……大片了吗？

他摸摸鼻子，提起手中大包小包的纸袋示意："刚刚是去给你买衣服了。"

司栗一脸茫然地看着他走进来，弯腰把纸袋搁她脚边放下："总不能一直穿大人的衣服吧。"

司栗有些惶恐："谢谢。"

"看看喜欢吗？"

司栗便满心欢喜地抱着袋子查看，一件件翻过去之后，有些目瞪口呆。

公主裙、背带裤、呢子风衣、衬衫裙，款式各异，应有尽有，一眼望去得有二十多套了，另一边是小皮鞋、小靴子、小凉鞋，还有各种颜色花样的直筒袜。

司栗认真地问他："你是把人家的店搬空了吗？"

他修长的手指滑过那件粉嫩得几乎要冒泡的公主裙，更认真地建议："今天先穿这件吧？"

这人……若不是真的有问题，就是内心住着一个小公主。

以前她看过类似的微博，有粉丝爆料，说在商场偶遇悦一沉，看到他在品牌童装店买衣服，毫不犹豫地刷卡买下四五条裙子。当时底下一堆粉丝嗷嗷叫，说男神要是也能给她们买裙子，那她们吃土都愿意。

那时候她也是羡慕得不行，没想到心愿达成得让人措手不及。

"不喜欢吗？"悦一沉瞧着她的脸色问，低头又从里面挑出一条嫩黄色吊带裙，一脸期待，"这件呢？要不要试一试？"

接受了她变小的事实之后，男神似乎瞬间变成了迷妹……不，是迷叔。

望着小家伙毫不掩饰的嫌弃表情，他忍不住笑了："怎么了？我的表情很猥琐吗？"

司栗也莞尔："你知道就好。"

她接过裙子，蹦下沙发往卧室走。

悦一沉跷着腿坐进沙发上，望着她的背影，嘴角勾起一抹笑。虽然是小孩子，但这背影、这走路姿态还是很有成年人的味道的。

这么一回想，说话的语气也没有那么可爱。

悦一沉难免觉得苦恼，究竟该不该把她当小孩看？

两分钟后，司栗穿着新衣服走出来，看悦一沉的表情就知道他很满意。后者朝她勾勾手指头，模样像极了诱拐小女孩的怪叔叔。

"来，试试这双鞋。"

鞋子和衣服的尺寸居然都合适，司栗有些诧异："你是怎么知道码数的？"

"你吃面的时候我比画了一下。"悦一沉低头帮她系鞋带，还灵巧地绑了一个蝴蝶结。

司栗"哦"了一声，而后蹲在地上翻看那些衣服，啧啧称奇："哇，你连睡衣都买了，好贴心啊。"

被夸奖了的男人，神色里有微妙的舒适。

但司栗很快又发现问题了，她顿了顿，抬头看他，表情有些尴尬："没有内裤……"

难怪她觉得屁屁这么凉呢。

悦一沉一怔，反应过来之后表情也有些不自然："抱歉，我忘记了。"

他拿着车钥匙起身："你在家里等我，我很快就回来。"然后不等她回应，迅速走了。

男神刚刚是……脸红了吗？

司栗给他发信息："不需要去大商场买，在超市随便买就好了，我家楼下就有一个大卖场。"

显然他没看到信息，或者看到了没有同意，去了半个多小时，回来的时候提着的购物袋仍然是品牌店里的。

这恐怕将会是她此生穿过的最贵的内裤了。

悦一沉在一堆袋子里翻拣，而后拿出一盒东西递过来。

"买了内裤，但是需要洗过了才能穿，所以你今天只能先穿这个一次性的了。"他的语气里带了一点迟疑，"还是你需要纸尿裤？我不太确定，因为唯唯像你这么大的时候，好像是要穿纸尿裤的。"

不出所料地得了一记白眼："不需要！"

悦一沉忍俊不禁，这人真不禁逗。

之后两人盘腿坐在沙发前的地毯上，一边翻看司栗小时候的相片一边认真地研究她现在到底是几岁。

司栗自己也拿不准，她又矮又肉，看起来比较显小。

"我还是觉得是四岁。"悦一沉指着一张她吃糖葫芦的照片说，"一般糖葫芦的长度是四十厘米，根据这个比例，你四岁的时候应该是九十厘米左右。"

司栗不服："我现在肯定超过九十厘米了！"

悦一沉从袋子里拿出卷尺："量量不就知道了？"

司栗一顿，而后打着哈哈笑他："你这是从哪儿顺的尺子？"

悦一沉悠悠地看了她一眼："不敢量吗？"

所以无论是小时候还是现在，身高都是她的硬伤。

她只好继续生硬地转移话题："对了，你下午还有事吗？带我去理发店剪头发好不好？"

她浑身上下就头发和原来的一样。

"为什么要剪？"悦一沉不解，望着那头大波浪道，"现在这样挺好看。"

"太长了，上厕所都不方便。"这头长发对于现在的她来说太累赘了。

悦一沉顿了顿，无奈道："你能不能可爱一点儿啊？"

她顶着一副少女皮囊，说话一股大碴子味可如何是好？

司栗重新用娇滴滴的口气说了一遍："太长了啦，上厕所都不方便了啦。"

悦一沉被噎了一下似的："……算了，还是好好说话吧。"

"就修掉一点点。"她说，"如果你没有时间我就自己去好了。"就是不知道会不会有出租车愿意载她。

"别去了。"悦一沉微微一笑，"我来帮你剪。"

"啊？"

司栗不知道他究竟是会剪头发还是控制不住想要"修理"少女，就像她小时候老忍不住要把芭比娃娃的一头金发剪成"鸟窝"。

虽然不太信任，但她完全没法拒绝他。

悦一沉手脚倒是挺利索的，准备工具备齐后便拉着她去了浴室，一边吩咐她勾着头一边给她洗头。

司栗勾得脖子都酸了："要不我自己来洗吧？这姿势好没尊严，去理发店好歹也是躺着洗呢。"

"别乱动。"悦一沉笑了一下，小心地给她扯了扯衣领，"我倒是想抱着你洗，但是怎么都觉得怪。”

因为到现在为止，她在他心里仍然是个成年女人。

虽然司栗勾得脖子累，但不得不说他洗头按摩的手法还是非常好的。

他的动作很温柔，指法熟稔，力道适中，而且非常细心，完全没有让水和泡沫流到她脸上。

这一点她自认是做不到的，本来想调侃一句他可以开理发店了，又觉得这么说有些冒犯影帝，于是闭上了嘴。

洗完头后，他像模像样地准备要下剪子，司栗愣愣地看着他：“等……等一下，不是应该拿个东西隔一下吗？”

悦一沉想了一下：“噢，好像是的。”

“……”

“你家有那种斗篷吗？”

“我家没有，而且那也不是斗篷！”

“那怎么办？”

司栗扶额：“你到我房间去拿一件薄外套，左手边的衣橱里应该有。”

悦一沉擦干了手进去，迅速挑了一件布料合适的外套出来，司栗急得直跳脚：“不行不行！这是C家的新款！”

悦一沉只好又去挑了一件，结果她还是不满意：“这个也不行啊，这是B家的经典款！”

悦一沉隐忍着：“我算是知道了，你们女孩子的衣服，新的是新款，旧的是经典款，没有一件是不要的。”

司栗高傲地扬着她的小头颅：“知道就好。”

她的模样很欠扁，悦一沉却生不起气来，还是言听计从地继续去找衣服。

最后找来了一件她高中时期的睡衣，往她身上一套，领口拿小卡子夹紧，剪刀咔嚓咔嚓就往上招呼。

司栗听这声音就忍不住缩脖子。

悦一沉笑了：“别怕，不会弄伤你。”

“你别剪太短啊，我还想染个色呢。”

“知道。”

司栗知道自己瞎操心了，没准他这个怪叔叔比自己更在意这小芭比的形象呢。

他真的很仔细、很认真，剪到前面的刘海时，他弯着腰，盯着她的面庞上的头发，整个人都快贴到司栗脸上了。

司栗的心跳猛地开始加速。

这是她第一次和他这么近距离接触，他身上有淡淡的葡萄柚香味，温热的呼吸喷在她脸上，眼神专注，嘴唇紧抿，简直好看得不像真人。

06

“好了。”他放下剪刀，用吹风机帮她吹走脸上的碎发，最后解开她罩在外面的衣服，拉着她起来照镜子。结果因为个子太矮，她完全看不到镜子里的自己。

悦一沉干脆把她抱起来：“怎么样？”

“还行。”虽然他也只是在原有的基础上剪短罢了，但末端线条还算流畅，长度也刚好合适。只是司栗发现，他把她的中分剪成了齐刘海。

她不高兴了：“怎么给我剪了刘海？”

怪她刚刚鬼迷心窍，完全没有留意他在鼓捣她的刘海。

“嗯？”男人把她放下来，顺手理了理她的齐刘海，有些不解，“齐刘海不可爱吗？哪儿有小姑娘留中分的？”

“我又不是小姑娘。”司栗下意识地辩驳。

“不是吗？”悦一沉勾唇，眸光中闪过一丝狡黠，“等你有一米的时候再说吧。”

司栗把他推出门外。

她洗了个澡，把身上的碎发处理干净，而后在浴室吹头发。

悦一沉听到声音寻过来，在外面敲了敲门，询问道：“司栗？需要帮忙吗？”

“不用！”她在里面甩了甩发酸的右手，换了只手，有些不适应这具娇弱的身躯。

回头吹风机也得换一个小的了。

她吹好头发出去的时候发现悦一沉还站在门口，表情有些无奈：“我身上沾了点碎发，有些痒，可以在你家洗个澡吗？”

“当然可以，我去给你找衣服。”碎发弄在身上怪不舒服的，她让出来，走到门口又回头问，“我爸的衣服可以吗？”

男人已经走进去脱掉了灰色线衫，司栗回头就看到一个肌理匀称的后背，腰线流畅，没入牛仔裤的边缘。

司栗脑子一热，完全失语了。

他在助理面前确实不需要回避什么，他没有那个意识，有时候要拍杂志照片，甚至会让工作人员一起进化妆间帮他整理衣服。

何况真的是很痒，那件衣服他再也不想多穿半秒钟。

司栗在窒息中安慰自己，她都看过那什么了，脱个衣服怎么了？要镇定。

但她还是在男人解裤子纽扣的时候带上了门。

门内立刻就传出了水流声，司栗捂着脸离开了。

她去司国庆房间找出了一套衣服，没想到出来的时候男人已经裹着浴巾打开了浴室的门，她被他这洗澡速度吓了一跳："这么快？而且……这是我的浴巾。"

悦一沉挑眉，一双眸子因氲了水汽而越发黑亮："淋浴而已，需要多久？我知道这是你的浴巾，但里面就一条浴巾，难道我要光着出来？"

司栗被噎了一下，视线扫过浴巾上的叮当猫。

平时她裹浴巾的时候叮当猫的眼睛就在胸部上，而这会儿叮当猫的眼睛中间恰好是他的胯间。司栗都不知该往哪儿看了，更不知道以后要怎么直视这条浴巾，最后胡乱地把手里的衣服塞过去："背心和短裤都是新的，衬衣是我送给我爸的，他还没穿过，裤子也是新的，他买小了，你将就着穿一下。"

悦一沉"嗯"了一声，从容接过："谢谢。"

司栗赶紧走了。

他换衣服的速度也是惊人的，司栗几乎刚刚走到客厅沙发坐下，他就出来了。

司国庆比较胖，所以衬衫和裤子都偏大，悦一沉穿在身上难免显得有些空阔，而那空阔又因为男人足够高而略显骨感。他把裤腿卷起了两个边，于是一条毫无特色的大叔休闲裤硬生生地被他穿出了时尚感。

悦一沉一边往外走，一边把衬衫袖子卷到结实的手臂上，修长的手指在洁白衬衣的衬托下极具美感。

司栗记得以前他上过一个综艺节目，主持人被他迷得不行，直言他举手投足间会让人有种在看电影慢镜头的幻觉。

其实就是一个道理，美的人做什么都是美的。

悦一沉眼下也是这个感觉，他在整理衣服的间隙，看着女孩半躺在沙发上，一只手撑着脑袋，一只脚高高跷起搁在沙发椅背上，很不雅观的姿势，但在这个漂亮的洋娃娃身上，他只觉得非常萌。

然后对方又在看到他的瞬间迅速放下脚坐起来，一副乖巧的模样。

"走。"悦一沉弄完衣服之后叫她，"带你出去吃东西。"

小家伙眼睛一亮，立即跳下沙发："真的吗？！吃什么？"

"吃什么都行，火锅怎么样？"

秋天最适合吃火锅了。

两人一起下楼，进电梯的时候被人挤了一下，一位老奶奶忍不住提醒悦一沉："牵好你的小孩，这样多危险。"

悦一沉和司栗都是一怔，对视一眼之后悦一沉连忙牵起司栗的小手，笑着和老奶奶说："抱歉，是我疏忽了。"

老奶奶也笑："这么漂亮的女儿，得看紧点啊。"

悦一沉煞有介事地点头："说得是。"

出了电梯之后司栗悄悄抽手，结果没抽出来，还被人握得更紧了。

她仰头看他，对上一张戏谑的笑脸。"这么漂亮的女儿，得看紧点。"

司栗脸红了。

一是因为他说她漂亮；二是因为，他正牵着她的手。

悦一沉的手也很符合他的人设，漂亮修长，骨节分明，十分温暖，她其实一点儿也不舍得松开。

今天真的是赚大发了。

让男神抱了，牵了手，买了衣服、剪了头发，还请她吃火锅，简直像中了大奖。

两人去了市中心，大摇大摆地走到火锅店。

他今天没有戴口罩，只是下车的时候随意拿了一副无镜片眼镜做掩护，倒没有被认出来，大概是这一身衣服太不打眼了。

他们去了悦一沉常去的一家火锅店，火锅店门口放着两个摇摇乐，一个看起来跟她一样大的小朋友哭着不愿走，要坐摇摇乐，他妈妈恨不得给他一巴掌："你都坐两次了！怎么答应妈妈的？事不过三，不许哭！再哭我走了。你看看人家小朋友，人家闹吗？你丢不丢人。"

司栗被拉出来做典范，觉得有些尴尬，和悦一沉对视一眼，对方不知道接收到了什么错误信号，笑着问："小栗栗，你要坐吗？"

司栗顿感头皮一阵发麻，连连摇头，满脸拒绝。

男人却视而不见，径自去自动兑换机那儿换了十个硬币过来，强行把她抱到那个喜羊羊摇摇乐上面。

司栗拿眼神示意他把她抱离这个蠢东西，他看也不看她，低头就丢了一个硬币进去。

"喜羊羊，美羊羊，懒羊羊，沸羊羊……"

旁边的小孩子登时哭得更厉害了："你看看人家爸爸！"然后被他妈妈强行拖走了。

悦一沉笑眯眯地看着她，还拿手机拍视频，一脸满足。每每司栗因羞耻而要往外爬的时候，都会被按回去。

于是，司栗面无表情地坐了十次摇摇乐，完全是为了满足他的恶趣味。

下来的时候她都快要吐了。

悦一沉满脸期待："还要坐吗？我还有零钱。"

司栗连忙说："我饿了，先吃东西，好吗？"

他这才作罢。

火锅店的老板是他的朋友，恰好今天也在店里，看到悦一沉带了个小朋友来，不免大跌眼镜。

"悦一沉，你什么时候连小美女都不放过了？"

悦一沉笑骂了一声"滚"。

对方端详了司栗一阵，表情有些困惑："总觉得她有些眼熟啊。"

悦一沉诡谲一笑："对吧？"

"嗯，是桔姐的女儿？"

"唯唯哪儿有那么丑？"

司栗瞪他。

"哎哟哎哟，这瞪人的眼神更熟悉了，我说你不会是在外面乱搞，搞出来一个私生女了吧？"

"小朋友面前，不要乱说话。"悦一沉笑得不行，"我要是有个这么可爱的女儿，能不满世界地秀吗？"

"也是。"老板不禁又陷入了沉思。

悦一沉将菜单递给她，她又递回去："你点就好了。"然后冲那老板笑笑，礼貌道："叔叔，我去调蘸料了。"

司栗的语气很正常，但因为她音色很清透，又有些奶声奶气，于是这一声叫唤让老板酥了骨头："哎哟，真可爱，让悦一沉去，台子高，你够不到的。"

"不用啦。"女孩说完便拿着小碗利落地跳下了椅子，往调料台跑去了。

老板望着她的背影，觉得诧异："现在的小姑娘身手都这么敏捷？"

"嗯……"悦一沉望着她屁股上坐翘了的裙子边，十分难受，"你先去忙吧。"

"太伤心了，小沉沉你居然赶我。"

悦一沉莞尔："趁我没说'滚'字之前赶紧消失。"

"今天不打折！"

"你什么时候给我打过折了！"

悦一沉走到调料台的时候看到小女孩拿着碗还在观望，有个比她高一个头的小男孩凑过去，绅士地询问她是否需要帮助。

司栗摇头，坦言道：“不用了，你自己都够不着。”

小男孩受伤地离开了。

07

悦一沉轻扯唇角，迈开长腿走过去，先是帮她把裙边捋平，而后伸手拿起她手里的碗，一边帮她调蘸料，一边笑着问：“叔叔？这一天你都没喊过我一声呢。”

司栗无奈：男神真的是太变态了。

司栗：“给我多来点花生酱。”

“快，满足满足我。”悦一沉越过花生酱，回头看她，“叫声‘叔叔’来听听。”

恰好旁边来了一个小哥哥，司栗连忙转头，巴巴地叫人家：“叔叔，能不能帮我……”

话还没说完就被他拎着后领拉回去：“你赢了，我给你装。”

满满一大勺花生酱。

“啊。”司栗扯他的袖子，“不要给我装香菜，我不吃香菜啦！”

“我知道，我吃，用你的碗装一下。”

回桌的时候司栗才发现，他竟然还专门点了一份香菜。

谁又能想到，公众形象一向温润优雅的悦一沉，是一个爱吃香菜和葱花的男人呢？

两人点的是麻辣香锅，司栗一向是无辣不欢的，悦一沉也就没有多想，只是记得让她把肉烫熟了再吃。

两人吃了一个多小时，司栗肚子都鼓起来了，裙子差点儿被撑坏。悦一沉替她松了一点腰后的蝴蝶结，起身去结账的时候司栗跑去厕所了，老板过来看了一眼，一脸佩服：“这小孩厉害啊，小小年纪这么能吃辣。”

恍若一道剑光劈过悦一沉的心头，他蓦然想起每次桔姐带唯唯来聚餐的时候，都会提前叮嘱他们不要点太多辣的。

小朋友吃不了太辣的东西。

他连钱包都来不及收就转身往洗手间跑去，到了女厕门口又硬生生地刹住脚步。

在镜子面前补妆的女人诧异地望着他。

他焦虑得完全顾不上那目光，皱着眉冲洗手间喊了一声：“司栗？”

无人应答。

他不免有些着急，稍稍提高了声音：“司栗！”

中间的一扇门哐地打开，小个子站在门口，莫名其妙地望着他："怎么了？"

身形颀长的男人站在女厕门口，一副松了口气的模样："没事，你慢慢来，我在门口等你。"

司栗走出来的时候，看到悦一沉还真的就站在洗手间的拐角等她，旁边在补妆的女人借着补睫毛膏的由头，透着镜子偷偷瞄他。

她径自走过去洗手，结果儿童水龙头的感应器似乎坏了，她在下边等了半天都没水出来，而另一边的台子太高，她完全够不着。

还在折腾那个根本不出水的水龙头时，身子突然一轻——她被男人腾空抱起来了，轻轻松松地被举到水龙头下："要洗手液吗？"

司栗傻乎乎地点头，而后又被移到机器下。她挤了洗手液，搓出泡泡之后又被人挪回水龙头下。

司栗的后背紧贴着他温热结实的胸膛，在这么大的水声之下，她仍然能听到自己怦怦的心跳声。

洗完手之后他单手抱着她，另一只手给她扯了纸巾擦手，最后又顺手接过她擦过的纸巾丢到脚边的垃圾桶里。

这一系列动作完成之后，司栗拍拍他的手背，示意他把她放下来，悦一沉却不愿意了。他把她转过来，正面抱她，司栗不防，下意识地抱住了他的脖子。

悦一沉分外享受这种被人抱住脖子托付重力的感觉，而且老实说，司栗又矮又胖，比从小就学跳舞的长胳膊长腿的唯唯好抱多了："我抱你出去吧。"

"那我要吃冰淇淋。"

他思考半晌，利落地答应了，但又忍不住逗她："叫我叔叔的话给你买大杯。"

"好。"

司栗舔着冰淇淋被他抱着走在街上，吹着习习秋风，享受着不一样的视角，惬意地想哭："好久没有在大街上一边走路一边吃东西了。"

悦一沉看了她一眼："现在是你在走路吗？"

"哈哈……"她趴在他肩头，即便有冰淇淋滴在他领子上他也毫不在意，真的是对着小孩完全没有脾气的一个人，"悦一沉啊，做你女儿真的好幸福哟。"

"我好像忘了一件事……"

"你看看，回头率真高，肯定是我太可爱啦！"

"好像忘记了一件很重要的事。"

"刚刚真的选错了，草莓味没有原味的好吃。"

"你是不是还没叫我叔叔啊？"

“这点便宜也要占吗？”司栗把冰淇淋凑过去，“请你吃冰淇淋。”

“我不吃。”悦一沉觉得很委屈，“不是说好了的条件吗？”

“那你放我下来。”她耍赖，“冰淇淋我也不吃了。”

他哪里舍得？

悦一沉心甘情愿地抱着她上了车，把她送回家之后又巴巴地站在门口不愿意走，漂亮的眼睛里满是期待：“司栗，你跟我回家吧？你一个人在家我不放心啊。”

那张小圆脸上露出一抹无奈的笑容：“有什么不放心的？我都二十好几的人了！”

“你早上不是还烫到脚了吗？”

“那是意外，我会小心的啦。你也早点儿回去休息吧，明天不是要去拍杂志封面？”

悦一沉摸摸鼻子，一步三回头地走了。

司栗锁了门，又翻出手机给他发了一条信息：“悦一沉，今天谢谢你。”

她过得很开心，就连恐惧都忘了。

司栗拿了悦一沉给她买的小碎花睡衣去洗澡，进浴室洗了一半才后知后觉地发现，白天悦一沉洗完澡之后把花洒调到了最低的高度，是刚刚适合她使用的高度。

这也太贴心了吧。

洗完澡出去之后，她才发现手机上有一个未接电话，是她爸司国庆打过来的。她连忙回拨过去，可是那边又成了无法接通。她连打了几次都没打通，只好放下手机。

她坐到梳妆台前下意识地拧开了护肤品的盖子，正要往脸上拍的时候又愣住了。

这么嫩的一张脸，还需要保养吗？

但是不涂东西总觉得有些不舒服，最后她还是拍了一点柔肤水和精华。

她左看右看，最后忍不住拿起手机自拍了几十张照片。而且皮肤好成这样，完全不需要美颜。她顺手开了一个微博小号，把她今天臭美的自拍照发了上去。

随后她躺在床上查看悦一沉的工作邮箱，筛选过后做了标记，拟了一个下礼拜的工作计划发给他跟桔姐。

桔姐很快就回复了：“计划做得真详细，在家休息也不闲着，不愧是我从星娱挖过来的人才，看好你哦！”

司栗回复她之后才收到悦一沉的信息：“这段时间的事务我自己处理，你照顾好自己就行了。”

司栗感觉自己被嫌弃了。

她刚要回复，手机又响了起来，这次却是虞纪。

她接起电话，尚未开口便听到一声笑："司栗姐姐，睡觉啦？"

"哈哈……"现在无论是谁叫她一声"姐"她都觉得好笑，"还没，怎么了？你回瑞士了吗？戏快杀青了吧？先提前祝你大卖啊。"

那头又是一声轻笑："你知道我最想要的不是这个啊。"

司栗也忍不住笑，调侃道："明明是靠脸吃饭的，为什么还想要拿奖呢？"

虞纪这两年势头很猛，资源好，拍的戏票房都很不错，却一直没有拿到一个奖，但他一直想拿个奖，这简直快成他的执念了。

"就不能说点好听的？"虞纪在那边不悦道，"想听你说一句会得奖的话真难。"

"大晚上给我打电话就是想听我夸奖你吗？"司栗笑了，"不如和你助理多看看邮件，好好琢磨接哪部戏会让你得奖。"

"不是。"他的语气认真了些许，解释道，"给你打电话当然是有事。我昨天刚刚收到一个电影剧本，你猜怎么着。"

"怎么着？"司栗配合地说，但其实早就心不在焉地开始刷微博，搜索悦一沉的词条了。

"中国要翻拍《这个杀手不太冷》了，吴裳导演兼制片。"他的声音透着一股兴奋，"对，就是你最喜欢的电影和导演。"

司栗蓦地放下平板电脑坐起来问他："找你演吗？"

他在那边"嗯"了一声："过两天要去试镜，能否通过还未知。"

"好棒！"她顿了顿，又笑着说，"既然能给我打这个电话，就说明你已经见过导演了，显然对方很满意。你好好表现，今年能否拿个影帝，就看这一部戏了。"

吴裳导演是目前国内最优秀的导演，多次摘获国内外知名奖项。当年悦一沉也和吴裳合作过，拍过一部冷门的小众电影，结果获奖无数。

"嗯，我会好好学习的。"虞纪话是这样说，但语气里仍然透着满满的骄傲。

两人又聊了一会儿电影，最后虞纪话锋一转，问她能否帮个忙。

司栗笑着说："有什么就说，怎么和我也要兜圈子？"

"导演还没有找到满意的小演员，试镜那天我得自己带个小女孩过去，但是我经纪人找了半天都没有满意的。"虞纪斟酌着说，"我记得悦一沉工作室那边有个小女孩，之前他们拍的那个公益广告她上过镜。我觉得她很合适，你能帮我问一下她愿意和我去试镜吗？"

司栗估摸着他说的女孩就是唯唯，所以愣了一下："《这个杀手不太冷》里面的女主角不是十来岁的吗？那丫头才五岁多。"

"吴裳导演的剧本里稍微有改动。"

“噢。”司栗应了一声，“小事一桩，回头我帮你问问看。”

“谢谢姐啊！”他在她面前情绪永远是外露的，“后天能给我答复不？”

“行。”

“那好，那你早点儿休息啊，感冒记得吃药。”

“我没感冒啊？”

“没感冒那你声音怎么瓮声瓮气的？”

“啊？哈哈……不好听吗？”

“好听，非常可爱。”

亏得他神经大条，没有发现问题。司栗挂了电话之后就收到了虞纪发过来的邮件，她编辑了一下转发给桔姐，邮件刚刚发出去，就感觉到腹部涌起一阵尖锐的疼痛。

这痛意来得猝不及防，让她无法思考任何事情，也几乎无法挪动，半分钟之后疼痛退去，她立刻去了洗手间。

而后她拉得几乎要虚脱。

根据她多年的生活经验，这明显是吃坏肚子了。她以为拉几次就好了，结果肚子一整晚都在疼，毫无缓和的迹象。

她最后一次从浴室出来的时候连水都顾不上喝了，直接翻出手机给悦一沉打电话，嘴唇颤抖着：“悦一沉，不好意思打扰你了，我拉肚子了，很严重，可能要去医院……”

08

她不想麻烦他的，但一时半会儿她根本不知道该联系谁，也不知道要如何向邻居解释。

别说她现在根本没有力气自己跑去医院，就是去了，也不知道要怎么应对医生的目光。

反正她是没见过有四岁的孩子自己去医院的。

悦一沉很快就赶到了，进门之后一句废话都没有，抱起女孩就往楼下冲。

一直到了医院吊上药水，司栗的神志才恢复了一点儿。

她迷迷糊糊地听到护士在责备悦一沉：“你是怎么做爸爸的？这么一丁点儿大的小孩能乱吃东西吗？而且这大晚上的，就只穿这么点……”

悦一沉低眉顺眼地挨着骂，模样甚至有些可怜：“这个要不要再调慢一点儿？我怕她疼。”

护士懒得理他，低头发现她睁开了眼睛，朝她笑了一下："小朋友醒了？"而后又对悦一沉说："先生，麻烦把你女儿挪一下，把床位腾出来给更需要的小朋友吧。"

悦一沉连忙小心翼翼地将她抱起往外走，护士在后面帮他举着药水，一直挪到了输液大厅。

他没有把她放在椅子上，而是继续把她抱在怀里。司栗因为不舒服，倒也顾不上害羞别扭，反而窝了窝，寻了一个舒服的姿势靠着。

护士又端来一杯水递给悦一沉："等会儿喝点淡盐水补充一下，药水吊完了按铃。"

悦一沉接过水杯："谢谢。"

他低头，看到怀里的小人儿耷拉着眼皮，一副有气无力的样子，有些怜惜："怪我，不应该让你吃火锅的，吃了辣的又给你吃冰的。"

"不关你的事，是我自己非要吃的。"司栗小声地说。

男人修长的手指滑过她苍白的脸颊，声音柔和："喝点水吗？"

即便她不想喝，也知道眼下身体需要补充水分，于是微微点了点头，在他凑杯子过来的时候小口小口地喝了半杯。

"还难受吗？"悦一沉问，放下杯子后又小心翼翼地将她的小手搁在手心，试图焐暖她因为吊水而冰凉的小手。

"好多了。"司栗声音软软的，仰着头看他，"但是你怎么这么快就到了？"

男人笑了笑，眸色很深："我没有走远，就在小区旁边的商场逛了逛，又给你买了几套衣服。"

"……是牌子的吗？"她认真地问。

"TC家的，我给唯唯送过，她很喜欢，算是法国童装中的小香奈儿。"

司栗眯起眼睛："那我也很喜欢。"

悦一沉失笑："非大牌不要，真是养不起。"

司栗也和他开玩笑："没人要你养啊，是你自己多情。"

被她这样说，他也没有露出一丝不悦，反而还伸手拨了拨她落在脖子里的头发，让她更舒服一点儿。

她算是知道什么叫被偏爱的都有恃无恐了。

司栗在这带着宠溺的温暖怀抱里又睡了过去，等她再醒过来的时候已经拔了针，正被悦一沉抱上车。

"好些没有？"悦一沉一边在她脑袋下垫抱枕一边问。

"嗯，肚子不疼了。"她迷迷糊糊地望着他刚毅的下巴，有些恍惚，"现在几点了？”

悦一沉顺手给她盖上小毯子，又低声嘱咐：“一点多，你先躺一会儿，别再睡着了，等会儿到家吃了药再睡。”

她“哦”了一声，模糊中看着男人坐进驾驶座，利落地点火挂挡，起步时却很轻缓，简直绅士到了极点。

等车再次停下来的时候，司栗又已经活蹦乱跳的了。她自行开了车门跳下车，怔了一下之后茫然地望着完全陌生的停车场：“到哪儿了？”

悦一沉从车里拿出毯子裹到她身上，顺手把她抱起来：“我家。”

“啊？为什么……”她反应过来，在他怀里扑腾起来，“我不去你家，我要回自己家啦！”

悦一沉没有搭理她，迈着大步子往电梯走去。

她自知今天已经非常打扰他了，不敢再麻烦他，于是强烈要求回自己家：“我现在已经没事了，而且我保证不会再出问题了。”

悦一沉捏了捏她的鼻子：“从这里去你家要二十多分钟，来回得一个小时了，我还要不要睡觉啊？”

虽然知道这只是一个借口，但司栗还是瞬间就㞞了。职业道德在作怪，他明天还要工作，她不能影响他休息。

于是她乖乖地被带到了他家。

这是悦一沉在工作室附近的一间复式公寓，房子不算大，但空间利用得很好，整体是浅色优雅的格调，很符合他的风格。

悦一沉单手开了门，一直走到沙发边才把她放下来。

“悦一沉，你要一直养着我吗？”司栗身上还裹着他的毯子，坐在那儿就像一颗甜美的糖果。

悦一沉看了她一眼，从袋子里取出刚刚给她买的粉色拖鞋，顺手给她换上，而后摸摸她的脑袋，笑着问：“可以吗？”

司栗的心跳莫名漏了半拍。

“不会觉得麻烦吗？”

“这么可爱的娃娃，养十个都不嫌烦。”

司栗语塞了。

悦一沉带她上了楼。

“今晚你先住这里，床单、被套都是刚换的，里面有独立的浴室。”

司栗忙不迭点头。

悦一沉将她放下，顺手开了灯，把带回来的那一堆服装袋子整齐地放进衣橱。

司栗爬上床，摸床头灯的时候不小心碰到一个开关，旁边的窗帘缓缓打开，透过落地窗，司栗看到一个漂亮的露台。

露台很宽敞，有桌椅和太阳伞，还有一个小吧台，旁边嵌了一个游泳池。在地灯的映射下，游泳池泛着幽幽蓝光。

司栗觉得自己小看了这间公寓。

悦一沉瞧她一直盯着落地窗外的泳池看，目光直勾勾的，忍不住提醒："别去游泳，容易溺水。"

司栗反应过来之后一脸失望，她差点儿又忘了自己没有一米高。

悦一沉不忍心看她失落，连忙又安慰："明天去给你买个游泳圈就可以游了。"

司栗兴致缺缺的："套个游泳圈还叫游泳吗？那叫泡水好不好。"

悦一沉觉得好笑，但看她这副样子又有些担心，忍不住叮嘱："真的别游啊，你这小胳膊小短腿的，万一真的出事就难说了，大意失荆州，你别忘了你今天是怎么进医院的。"

"知道了。你知道吗？小时候我爸带我去考古，他忙得忘记了，让我一个人在湖边玩了一天。"

言下之意是他比她爸爸还啰唆。

悦一沉摸摸鼻子，不明白她是怎么长那么大的。

晚上司栗躺在那张看不到边的大床上翻来覆去。大概是白天睡得多了，也可能是已经过了睡觉的时间节点，她毫无睡意。

这一天过得太过奇幻，以至于她一直都处于亢奋状态，也刻意忽视了那会让她不安的念头。

而到了此时，夜深人静，她不得不直面那些问题，不得不开始惊惧。她这具身体到底怎么了？她会一直这样吗？万一再也无法恢复，她该怎么办？

在这种情绪之下她越发无法入眠。

悦一沉洗完澡出来时听到司栗房间里传来咚咚咚的声音，吓了一跳，连忙过去敲门："司栗？你还没睡？"

女孩在里面"嗯"了一声。

她没开门，悦一沉也不好闯进去，只能下楼热了一杯牛奶端上来："司栗？"他敲门，"开一下门。"

里面窸窸窣窣了好一阵门才打开。

悦一沉不太适应，隔了一秒才想起低头，而后才看到那个小家伙的脑袋："在里面干吗？还不睡觉？"

司栗开了灯，转身往房间走："睡不着。"

悦一沉刚想问那是什么声音，就看到女孩走到墙根，两手往地上一按，双脚往上翻，噔地立了起来。

悦一沉吓了一跳，连忙搁下杯子过去，接住立不稳往下倒的人儿。

“别做这种危险动作啊，摔坏了怎么办？”

语气里有浓浓的心疼。

“唉。”司栗盘腿坐在地上，表情很是挫败，“我要这具弱不禁风的身体到底有何用？”

悦一沉忍不住笑了，伸手把她抱到床上去，揉了揉她胖乎乎的小胳膊说：“怎么了？早上不是还挺高兴的吗？返老还童，多少人羡慕不来。”

“可是我也不想重新来一次啊。”她的声音很是沮丧，“而且万一就一直长不大了呢？本来都快三十岁了，莫名其妙地，突然变成一个连生活都不能自理的人，我都嫌弃我自己。悦一沉，你说我是不是被外星人注射了什么东西啊？”

还是辐射病变？新型病毒？她都不敢说，想想都觉得可怕。

“生活不能自理？我看你挺能的呀，不是还要自己回家的吗？”悦一沉调侃完了又安慰她，“而且你这么可爱，谁会嫌弃啊。”

司栗完全听不进去他的话，只是捂着脑袋一脸焦虑：“这也没法工作了，没有收入要怎么养活自己？还要重新读书吗？杀了我吧。”

明明是个小丫头，却一脸老成地说出这种话，格外逗。她这么烦恼，悦一沉的心情却异常地好，或者不如说他今天一整天心情都不错：“我养你啊，我很想要个女儿。”

“我有爸爸的！”

“所以他如果不愿意养，我来养。”

司栗更加头疼：“现在是该一脸认真地讨论抚养权的时候吗？”

“抱歉，只是想让你别担心了。”悦一沉笑着摸摸她的脑袋，安抚道，“逆来顺受，早睡早起，好好生活，就当是老天送给你的一份礼物。如果你实在不放心，我明天再带你去医院检查一下，怎么样？”

司栗耷拉着眉眼，悦一沉看不出她在想什么，最后也只能递过牛奶：“来，喝口牛奶睡觉。”

“我不爱喝牛奶。”

“喝一点能助眠。”

她只好接过去抿了几口，又催促他去睡觉：“明天你还要拍片，赶紧回房休息。”

悦一沉揉了揉她乱蓬蓬的头发：“嗯，你也睡吧，别折腾了。”

盯着女孩躺下后他才转身出去，关门的瞬间才想起她忘记吃药了，于是又敲

门："司栗，吃了药再睡。"

无人应答，即便知道她是在装睡，悦一沉也舍不得叫她起来了。

09

司栗很晚才睡，第二天起来的时候悦一沉已经出门了。厨房有个阿姨正在忙活，看到她下来礼貌地问了好："起来啦，小可爱，早上好啊，我是悦先生请来的保姆小李，专门负责照顾你的生活起居。"

司栗愣愣地站在楼梯口："李……李阿姨您好。"

李阿姨笑眯眯的："你好啊，真乖。悦先生去工作了，我正在熬粥，您洗漱好之后就可以用早餐了。"

司栗道了谢，而后立刻转身上楼给悦一沉打电话。

"我又不是小孩子了，干吗给我请保姆？！"

悦一沉笑着反问："你不是小孩谁是小孩？"

"可是这也太夸张了。"司栗简直都不知道要说什么好了，"我真的不需要。"

"我不放心你一个人，你乖一点，今天就在家待着别乱跑了，我忙完了就回去。"悦一沉的声音很温柔，带着不易察觉的诱骗味道，"我让阿姨给你买了零食，你无聊的话可以看电视，楼上还有书房，书房里有投影仪和游戏机。"

"我可以回家吗？"

"听话。"那边有人在叫他，他应了一声，又撂下一句，"我这边有些忙，你别乱跑，等我回去再说。对了，我让阿姨看好你的，如果你不见了，我就得从摄影棚跑出去找你了。"

"悦一沉！"司栗急了，"你别闹。这个摄影师可是最难约的，你好好拍！"

"嗯，所以你别让我分神。"

司栗完全被拿捏住了。

乖乖吃过早餐之后，桔姐给她打电话，询问起电影的事，说想和她见面谈谈。

司栗刚要答应，又生生咬住了舌尖。

她这个样子还怎么见人？

她自己解释不清楚，也觉得桔姐没法接受，想来想去都是个麻烦，最后只能以自己这几天请假了不方便见她为借口。

桔姐有些意外："怎么突然就请假了？这段时间悦一沉还挺忙的呀。"

"不好意思啊，桔姐，有点私事，不过我很快就能解决了。"毕竟也是刚刚上岗，她有些抱歉，"不会耽误悦一沉的工作的，他之后几天都没什么安排。"

“行。”桔姐也不含糊，“你和他商量好就行。我最近带两个新人，忙都要忙死了，根本都懒得管悦一沉，就当是给他放个假吧。”

“谢谢桔姐。那个电影还只是试镜，但也需要你们先考虑清楚，因为一旦通过试镜就要直接进组了。”

“虽然这个机会很难得，但我其实从来没想过让唯唯进演艺圈。”桔姐说，“你可能不知道，当初我让唯唯去拍那个公益广告，没有跟悦一沉打招呼，投放出去之后他才知道，差点儿和我闹翻了。”

司栗诧异：“为什么？”

“悦一沉非常在乎唯唯，所以不希望她小小年纪就进娱乐圈，我虽然之前有过那样的心思，但被悦一沉说服了。”桔姐笑着说，“但能和吴裳导演合作，这个诱惑实在是太大了。”

司栗也忍不住笑了起来，建议道：“要不你再和悦一沉商量商量？”

“我再考虑考虑。”

“好，你明天给我答复就好。”

司栗一上午净窝在悦一沉的大客厅里看美剧了，打扫卫生的李阿姨经过客厅时很是诧异：“这个你听得懂？”

“听得懂啊。”她顺口回答，“而且这下面有字幕。”

阿姨更是震惊：“你几岁啊，都识字了？”

司栗一顿，而后朝阿姨笑笑，笑得那阿姨都有些怀疑人生了。阿姨绕到走廊给悦一沉打电话汇报情况，对方得知司栗还在家就放心了，一点儿都不在意她是不是在看血腥的、少儿不宜的电视剧。

阿姨很是不解：“悦先生啊，一个小姑娘，看这些合适吗？”

悦一沉微微一怔，而后笑了：“没关系，她看不懂的。”

李阿姨：现在的大人啊，真是太不负责任了！

午餐阿姨按照悦一沉的要求煮得很清淡，司栗寄人篱下，也不好挑剔什么，随意吃了几口，而后又被阿姨赶去午睡。

她没什么睡意，眯了一会儿又爬起来看邮件，邮箱里有一封司国庆托人从基站发来的邮件。

大意是告诉她，他这一次进去可能要好几个月没法出来，通信设施没有信号，没法联络，让她不要担心，又叮嘱她按时吃饭，规律作息，别老像个长不大的孩子。

看到最后一句的司栗感慨万千。

爸爸啊，你女儿真的长不大了，怎么办？

司栗一直都是一个很独立的人，母亲早逝，司国庆又常年在外地考古做研究，她从小就是被保姆带大的，懂事后基本都是一个人生活。

她习惯了这种生活，也从未觉得辛苦，只是偶尔会羡慕那些可以撒娇，有人疼、有人宠的人。

但真有一天回到了孩提时代，她才发现，自己根本不懂得做小孩，她爸也依然不会回来陪她。

那有什么意义？

司栗不想陷入这种无望的情绪里，回了邮件之后就丢开电脑了。

她没有在回信里提自己变成小孩的事，只要司国庆没有回家，那他的工作就不算完成，她不想影响他的工作，只能等他回来后再做打算。

她倒在床上，一偏头就看到了露台上湛蓝的游泳池。

早上李阿姨刚刚清理过，重新放了水，一池波光粼粼仿佛在向她招手。

司栗有些心痒难耐。

晚秋的午后气温偏高，日头正悬，她躺在床上，没一会儿后背就沁了汗珠。

“真热。”她喃喃自语，“要不就泡一下水吧。”

悦一沉自然不可能给她准备泳衣，但山人自有妙计，司栗跳下床，从衣橱里翻出一套小背心和蕾丝边的紧身小短裤穿上，打开落地窗就跑出去了。

这栋公寓楼层不高，背后是一个郁郁葱葱的公园，中心有一个人工湖，站在露台上一览无余。

景致这么好，阳光又灿烂，不游一下真的好浪费。

司栗坐在泳池边上试探水温，泡了一会儿脚丫子之后，扶着泳池边缓缓下水，畅快得浑身毛孔都在叫嚣。

仔细想想，她真的很久没有游过泳了，别说游泳，就是泡浴都很久没有享受过了。

工作太忙，她给自己的压力太大，以前在星娱她带的新人就常在私底下抱怨，说她的节奏太快，接的活儿太多。

不过虞纪对此并未有任何意见，他在这方面一向都是很乖觉地跟着她的步伐。明星红不红，除了看公司资源好不好，还得看经纪人有没有能耐。不可否认的是，司栗很有天赋，似乎总是能精准地预判哪部戏有潜质，哪个节目能火，同时眼光也足够毒辣，不仅能准确定位每一个新人的发展方向，还能找到最适合他们的角色和包装方向。

当年虞纪刚跟着她的时候不过是一个平面模特，公司给了几个都市剧男二的

角色她都拒了，后来她争取到了一个古装动作片的小配角，把他丢了进去。结果因为那个小配角的戏份很讨人喜欢，而虞纪又演绎得很好，便一炮而红。

小胳膊小短腿游起来费力得多，但她好歹没让自己溺着。

遗憾的是，她游了半个小时之后就开始体力不支，不甘心就这么上去了，便游到边上，靠着泳池壁浮在水面上休息。在这飘忽的浮沉间还在想有没有必要买个游泳圈，忽然就听到落地窗被推开的声音，小家伙冷不丁地被吓了一跳，慌乱间没有掌握好平衡，扑棱了两下还呛了口水。

所幸悦一沉走过来的时候她就已经稳住了局面，怕被责备还娴熟地划了两下，以显示自己完全没问题。

悦一沉站在岸边低头看她，表情很无奈："不是让你别下水的吗？"

司栗朝他龇牙一笑。

他显然是刚刚回来，拍摄的衣服还未来得及换就到她房间来了。穿着一身定制的马甲套装，剪裁得体的马甲勾勒出完美的身形，西裤包裹着一双逆天的长腿，在泳池的水光映射下，白衬衣衬得他的肤色白皙近乎透明，有种纤尘不染的贵气。

她莫名有些期待成片了。

"今天拍得怎么样？"司栗问，"才拍了半天吗？"

"很顺利，我和摄影师今天都很有感觉，也配合得不错，所以提前收工了。"

她该想到的。

悦一沉属于那种天生就适合待在娱乐圈的人，要颜值有颜值，要身材有身材，还有着不可多得的气质和演技。司栗一直觉得如果她能早一点儿做他的助理，好好帮他规划路线塑形，他肯定能比现在更红。

但可惜，神女有心，襄王无梦，他对娱乐圈已经没有追求了。一个没有野心的人，在这个圈子里是走不了多远的。

悦一沉弯下腰，朝她伸手："上来吧，桔姐等会儿要过来。"

司栗"哦"了一声，乖乖地游过去，把手放到他温暖干燥的手心里。

骨节分明的大手在握住那只湿漉漉、胖乎乎的小手时微微顿了顿，而后收紧，手臂轻轻一拉，毫不费力地就把女孩拉回岸边，接着不等她自己爬上来，双手一捞，就轻巧地将她从水里抱了上来。

"快放我下来。"司栗皱眉，"你衣服都湿了，这可是赞助商的衣服！"

悦一沉毫不介意，一边抱着她往回走，一边笑着说："赞助商已经送给我了，还送了一套女士晚礼服，挺漂亮的，可惜你现在穿不了。"

他把她放到地毯上，转身去拿浴巾，回头的时候发现小家伙正别别扭扭地捂着胸部。悦一沉失笑，展开浴巾把她严严实实地裹上，而后抱着她从衣橱拿了一套干净的衣服，直接把她抱到了浴室。

“洗个澡再下来。”他把她放到防滑的椅子上，又一一把洗漱用品放在小盆里方便她使用。怕她不方便，悦一沉还在浴室放了两个小板凳，一个放衣服，另一个让她坐着洗澡，生怕她摔着了。

司栗真的很怀疑，悦一沉以后的女儿能否长大。

“悦一沉。”司栗叫住要出门的男人，问道，“等会儿桔姐来了，你要怎么跟她介绍我啊？”

悦一沉发觉她用的是“介绍”而不是“解释”，立刻就明白她的意思了，她不想让太多人知道这件事。

“只说是一个朋友的女儿，放在这里寄存几天，这样可以吗？”他商量着问。

司栗点头，而后又顿住，认真地纠正：“是寄养。”

悦一沉忍着笑：“好，是寄养。”

他出去之后司栗才除去浴巾，她踩着小板凳攀在镜子前看了一眼，绝望地发现，露点露得非常严重，悦一沉肯定看到了。

真的非常羞耻。

司栗洗完澡下去的时候，桔姐已经到了，还带着唯唯那个小家伙。她还没走到楼下，就从楼梯扶手的间隙里看到悦一沉抱着唯唯，正笑着和唯唯说话：“等会儿还有个小妹妹下来和你玩，你要不要把你的饼干分一点儿给她吃？”

唯唯欣然应允：“当然可以！”

是桔姐先发现司栗的，她回头看到楼梯口的洋娃娃时明显怔了一下，表情十分诧异。

而后是唯唯和悦一沉回头。

“唯唯，叫妹妹过来和你玩。”

司栗觉得全世界都在占她的便宜。

唯唯跳下悦一沉的腿，噔噔噔地跑过来，笑着和她打招呼：“妹妹你好，我叫唯唯，唯一的唯。你好漂亮啊，你叫什么名字呀？”

司栗绝望地发现，唯唯都比她高。

悦一沉跟着走过来，揉了揉她湿漉漉的小脑袋，责备中带着浓浓的宠溺的意味：“怎么不吹头发？会感冒的。”

司栗看了他一眼，小声说：“吹风机放在柜子里，我不好拿。”

她有尝试去拿，但是即便是站在柜子上也拿不到。

悦一沉表情立刻就有些愧疚了，他把她抱起，头也不回道：“桔姐，我带她

上去吹头发，你先坐坐。”

桔姐笑眯眯的：“快去吧，别着凉了。”又朝唯唯招手：“唯唯，过来。”

司栗趴在悦一沉肩头，总觉得有些不好意思。他们身后的唯唯看了看她妈妈，又看了看他们，最后还是转身跟着他们上楼来了。

悦一沉没有注意，从浴室拿了吹风机又抱着她进了卧室后，才发现身后跟着小尾巴唯唯。

10

他冲唯唯笑笑，一边给司栗吹头发一边说：“怎么了？想跟妹妹玩啊？”

“嗯。”唯唯眨巴着眼睛说，“妹妹还没有告诉我她的名字。”

吹风机的噪声很大，但无碍司栗听到悦一沉告诉她：“妹妹叫小可爱。”

司栗看了他一眼。

“小可爱。”唯唯一字一句地重复，眨巴着眼睛萌萌地问，“她的名字就叫小可爱吗？”

“对，你叫她小可爱就好了。”

好吧，好歹也算是有意义的名字，她没有异议。

“好好听的名字呀。”

“唯唯的名字更好听啊。”

“悦一沉的名字也好听。”

悦一沉摸摸她的脑袋：“要叫我叔叔。”

他吹头发的技术真的不怎么样，司栗觉得自己都快成爆炸头了，最后只能笨拙地扎了一个丸子头。

头发太多，丸子都快有她的脑袋那么大了。悦一沉倒是爱不释手一直在捏她头上的丸子。

李阿姨已经煮好饭了，菜香阵阵，有她最爱的虾和牛肉。

四人落座，悦一沉一直牵着司栗，所以她就坐在他旁边，唯唯在他对面，司栗的对面就是桔姐。

因为是熟人，所以司栗有些心虚，不自觉地在躲避对方的视线，对方却又一直盯着她。

司栗紧张得都拿不住勺子了。

“桔姐？”悦一沉很快就察觉了，在旁边笑着说，“怎么老盯着小可爱看？你瞧你把她吓得。”

桔姐收回视线，笑了笑："没有，只是觉得她很眼熟。"

"有吗？"悦一沉若无其事地说。他拿起一只虾，去头去尾，剥得干干净净，拿公筷蘸了一点儿蘸料放到司栗的小碗里。

"很像司栗啊，是司栗的妹妹吗？我怎么记得她是独生女啊？"桔姐的笑容变得有些意味深长了，目光灼灼地盯着悦一沉。

司栗像是做了贼似的，心跳如擂鼓。

"嗯？"悦一沉丝毫没有受到她的视线的影响，淡然地回头看了司栗一眼，那模样像是在端详，一点儿都看不出痕迹，而后才笑着说，"你这么一说，还真的有点像。回头得问一问她，是不是在外面有了私生女。"

他这么说了，桔姐反而不好意思再揣测了。

而且悦一沉这样说的时候，司栗也配合地露出一脸无辜。这么一看，倒也没有那么相似了。

她顺势道："别瞎说啊，司栗哪儿有那个美国时间生孩子。"

悦一沉："哈哈……"

司栗也想"哈哈"。

桔姐夹了一筷子菜放到她碗里："多吃点，阿姨不知道你在，没有带礼物来，下次阿姨再带你出去玩。"

"谢谢。"司栗小声说。

"她比较害羞。"悦一沉笑着补充。

饭后两个大人在沙发上谈事，两个小孩在茶几旁边的地毯上玩积木，还是司栗送给唯唯的积木。桔姐说唯唯很喜欢，去哪儿都带着。

司栗全程冷漠脸，她为什么要玩这个玩意儿啊！

唯唯在司栗的帮助下，顺利拼出了一个坦克。她抓着坦克兴冲冲地跑到悦一沉面前，激动道："哥哥，你看我拼的坦克！是不是和你上次拼给我的一模一样？"

悦一沉扬着眉接过看了看，夸赞道："真的一样，唯唯真棒。"

唯唯更加高兴了，指了指自己的脸颊："要奖励。"

悦一沉真的就凑过去亲了亲她的脸颊。

司栗捏紧手中的积木。

之后唯唯拿着坦克回来，要和她再拼一个坦克，司栗有些心不在焉，所以这一次拼得有些慢。恰好那边的两人聊完了悦一沉的事，又开始聊唯唯的事。他们谈起吴裳的新电影时，司栗忍不住支起了耳朵听。

"那电影真的不错，吴裳导演，主角是虞纪。"

悦一沉点头："我也有所耳闻，这部戏确实不错，吴裳老师的电影一向值得我期待。”

桔姐犹豫了半秒，才说：“前两天我接到邮件，说是有个角色适合唯唯，想让她去试一下。”

悦一沉当即就皱起了眉，看起来像是不假思索地就回答了：“唯唯太小，还不适合演戏。”

唯唯知道大人在说她，也在旁边支起了耳朵听。

“我也是这样想的，但因为执导的是吴裳，所以觉得机会难得。”

悦一沉没有立即说话，隔了一会儿才问：“是谁给你发的剧本？”

“司栗啊，她没有和你说吗？”

司栗感觉到悦一沉的视线若有似无地在她身上停顿了一会儿，她缩了缩脖子，不敢回头。

“唯唯太小了，演戏不像拍照片和短片，需要很大的精力，万一她不喜欢呢？而且吴裳导演的戏大多是动作戏，受伤了怎么办？”他顿了顿，用几不可闻的声音说，“童星这条路不容易走，你至少也要等她稍微有点自主意识了再决定。”

桔姐显然被说动了，招手叫唯唯过去，问她想不想演戏。

唯唯挨着悦一沉，模样十分乖巧：“不想。”

悦一沉摸摸她的脑袋。

“为什么呢？”桔姐问。

“因为哥哥不想我演。”

悦一沉哭笑不得：“宝贝，你得自己考虑。”

“算了，我这女儿就是你的小尾巴，我算是没办法了。”桔姐叹气，“那就这样吧，本来我也没有多想让她进演艺圈。”

司栗也在心里叹气，知道这事算是黄了。

“司栗这几天请假了？那你这段时间还忙得过来吗？”桔姐又问。

悦一沉仍然笑着：“忙得过来，实在不行我就把她抓回来。”

莫名地，司栗感觉脊背发凉。

桔姐和唯唯出门后，司栗一溜烟地往楼上跑，结果还是在楼梯中间被大长腿追上，一把捞进怀里。

“司栗。”声音仍然温柔，但司栗读出了一点儿不祥的预兆。她缩着脑袋，弱弱地说：“我不是司栗，我是小可爱。”

悦一沉瞬间被逗笑了：“小可爱。”

倒不像是要找她麻烦的样子。

她越发地战战兢兢。

因为她知道悦一沉很疼爱唯唯，桔姐是单亲妈妈，悦一沉几乎是唯唯的半个爸爸，她学什么外语，学什么舞蹈，基本上全是他决定的。

“你会生气吗？”司栗小心地问，“我之前不知道你不希望唯唯进娱乐圈，就是有这么一个机会，所以我才和桔姐说了。”

他“嗯”了一声，微笑像春风一样和煦：“这有什么好生气的？”又捏捏她的脸，“冲你大声说话都不敢，哪里舍得生气？”

手上的劲却是不小。

他松手之后司栗跑回房间看了一眼，脸颊都被掐红了。

司栗：“这叫不生气？”

悦一沉抱着手臂倚在门口，唇角勾着：“现在是真的不生气了。”

第二天，司栗在悦一沉出门前拦下了他。

她跑到悦一沉房门口的时候对方正在系领带，修长的手指白皙灵活，黑色暗纹领带让他看起来矜重绅士，像电影里的雅痞反派。

他今天要出席一个与工作室有合作关系的产品发布会，自然要穿得正式些。

悦一沉头也不回就知道她是光脚跑过来的，便嘱咐了一声：“回去穿鞋。”

司栗不是唯唯，自然不会乖乖听他的话。

“我今天要出去。”她昨天被威胁了，今天可不会再妥协。

悦一沉的手指顿了顿，而后回头看她，大概是刚刚沐浴过，眸色水光泛亮：“要去哪里？”

表情温柔得让司栗差点儿动摇了。

“哪里都好，我不想在家里待着了。”司栗说，而后用商量的语气问，“我可以回自己家吗？”

“不行。”对方丝毫没有考虑，立即就回绝了，“除非你找个亲戚来照顾你。”

司栗皱眉：“你明知道我没什么亲戚。”

最亲的一个伯伯十年前就出国了，再下来就是隔了很多层的，她不愿麻烦别人，也不知道要怎么解释。

“所以啊，我这么心甘情愿地想照顾你，你还不领情吗？”悦一沉笑了，“你一个人我真的不放心，再说你回家要干吗呢？还不是窝在家里看电视？”

司栗无话可说，她也清楚，悦一沉留着她其实是对她负责任，毕竟她这个形态想做什么都必须大人带着。

她只是不好意思再麻烦他，他对她太好了，她怕自己上瘾，变成一个米虫，变成第二个唯唯。

他终于系好那条领带，而后穿上外套，弯腰把她抱起来："在家里待着无聊？那我晚上早点儿回来，带你出去走走。"

"悦一沉，你不会觉得我是个负担吗？"

他朝她笑了笑："再也不会有比你更珍贵的礼物了。"

要不是太过了解他，司栗真的会为自己的处境感到担忧……

"悦一沉，你看过电影《3096天》吗？"

悦一沉失笑，忍不住逗她："看过的，你比那个小女孩可爱多了，而且我觉得你那个带露台的卧房比电影里的地窖舒服多了。"

司栗瑟瑟发抖。

Chapter 2 小大人

11

悦一沉惦记着家里的小人儿，难得地有了归心似箭的情绪，以至于发布会上一直在走神。

结果，发布会开完了之后，又继续开了一个产品宣传研讨的会议，他自然不能缺席。

会议开到六点多，散会的时候他又被拉着去会所应酬，乌烟瘴气间，两个嫩模缠着他喝了不少酒。

这是个大品牌，合作顺利的话，工作室一整年都高枕无忧了。但是大品牌自然难伺候，多少实力雄厚的传媒公司都拿不下，悦一沉也是靠着以前当过该品牌某个产品的代言人，才有这个机会。

两个嫩模都是新产品的代言人，悦一沉连她们的脸都认不清，可想而知能做代言人后台得有多坚硬了。

他游刃有余地应付着，不着痕迹地拨开了要撩拨他的女人的手，端着酒杯到高层那一边去，陪着连喝了三四杯茅台，才得以出门。

他酒量向来不好，只能找代驾，结果来了个迷糊司机，绕了好几条路才找到方向。

于是他到家的时候已经十点多了。

悦一沉醉得迷迷糊糊，倒也仍然记得自己许诺过要带她出去玩的事。进门之后看到趴在沙发上等到睡着的小家伙，立刻就心软得不成样了。

李阿姨在厨房收拾，看到他回来立刻擦了擦手走过来："悦先生，您回来了。"

悦一沉"嗯"了一声，视线一直停在沙发上的小身影上："她吃了没有？"

"刚刚吃了一点面，一直说等你回来带她出去吃的，所以没让我煮饭。"

他内疚得不行。

"我知道您今天应该是没法带她出去吃了，但也不好让她失望，您哪，下次晚回来记得给家里打个电话呀。"

悦一沉点头："我知道了。"表情非常认真。

李阿姨搓搓手："那我就先回去了，冰箱里有我早上包的饺子，要是她等会儿醒了饿的话，您就煮给她吃吧。"

"好的，谢谢。"

李阿姨走了之后，房子里完全静了下来。

悦一沉在这静谧中，视线落在沙发上缩成一团的小家伙身上，心里柔软得有些发疼。

这种感觉，就像小时候每次放学回家看到窝在门边等他的罗莎一样。

唯唯也有等他等到睡着的时候，但多数时候她是在妈妈怀里睡着的。他心疼司栗，不仅仅因为她是孤单的一个人，还因为他清楚，她不是一个孩子。

所以这让她看起来更寂寞。

悦一沉走近了才发现，她今天穿的是一件复古的米色蕾丝公主裙，宽檐帽就搁在一边，头发也吹得服服帖帖，很漂亮，怕是为了出去而精心搭配过的。

他抿唇，扯了毯子给她盖上，却在俯身的瞬间头昏眼花，悦一沉支撑不住地跌坐到沙发上，结果动静太大，把司栗弄醒了。

她揉揉眼睛坐起来，瞬间就闻到了他满身的酒气，于是了然："应酬了？"

男人看了她一眼，漂亮的眸子里装着她看不懂的情绪，而后低低地"嗯"了一声。

"新产品怎么样？"司栗打着哈欠问。

"他们送了样品，我放在车上了，回头给你试试。"以前赞助商送的东西他都会让桔姐直接拿走，他说完后才反应过来，又笑了，"算了，都是化妆品，你也不能用。"

大概是因为喝过酒，他的嘴唇被浸得很红润，在幽黄灯光下泛着异样的光泽，映得他的眸色也更深了。这么一笑，仿若风吹过幽谷里的山泉，一圈一圈地荡起波澜。

即便是第一次见面就被他惊艳过，此刻的她，心跳仍然抑制不住地加快了。

"谁……谁说不能用了。"司栗撇开视线，不敢再看他的脸，然而视线落到他那规规整整的领口时，觉得更要命了。

网友封的什么"禁欲教教主"，真的不是"瞎盖"的。

黑领带白天看是端庄，晚上看却性感得要命，这性感因为那点端庄，才显得格外禁欲，让人忍不住想要撕扯，想要吞没。

如果此刻是喝过酒的成人版的司栗，恐怕要犯罪了。

察觉到女孩在盯着他的领口看，他也忽然觉得有些闷，忍不住单手扯掉领带，解开两颗扣子。

司栗悄悄咽了咽口水，慌乱地讲话转移自己的注意力：“不是说他们家主打植物系的化妆品吗？究竟是不是零添加，我试一试不就知道了？”

悦一沉瞬间皱眉，凑过来捏了捏她的脸蛋：“想都不要想。”

司栗躲开他的手。

“不许化妆，听到没有？”

她好笑：“悦一沉，你控制欲太强了。”

后者顿了顿，而后放软了语气，采取曲线救国的策略：“你真的不需要化妆，现在就已经很美了。”

司栗眨眼：“敷衍我。”

“绝对没有。”

司栗调整坐姿，跪坐着面对他，圆溜溜的大眼睛巴巴地望着他，声音奶得像只小猫：“悦叔叔，你让我试一试好不好？就试一次，我想试试他们新出的那款钻石口红。”

“不好。”

撒娇失败，司栗面无表情地转过身，悦一沉看不到那个萌萌的表情了，还有些遗憾，忍不住伸手想摸摸她的脸，结果被躲开了。

“生气了？”

是有一点。

“如果是唯唯，你肯定就会答应了。”还是说她撒娇的姿势不对？刚刚是不是有些过了？反正她自己都有些恶心。

悦一沉捏捏鼻梁，有些无奈：“唯唯也不让。”

那她无话可说。

悦一沉笑着揉了揉她的脑袋，问道：“肚子饿吗？我去煮几个饺子。”

“这么一说还真的有点饿了。”

悦一沉起身往厨房去，听到小家伙跳下沙发跟过来的动静，又头也不回地提醒了一句：“穿鞋。”

司栗急忙站住，怀疑他后脑勺上长了眼睛。

等她钩出鞋子穿好再进厨房时，男人已经从冰箱取出了饺子，利落地忙开了。

司栗坐在餐桌前，手撑着下巴盯着他宽阔的背影看，觉得穿着这雪白衬衫下厨真的是太浪费了，但也格外赏心悦目。

要说悦一沉是个痴汉的话，她其实也是一个“迷妹”，还真没资格笑他。因为人家痴得大大方方，她却迷得遮遮掩掩。

悦一沉在此时回头看了她一眼："很快就好了。"

她其实并不算饿，但他喝了酒，不吃点东西，明天起来胃肯定会很难受。

锅里的水很快就沸了，悦一沉取出饺子，刚要放进去，就听到后面的小人儿提醒："放点盐，不然要粘锅的。"

他"嗯"了一声，依言放了一点儿盐，而后将饺子一个个放进去，下了六个，估摸着够她吃了，结果又听到她在旁边催促："再下几个，再下几个。"

于是他顺从地多下了几个。

加水沸了两次，他捞出来用厚瓷碗装好放到她面前："要来点儿醋吗？"

"不用。"她说完就爬下了椅子，一溜烟地跑到柜子前踮脚要拿东西，悦一沉连忙跟过去把她抱起来："要什么？"

她伸手拿了一个小碗和勺子。

悦一沉把她抱回椅子上，在给她倒凉水的间隙，看到她正用勺子把碗里的饺子一个一个地分出去。

"怎么了？"悦一沉不解地问。

"你也吃一点。"她数着碗里饺子的个数，将多的那份推到他面前。

原来是给他分饺子。

悦一沉其实没有胃口，但没法拒绝她，便坐在她对面陪着吃完了那些饺子。

之后他收拾了碗筷，又催促司栗上去洗澡。她没有上去，说自己还不困，像个小尾巴一样跟着他，在他洗过碗之后还殷勤地帮他擦碗。

悦一沉把碗递给她，还微微一笑："讨好也不管用，不能化妆就是不能。"

司栗："……哦。"

司栗肉乎乎的两只手捧着碗，小心地擦干了，踮脚放到橱柜里去。以往很简单的事情，现在摊上这小身板，就显得尤为艰难了。

司栗叹气，声音不大，但是悦一沉还是能听得到。

他没有说话，只是接着把第二个碗递到她手里。

清理完厨房之后，他牵着她上楼，而后被司栗拒之门外："我自己可以的。"

小脸蛋上写满了坚定和认真。

悦一沉忍着笑意："好，你自己来，有事叫我，我就在隔壁。"

她比了一个OK的手势，然而她的小肉手根本无法完全张开，所以这个手势比得格外奇怪，悦一沉终于忍不住扑哧一声笑了。

司栗黑着脸关了门。

白天的时候悦一沉有提醒过保姆买小板凳，布置在司栗所有够不到的地方。所以司栗关门之后，先是站在板凳上开了灯，又踩到衣柜前的板凳上取了睡衣，最后才进了浴室。

悦一沉不让她用浴缸，而且在浴室里新铺了很大一块防滑垫，用的沐浴露是无刺激婴幼儿款，还准备了儿童小毛巾、兔子发箍。她舒舒服服地洗了一个热水澡，除了拧毛巾费力一点儿，别的她都还能处理。

12

出去的时候冷不丁看到悦一沉站在门口，倒是吓了她一跳。

男人在接电话，看到她出来之后立刻应付了两声，匆匆挂掉。

“怎么了？”司栗问。

悦一沉没有作声，依旧举着手机对着她，隔了一会儿才拿开。

司栗后知后觉：“嗯？你在拍我啊？”

“不能拍？”

“记得美颜就好了。”

他笑得眉眼弯弯：“已经够美了。”

睡觉前司栗照例刷了一会儿微博，点进特别关注那一栏，发现悦一沉换了头像。司栗的心跳微微停了半晌，而后才点开那个图像。

照片确实是刚刚他拍的她，她就站在浴室门口，穿着白色的睡裙，雪白的兔子耳朵耷拉在脑袋旁，头发乱蓬蓬的，还有几缕打湿了粘在白嫩的脸庞上。她仰着头看他，表情有些茫然，但眸子很亮，黑白分明。

她头一次发觉自己的眼睛也算得上漂亮。

已经有网友发现他换了头像，纷纷在他最近的一条微博下留言。

嗒嗒嗒嗒嗒嗒：“男神你咋换头像了？这次千万不要是女儿啊。”

没错我是米饭同学呀：“对啊，男神，你别偷偷结婚生小孩啊。”

小悲小伤小流年：“是不是新签的小明星呀？好漂亮啊。”

悦一沉原来的头像是唯唯拍的公益广告的宣传照片。这张照片挂了两年多，刚开始换的时候粉丝都“炸”了，以为是他的私生女，网上一度谣言四起，他也没换。现在换成了她，她不禁感慨万千。

男人啊，都是喜新厌旧的东西。

司栗没有关灯，打开手机里的美颜相机，找好角度自拍了好几张照片发给悦一沉。

司栗：“男神，求你了，换一张吧，啊？”

悦一沉很快就回复了：“在床上拍的？不太好吧？”

司栗：“在厕所门口拍的就好吗？”

悦一沉：“我觉得很好，早点儿休息，别拍了。”

他回复了信息后，默默地把她发过来的照片都存了下来。

司栗有些恼火，于是第二天整整一天都在自拍。

李阿姨在旁边看得瞠目结舌，又给悦一沉打电话：“小可爱都拍一天了，小朋友玩这么久手机是不是对眼睛不好啊？”

悦一沉“嗯”了一声：“是不太好，书房里面有个单反，你拿下来给她。”

悦一沉晚上回来时，一进门就看到她在央求李阿姨用单反相机帮她照相。李阿姨不会用单反相机，看起来十分为难，抬头看到悦一沉进屋，立刻如释重负地将单反相机递给他：“悦先生，您来帮小可爱拍，我实在是不会用这个东西。”

他接过相机的时候司栗已经转身噔噔噔地往楼上跑了，他摆弄着相机，对着她的小背影随意抓拍了几张，而后跟上去。

司栗已经跑到了露台，正坐在泳池边选照片，还在悦一沉走过来之前发了微博。

男人在她旁边坐下，举着相机对着她一顿猛拍，一连串的快门声让司栗脸上有些挂不住，伸手捂着脸：“别照了。”

她总觉得有些羞耻，怕悦一沉笑话她自恋。

“长得这么漂亮还不让拍吗？”悦一沉笑着说，“我看看你今天拍了多少？”

司栗把手机藏到背后：“不给。”

要是悦一沉硬抢的话，估计不需要一秒钟就能抢到，他手那么长，稍微一够就能拿到。但司栗了解他，他太绅士了，和女明星走红地毯从来都是虚揽，实在要拍照了，手掌也是避开的；电影外的宣传和活动，更是竭力避免直接触碰女嘉宾，所以每次都会被观众调侃是个绅士。

因此她可以说完全没有防备，男人凑过来的时候她怔了一下，而后才下意识地往后仰，结果忽略了自己那存在感为零的平衡力，直直地就往地上摔去。

悦一沉眼疾手快地伸手垫在她身下，速度太快，连带着他整个人也跟着倾倒了，重重伏在她上方。

司栗心跳都停了，脑袋里几乎一片空白，只看得到他那双漆黑的眸子。

两人距离很近，司栗闻到他鼻息间冷冽的须后水香味，他额前的碎发几乎要扎到她的眼睛了。

他很快就扶着她起来了，自然也顺手拿走了她的手机。

等她反应过来的时候，对方已经把照片全选，共享到他的手机上了。

“没有什么不该看的吧？”他问了一声。

司栗没好气地看了他一眼：“传都传完了还问，有意思？”

他轻笑一声，将手机还给她，开玩笑道：“要是喜欢拍照，我可以给你租个摄影棚，让你拍个够。”

“可以吗？”

悦一沉给她一个爆栗：“还真想拍啊。”

司栗捂着脑门，可怜巴巴地看着他：“就，想留点纪念啊。”

他瞬间就心软了，拿起相机说：“你要是想拍，我给你拍。”

司栗立刻就喜上眉梢。

她好像有点掌握撒娇的诀窍了。

晚上司栗翻微博的时候才发现自己没有切换账号，那组照片直接发到了大号上。

她的大号名称是：悦一沉的迷妹，一般都是发工作室的动态和悦一沉的作品之类的。她常年厮混于悦一沉的粉丝中间，所以圈子不算小，互相关注的也多为悦一沉的铁粉。

突然发了一组照片，她有些担心会引起粉丝误会。

然而事实证明是她想多了，到了第二天早上打开微博时，那条微博的评论只有十几条，自拍照和他拍照相去甚远，没有人认出照片上的女孩是悦一沉的头像，于是并没有引起多大的注意。

她悄悄删了，而后又用小号发了一遍。

几乎在删掉微博的同时，悦一沉就在微信上发来了一条信息。

悦一沉：“为什么要删掉照片？”

司栗：“你是怎么知道我微博的？！”

悦一沉：“出门的时候拿错平板电脑了。”

司栗：“……照片、云盘、播放器和视频都别点！”

悦一沉：“好的。”

十分钟之后他再度发来信息，这次是一条语音，他那边很安静，声音传过来没有任何杂质，低沉悦耳，宛若在旷野上奏起的大提琴声。

悦一沉：“看美剧就算了，你还看这种……你别吓到李阿姨。”

司栗简直要“炸”了：“不是让你别点吗？！”

悦一沉：“不小心点错了。”

司栗无话可说，只能硬生生地转移话题：“不在工作室？”

悦一沉：“配音这边还有一点儿补录的工作，今天应该可以提前回去，你想吃什么？”

司栗：“啊，真的吗？！我想吃完再去逛逛，所以我们能在市中心吃吗？”

悦一沉：“可以。”

半分钟之后他又补上一句：“等我回去接你。”

司栗只好默默地删掉打了一半的话：那我自己搭车出……

好在今天他没有放她鸽子。下午六点的时候他回到家，司栗早就自己扎好了头发，穿好了衣服，乖巧地坐在客厅等他。

悦一沉本来想换身衣服再出门的，但自己一进门就看到司栗屁颠屁颠地跑过来，站在他面前翘首以盼，他便打住了要换鞋的动作，直接弯腰将小家伙抱起来。

“要吃什么，想好没有？”

司栗的眼睛亮晶晶的：“想吃日料。”

悦一沉从鞋柜取出她的小靴子，司栗连忙挣扎着要下地：“我自己穿。”

但男人已经更利落地单手替她穿上了。

她不免感慨：“感觉自己不是变成小孩子，完全变成了残障人士。”

悦一沉笑起来，摸了摸她的脸说：“小孩子就应该被这样照顾啊。”

司栗无端地有些难过，她记得自己还是小孩子的时候，是没有被这样照顾过的。因为她从懂事起就一直是衣服鞋子自己穿，从开始穿内衣内裤起就是自己洗了。

悦一沉再这样宠下去，她只怕真的会沦陷的。

车子临江停下，司栗解开安全带要下车，却被人压了压脑袋：“别动。”

悦一沉从驾驶位座椅背后摸出一副黑色无镜片眼镜和灰色针织帽戴上，而后才下车绕到这一边来抱她。

司栗是想拒绝的，但又格外贪恋这个宽厚温暖的怀抱，于是麻痹自己不再挣扎了。

悦一沉直接抱着她进了日料店。

这是这一片区域里享誉度最高的日料了，食材新鲜地道，环境清幽，而且光线刚刚好，不容易被认出，所以这家料理店在圈内是许多公众人物的首选。

悦一沉戴了眼镜和帽子，但是进店的时候仍然引来了不少注视。

不是作为公众人物被认出来，而是他的身形和气场在那里，本来在人群中就比较突出，何况怀里还抱着个小女孩。

他今天穿了一件墨蓝色套头毛衣，下身是水洗牛仔裤，很简洁舒适的搭配，使得他整个人看起来帅气俊逸。

悦一沉打电话预定了座位，于是两人进门后便被引到了餐厅的角落里。

这边是比较偏僻的位置，前面有盆栽挡着，后面是一整面玻璃墙。因为游乐场就在附近，所以这个位置刚好可以看到正在转动中的漂亮摩天轮。

只是斜对面三米开外的桌子上有人，而且是几位年轻的小姐姐。

司栗注意到，从他们走过来开始，她们就一直盯着悦一沉看。

她能分辨得出，那完全只是欣赏的目光，并不是他被认出来了，这让她稍微有些放心。

悦一沉坐下后便将菜单递给她："想吃什么就点。"

结果她点了几个都被否决了。

不是这个太凉就是那个太生，噢，拜托，鱼生不是生的怎么吃？

司栗最后还是闷闷不乐地把菜单递回去："算了，你点。"

他倒也不推托，直接就在平板电脑上点了菜，下单后司栗看了一眼，全是些不温不火的东西。

司栗张了张嘴，在看到悦一沉"想想火锅那次的后果"的警示眼神后，立刻妥协了。虽然没有鱼生，但也总好过在家喝李阿姨煲的汤。

两人吃到一半的时候才察觉不对，几乎同时转头望过去，隔壁桌的女生立刻尴尬地收起了手机。

13

被偷拍这种事可大可小，但他现在带着一个小丫头，微博还是刚换的头像，如果流传到网上，很有可能会变成谣言。

两人对视一眼，而后悦一沉搁下筷子，擦了擦嘴起身向她们走过去。

他愿意出面，那就基本不会出什么大问题了，他的魅力是全民共睹的，何况他几乎没有"黑粉"。

那边的气氛和乐融融，司栗毫不担心，继续悠然地吃她的鱿鱼。

十分钟后悦一沉折身回来，司栗抬眼就看到那群女生一脸花痴和恋恋不舍。

"认出来了？"司栗往嘴里塞进一口寿司，头也不抬地问。

悦一沉忍不住伸手过去，抽出那一小缕随着寿司被卷进嘴里的头发，又拿手指抹掉她嘴角的沙拉，然后才回答："嗯。"

司栗看了他一眼，又含糊地问："解决了？"

对方笑笑，眼睛弯弯的："当然。"

真是个祸害。但是这祸害比虞纪那个祸害让人省心多了。

临走前悦一沉还替那桌女生结了账。他们走的时候，那几个小姑娘还在悄悄

和他招手，根本不敢大声说话影响他。

其实他完全不需要这么做，那几个妹子看起来都很软萌，单单是过去说一声“麻烦不要传到网上”，就能俘获少女的心了。

司栗叹气：“你这样啊，那几个女生恐怕要变成你的‘骨灰级迷妹’了。”

悦一沉扬眉，推开门牵着她走出去，表情有些费解：“这样就‘骨灰级’了？那我对你这么好，你怎么不是我的‘迷妹’？”

谁说不是了？司栗装死。

睡觉前司栗用小号刷到了一条热门微博。

长翅膀的软萌少年：“在日料店偶遇Y姓男星，真人真的比荧幕上的帅太多了啊！偷拍被发现也没有说我们，还过来和我们说话。我们几个小姐妹简直兴奋到快要昏厥过去，最关键的是他走之前还给我们结账了，我的天哪，怎么会有这么好的人？终于明白为什么会有人爱他十八年了，我已经完全沉沦。”

发微博的女生是一个网络主播，有几万粉丝，微博一发，立刻就有许多人在底下猜测是哪个明星。

因为关键词里有“Y姓”“十八年”，所以评论里面的猜测对象少不了悦一沉。

热评是悦一沉全球粉丝后援会：“哈哈，是我们一沉男神吗？他还蛮喜欢去那家店的，但愿他今天没有戴那副丑丑的黑框眼镜。”

博主回复：“哈哈，真的一点儿都不丑好吗？！”

于是答案昭然若揭，第二天这条微博便直接占据了热门首位。

发微博的女生没有提及司栗，也没有黑悦一沉，所以工作室没有去理会。

自然吸粉无数。

这些年悦一沉在娱乐圈都很低调，很少有负面新闻，加之现在已经很少接戏，专心做幕后，所以人缘很好，偶尔上一下热门，也没有“喷子”出现。

也是因为这条微博，工作室又忙了起来，签的两个新人接戏接到手软，悦一沉亲自把关，几乎每天都早出晚归。

司栗帮不上忙，只能帮他筛选剧本，提一些意见什么的。他偶尔会听，但有时也明令禁止她长时间玩手机和电脑。

司栗在手机和电脑之间选了手机，于是电脑彻底被搁置了。

她请了那么多天的假，桔姐非但没有打电话催她，财务那边竟然还给她发信息和她核对工资卡账号。

桔姐和财务自然都是听命于他的。

悦一沉的人品真的是好得没话说，她觉得这个男人至今仍未结婚，简直就像是累计的奖池，人人都有机会，但也只是千万分之一的机会。

悦一沉没空带她出去玩，她自己又不方便出去，所以连续在家窝了三天，简直要长草了。所以早上趁着阿姨出门去买菜，她偷偷溜下楼了。

她一直很想到湖那边去走走，可是悦一沉不让她单独去。其实她这么大的时候，就已经会自己去菜市场买菜了，所以悦一沉的担心完全是多余的。

这边风景确实很好，空气也很新鲜，又因为是工作日，所以一路上都没有什么行人，清幽得能听到阵阵悦耳的鸟鸣。

司栗走了一会儿就累了，本来想回头了，但是抬眼看到前方的凉亭之后便改变了主意。

她又想过去自拍了。

她踱步过去，却在走到了跟前时才发现凉亭里有人，并且都是她认识的人。于是还未反应过来，她就脱口而出打了一声招呼："虞纪。"

坐着的两人在听到脚步声时便停止了交谈，此刻被人连名带姓喊出来，而且还是个小女孩，难免要诧异。

另一位留着络腮胡、扎着小马尾的大叔笑了一声："虞纪啊，真的是哪里都有你的小粉丝啊。"

事已至此，司栗也只能继续硬着头皮打招呼："吴裳老师好。"

吴裳又是一怔："哎哟，连我这个糟老头也被认出来了。"他朝司栗招手："小姑娘，过来坐，你住这附近啊？自己出来玩？"

司栗难得跑出来玩，还能碰到熟人，自然不愿意拒绝，于是大大方方地走了过去，攀着桌子坐上了石凳，笑着回答吴裳："谢谢老师，我是自己跑出来玩的，就住这附近。"

虞纪觉得这小女孩很可爱，说话有模有样的，还格外眼熟，也忍不住和她搭话："真可爱，你叫什么名字呢？今年几岁了？"

"我叫……小可爱。"她随口回答，"今年五岁了。"

虞纪呵呵一笑："我怎么看着才三四岁呢。"

"你向来看人不准。"司栗毫不客气地说。

吴裳哈哈大笑起来："虞纪啊，你这个小粉丝不简单啊。"

虞纪摸摸鼻子："我看人是挺不准的，我老以为我上一任助理已经三十多岁了，其实人家才二十五岁。"

司栗记住了，这家伙在说她老呢。

他们在谈话，司栗也不好继续在这儿耽误他们，于是坐了一会儿就提出告辞。

吴裳笑眯眯地望着她跳下凳子，四平八稳地走出去。

这个背影越看越奇怪，他不知道想到了什么，忽然眸光一闪，而后对虞纪说道："这小姑娘适合做演员。"

"嗯？"虞纪不解地望了他一眼。

"很稳重、成熟，但也不是小大人。"

他那部戏还是没有找到满意的女主角，刚刚就在和虞纪商量要不要扩大选角的范围。

虞纪反应过来，立刻起身朝女孩追过去："小可爱。"

司栗走出了几步才反应过来是在叫她，回头就看到一双大长腿。

虞纪蹲下来，发射他的迷人魅力："小可爱，有兴趣拍戏吗？"

司栗一脸莫名："什么？"

虞纪以为她是不理解拍戏的意思，又道："你记得你妈妈的电话号码吗？方便给我一下吗？"

司栗仍然没有动作。

他只能递过一张名片："那你把这个拿回去给你妈妈看，让她联系我，可以吗？"

这名片她家里一大堆。

司栗"噢"了一声接过名片，朝他招招手："虞纪再见。"

"再见，小可爱。"

司栗没把这个当回事，晚上也就忘了，结果睡前被来收她脏衣服的悦一沉从兜里发现了名片。

他拿着名片去问小家伙："你今天去见虞纪了？"

"啊？什么？"司栗装聋作哑。

"我家可没有这个人的名片，你过来的时候也只带了手机和钥匙，那么请问这张名片是从哪里来的？"

司栗翻身装睡。

悦一沉走过去捏她的脸："你要见谁我无权过问，自然也不会阻拦。但是你不应该自己跑出去，你一个小丫头，被人一抱就走了，真不见了我找谁要去？工作室做的那个拐卖小孩的公益广告我不是给你看过几遍了？"

"我知道啊。"司栗心虚地小声说，"我没有跑出去，是在小区碰到的。"

"小区哪里？"悦一沉循循善诱。

"湖附近的亭子。"

"他认出你了？"

"没有啊，我都没和他说几句话。"

悦一沉松了一口气，而后又问："那他为什么给你名片？"

"不知道啊，对了，当时和他在一起的还有吴裳导演，他给我名片的时候问我想不想拍戏来着，可能是在找群演。"

悦一沉的眸色深了几许："拍戏？"

"嗯，还让我留我妈的电话，我要是有我妈的电话就好了。"

悦一沉微微一顿，而后摸了摸她的小脑瓜："下次可以留我的电话。"

"哦。"

这个话题到此而止。

她没想过要拍戏，也因为悦一沉极力反对唯唯进演艺圈的态度，所以连帮虞纪一个忙，去做群演都没有考虑。

大概是怕司栗又偷偷跑出去，悦一沉第二天把她带到了工作室。

14

司栗能出门当然高兴，也千叮咛万嘱咐让他不要在人前抱她，虽然她现在是小孩子，但作为一个二十六岁的成年人，怎么都觉得有些羞耻。

悦一沉痛快地答应了，但是在上楼梯的时候仍然顺手把她抱起来了。

周围都是人，她不敢嚷嚷，只能默默地拿小手推他。男人只是看了她一眼，微微挑眉，倒是搂得更紧了，模样颇为无赖。

两人走到拐角的时候碰到正在下楼的两个员工，看见悦一沉带了个小妞过来，眼珠子都要掉下来："悦大，你又上哪儿拐了一个女娃娃回来啊？"

"长得真水灵，网上的传言不会是真的吧？"

悦一沉朝她们笑笑："网上有什么传言？"

那两人相视一笑，八卦地说："你之前不是换了头像吗？大家都在说你其实已经隐婚了。"

悦一沉莞尔："我倒是想有个这么可爱的女儿。"

那两个员工笑起来："我就说嘛，要是老大结婚，我们怎么可能不知道！"

"就是，他结婚桔姐怎么可能不知道！桔姐知道我们怎么可能不知道！"

悦一沉失笑："我先上去了。"

她们连忙比了一个OK的手势，让出路给他，又提醒道："九点钟有个会议，桔姐主持的。"

他"嗯"了一声，抱着司栗上楼了。

直到进了悦一沉的办公室，司栗才敢开口："今天要开会？什么会？我怎么不知道？”这种需要悦一沉参加的会议一般都是有些重要的，她有些难过，“我好歹也还是你的助理啊，怎么什么都不知道？实在对不起你给我发的工资啊。”

悦一沉连忙安慰她：“这个会是临时安排的，我早上起来才收到信息，你不是请假了吗？桔姐就没通知你。”

司栗稍微有点释怀，又问：“是关于什么的会议？”

“嗯……”悦一沉摸摸鼻子，“就是吴裳导演的那个戏，我们打算投资。”

司栗蓦地眼睛一亮，激动道：“这个可以。我之前就想和你谈这个来着，只是一直忘记了，这部戏肯定卖座啊，大明星、大导演，而且是经典改编，投资肯定不会亏。”

悦一沉看她这个表情有些好笑，忍不住刮刮她的鼻子：“就你会算，小财迷。”

司栗还要反驳，就被一阵敲门声打断了，门口站着一个实习生：“悦老大，开会了。”

悦一沉应了一声：“马上就过去。”又回头叮嘱司栗：“别跑出去了。”

司栗忙不迭地点头：“好的。”又问，“你桌上的文件我能看吗？”

“随便看，椅子滑，小心点儿。”

其实司栗是很想跟着去开会的，但用脚指头想都知道这事不可能，所以没有提。一直到悦一沉走出了办公室，她才后知后觉地想，如果她提出来了，再稍微撒一下娇的话，是不是也是有可能的？

她好像有点得寸进尺了，但是没有工作的日子实在是寂寞如雪。

司栗坐在他的总裁椅上看文件，实习生得了悦一沉的吩咐送水进来，走到跟前之后忍不住摸摸她的脑袋，捏捏她的小脸蛋，逗她说话，被她萌到了。

这实习生还挺漂亮的，所以司栗没有躲开，耐着性子装小孩。

“小妹妹，你叫什么名字啊？”

“小可爱。”司栗笑眯眯地回答，难得地露出了一点儿小孩的呆萌表情。

“哎哟喂，真可爱，你几岁了？”

“四岁了，小姐姐，你好漂亮啊，你是模特吗？”

没人不喜欢嘴甜的人，特别是嘴甜又可爱的人，于是实习生彻底沉沦。

会议结束之后，悦一沉是第一个起身要出去的，结果又被桔姐叫住，不得已留下来和她单独谈了十几分钟。好不容易谈完了，他大步流星地走回办公室，却没有看到那小妞。

刚要出去问人，就听到桔姐在楼下茶水间门口笑着问：“怎么了？这么热闹。”

他顿了顿，而后下楼走过去。

茶水间里的景象让他啼笑皆非，那小妞坐在吧台的高椅上，像个正在宠幸后

宫三千佳丽的皇上，左边是推广部部长，右边是投资部部长，一个人拿着饼干，另一个人端着牛奶，喜笑颜开地伺候着。

她在中间，嘴巴就没停过，一会儿吃东西，一会儿拍马屁，他倒从来不知道她是一个嘴（厚）这（颜）么（无）甜（耻）的人。

“哇，姐姐你这个指甲好漂亮啊！”

“姐姐自己做的，下次也帮你弄好不好？”

“莉莉姐，你是不是去打了玻尿酸啊？皮肤这么好。”

“哎哟，你还知道玻尿酸呢。对了，你怎么知道我是莉莉啊？”

“悦一沉和我说过。”

“悦一沉？你居然叫他悦一沉？”

一阵笑声。

悦一沉默默地走开了，她喜欢热闹，就让她玩吧。

其实司栗不算是“人来疯”，是典型的摩羯座，在以前的公司就从来不会和同事多说一句废话，有时候还会有些闷。平时下了班宁愿继续处理事情，也不会和他们出去疯。

但是现在变成了什么事都做不成的小人儿之后，她好像就只剩下一张小嘴了。

很多话是她以前就想说的，只是以前没有说出口的冲动。现在仗着这副身躯，她坦然地夸奖，没承想会让人这么高兴。

后来是桔姐看不下去，才让他们散了的。

中午因为司栗在，所以悦一沉没有叫外卖，直接带她出去吃了。下楼的时候，他们碰到了桔姐，桔姐也正要出门去吃饭，于是一道儿去了。

那两人一边说话一边往外走，司栗被悦一沉牵着，倒也没怎么留意，一直到三人站在了一家素食坊的门口，她才反应过来。

自从上一次司栗吃火锅吃到进医院，悦一沉在饮食方面就格外留意，清淡得司栗都想离家出走了。

所以到了门口，司栗一万个不乐意，怎么都不愿意走进去：“悦一沉，我不吃这个。”

悦一沉直接蹲下身子，好脾气地哄着：“乖，今天就先将就着吃一点儿，这附近就这点儿吃的了，晚上回去我们再吃好吃的。”

司栗更加不高兴：“你以为我不知道你叫李阿姨今天晚上做清蒸鱼和小葱拌豆腐吗？”

悦一沉笑了：“倒是耳朵尖，那你想吃什么？”

司栗指了指马路对面：“那家的铁板烧很不错的。”

他摇头否决："很油腻，你吃了会不舒服的。"

司栗都快疯了，不自觉就噘起了嘴巴，一脸委屈。

悦一沉第一次看到她这样，一时间被弄得心里痒痒的，又十分想笑，伸手摸摸她的脸之后终于退了一步，商量着问："那西餐想吃吗？你不是最喜欢海鲜意面？"

总算是让她满意了。

桔姐在旁边看着，真的忍不住怀疑：这就是他私生女吧？

到餐厅点了餐之后，司栗自己跳下凳子要去洗手间，桔姐站起来要陪她一起去，被悦一沉笑着按住："她自己可以的。"

桔姐认识司栗最久，待在一起久了很容易露馅儿。

她坐下来，笑着问："真不是你女儿啊？"

悦一沉笑了，表情无奈："真的不是，相信我，我比你更希望是。"

"那还疼上天了？要是哪天你真有女儿的话，"桔姐顿了顿，而后摇头，"简直不敢想象。"

她觉得悦一沉已经够宠唯唯了，这么一看，是小巫见大巫。

悦一沉笑而不言。

吃饭时悦一沉下意识地提醒自己，不要把注意力太放到司栗身上了，但仍然控制不住地去照顾笨拙吃面的司栗，连桔姐试图和他谈事情他也无暇顾及。

"慢点儿，小心袖子，别沾到碗上的油。

"鸡翅？不能吃，那个太上火。牛排要吃吗？嗯？你不是要吃肉吗？这边我没有吃过，切给你好不好？你又是从哪里弄的辣椒？"说完还捉着她的小手腕，就着她的手吃掉了那块沾满了辣椒的莲藕，还把她手指上沾到的辣椒酱吃得干干净净的。

场面尴尬，桔姐莫名地觉得自己当了电灯泡。

吃过午饭，他们返回工作室，外头正是烈日当头，悦一沉抱着司栗，她在他肩头昏昏欲睡，直接被悦一沉抱进了办公室。

她没有机会参观悦一沉的办公室，刚刚也就是在他的办公桌前坐了一会儿，还不知道他的办公室里面有个小休息室，更别提睡到他那张床上了。所以她被抱进来，迷迷糊糊间被放置到床上的时候，才猛地惊醒过来，下意识地要下床。

悦一沉握着她的小胖脚，正在给她脱鞋子，被她这个突然的动作搞得有些莫名："怎么了？"

15

司栗把头摆得像拨浪鼓：“不不不，我就在外边的沙发睡就好了。”

悦一沉失笑：“不行，你这个裙子太宽，你这人睡觉又皮，没睡一会儿裙子就会跑到脖子上了，这外边还有男人呢。”

司栗还在强行辩解说自己的裙子不会往上跑，男人就在那边帮她把鞋子、袜子都脱掉了。

“好了，你就在这儿睡一会儿吧，我先出去忙了。”他顿了顿，又朝她笑笑，把被子罩到她身上，“床单和被子星期一刚刚换过，干净得很，放心睡。”

司栗有些不好意思，她是怕自己脏啊，刚刚袖子还碰到番茄酱来着。

但是男人已经转身走出去了。

她缩在被窝里，鼻息间都是悦一沉身上寡淡的香味。

悦一沉鲜少用香水，一般只会在一些重要场合喷一点，多数时候他身上只带着冰凉海水香气的沐浴露的味道，这味道会在他沐浴过后格外浓郁。

现在的被窝里和枕头上都是他的这股味道，很淡、很好闻，昏昏沉沉间，仿佛她还在他怀里。

司栗也是有些佩服自己的，明明很忐忑，居然也睡着了，而且睡得很甜，一觉睡到了三点半。

因为睡得太沉了，所以她坐起来的时候感觉整个世界都是静止的、晃荡的。她坐在床上缓了好一会儿才滑下床，找到自己的鞋子和袜子穿好，而后推开门走出去。

办公室里没有人，玻璃门外的人都在各忙各的。司栗站了一会儿，觉得口渴，又不好意思再走到茶水间去，于是到悦一沉的冰箱里找水喝。

里边没有矿泉水，只有一瓶香蕉牛奶。

她实在太渴了，一时也顾不上那么多，直接拆开来喝了。

就在她喝了一大半的时候，办公室的门忽然被推开了，悦一沉牵着唯唯走进来，嘴里还在嘱咐着：“小可爱还在睡觉，你坐一下，不要吵，等她醒了再陪你玩。”

话音刚落，他抬眼就看到站在冰箱旁边喝牛奶的人，于是笑了：“已经醒了？”

“小可爱妹妹，你好。”唯唯立刻蹦跶过来，笑着和她打招呼。

司栗放下牛奶：“唯唯，你好啊。”

被悦一沉看了一眼之后，马上又改口：“唯唯姐姐。”

唯唯跑过去给她一个熊抱，然后看了一眼桌上的牛奶盒子，笑着和悦一沉说："一沉哥哥，我也要喝牛奶。"

悦一沉"嗯"了一声，弯腰打开冰箱，而后微微一顿，有些抱歉地摸摸唯唯的脑袋："这边没有了，我去给你拿果汁好吗？"

唯唯睁大眼睛，摇着头道："不要，我就要喝香蕉牛奶嘛。"

悦一沉有些为难，蹲在她面前哄她："那等哥哥下了班再带你去买好不好？"

唯唯噘起嘴巴，盯着司栗喝光的牛奶盒子不作声。

司栗反应过来，连忙拉住她的小手道歉："唯唯姐姐，对不起，我不知道你会过来，所以喝掉了最后一瓶，我们现在就去买好不好？"

唯唯却甩开她的手，气鼓鼓地说："那是我的牛奶，你为什么要喝？那是一沉哥哥特意给我留的！"

司栗一下子愣住了。

悦一沉连忙把唯唯拉开："唯唯，别闹，一瓶牛奶而已，妹妹不知道，哥哥等会儿就给你买去。"

唯唯挣开悦一沉的手，立刻哭了起来："她不是我妹妹，那是我的牛奶……"

唯唯一哭，悦一沉就没法了，抱起她，温柔地哄着。

司栗有些尴尬地解释："对不起啊，我不知道她要过来，刚起来有点口渴，所以就……"

悦一沉来不及宽慰司栗，唯唯一哭，他就一个头两个大，哄起来没完没了。旁边的桔姐闻声赶来，搞清楚情况之后哭笑不得，开玩笑道："都怪你一沉哥哥，知道你要来也不多买一点儿，对吧？"

悦一沉连忙附和："对，是我的错。"

"好了好了，不要哭了，多大的人，丢人吗？"

司栗被晾在旁边，越发尴尬。这是哄小孩的一贯套路，如果她是司栗，她不会觉得有什么，甚至可能会过去和悦一沉一起哄。小孩子嘛，有点脾气是自然的，何况是一个一直被全世界宠着的小公主。

但她现在不仅仅是司栗，还是那个十来天来一直被悦一沉宠着的、不敢对她大声说话的小可爱。于是很微妙地，她感觉到了一丝丝的委屈。

这种情绪来得突然，也气势汹汹，一下子完全占据了她的理智。

她拿起自己的手机跑了出去。

悦一沉只看到一抹白色从门口一闪而过，等反应过来时，司栗已经没影了。

他连忙把唯唯留给桔姐，连外套也来不及拿就追了出去。

门口已经没有司栗的影子了。

司栗拐进了附近的一间便利店，一口气买了两箱香蕉牛奶。

结账的时候她问收银员能否线上支付，收银员都乐了：“小家伙还知道用手机付钱呢，是不是偷妈妈的手机出来买零食的啊？”

“是我自己的零花钱。”

对方一脸不信。

她用手机付了钱，又拜托店员帮忙送上楼，对方不忍心拒绝，就暂时关了店门帮她送货上楼。

悦一沉简直要急疯了，在附近找了好几圈都没找到人，差点儿要报警的时候工作室打电话过来，说人已经回去了。

他连忙往回赶。

上楼的时候看到便利店的店员他就完全明白了，也知道自己为什么没有找到人了。

他刚刚有经过便利店，也进去看了一眼，但大概是货架太高把她挡住了。

他回到办公室的时候，司栗已经打开了一瓶牛奶递给唯唯，奶声奶气地道着歉。桔姐站在一旁，有些尴尬地说：“是姐姐不懂事，小可爱你不用理她。”

唯唯没有接那瓶牛奶，越发委屈，嘴噘得老高了。

“是我的错，我不应该喝她的东西。”司栗歪着脑袋逗唯唯，“不要生妹妹的气啦，妹妹还想玩你的积木呢。”

唯唯嘟着嘴，勉强接过牛奶，小声说：“你可以玩我的积木。”

桔姐在旁边笑了，摸了摸司栗的脑袋：“小可爱真懂事，但是下次不要再这样自己跑出去了，你把我们都吓死了。”

司栗点头：“我以后不会了。”乖巧得让人心疼。

悦一沉走过去想抱起她，却被人提前发现，微微闪开了。

糟糕，小家伙好像生他的气了，而后一整个下午都没有再搭理他。

她还在逗工作室的漂亮姐姐，和唯唯说话，看起来也没有不高兴，但就是不愿意正眼看他。

亏得桔姐还来和他说小可爱这孩子心胸开阔，是个可塑之才。

她是开阔，对所有人都开阔，唯独对他不是。

下班后司栗也只是默默地跟着他，到了车库，他替她打开车门，想弯腰把她抱上去，却被她轻飘飘地看了一眼，满脸拒绝。

他只能收回手，眼巴巴地看着她自己费力地爬上去。

等他绕到另一边上车之后，她已经自己系好安全带了。

悦一沉启动了车子，讨好地问她：“晚上想吃什么？我们不回家吃了，你不是想吃铁板烧吗？我们去吃吧？”

司栗手肘支起搁在窗户上，托着下巴望着窗外，有一瞬间悦一沉觉得自己又见到了原来的那个司栗。

“回家。”言简意赅，虽然还是奶声奶气的。

悦一沉忠犬一般乖乖地把车开回家了。

晚上她没有吃多少，吃完后就一个人上楼了。

悦一沉想跟上去的，可是也不知道要怎么哄，所以却步了。

女人心，海底针，她可比唯唯难搞多了。

他坐在楼下，想了半天，干脆注册了一个“马甲”到论坛去咨询。

一个小马甲：“如何哄女人？”

很快就有几条回复了。

momo海外代购：“包包，包治百病。”

王子呵呵呵：“需要哄？”

星与海：“楼上直男癌，楼主不要理会。”

花与蓝：“口红、香水，没有女人不爱化妆品。”

眼看着楼要歪，他连忙又新开了一个帖子。

一个小马甲：“如何哄四岁的小女孩？”

花果山的小二郎：“楼主是把老婆、孩子都惹了？”

星与海：“我从另外一个帖子追过来的，哈哈哈，很好奇楼主到底做错了什么。”

淘宝零食海购小屋：“零食啊，小朋友都爱吃。”

虽然帖子的回复有很多不正经的，但他好歹了解到了几点。

他一边下楼一边给桔姐打电话。

“桔姐，你知道司栗喜欢吃什么吗？”

桔姐莫名其妙：“啊？她回来了吗？”

16

“嗯。”悦一沉走到车库，从后备厢里拿出那几套化妆品，“她有什么喜欢吃的吗？”

桔姐莫名其妙：“为什么问这个？”

司栗做他的助理还不到一个月，况且还请了这么多天的假，她怎么也想不明白为什么悦一沉要问这个。

悦一沉被问得有些心虚，胡乱找了一个理由："我有个朋友想追她。"

"是那个影视公司的小开？"桔姐的一颗"八卦心"亮了起来，"他还在追司栗啊？"

悦一沉警觉起来："哪个影视公司的小开？"

"啊？我们说的难道不是同一个人？"

悦一沉合上车厢盖，问："影视公司的小开？追司栗？"

"哈哈……你可能不知道，但这事在我们经纪人圈里可是广为流传呢，当初那个小开为了追司栗，把星娱公司前面那一大块广告屏都租了下来，示爱了整整一个星期。"

"后来呢？"

"就没后来啦，那时候我和司栗又不熟，也就是广告屏这个事比较高调，所以我们才知道的。"桔姐觉得有些奇怪，这人今天怎么转性了，不仅帮朋友打听司栗的爱好，还追问司栗的情史？他不是那么'八卦'的人啊，莫非……桔姐笑了起来："我知道了，朋友即我系列，你喜欢她啊？"

"你觉得呢？"悦一沉不置可否。

他这种态度，桔姐反而觉得不可能，太不可能了，也就没有了刨根究底的心思："喜欢的啊，我想想。唯唯，擦干头发再出来……哦，上次听她提过几个，酸奶，那种很稠的老酸奶，不要果粒的，还有榴梿和车厘子，她巨爱吃榴梿。菜的话，和唯唯一样，喜欢排骨，各种煮法的排骨。"

悦一沉伸手启动车子："还有吗？"

"剩下的我就不知道了，但是光这几样应该就够了。"

司栗不想搭理悦一沉，于是第二天直接睡到了九点。

她眯着眼睛下床，而后踩在一堆盒子上，差点儿摔一跤。

床边的地毯上堆满了袋子、盒子，除了与工作室合作的产品，还有各大品牌的套装，以及她一直买不到的限量版口红。

司栗瞠目结舌，真不知道他大晚上是去哪里买到这么多东西的。

司栗鞋子也没穿就跑出去，但悦一沉已经出门了。

她洗漱过后下楼吃东西，刚走进厨房就闻到一阵似有若无的榴梿香味，登时就眼睛一亮，蹦跶过去问："阿姨！你买榴梿了？"

李阿姨在熬汤，笑呵呵地说："不是我买的，你可以打开冰箱看一下，我早上买菜回来，食材都没地方放了。"

她话音未落，司栗就跑到冰箱前踮着脚开了冰箱门，而后瞬间就有一大股浓郁的榴梿香味扑面而来。她搬来凳子站在上面往里瞅，一眼就看到了两个黄灿灿的榴梿在冰箱抽屉里，第二层满当当的，全是她爱喝的老酸奶，角落搁着榴梿千层和杧果千层，第三层是一箱车厘子。

种类不算多，但每一样都是她所心爱的。

司栗简直幸福得要晕厥过去了。

如果说在看到化妆品的瞬间她就原谅他了的话，那此刻她觉得自己如果不能有幸嫁给他，那就一辈子做小可爱好了。

这男人真是好到犯规了。

嘤嘤嘤……爸爸，对不起，我可能要换爸爸了。

她匆匆吃了两口早餐就央着李阿姨帮她开榴梿了。

榴梿完全熟透了，底端已经裂开，李阿姨很轻易就破开了。

司栗这一刻感觉自己拥抱了整个世界。

李阿姨躲得远远的，还把窗户都打开了，她不能理解为什么一个小孩会这么爱吃这玩意儿。

司栗刚刚吃掉一瓣肉，悦一沉的电话就打过来了。

她手都来不及擦就接了电话，而后听到那边的一声轻笑："起床了？"

"起了。"

"不生气了？"

"不生气了！"

"真乖。"

司栗感觉自己就是一只被人摸着脑袋的小奶猫，惬意至极。

"别吃太多榴梿，上火，我买了点山竹放在厨房，你搭着吃。"

"知道了！"

她痛痛快快地答应了，悦一沉预感不妙，但最终还是什么都没有说就挂了电话。

吃过榴梿之后，司栗叼着一瓶酸奶，捧着一盘车厘子和山竹回房鼓捣她的那些化妆品了。她全拆了包装，而后一样一样地摆在梳妆台上，弄完之后拍了张照片发给悦一沉。

小可爱："一沉叔叔，你真的是太棒了！"

悦一沉很快就回复了一个笑脸，并说："你高兴就好。"

小可爱："那我化妆了哟。"

悦一沉盯着手机看了几秒，而后违心地发了一个"好"。

小可爱："那你回来帮我涂指甲油好不好？我的右手怎么都涂不好，李阿姨

更加看不见。

悦一沉："……好。"

她把照片上传到小号上，立刻就有几个僵尸粉"炸"开了。

手机用户21273428："我靠，博主原来是白富美！"

流逝："哇，这一堆起码七万！"

纯胖子："所以这是一个美妆博主？"

司栗微微一怔。对啊，这堆化妆品少说也有七万，悦一沉真的是……她第一次由心底生出了一丝妒忌。

妒忌这个小可爱。

她给悦一沉发了一条微信。

小可爱："想和你说一句话，以司栗的口吻说。"

悦一沉："嗯？"

小可爱："你真是个好男人！"

悦一沉："过奖了。"

司栗还在翻表情包，就看到手机顶端弹出一条微博信息。

此夜红楼："那个口红色号是我一直想买的！麻烦博主试一下色！跪求！"

司栗心念一动，干脆打开了手机的视频录制软件竖在镜子前面。

颜好就是霸气，根本不需要滤镜。

然后她开始熟练地化妆。

二十分钟之后，一个完整的妆容显示在屏幕上。她朝着屏幕笑了笑，而后关了视频。

先是给嘴唇拍了一个特写发给此夜红楼，并认认真真回复："这个色号挑肤色，皮肤不是很白的不建议入手哦，不过颜色真的太正了。"

此夜红楼秒回："天哪，博主，你嘴巴也太小了吧！"

司栗没来得及回复，她在剪刚才的化妆视频，把视频剪成七分钟之后又加上配乐发给了悦一沉。

悦一沉一直到下午才看到视频。

其实视频做得挺赏心悦目的，又莫名戳萌点，特别是小肉爪子捏着睫毛膏笨拙又小心地涂在眼睫毛上的时候，隐约能看到他那个看起来雷厉风行但其实蛮蠢的助理的样子。

他看了三遍，然后才退出来，在输入框中打字：过过瘾就行……

删掉重写：小孩子用化妆品对皮肤不太好……

删掉再重写：记得卸妆……

最后只发了一句："我更爱你不施粉黛的容颜。"

司栗瞬间被击中，心跳无法抑制地不断加快，几乎要跳出胸口。

这也太会撩了啊！

果然粉丝说他超尘脱俗什么的都是瞎扯，他只是没有碰到那个让他愿意说情话的对象罢了。

她越发嫉妒小可爱了。

完了，她这样下去绝对要精神分裂。

她梳好头发之后习惯性地去翻衣服，看到一柜子的小洋装又愣住了，而后有些迷茫。

她化了妆、换了衣服要去干吗呢？

她也没法出门，不是她害怕，是这段时间悦一沉老在晚餐过后看新闻，还恰好每天都有拐卖小孩的新闻。她真的有些被吓到了，所以渐渐也不再有自己溜出去玩的念头了。

她自拍之后就去卸了妆，然后就一觉睡到了悦一沉回来。

悦一沉进屋的时候司栗还没睡醒，他先去看了冰箱，而后失笑。

他已经做好了她会吃掉一整个榴梿的准备了。他万万没想到的是，她一个人一天吃完了两个。

他上楼去找她，卧室的门没有关，悦一沉站在门口就看到小家伙四仰八叉地呼呼大睡，被子就只盖了肚子，小脚丫白白胖胖，高高地搁在一个抱枕上，枕头上是一张干干净净的素白小脸。

卸妆了，这多少让他有些欣慰。

他不忍叫醒她，于是轻轻转身要走，却又在迈开步子的时候听到背后传来一声含糊的叫声。

"悦一沉？"

他回头："醒了？"

女孩儿眯着眼睛坐起来，头发蓬松地散落在肩头，肩膀一侧的吊带滑下来也毫无知觉。

悦一沉走过去帮她把带子拉正，又拿起床边的针织开衫帮她穿好，然后才捏捏她的小脸："人不大，肚子却不小，两个榴梿都能吃完。"

她依旧睡眼惺忪，有些茫然地望着他。

悦一沉把她抱起来往楼下走："肚子饿了没有？"

司栗趴在他肩头，打着哈欠回答："不饿。"

"那过会儿再吃饭，先给你看个东西。"

“什么？”

悦一沉打开手机，点开一条语音给她听。

“小可爱妹妹，昨天对不起，是我太小气了，以后我不这样了，你不要生我的气好吗？我把我的积木送给你。”

是唯唯。

司栗有些无奈：“你觉得我会生气吗？”

“我知道你不会生气啊。”悦一沉笑着说，“你大人有大量，向来只会给我脸色看。”

司栗的脸快要挂不住了。

“只是桔姐发了这个给我，我肯定是要回复的。”

“噢！”司栗明了，立刻就着他的手按住话筒回复：“唯唯姐姐，我没有生气，只是很过意不去啦，你不要放在心上哦。要怪只能怪你一沉叔叔，谁让他忘记补货了。”

发送出去之后悦一沉才弹着她的脑门笑她：“唯唯都还不知道补货是什么意思呢。”

司栗挤出一个鬼脸，立刻又想起一件事：“对了对了，快来帮我涂指甲油。”

说完拉着他要上楼，悦一沉没法，只能抱着她返回房间：“哪里来的指甲油？”

“小鱼姐姐给的。”上次她在工作室夸了那个姐姐的指甲油好看，姐姐就拿了两瓶给她，“你看看这个颜色怎么样？”

她伸手给他看自己的左手，那五个小指甲已经涂上了鲜艳的西瓜红。

“挺好看的，不过不涂更好看。”

司栗懒得和“直男”争辩审美，只轻飘飘地说了一句：“你已经答应了。”对方就妥协了。

17

悦一沉抱着她坐在自己膝头，看了一眼指甲油的包装，确定是安全的牌子，才放心地给她涂上。

司栗看他涂了一个就放心了，很仔细，也涂得很好，于是干脆抬头看他垂眸认真的帅气模样。

这张脸长得真的太精致了，听说他拍戏的时候根本不需要上妆就已经很上镜了，媒体评论他完全就是为了做演员而生的。

“悦一沉，你帮别的女人涂过指甲油吗？”她忍不住问。

他看了她一眼："当然没有。"

司栗抿唇："真荣幸。"

"你荣幸的事情多了去了。"

司栗傻笑起来："所以如果我变回了大人，你还会对我这么好吗？"

悦一沉顿了顿，偏头看她，隔了一会儿才答："不知道。"

坦率得不行，坦率得让她有些失落。

不知道是下午睡多了还是榴梿吃多了，晚上司栗又失眠了。

她从床上爬起来，裹着毯子、抱着枕头到露台去看星星，然后差点儿被蚊子咬哭。

只能摸黑下楼找驱蚊水，结果到客厅的时候又一脚踢到桌腿，疼得她倒吸了一口凉气。

声音不大，甚至算得上是轻微了，但仍然吵醒了悦一沉。

悦一沉有轻微的神经性失眠。平时倒还好，他一个人住，关紧门和窗根本不会被吵醒。只是司栗住进来之后，他晚上睡觉都会给卧室的门留一条小缝，留意外面的声响，怕司栗晚上有什么问题。

司栗开门下楼的时候他就听到了动静，但他以为她只是下楼喝水所以没有理会，直到听到那道抽气声。

悦一沉摸索着开了房灯，在楼梯口叫了她一声，没有听到回应之后匆匆下楼，一脚踢开角落的地灯，过去把桌子边蹲着的女孩抱起来，低声问："怎么了？"

司栗这会儿已经缓和了过来，但小脸还是皱着的："踢到桌子了。"

悦一沉顺着她的手摸摸她的小腿："这里？"

"脚趾。"

他的手又滑下去，轻轻地揉了揉那个圆滚滚如珍珠般的小趾。司栗禁不住笑了一声："不疼了，你别摸，痒。"

听到这一声笑，悦一沉稍微清醒了一点儿，意识到不妥，连忙收回了手，清咳一声问："你下楼干什么？"

"睡不着想去露台乘凉，结果被蚊子咬了，想找驱蚊水。"

"这种天气乘凉？"悦一沉看了她一眼，看到她裹着个小毛毯也就没有说什么了，"驱蚊水你房间有。"

"有吗？在哪儿？"

悦一沉直接抱着她上了楼。

驱蚊水就在床头柜里，悦一沉开了床头灯，翻出那个小药箱朝她晃了晃示意："里边还有创可贴。"

司栗“哦”了一声，拿出驱蚊水，朝腿上喷了两下。

那两节白白嫩嫩的胖藕似的腿上布满了小红包，悦一沉看着就一阵心疼，忍不住摸了摸脚踝上的包：“都挠红了。”

“太痒了啊。”司栗嘟囔，“你们家的蚊子太毒了。”

悦一沉忍不住笑了，捏了捏她的脸：“细皮嫩肉的，不咬你咬谁？别说蚊子，我都想咬。”

司栗捂脸。

悦一沉勾着唇裹紧她身上的毯子，把她抱到露台去，伸手摸到一个开关按下去，霎时整个露台一片通明。

角落的灯不必说，泳池周围一圈竟然也嵌了地灯，就她刚刚坐着的贵妃榻对面还有一个驱蚊灯。

悦一沉拿下巴指了指那个驱蚊灯示意。

司栗面无表情：“哦。”

果然是她没有点亮技能灯。她就说啊，为什么这么漂亮的露台会没有防蚊措施呢？

“灯在这边，有点高，下次你要过来和我说一声就好了。”悦一沉跟她说。

“我搬凳子过来开就行。”

悦一沉笑了笑：“随你，那你现在要回去睡觉还是继续在这儿？”

“继续在这儿看星星啊。”

悦一沉闻言下意识地抬头，天空黑漆漆的，只有半个月亮若隐若现。

女生笑倒在他怀里，他难得地被耍了，但低头看到女孩灿若星辰的眸子，莫名地心就化了一半。

他把司栗放到贵妃榻上，看着她四仰八叉地裹着毛毯躺着，忍不住也跟着躺下来，手臂枕着后脑勺，靠着她一起望着漆黑的夜空。

于是这静寂的夜中多了一道男人沉稳的呼吸声。

司栗顿了顿，转过头看他：“我小时候也喜欢在阳台睡觉，只是商业小区里面的阳台看得到的天空很小。”

悦一沉“嗯”了一声，示意自己在听。

“因为爸爸总是不在家，我给他打电话的时候，他就会告诉我他在我的哪个方位，只要我朝着那个方向就是面对着他了。”司栗摸着毛毯上的毛边，喃喃自语，“他总说能看到我，所以我都会跑到阳台上，朝着他的方向坐一整晚。”

说完又觉得煽情，连忙转移了话题，说两句之后才发觉旁边没有任何声音，再转头的时候就发现对方已经睡着了。

她头一次向别人倾诉，结果被人当成了睡前故事。

司栗扯过毛毯盖住他的肚子，而后依偎着他闭上眼睛，在这温暖的香气中睡了过去。

早上悦一沉是被冻醒的，他睁开眼要起身才发觉胸口趴着一个软绵绵的“小挂件”，长发散在他身上，小手揪着他的领口。

悦一沉放慢了动作，轻轻托着她进了屋把她放到床上。女孩哼了一声，翻个身继续睡。

悦一沉倒是想陪她一起睡，但始终都觉得有些冒犯，于是给她盖好被子之后就出去了。

司栗没过多久就起床了，下楼的时候才发现悦一沉还在家，他似乎是刚刚跑步回来，鬓角沁着汗珠，背心都湿透了。

“早啊，小可爱。”在厨房忙活的李阿姨笑着向她问好，“快去洗脸刷牙，马上就可以吃早餐了。”

司栗“噢”了一声跑上楼，洗漱完、上完厕所出来的时候，悦一沉也刚洗完澡换了衣服走出卧室。

“今天没有工作吗？”司栗问。这都九点多了还没出门呢。

悦一沉侧过脸打了一个喷嚏，而后才回答：“没有。”

“感冒了？”司栗又歪着脑袋问。

“有点着凉。”

“哎呀，你昨天就应该回你房间睡的。”

悦一沉笑吟吟的，弯腰一把将她扛到肩膀：“知道了，小啰唆。”

吃早餐的时候，悦一沉走到客厅去接了个电话，司栗爬下椅子，到冰箱前找辣酱，那边悦一沉不经意一回眸，看到她踮着脚颤巍巍地从一排玻璃罐子里挑东西，登时心惊肉跳，也顾不得正在通电话，就脱口而出：“别动，我来拿。”

电话那头的人莫名其妙：“悦先生？”

“小可爱，松手。”

司栗乖乖站着等他过来，帮她拿下那瓶辣酱。

“谢谢悦一沉！”

“别吃太多。”

吃过早餐后，司栗就窝在沙发里刷微博，悦一沉挂了电话走过去把她扶正：“明天和我一起去运动吧。”

司栗“噢”了一声：“我也觉得我再不动就要胖成球了。”

悦一沉莞尔：“你倒是自觉呢，刚刚我一边听电话就一边在观察你，发现这条牛仔裤刚穿的时候还很宽松，到现在完全都绷紧了。”

那边司栗刷微博的手微微一顿，悦一沉以为她要反驳，结果对方却像是发现了什么新大陆，越发认真地盯着手机。

她以为自己看错了，于是点开了视频，但确实是熟悉的背景和面孔。

她的化妆视频被营销号转疯了。

她莫名其妙，扭头问悦一沉：“你把我的视频发微博了？”

对方凑过来看了一眼，瞬间反应过来，眉心蹙着：“我没发，你是不是录视频的时候发布在录制软件上了？”

司栗一愣，而后连忙打开那个 APP（应用程序）。

原来她昨天录好视频保存之后，系统直接给她发布出去了。

这个软件是目前短视频录制发布最大的平台，浏览量自然是没话说的，一夜之间视频的评论已经达到两万多了。又因为营销号的助推，现在转发和评论都还在增长。

司栗还在旁边翻着评论傻乐：“悦一沉，我火了欸，大家都在让我直播，还说我是最小‘网红’，哇，都在夸我漂亮、夸我厉害。”

看客们不清楚她的真实情况，自然是惊讶赞叹的，一个四五岁的小女孩会化妆，还手法娴熟、妆容干净，用的也全是名牌，好多人都在底下猜她是不是星二代。

司栗不是过分自恋，视频下面自然也有口无遮拦乱“喷”的，她不敢说出来，因为怕被悦一沉骂。但是悦一沉没有理她，他认认真真地看评论，又把几个大营销号转发视频下的评论都看完了。

夸赞的话不必说，来来回回都是那几句。

但“喷子”就有各式各样的了。

论调大概分三种：一种是说她太早熟，一个小女孩搞得这么妖艳，没有小孩子的纯真，是社会的倒退；一种是认为视频是剪的，一个小孩子不可能会化妆，是她的“妈妈”想红想疯了所以让她摆拍的；还有一种是纯粹什么都“喷”的人，还骂她是侏儒。

网络上的键盘侠骂人向来不留余地，如果她真的是个小孩，看到某些评论真的该哭了。

但她是谁啊，在娱乐圈里摸爬滚打那么多年，虞纪刚出道的时候，骂声一片，那时候他的微博是她管，评论都是她在看。有些人还连带着她一起骂，说为达目的不择手段。

她早就铸就了一副金刚不坏之身。

但眼瞧着身边的男人神色越来越不妙，司栗知道他定是看到了那些不好的评论。

“别看了。”司栗扯扯他的袖子小声说，“网上多的是键盘侠，没什么口德的，不用介意，反正对我也没什么影响。”

悦一沉难得地没有搭理她，他退出软件页面，翻出几个电话号码，而后起身到书房去打电话了。

司栗的步子没有他快，追过去的时候他已经安排下去了。

通知工作室的网宣组联系营销号删除视频，及时止损，找新的新闻热点把话题压下去，引导舆论方向。

是一般的公关手段，以前她处理过很多次，倒是第一次由别人来帮她处理。而且她从来不知道他也能处理得这么利落。

在他打完电话前，司栗就已经将她上传的最初视频删除了，自然也会有网友说她是心虚了。但没有了营销号的推波助澜，这些声音就宛若投入大海的石头，毫无声息地被压下去了。

他们工作室的公关团队是最专业高效的，到下午的时候，微博上就连关键词都搜不出来了。

于是她这个“网红”，红了不过一个晚上。

悦一沉没有说她一句，但她敏锐地察觉到，他生气了。

这件事的性质和当初桔姐悄悄让唯唯拍了公益广告的性质是一样的。

司栗大气也不敢出，巴巴地跟着他，逮着机会就“卖萌”，恨不得做他腿上的挂件，好让他别那么生气了。

但她给他倒李阿姨榨的果汁他也没有喝一口。

李阿姨虽然不明就里，但也看出来悦一沉生气了，还给她出谋划策：“小可爱，你亲手给他榨他就会喝了。”

但是悦一沉听到了，他看了她一眼，走到厨房把榨汁机收起来了。

下午，悦一沉上楼午睡，司栗窝在沙发里看电视，家里的座机冷不丁地响了起来。她吓了一跳，怕吵醒悦一沉，连忙接了。

电话那头是桔姐，听出她的声音之后让她去找悦一沉接电话。司栗只好拿着电话跑上楼，蹑手蹑脚地进了悦一沉的卧室。

卧室里厚重的窗帘紧闭着，没有一丝光线，司栗摸索着来到床边，抓到他的手臂摇了摇：“悦一沉，醒醒，有你的电话。”

“嗯？”头顶传来他慵懒又沙哑的声音，司栗第一次发觉男人半睡半醒的声

音也能这么风情万种。

“电话。”她又小声重复。这种想让他醒过来，又怕惊扰他的纠结心情，真是十足的小“迷妹”。

男人的手落下滑到她腰间，只微微一带就轻巧地把她抱上了床。男人的手臂温柔地收紧，司栗还没反应过来，就被他揽进了怀里。鼻尖还在她头顶蹭了蹭，仿佛只是从地上捡起一个掉落的抱枕。

司栗心跳如雷。

在这种昏暗的环境下，她看不清东西，但鼻端全是他独特的气息，清晰地感觉到他扣在她腰间的温热手掌，轻易就让她忘记了自己是个小朋友，很不争气地脸红心动了。

她的世界静止了几秒，而后才被电话那头桔姐的声音拉回神。

司栗动了动，伸手摸到他的手捏了捏，声音提高了一点：“悦一沉，电话，快醒醒，是桔姐。”

男人这才悠悠转醒。

他接过电话放到耳边，声音仍然沙哑：“是我，嗯……”

他没有松手，不仅没有松手，还有一下没一下地摸着她毛茸茸的脑袋，于是司栗就一直窝在他怀里，舒服得几乎要睡过去。

他没怎么讲话，一直是桔姐在那边问，大概是在问她的事。他等桔姐问完了才简洁明了地回答：“小朋友顽皮，没料到会有这么大的影响。”不知道桔姐在那边又说了什么，他笑了一声，“不需要，工作室这样就很好了，不用折腾太多，嗯……小可爱她不出道，网络上的不需要多理会，有什么的话就尽量压住。”

话说到这里，桔姐又在那边说了几句，悦一沉听到后笑了笑，说：“那我考虑考虑。”而后才挂了电话。

悦一沉丢开手机，揉了揉昏昏欲睡的小家伙的脑袋：“又不穿鞋。”

听这声音是完全清醒了。

司栗噌地爬起来，刚要下床又被他拦腰抱起，先是摸了摸她的小脚丫，确保没有冻到之后才掀开被子下床，抱着她下楼。

司栗趴在他肩头，他走得很平稳，完全没有颠到她。

看起来已经不生气了。

“桔姐说什么了？”司栗小声问。

“有网友认出你是我的微博头像了，纷纷猜疑。”

司栗好奇网上是怎么说的，但再去翻找的时候已经一点儿影子也没有了，工作室都处理干净了。

她干脆也不去理会了。

大概是她“淡泊名利”的反应让悦一沉很满意，不仅不生气了，还问她有没有喜欢的歌星，想带她去看演唱会。

司栗兴奋得不行：“我很喜欢Smile组合。”

Smile是她最喜欢的女团组合，刚好她们月底有巡演，只可惜门票刚刚开售，就被一抢而光了，她这几天一直在找黄牛。

悦一沉笑了一下。

司栗看到这个笑容就心花怒放：“你有票？！”

“刚好有两张。”

司栗想起来了，那个组合里面的高音担当湘允儿是悦一沉的师妹，肯定是她送给他的。

“而且是前排贵宾席。”

司栗的眼睛都放光了。

“不过有一个交换条件。”

司栗瞬间就噘起嘴了：“你这人怎么这样？”

悦一沉作势要起身，一副不答应就不谈了的模样。

司栗只好拽住他，不情不愿地说：“好好好，你说，什么条件？我答应就是。”

悦一沉没说是什么条件，只说她肯定能做得到。第二天一大早他就把她叫起来洗漱换衣，早餐都没吃就拎上车出门了。

车停的时候，司栗还在打瞌睡，被抱下车之后才被一声声凄厉的哭声吓醒了。

司栗睁开眼，目瞪口呆地望着眼前的景象。

院子里全是张着嘴哭的小娃娃，隔着栅栏喊爸爸妈妈。旁边是滑滑梯、海洋球、吮着手指望着她的小屁孩，仰头是一个彩色的牌匾：小红帽幼儿园。

司栗瞬间“炸”了。

“悦一沉！”

“嘘。”悦一沉连忙安抚她，“别叫，你不是嫌在家闷吗？这里有很多小朋友陪你，还有很多好吃的。我今天要去参加一个公益讲座，结束之后就来接你。”

司栗的头摆得像拨浪鼓：“不不不，不闷，我在家挺好的，我现在也很乖的，都没有跑出去过，你别把我丢在这里啊！”

太丢人了，一把年纪了还来上幼儿园，而且听这一大片的哀号她脑袋都疼。

这比待在家里还要折磨人啊。

“你乖啊，桔姐说天天把你留在家里对你身心都不好，你现在胖了很多你知道吗？昨晚你不是答应我了吗？你来上幼儿园，我带你去看演唱会。”那天桔姐在电话里就说了，小朋友就是因为在家里无聊了，才会玩化妆品，所以建议他把她送到幼儿园去。

“不，我不答应，我不听了还不行吗？”这买卖不划算啊，演唱会才一晚，幼儿园得上几年呢。

旁边的幼儿园老师过来抱她，帮悦一沉一起劝她：“小可爱，老师等你好久了，幼儿园很好玩的哦，这么多小朋友呢，还有玩具，你喜欢什么玩具啊？”

司栗紧紧抱着悦一沉的脖子，腿也紧夹着他的腰。

悦一沉哭笑不得：“听话，我晚上就来接你。”

司栗不松手，看他是铁了心要把她留下来，又受环境感染，一时悲从心来，演技大爆发，“哇”的一声哭了起来。

那哭声中气十足，天崩地裂，整个幼儿园的声音都被她盖过了。

“我……要……回……家……”

悦一沉一阵头痛，冲幼儿园老师笑了笑：“不好意思，我来劝劝她，你先去忙。”

那老师忙不迭地走开了。

悦一沉走到角落：“别哭了，你听我说……”

司栗照哭不误。

“C家新款套裙、B家大衣，大小各来一套。”

女孩的声音立刻弱了许多。

悦一沉加大剂量：“十支口红。”

司栗抽泣着说：“再加一个高光和腮红。”

“成交。”

司栗“破涕为笑”：“那我去上学啦，你晚上来接我哦。”

悦一沉面无表情地把她交给老师，头也不回地走了。

虽然顺顺利利地把她送到了幼儿园，但悦一沉还是有些心神不宁，讲座结束之后就迅速往回赶，到幼儿园去接她。

幼儿园还没放学，他在门口等了一会儿，园门才打开。

第一个跑出来的就是司栗，像一个皮球一样咻地扑进他怀里，头发乱糟糟的，裙子也脏了，眼圈也是红的。

悦一沉微微一顿，抬头看了老师一眼，带了询问的意思。

那老师面色有些尴尬：“小可爱和别人打架了。”

悦一沉连忙回头问司栗：“有没有受伤？”

“她没事，衣服脏是刚刚体育课在外边蹭的。”那老师说。

“那……”悦一沉犹豫着问，“别人有没有受伤？如果有需要我们赔偿的尽管提。”

“没事没事。”老师连忙摆手，“小孩子闹别扭，不是什么大事，也没出什么问题，就是小可爱可能不适应集体生活，过两天就好了。”

悦一沉把她抱上车，先拿湿纸巾给她擦了脸和手，又帮她捋好头发，然后才问她是怎么回事。司栗支支吾吾了半天才回答：“那个小男生想拿画笔画我裙子。我这裙子可是三千块呢，哪儿能给他画，就推了他一下，然后他又推我，我又推回去，然后老师就来了。真没打架，我很乖的。”

悦一沉腾出一只手摸了摸她的小花脸，目视着前方问：“幼儿园好玩吗？”

“体育课还蛮好玩的。”说起这个，司栗就有些兴致勃勃，“体育课我们学了攀岩，还打了乒乓球，老师还说我有天赋呢。”

悦一沉忍不住笑了一下，被瞪了一眼之后立刻又收起了笑：“特意给你选的这个学校，这是整个市里最注重野外拓展的幼儿园了，听说每个月都会有野炊和游击战之类的户外活动。”

刚刚老师还问他要不要给小可爱报一个跆拳道班呢。

司栗“哦”了一声：“难怪这个幼儿园男孩那么多呢。”

司栗上了半个多月的幼儿园，才终于迎来了她心心念念的演唱会。

她提前准备了很多，荧光棒、帽子，一大早就蹲在幼儿园门口等悦一沉来接她。

谢天谢地，他没有迟到。

演唱会在体育中心举办，他们俩提前到了，悦一沉还行使了特权，将她带去了后台。

湘允儿在门口等他们，远远瞧见悦一沉抱着一个小朋友，吃惊不小：“怎么还带了一个拖油瓶来？”

湘允儿长得漂亮，不仅是组合里的高音担当，还会作曲。司栗很喜欢她的声音和音乐，所以完全可以忽略她情商低不会说话的硬伤了。

“允儿姐姐好，你好漂亮哦！”司栗奶声奶气地开口，反正千穿万穿马屁不穿，“我叫小可爱。”

“谢谢啊。”湘允儿冲她笑笑，抬头问悦一沉，“谁家的孩子啊？居然有这个福气和你来看演唱会。”

“朋友的女儿。”悦一沉只稍作解释，而后又问，“能带她进去吗？她想见见其他成员。”

“进来吧，她们在化妆。”

悦一沉牵着她跟在湘允儿身后走进化妆间。

这是她第一次见到女团所有成员的真人，于是显得比寻常要兴奋一点儿，也更像小孩子。

悦一沉松开手，让她去和小姐姐们打招呼。

然而，司栗还没来得及和谁说话，她们就纷纷迎了上来，连妆也不化了，和悦一沉套近乎、抛媚眼。

悦一沉好脾气地应付着，又拉着司栗坐下，麻烦她们和小朋友照相。

她们这才勉为其难地凑过来和司栗合照，在她帽子上签名。

照了几张之后，有人认出面前的小朋友就是几天前在网络上爆红的会化妆的小朋友，立刻炸了窝。

“啊，原来你们真的是认识的。”

“所以那个视频真的是摆拍的吗？”

“应该是你们工作室策划的吧？想推童星啊？”

悦一沉捋着司栗裙边上翘起的蕾丝，没有作答。

湘允儿眼瞅着不对劲了，连忙赶她们去化妆，然后带着二人出了化妆间。

“你别在意啊，女生嘛，都是有些八卦的。”

悦一沉笑笑：“没事。”

“对啦，前段时间桔姐的女儿不是也说要来看我的演唱会吗？你怎么没带她过来？”

男人微微一顿，而后眉心蹙起，他忘得一干二净。

湘允儿笑了，表情有些微妙：“你们男人真是喜新厌旧。”

这话悦一沉和司栗都没法接。

她又问：“听说你新招了一个助理？上次看桔姐的朋友圈，好像还是个‘网红’脸。”

司栗非常委屈，她哪里“网红脸”了？偶像啊，你少说几句吧。

悦一沉也有些无奈：“‘网红脸’是什么意思？”

“‘网红脸’就是很漂亮的意思。”司栗在旁边小声说。

湘允儿嗤笑了一声：“‘网红脸’就是整容脸，我跟你讲，你和她出门的时候千万要保护好她，别被碰一下就当众歪了鼻子。”

悦一沉哭笑不得。

湘允儿又问悦一沉：“你要不要考虑辞掉她？我认识一个助理，口碑很好，关键是个男的，也比较方便。”

悦一沉笑了一声，表情隐晦不明：“你对我的助理为什么意见这么大？”

湘允儿抱着手臂说："那种'网红脸'看起来就是一个图谋不轨的'心机婊'，接近你肯定有目的，我怕你哪天一不小心就中招了。"

悦一沉神色不变，提醒她："进去准备吧，演唱会还有半个小时就要开始了。"

而后也不再多说，牵着司栗转身就走。

离开后台之后，两人都有些尴尬。

悦一沉在座席的入口检票处停下，低头问她："还要看吗？"

"当然要啦。我喜欢的是她们的歌，人品什么的一概不论。"

悦一沉莞尔，抱着她走进去。

两人找到位置落座，悦一沉立刻化身贴身仆人，给她戴发光的配饰，翻出水和零食给她，生怕她觉得无聊。

悦一沉的旁边是一个中年男子，戴着印了Smile签名的帽子，看起来是Smile的"迷弟"，从入座起就有些亢奋，还让悦一沉帮他拍照，完全没有认出悦一沉。

他今天算是全副武装，帽子、眼镜和假发，还穿着一条复古的喇叭裤，去接司栗的时候，差点儿被老师当成怪叔叔赶走。

司栗打开便当盒，捏起一颗车厘子抬手喂悦一沉，后者立刻咬住，然后又说："你自己吃就好了。"

司栗又拿起一颗，准备放进嘴巴的时候却停下了，转过头认认真真地说："悦一沉，我没有整容。"

后者"哧"的一声笑了："我知道啊，不仅没整，相对来说还长得不算好。"

"你嘴巴真毒。"司栗撇嘴，"不是我没长好，是你萝莉控，只要是小女孩在你眼里都是美的，女人多美在你面前都是一样的。"

悦一沉"嗯"了一声，笑道："瞎说什么大实话。"

不知道是设备没准备好还是妆没化好，演唱会推迟了半个小时才开始。

虽然现场粉丝怨声载道，但仍然在前奏响起、灯光全开的瞬间全场沸腾。

司栗也瞬间化身成小"迷妹"，尖叫着挥舞着荧光棒，小胖手比那荧光棒还要吸引人。悦一沉的手一直搁在她的椅背上虚护着她，注意力全程都在她身上。

舞台上耀眼的灯光照在这张小脸上，她的眼底仿佛有细碎的星光。虽然周边的声音很多，舞台的声响很大，但他依然能从中准确地辨别出身边这个小人儿细微又稚嫩的声音。

结束时司栗仍然意犹未尽，跟着粉丝一起喊安可。

此时天边已经飘起了蒙蒙细雨，且有越下越大的趋势。

"走吧。"悦一沉替她裹紧围巾，劝说道，"下雨了，她们不会出来了。"

"再等等嘛。"司栗坚持。

结果直到舞台上的灯都熄灭了，她们都没有再出来。

粉丝们陆续离开了，悦一沉也终于说动司栗和他一起离场。

此时雨已经很大了，悦一沉没有带伞，只能抱着司栗匆匆往外走。他已经尽量护着司栗了，但怀里的人还是被淋湿了不少。

走到停车场入口的时候，悦一沉的电话响了起来，他本来不想理会，但那响铃没完没了。司栗让他先接电话，他只能停在入口旁边翻出手机，摘下口罩接起电话。

司栗看了一眼，发现是湘允儿，瞬间就想给刚刚叫他接电话的自己一耳光。

那边大概是在问他的方位，悦一沉看了一眼指示牌："D区停车场入口，嗯，这就走了……要过来？这边有很多人，被看到很麻烦，公司的车坏了？那……"悦一沉看了司栗一眼，她顿时了然，比了一个OK的手势。

"那你过来吧，我们在入口等你。"

他们在入口等了大概十分钟，有细雨夹着寒风飘进来，悦一沉肩头都湿了，司栗被护着没有太狼狈，但头发和小腿肚子都被淋到了。

"冷吗？"悦一沉将司栗放到地上，蹲下来与她平视，而后不等她回答就要把外套脱给她。司栗连忙制止他："不冷，你别脱了。"

他只穿了一件薄风衣，里面是线衫，脱了肯定要着凉。

悦一沉没有听她的话，已经解开了纽扣，司栗只好扯着他的衣服扑进他怀里："你抱我，我就不冷了，别脱了。"

悦一沉微微一怔，而后收紧手臂将她揽进怀里。

一如既往的温暖怀抱。

司栗想都不敢想自己有生之年还能有这种随时随地扑进他怀里的福利。

真是值了。

"今晚开心吗？"悦一沉问。

"开心啊。"司栗仰头回答，"演唱会太棒了。"

没料到他正低头看她，如果不是他微微偏了头，司栗就要亲到他了。

悦一沉莞尔，拿袖子擦了擦她微湿的鬓角："我实在是有些不明白你为什么会喜欢这个女团。你品味明明蛮正常的。"

司栗哈哈一笑："就像我不能理解你为什么会和湘允儿是朋友一样啊。"

"其实她没出道前还蛮可爱的。"悦一沉解释道。

司栗"噢"了一声。

悦一沉看了她一眼："我以为你过了今晚会'脱饭'呢。"

"当然不会啊，来了现场反而更喜欢她们了，歌是真的很好听啊，她们的声音也很棒，舞台效果非常好，下一次有演唱会我还是会来的。”司栗望着他，忍不住笑，“倒是你，让你来听这种演唱会，好像真的蛮困扰呢。”

他看起来就不像是会听这种音乐的人。

悦一沉笑了一下：“陪你来，不算是困扰。”

18

他说得随意，却又让她心率破百了。

“悦一沉，你不要老是说这种话好不好？”司栗半开玩笑地说。

悦一沉看了她一眼，显然不解自己刚刚说的话有什么问题。

“我知道你喜欢小朋友，但我真的不是小朋友，对我好就算了，还动不动说这种好听的话，我会在意的。”

话已经说得很含蓄了，就差没说“你再对我这么好我就要爱上你了”。

对方又笑了笑，敛眉低声道：“如果不是为了让你在意，我为什么要说？”

嗯？

司栗有些绕不过来，还想再理论时，悦一沉已经站起来了。

司栗回过头就看到了湘允儿，对方换下了演唱会的服装，穿着一件粉色衬衫裙，没穿外套，在寒风里有种我见犹怜的娇弱。

毕竟周围仍然人来人往，因此悦一沉见到她并没有多说，只微微点头示意，牵着司栗就要往里走。

而几乎在他们一同转身的瞬间，一道让人猝不及防的闪光灯随之而来。

悦一沉和司栗皆是微微一怔，偏头的瞬间又是一阵闪光灯，把他们的正脸全照进去了。

司栗听到悦一沉暗骂了一声。

悦一沉下意识地挡住司栗，照相的人也很机警，拍到想拍的东西之后立刻就跑了。悦一沉来不及思考，匆匆和湘允儿交代了一声“看好小可爱”，就追了过去。

身影很快就消失在雨幕中，余下两个女人大眼瞪小眼。

湘允儿嘴角勾起一抹笑，弯下腰捏了捏司栗的脸蛋：“你的一沉哥哥还是很在意我的嘛。”

“允儿姐姐，你的指甲好好看。”

“谢谢。”

两人等着，眼看着雨越下越大，湘允儿抱着手臂微微发抖，连司栗都有些心疼了：“允儿姐姐，要不我们到车上去等吧。”

湘允儿点头，而后径自朝里走去。

司栗有些失望，女神都不牵牵她。

她们在里面走了一圈都没有找到悦一沉的车，湘允儿有些不耐烦：“你不知道他的车停在哪儿吗？”

司栗有些委屈：“我记得就是这里的。”

“算了算了。”湘允儿拿出手机打了个电话，大约是打给经纪人，用的是吩咐的语气：“到D区来接我。”

两人又回到门口，保姆车很快就到了，跟着保姆车的还有一大拨尖叫着的粉丝，湘允儿骂了一声。车还未停稳，车门便由里“唰”的一声拉开了，湘允儿迅速跳上了车，而后车门又瞬间合上，呼啸开走。

全程不到一分钟。

司栗都来不及反应，只是下意识地往后躲，以免被追过来的一大群人冲倒。

而当车子开走，粉丝追走了之后，就只剩她一个人孤零零地站在门口，风吹雨淋，稍微有些凄惨。

司栗给悦一沉打了电话，自然是没人接的。

她的手机也因为刚才在演唱会上疯狂地自拍和录制视频导致电量所剩无几，她不敢再浪费电，也不敢走开，只好继续站在门口等悦一沉。

她把围巾抖开裹在肩头御寒，跺着脚望着悦一沉跑走的方向，忽然听到一阵脚步声从身后传来。她听出不是悦一沉的脚步，于是没有回头，却发觉那个脚步声越来越近，刚感到不妙时，一个高大的身影已经投在她身上了，司栗下意识地撒腿要跑，却被人从背后猛地抱住了。

司栗头皮一麻，有种在打开抽屉的瞬间看到成千上万只蟑螂爬出来的惊悚感，一声尖叫几乎要破口而出，而后又被一道熟悉的笑声硬生生地卡在喉咙里。

“小可爱！终于再次见到你了！”

司栗回头，望着那张熟悉的俊脸，气得不行：“虞纪！你有病啊！知不知道这样会吓死人！”

虞纪愣住了。

不是因为被骂，而是因为骂他的小朋友这一刻的神态，太像某个人了。

司栗惊魂未定，忍不住又握着拳头砸了他一下：“我还以为是坏人！”

虞纪回过神，冲她笑笑，不住地道歉：“对不起啊，我看到你太高兴了，没有注意控制情绪。”

司栗还在瞪他，同时暗骂悦一沉，都怪他给她看太多纪录片了，搞得她现在都有轻微的被害妄想症了。

虞纪咧着嘴赔笑："来看演唱会？怎么一个人在这儿？"

司栗先疑惑了："你也来看演唱会吗？"

这不可能，他是最讨厌这个女团的，因为他曾经和这个女团一起上综艺节目，有两个成员蹭他的热度，搞得他一时绯闻缠身，被指脚踏两条船。

虞纪却笑着点头说"是"："刚刚散场的时候看到你还以为眼花了。"

司栗一脸怀疑，还要追问的时候就听到身后传来急促的脚步声。

"司栗！"

两人一起回头，便见到夜幕中冒雨跑过来的悦一沉，司栗立刻朝他招手。

旁边的虞纪却轻轻扬眉：司栗吗？是他听错还是悦一沉叫错了？

悦一沉似乎松了口气，但脚步不停，很快就到了跟前，微微喘着气，伸手就将司栗抱了起来。

他被雨水浸润的发丝浓黑如墨，眸子水亮，眼底有浓重的担心。司栗冲他笑着，他忍不住曲起食指在她微凉的小脸上刮了刮，表情很是心疼："怎么不到里面去？"

显然已经知道湘允儿走了，司栗便也不再提，只是笑着说刚出来没多久。

这之后，悦一沉才抬眼望向旁边的男人。

对方毫不介意自己被忽视了几秒，仍然好脾气地笑着："一沉哥哥要是再晚来几分钟的话，你的小可爱就要被我抱走了呢。"

悦一沉也笑了一下，只是笑意并没有到达眼底："你都跟我这么多天了，难得有机会，怎么没有抱走？"

司栗微微一怔，抬眼看过去。虞纪讪讪地摸了摸鼻子："始终没那个胆子。"

倒也还算君子，悦一沉脸色稍缓，朝他点点头示意："没什么事我们就先走了。"

虞纪笑了："你家离这里太远了，小朋友都被淋湿了，等回到家肯定要感冒，而且这会儿高架上肯定还堵着。"

演唱会规模这么大，来的时候就堵了几个小时。

看到男人眼底闪过一丝不确定，虞纪又赶紧趁热打铁："你瞧瞧她冷的，小嘴都紫了。小孩子身子弱，感冒了很难好的，万一发烧就更不妙了。"

悦一沉是在担心这个，他有些懊恼，刚刚就不应该追过去的。怀里的人体温确实有些低了，车上虽然有暖气和毯子，但万一处理不好真感冒了怎么办？

"我家就在后面的小别墅里，五分钟就能到，要不你们上去收拾一下再走？"

悦一沉低头看司栗，小丫头窝在他怀里，大眼睛一眨一眨的，是完全任他做主的意思。

悦一沉望向虞纪："那就麻烦你了。"

虞纪这边的半山小别墅司栗来过几次，但那时候虞纪档期很紧，经常满世界地跑通告，所以一年到头也不会来住几天，是以里边毫无生气。

但好歹热毛巾和热茶是有的。

虞纪进屋就开了暖气，而后带着两位到客房。

"备用的衣服衣橱里有，浴室在左手边。"虞纪递过毛巾，悦一沉道了谢接过，一边给司栗擦头发一边问："请问有小孩的衣服吗？"

"小孩子的没有，但是应该有适合她穿的衣服。"虞纪从衣橱里找出一件衬衣，"我前任留下的，挽挽袖子应该就可以穿了。"而后又挑眉看悦一沉，"嗯，也就是你现任。"

悦一沉莞尔，认真地纠正："前任助理。"

虞纪捂着小心脏，扬眉道："哎哟，一沉哥哥，你刚刚是被我逗笑了吗？"

司栗都要受不了这对话了。

她去浴室冲了个热水澡，然后换上她自己的衬衣。

衬衣原本就是短款，所以她穿起来也是勉勉强强盖住屁股而已。

悦一沉早有所料，在她出去的时候就拿着围巾在门口等着了，司栗乖乖站着，由着他给自己包住屁股。

虞纪拿着吹风机进门，见状觉得好笑："一个小屁孩，还担心走光呢。"

"会着凉。"悦一沉接过吹风机，拉着司栗走到椅子前坐下。

在吹风机呜呜呜的声音下，司栗也能准确地听到虞纪带笑的声音："一沉哥哥，没看出来你是这种忠犬奶爸啊，不会真的是你的私生女吧？"

"我倒是想。"他仍然是这一句。

虞纪哈哈大笑，而后提醒他也去冲个澡换身衣服。

随后虞纪就下楼了。

司栗的脑袋躲开吹风机："我自己来吹吧，你去洗个澡。"

悦一沉按住她的手："别动，就要吹干了。"

司栗只好放弃，软绵绵地趴在他膝盖上，小声说："你刚刚嘴瓢了。"

悦一沉没有听清楚，便关了吹风机："嗯？"

"你刚刚喊了司栗。"

Chapter 3 小迷妹

19

悦一沉反应过来，笑着重新开了吹风机，既温柔又细致地拨弄着她的头发："太着急了，就没顾得上那么多，他应该没有注意。"

司栗"哦"了一声，又问："追到那个狗仔了吗？"

"当然。"

"照片也拿回来了？"看到对方点头之后她又说，"其实你不追过去也是可以的，你和湘允儿是朋友，来听她的演唱会也没什么不对。"

"我知道，当时只是有些担心你又被新闻推到公众面前而已。"

"噢，我还有一个问题，你刚刚和虞纪说的那句话是什么意思？他一直在跟踪你？"

悦一沉微微一顿，而后才在嘈杂的噪声中回答她："是跟踪你。上次你的视频红了之后，他立刻就联系我了，想要你家人的联系方式，我没有给，只说我是你的监护人。"

"噢。"司栗了然，"他还是想让我去拍那部电影吗？"

悦一沉点头。

"然后你拒绝了？"

"我没有拒绝，只是说要征询你的意见。"

"然后呢？"

"然后一直没接他的电话，所以他就跟了我们几天。"

那就难怪了。

悦一沉给她吹好头发之后并没有让她下楼，而是吩咐她在房里等他。

司栗有些无奈："虞纪这个人没什么坏心眼儿的。"

悦一沉看了她一眼："我知道。"

司栗一脸莫名。

"只是单纯地不想你和他接触。"顿了顿又说，"不想小可爱和他接触。"

那司栗就明白了，忍不住笑了："真是个控制狂。"

"只对你有这种控制欲。"他霸道地撇下这句话转身进浴室了。

司栗歪头倒在椅子上，笑着笑着又有些无奈。

他真的是只喜欢她这个小孩子模样啊，有什么好高兴的。

她跷着脚靠在椅子上玩手机，没一会儿虞纪就上来敲门，司栗听到声音连忙坐好，盖好大腿。

虞纪觉得一个小女孩能有这种淑女意识，很可爱，悦一沉教得太好了。

"我炖了甜汤，还热了牛奶，要不要下来喝一点儿？"

司栗摇摇头，礼貌地说："我等他出来再一起下去。"

虞纪笑了笑："怕什么？我又不会吃了你，下来玩啊，我家有最新的体感游戏机哦。"

"谢谢。"仍然是拒绝。

她玩过太多次了，悦一沉家又不是没有，哼。

虞纪看起来很诧异，觉得眼前这个小丫头跟那天在湖边亭子里见到的女孩完全不像是一个人了。

但是吴裳导演看人向来很准，他不好断言什么，只是笑了一声，而后自己下楼了。

几分钟后，悦一沉擦着头发走出来，司栗连忙跳下椅子，殷勤地递上吹风机。

"他上来过了？"悦一沉问。

"对。"司栗乖乖回答，"上来说有甜汤，让我下楼去喝，我说要等你。"

悦一沉笑了一下，头发也不吹了，俯身将小人儿抱起来："走，我们下去喝甜汤。"

两个人一起下了楼，虞纪正坐在餐桌旁喝牛奶，看到他们下来之后指了指厨房："都在锅里，麻烦你们自己盛一下。"

悦一沉把司栗放在虞纪斜对面的椅子上，自行进厨房盛了一碗甜汤和一杯牛奶出来。司栗喝了一大碗甜汤，而后又舔着嘴巴说要喝悦一沉的牛奶。

"喝太多要睡不着的。"悦一沉说。

"就一口嘛。"司栗已经稍微学会了怎么撒娇，反正放软声音，眨巴眨巴眼睛，对方就会立刻缴械投降。

果然，她都还没眨眼睛"卖萌"，悦一沉就立刻起身到厨房去了。

虞纪朝她比了一个大拇指。

他装了一小口牛奶回来的时候，司栗刚刚把他的杯子放下，那原本装了半杯牛奶的杯子现在已经空了。

悦一沉微微皱眉，却也根本发不起脾气，还抽了纸巾给她擦嘴角的奶渍。

虞纪将碗和杯子收到厨房去清洗了一下，出来的时候悦一沉已经起身准备告辞了。

“现在就走吗？”虞纪擦干手问，“外面还在下雨，而且山路很难走，晚一点儿可能还会有台风。”

而几乎他的话音刚落，外边就开始轰隆隆地打雷，雨水大滴大滴地拍打在落地窗上，还有隐约呼啸的风声。

“这么危险，你要回去我也不敢让你带着个小朋友啊。”

这话倒是落在悦一沉的心尖上了。

“我这房子不大，但是几个房间还是有的，而且每天早上都会有阿姨来清理，你们就将就着过一夜再走吧。”虞纪趁热打铁，“男神，看在我前任的分儿上，给我一个面子嘛。”

“前任助理。”

嗯？这么说像是答应了？

悦一沉低头问司栗：“今晚住这儿？”

司栗笑眯眯地说：“都好啊。”

虞纪喜上眉梢，像模像样地将抹布往肩上一搭，弯腰伸手：“客官，您请这边来。”

他以为这两人会住一间屋子的，结果将两人引进最大的套房之后，男人却又问：“隔壁也是客房吗？”

虞纪稍微愣了一下：“她这么小，你让她一个人睡？”

司栗不满地在旁边嚷嚷：“我都五岁啦。”

悦一沉揉揉她的脑袋，又望向虞纪，对方倒是没有再说什么：“隔壁也是空的，你随意。”

悦一沉“嗯”了一声：“那就打扰了。”

“和我客气什么，我知道上一次的那个角色是你让程哥联系我过去的，这个恩情可大多了。”

不是因为当时的那个角色，吴裳导演也不会看中他。

“我只是单纯觉得那个角色很适合你，才和老程说了一声。”男人淡淡道，“最后能通过试镜，也全凭你自己的本事，与我无关。”

虞纪笑眯眯地说：“男神，我感觉我都要爱上你了，你人真的太好了，难怪司栗老和我念叨你，总和我夸你……”

这就有点尴尬了。

司栗连忙出声打断："虞纪哥哥，我困啦。"

虞纪连忙竖起手："好好好，我这就走，晚安哦，小可爱。"

而后男人就识趣地出去了。

悦一沉低头看她，她连忙说："悦一沉，你也回去睡觉吧，都十二点了。"

男人在她面前蹲下，脸上带着些许笑意，瞳仁很黑，目光很深："对别人都叫叔叔、哥哥、小姐姐，怎么对着我永远都叫悦一沉？"

"也叫过哥哥呀。"司栗转身爬上床钻进被子，"我睡着了，记得帮我带门。"

悦一沉失笑，他站起身扯了扯她的被子："睡觉别捂着脸，别踢被子，我过去了。"

"赶紧走。"

悦一沉忍不住隔着被子朝她的屁股拍了两下："小没良心的。"

司栗听到脚步声，悄悄探出个小脑袋，看着他走到门口，反身关门的时候和她对视了一眼，司栗连忙又缩回被窝。

悦一沉的手顿了顿，而后才笑着替她关好门。

外面风雨交加，司栗晚上没有睡好，三点多才睡着。早上天刚蒙蒙亮，就有人来轻轻敲了敲她的房门，她迷糊中听到悦一沉的声音，但睁不开眼，翻了个身继续睡，结果再醒过来的时候已经是十点了。

她匆匆忙忙穿好衣服洗漱下楼，就看到站在窗台边谈话的两个男人。

他们背后是暴风雨后的晨曦和翠绿的庭院，青色的落地窗帘垂挂在一旁，被风轻轻撩动。两人临窗而立，穿着一样的灰色纯棉休闲裤，虞纪上身是配套的T恤，悦一沉却已经换回了自己的白衬衣。

也只有他能把随意搭配的衣服穿得这么有格调。

这两人都做过平面模特，身材自然是没话说的，又各自带了他们独特的气质和磁场，就像两盆并排放置在窗台的君子兰和芍药，一个淡雅，一个张扬，各自迎风招展，却并不违和。

隔得远，司栗听不清他们在说什么，而两人都微微背对着她，于是她也没法看到两人的表情，但是就氛围来说，算是好的。

这一幕不仅可以当作杂志封面，说是电影恐怕都不会有人怀疑。

大清早看到这样一幕，实在是养眼。

司栗蹑手蹑脚地走近，悦一沉端着咖啡杯轻抿了一口，也不知道虞纪说了什么，他勾了勾嘴角。

司栗走近了一点儿，无可避免地听到了几句话。

"别的不说，但是陈菲儿那胸肯定是假的，我上次拍戏的时候碰到了，太坚

挺了。”

“他们那个公司出来的多半都隆过。”

“哈哈……男神，你知道得真多，不愧是台前幕后都如鱼得水的人。”

20

司栗已经尽量放轻了脚步，但还是被那两人听到了动静，回过头来。

一时也不知道是她更尴尬，还是那两个男人更尴尬。

淡雅？君子兰？呵呵。

悦一沉搁下咖啡杯走过来：“醒了？”

“睡得好吗，小可爱？”虞纪走在他后面笑眯眯地问。

两人不约而同地在看到她的瞬间，收起了男人间那点儿意味深长的笑容，换上哄小孩的表情。

司栗朝他们笑笑，只对虞纪问好：“早上好，虞纪哥哥。”

悦一沉也不在意，继续像个管家一样跟着她问：“饿了没有？”

“厨房有面，你一沉叔叔刚给你煮好的。”虞纪在后面说，“你可真能睡啊，小可爱，他为了等你都推掉一个访谈了。”

司栗“哦”了一声：“那种破访谈不去也罢。”

之前就发邮件邀约过，她推了，后来对方又打电话给桔姐，桔姐没搭理，没想到对方还搞到了悦一沉的电话。

虞纪有些惊讶，望向悦一沉：“你这个小可爱知道得可真多。”

悦一沉从厨房里出来，将面搁在餐桌上，刚要回头抱她上椅子，小家伙就自行爬上了椅子。

悦一沉微微一顿，而后递给虞纪一个有些无奈的眼神。

两人谢绝了虞纪留他们吃午饭的邀请，出门的时候，司栗还笑眯眯地和虞纪说了再见。

悦一沉启动车子，问司栗：“我要去工作室，是送你回家还是……”

“去工作室的话，你们开会我能旁听吗？”

悦一沉看了她一眼：“也不是不行，但你能控制自己不发言吗？”

当然是不能的。

“唉，我就是个无业游民。”她难免惆怅，虽然她也才刚来，“而且刚刚来就请这么久的假。”

悦一沉连忙安慰她：“你不是也做了很多事吗？帮我整理邮件，那个广告项

目还是由你从我邮箱里乱七八糟的合作中筛选出来的，还帮我规划行程。”

“你现在完全没有行程好吗？”他其实和她一样闲。

去工作室在他办公室待着，还是回他家待着，两者其实区别不大，司栗还在纠结，突然想起来：“糟了！”

悦一沉被她吓了一跳：“怎么了？”

司栗转头看他：“今天幼儿园开运动会！”

悦一沉微微一怔，而后才想起来，昨晚去接她的时候，幼儿园老师有跟他说这事，但当时他担心演唱会迟到，所以没仔细听。

“你要参加吗？”

“当然啊，我还报名了攀岩和五十米接力赛呢。”她看了看手机，“现在赶过去应该还来得及。”

悦一沉失笑，而后转动方向盘。

小红帽幼儿园一年一度的运动会在幼儿园旁边的学区体育场里举办。

他们到的时候运动员已经入场完毕了，司栗好一阵失落，拿小拳拳捶他：“都怪你，你都不把我的事放在心上。”

悦一沉忍着笑摸摸她的脑袋，好脾气地哄：“怪我，怪我。”

校长正在发言，他牵着她到班级里站好，司栗又不高兴了。

因为别的家长和小孩穿的都是亲子运动服。

她不仅没有亲子运动服，连运动服都没有换，穿着昨天的朋克皮衣、牛仔裤。

悦一沉很快也察觉了，散场之后他找到司栗的班主任，跟她确认司栗所参加项目开始的时间。

“攀岩是十一点，五十米接力赛是下午，下午运动会结束之后还有亲子互动。”班主任将赛程表递给他，“马上就是班级的体操比赛了，小可爱怎么了？没有带运动服吗？”

悦一沉非常惭愧：“老师，我现在马上就去买衣服，麻烦您帮我照看一下小可爱好吗？”

“可以可以。”老师点头，“你快去快回就好。”

悦一沉看了一眼远处正跟小朋友确认体操动作的司栗：“那麻烦你帮我跟她说一声，我就不去打扰她准备了。”

“行。”

悦一沉转身走了。

司栗记下所有的体操动作后，转头却没看到悦一沉。

她找了一圈，以为他是去洗手间了，也就没有放在心上，结果直到他们班上

场，悦一沉依然没有回来。

她有些失落。

虽然体操并不算是什么好看的表演，但也是她练习了很久才记下的动作。

上场之后，她前面的小男生频频出错，她也被连带着做错了几次，又因为服装和周围的同学格格不入，显得异常醒目。

观众席上很多家长都在掩嘴笑。

这让她非常恼火。

她究竟为什么要来这里做这些无聊的事情啊？！

体操一做完她就跑了，结果刚到门口就被人拦腰抱起来。

司栗被吓得尖叫了一声，拼命扑腾，然后被人拍了拍屁股："是我。"

是悦一沉！

"你这是要去哪里？"

"回家。"司栗没好气地说，她就不应该提醒他今天有运动会，还不如在家看剧呢。

悦一沉不解："回什么家？你不是还有比赛吗？"他给她看手里的袋子，"我还去给你买了运动服回来，你不拿个第一，就太对不起我了。"

悦一沉抱着司栗去了更衣室，她不情不愿地进去换了衣服。

这衣服倒没有遵循着悦一沉的一贯审美，而是一套酷酷的黑色运动服，出来的时候才知道他为什么选这一套。

因为这是一套亲子运动服，他身上也换上了和她同款的运动服，帅气得不行，瞬间秒杀了场上所有的爸爸。

悦一沉把她抱在腿上，帮她扎了一个简单的丸子头，又督促她热身，而后才带着她去领号码牌，准备开始比赛。

几个小屁孩一起做好保护措施，而后在攀岩墙下试爬。

悦一沉看了一圈，开始有些担心司栗了。她旁边的几个小朋友显然都是经过长期培训的，技巧娴熟，攻势迅猛。

老师在旁边宣读了比赛规则，而后下令准备，一声哨响之后，几个小朋友一起往上爬。

司栗看起来不紧不慢的，却没有落下太多，每一步都稳扎稳打，暂时居于第三位。

旁边的家长都在喊加油，他却不敢作声，生怕影响了她。

到三分之二的行程时，司栗已经快要超过左边那一位了，那个小男生却在她攀住一块突起物时扯了一下她的手腕，又借着她的势往上够了一寸。

这边司栗却因为突如其来的一扯乱了分寸，整个人支撑不住地往下滑，最后跌落在软垫上。

悦一沉一个箭步冲过去，比旁边的裁判老师还要快。

他把她扶起来，一边检查她有没有受伤，一边紧张地问："小可爱，没事吧？"然后帮她拆掉身上的物件，一边哄一边往外走，"没事，我们下一场比赛再赢回来，你已经很棒了，如果刚刚没被碰到，可能都会得第二了。"

司栗：她根本就没有在意好吗。

中午在学校一起吃的饭，全程都是熊孩子哭闹的声音，饭菜撒得满地都是，悦一沉目瞪口呆。

司栗非常淡定地吃完了饭，拍拍悦一沉的肩膀："我每天都是这么过来的。"

他想想就头疼。

饭后休息了一会儿，就继续参加运动会了。

五十米接力赛，司栗很争气地拿了小组第一，决赛的时候却落后了。

她还是平时运动量太少了。

之后的亲子互动比赛他们也是惨败。

一是因为两人没有提前准备；二是因为悦一沉完全没有争强好胜的心态。接力赛的时候，司栗给他递接力棒不小心摔了一跤，他接了棒，还先把她扶起来，拍拍身上的灰，又揉了揉她的膝盖，确定她没有摔疼，才跑出去。

这样能拿奖才怪。

结束的时候倒是拿了一个奖，叫积极参与奖，几乎人手一份。

回去的路上，司栗差点儿累睡着了，刚要流口水，就听到他手机响了。

悦一沉的车刚刚开到路口，还不方便接电话，便示意司栗帮他接一下。司栗伸手过去拿起手机看了一眼："是你妈妈打来的。"

悦一沉似乎顿了顿，而后才点头："接吧。"

司栗接通电话，放了外放，一道温和的女声透过手机传来："一沉。"

"妈。"悦一沉应了一声，"我在开车，怎么了？"

"之前和你说的事，你考虑得怎么样了？"

悦一沉的车开过路口，直接上了高架桥，没法儿靠边停了。

司栗眼观鼻、鼻观心，尽量忽视他电话的内容。

"考虑什么？"

"你忘了？就我之前和你说过的，和程程接触的事啊。"

司栗在旁边听到那两个字眼，噌地转过头看他，小手几乎拿不住手机。

悦一沉倒是没注意，只是盯着路，声音很平淡，仿佛类似的话已经说过不止一次了："我不是和你说了，我和她只是朋友吗？而且我最近真的没时间。"

"你怎么没时间了？我都打电话跟你助理确认了，她说你最近都没什么事做。"那边的女声有些急了，而且颇有些恨铁不成钢的意味，"朋友才更有可能进一步不是吗？程程多好，善良又有才华，我们两家又知根知底。我问你，你不会又打算拒绝吧？我跟你说，你再这样，我真的要回国好好教育你了。"

"妈。"悦一沉的声音有些无奈，"人不是还在国外吗？这么远的距离怎么接触？"

"我呀，和你蔺叔叔也是这么想的，所以这一次他们的CC珠宝旗舰店首次入驻国内，他派了程程亲自前往。"

悦一沉沉默了有两秒钟，才问："所以？"

悦一沉的妈妈在那边笑着说："今天程程就回国了，估摸着这会儿也快到了，所以你今天就抽出一点儿时间去接一下她，好歹带她去吃顿饭吧。"

悦一沉皱眉："今天？"

"对啊，也是她让我不要告诉你的，估计是想给你一个惊喜。但是人家一个女孩子，那么远过去，又人生地不熟的，不说你和程程从小认识，就我们家和蔺家这么要好，你不去接一下人家就太过意不去了。"

"我知道了，你把航班说一下。"他干脆利落地说。

悦一沉妈妈在那边乐呵呵地报了航班，等挂了电话的时候，司栗已经用另一部手机查出了航班的具体时间。

"还有四十分钟落地。"

悦一沉"嗯"了一声，伸手揉了揉她的脑袋："我先送你回家。"

司栗这会儿已经完全镇定了："时间不够。"

"那就辛苦我们的小公主陪我跑一趟了，晚点儿我带你去吃好吃的。"他还是在用哄小孩的语气和她说话，"好不好？"

司栗转头看他，半开玩笑道："你要带一个小朋友去接你的相亲对象吗？"

21

他也笑了一下："不碍事，我和她只是朋友。"

"朋友才更有可能进一步不是吗？"司栗套用他妈妈的话，"要不我就在前面下车，然后自己打车回去。"

"你觉得我能放心你一个人回去吗？"悦一沉笑了一下，"我和她，是完全不

可能进一步的，认识了二十多年，有可能的话，孩子都能有你这么大了。”

言下之意是，他不喜欢她？

他们到机场的时候飞机还有十来分钟才落地，悦一沉牵着她去肯德基买了奥尔良烤翅。他没有戴眼镜和帽子，所以排队的时候被人偷拍了好几张。

机场这种地方本来就人多眼杂，很多明星全副武装都会被拍到，所以他也没在意。

司栗在旁边突然晃了晃他牵着她的手，悦一沉低头：“嗯？”

小家伙一脸傲娇地朝他伸开双手，他怔了一秒才反应过来她是要抱。这还是她头一次索抱，悦一沉觉得心都要化了，忙不迭地弯腰将小家伙抱起来。

她趴在他肩头，软乎乎的，几乎没有重量，小脑袋埋在他的颈窝，温暖湿润的呼吸就在他下巴处。

悦一沉把她抱起来之后，司栗的脑袋和圈着他脖子的手臂就挡住了他的下巴和小半张侧脸，是以那边偷拍的几个人明显有些迟疑了。

又因为悦一沉从头到尾没有任何躲闪和避讳的态度，于是自然而然地被认为只是一个“长得像悦一沉”的年轻爸爸，便再也没有盯着看的目光了。

司栗这才松了口气。

眼看就要到他们了，前面排队买了冰淇淋的人转身时没有留意，差点儿把冰淇淋蹭到司栗身上，悦一沉眼疾手快，抱着司栗微微一侧身躲开了。

司栗在他怀里丝毫没有感觉。

“您小心一点儿。”悦一沉出声提醒了一句。

拿着冰淇淋的大叔一脸抱歉，而后又调侃：“这么宝贝啊？”

司栗太不好意思了。

吃过东西之后，悦一沉抱着她去洗手，悦一沉嫌她的手太油腻，亲自接了洗手液帮她搓手，还没洗完他的手机就响了。

司栗示意他把她放下来，先接电话，悦一沉没有放下她，单手抱着她拿出了手机接通：“程程？嗯，我在机场了，你到门口等我，我很快就过来。”

司栗念着他要去接人，所以匆忙冲洗了一下就挣扎着要下地。男人却蹙眉，一只手抱着她，另一只手捏着她的两个小爪子伸到水龙头下：“这都还有泡泡，就洗完了？”

司栗无话可说。

洗完手后又被抱着到烘干机前烘干了手，之后也没把她放下，就这么抱着她往外走。

也确实是抱着她走比较快，她的小短腿根本迈不开步子。

机场门口人来人往，但是司栗一眼就能辨别出哪一个是等悦一沉的蔺程程。

站在黑色行李箱旁的女人正在打电话，她的容貌和身材出挑，即便只穿着牛仔裤和灰色线衫，也仍然难掩那种与悦一沉相仿的、养尊处优的精致气质，那是一种刻在骨子里的优雅和贵气。

和她这种追求名牌套装和化妆术的女人完全不同。

司栗小小地自卑了一下。

悦一沉掐断了手机，那边的人似有所察，立刻抬头，而后一眼就看到了悦一沉。

她朝他笑笑，站直身子，等着他们走过去。

司栗在心里咋舌，真是太端得住了。

走近了，对方才朝他招招手，声音清丽："悦一沉，好久不见，你怎么又变帅了？"

悦一沉将怀里的司栗放下，回之一笑："一个快三十岁的演员还在被人夸帅，真的不太妙。"

蔺程程哈哈一笑，伸手抱了抱他，而后将视线落在他身边的小人儿身上："这位小美女是谁呀？"

一脸真诚和善，和湘允儿完全不是一个物种。

"姐姐你好，我叫小可爱，姐姐，你好漂亮。"

蔺程程简直要被"萌"翻了："哎呀呀，好乖啊，来，姐姐抱抱。"

司栗没有拒绝，松开了悦一沉的手扑到了蔺程程的怀里。

"姐姐，你的项链好好看。"

"谢谢，这是我自己设计的，喜欢吗？"她伸手就要摘下项链，"姐姐送给你。"

司栗连忙摆手："不用不用，君子不夺人所好，而且姐姐戴着更好看。"

她微微一怔，忍不住亲了一下司栗的小脸蛋："真可爱。"然后用英文小声问悦一沉："你私生女？"

"朋友的女儿，我帮忙照看几天。"悦一沉解释说，而后拉起她身边的行李箱，"走吧，车在外边。"

蔺程程"嗯"了一声，仍然没有放下司栗，就这么抱着她走到了车上。

"你住哪里？"悦一沉启动车子的时候问，"我记得蔺叔叔在这边还有一套别墅。"

"啊？阿姨没和你说吗？"蔺程程摸着司栗的小脑袋说，"别墅那边在翻修，我来得急，也没订酒店，所以这几天只能麻烦你了。"

她在洛杉矶也经常到悦一沉妈妈家玩，所以回来前悦一沉妈妈让她住他家也没觉得不妥。

悦一沉没有在第一时间回话，于是蔺程程就笑了，调侃道："不会不方便吧？你妈不是说你一直都是独身的吗？难道家里藏了女人？"

悦一沉"嗯"了一声："是藏了一个女人。"

"那我更要住你家，我倒要看看，是什么样的女人，把我都打败了。"她说，"我就住两天，等我助理过来了我再去酒店住，OK吗？你也知道我那个助理，动不动就怀疑我，我要一个人去住酒店的话，她又要闹了。"

悦一沉失笑，从后视镜看了司栗一眼，见对方没有什么反应，才"嗯"了一声。

蔺程程捕捉到这个细节，觉得有些奇怪，但没有作声。

之后，一路上蔺程程都是在和司栗说话，悦一沉基本没有插嘴的机会。

悦一沉先带着两人去吃了午餐，席间他的电话就响个不停。

"是桔姐。"悦一沉挂了电话之后下意识地和司栗报备，"工作室那边有点事，我可能要过去一趟。"

"那你去忙啊。"蔺程程拨弄着手机，以为他是在和她说话，于是头也不抬地笑着说，"我和小可爱去逛逛，我都好久没回国了。"

因为有湘允儿的先例，悦一沉不放心把司栗交给任何一个人。

"我先送你们回去吧，反正也不远。"

蔺程程露出有些失望的表情，但还算大度："那听你的。"

"小可爱中午要休息，你要是实在想逛，送她回家之后你再出来逛可以吗？"

蔺程程笑了："我一个人有什么好逛的？那就回去吧，我也想休息一会儿。"

司栗丝毫没有发言的机会。

他送两个女人回了家，来不及交代，又匆匆出门了。

司栗带着蔺程程去客房，经过她的卧室时，蔺程程下意识地往里面瞄了一眼，看到梳妆台上一大堆化妆品时愣了一下。

这么明显的女人住过的痕迹，看来悦一沉还真的在家里藏人了啊。

司栗没有留意到她的神色，直接带着她上了三楼。

二楼只有两间卧室，三楼是书房和客卧，因为常年无人居住，所以比较闷。

蔺程程来得突然，所以也没来得及打扫，李阿姨这会儿又出去买菜了。

蔺程程倒完全不介意，行李箱一丢就倒在床上了："小可爱，我要倒时差，晚饭不用叫我，晚安。"

司栗默默地给她带上门下楼了。

晚上，悦一沉回来得很晚，到家的时候两个女人都睡下了。

他回来前在外面和几个朋友吃过了，但因为喝了点酒所以胃不舒服，到厨房的时候才发现汤锅里温着山药排骨汤，不烫嘴，味道刚刚好。

肯定是司栗让阿姨给他留的。

悦一沉喝过汤之后上楼，下意识地往司栗的房间走去。她的房门虚掩着，他伸手轻推门，一眼就看到床上熟睡的小人儿。被子倒是盖得严严实实的，小脚丫也没有露出来。

他放心地合上门转身往自己卧室走，打开门看到床上的那个身影后顿住了。

这个早晨司栗难得地起早了，而且是由梦中突然惊醒。

看看时间才六点，她没有立即下床，在被窝里赖了一会儿，而后忽然在这静谧中听到一点儿细微的声响。司栗眼皮一跳，猛地想起什么来，光着脚悄无声息地下床了。

她的门还是虚掩着，透过门缝几乎能看到整条走廊，外面很安静。司栗等了一会儿，疑心自己听错了，却又在打算转身回床上去的时候听到声音。

是门把手拧开的声音，下一秒穿着浴袍的男人就由里走出来。

他的头发还淌着水，浴袍的腰带松松垮垮，胸膛有一半裸露在外，这场景太过熟悉了，是他许多年前主演的一部电影《南色》的场景。

电影讲的是一个潜伏的特工，做了敌军一个女将军的情人，又在虚与委蛇中爱上对方的故事。

影片开头的场景就是他与女人欢好后由浴室出来，穿着真丝浴袍，袒露着精壮的胸膛和小腿，头发湿漉漉的，懒洋洋地光着脚到窗台去点烟。那个时候他才十七岁，五官还未完全长开，有点“奶油小生”的样子，那种带着未退情欲的眼神却演绎得很到位。

司栗第一次看这部电影的时候才读高中，还看不懂这一幕是什么意思，后来懂事之后去重温，才觉得他演得太好了、太诱人了。

他凭借这部电影获得了年度电影人物奖，可以说就是这部电影成功奠定了他在电影界的地位。

这视觉冲击使得她不得不联想到另一方面去了。

仿佛是为了验证她的猜想似的，女人从门后探出一个脑袋，笑眯眯地说：“悦一沉，你家居然没有套欸……”

22

司栗只觉得心脏抽了抽，脑袋一片空白，当即什么都不想再听，什么也不想再看，转头就跑回了床上。

悦一沉听到一点儿动静，立刻走过来查看，透过门缝看到趴在床上睡得安安稳稳的小妞，又松了一口气，关上门回头，皱眉小声道："你在胡说些什么？家里还有孩子。"

蔺程程扬眉："我说，你家藏了女人，但是没和你住一个房间，你也没有备套，显然是这个女人你还没有拿下，对吧？"

悦一沉无奈，也懒得解释，只问："你怎么在我房间？"

"哦，这个啊。"蔺程程指了指楼上，"上面的浴室花洒坏了，我就来你这儿洗澡了，然后累得不行，就在你床上躺了一下。对了，你今天有时间吗？带我去你工作室转转呗，我看看你新签的那几个小鲜肉有没有适合做我的珠宝代言的。"

"今天他们都有活动，不在工作室。"

"哦，那过两天再约，没事。"

司栗在里面听不到任何话语，也听不进去了。

明明说不喜欢的，为什么还要和人家睡觉？她心中不近女色、不染人间烟火的男神形象，在今天彻底崩塌了。

即便早有心理准备，但在真让她看到的这一瞬间，又隐隐觉得失望，同时又在这失望中生出一些自觉，她多半是多余的了。

她不敢出去，就在床上窝着，直到蔺程程进来叫她。

大概是倒好了时差又睡足了觉，所以蔺程程精神很好，心情也不错，抱着她去洗漱，还替她搭配裙子、梳头发。

司栗乖乖由蔺程程摆弄着，一是因为没有心情；二是因为她对温柔的女人向来就毫无抵抗力。如果悦一沉是女人，她早就会喊他妈妈了。

悦一沉已经在楼下了，他换了衣服，人模狗样地坐在那里，平板电脑摆在旁边正在播放新闻。

听到楼梯上传来的声音，男人抬头，视线扫过司栗，而后关掉了新闻，笑着说："这裙子好看。"

蔺程程先是低头看了自己一眼，看到自己的牛仔裤才反应过来他说的是旁边的小丫头。

“我选的。”蔺程程把司栗抱到悦一沉对面的椅子上，还未松手就看到男人伸出长指碰了碰他旁边的碗：“小可爱坐这边。”

蔺程程微微一顿，而后嗔怪地看了他一眼：“我还以为那是我的位置呢。”

悦一沉牵唇：“她手短，需要照顾。”

“我也可以照顾啊。”话是这样说，但蔺程程还是把她抱过去了，“我也很会照顾小朋友的，我弟弟小时候基本上都是我带的呢。”

悦一沉侧身将椅子往里推了推：“被我妈知道我让你在这边当保姆照顾小孩，她肯定要飞回来打我。”

蔺程程咯咯直笑。

过了一晚上，他们之间的关系果然亲近了许多。

司栗对漂亮的女人讨厌不起来，她只讨厌悦一沉。她一声不响地喝着粥，悦一沉还摸了摸她的脑袋：“没睡好？”

她摇头，同时察觉到另外两人对视了一眼。

“小可爱，待会儿一沉哥哥去上班，我带你出去玩好不好？”蔺程程笑眯眯地问，“姐姐带你去游乐场玩，带你去吃甜甜圈。”

“今天可能不行了。”司栗说，尽量表现得遗憾，“我爸爸回来了，他让我等会儿就回家。”

悦一沉转过头看她，连筷子都放下了。

吃过早餐之后，司栗收拾了她的化妆品和几套喜欢的裙子跟着悦一沉出门了。

蔺程程站在车库门口送他们，让司栗多来找她玩，俨然一个女主人的模样。

一直到车子开出去了，悦一沉才有机会问司栗：“你爸爸真的回来了？”

司栗含糊地应了一声。

“你想好要怎么跟他解释没有？”

“那是我爸，需要怎么解释？”司栗笑着说。

悦一沉没有再说话，沉默地把车开回了她家。

司栗能感觉得出来他有些生气了，但是她并不太想妥协。

不能继续放任他对她的控制欲了，她也不能再依赖他了。

车子开到楼下的时候，司栗就说自己在门口下车就好了，但他还是把车开进了车库，并说：“我送你上去。”

司栗的心立刻提了起来：“我爸在家的。”

悦一沉干脆熄火下车，走过来抱她：“亲自把你送到他手上我才放心。”

司栗连忙推拒：“真的不用啦。”

但是男人已经往电梯里走了，她挣扎也没用。

家里自然是没人的，悦一沉把她放下，先是拿出拖鞋给她换上，而后才不紧不慢地问她：“你爸爸呢？”

听这语调，司栗就知道他早已看穿了她。

“可能是下楼买酱油了吧。”司栗面不改色地瞎编，“他说要做酱汁排骨的。”

他像是微微叹了口气，揉了揉她的脑袋问：“你不喜欢蔺程程？”

“没有啊，程程姐姐那么漂亮，我怎么会不喜欢？我连湘允儿都喜欢得不得了。”

悦一沉望进她眼里，眼睛微眯，眸色很深：“那为什么不愿意住那边了？”

司栗被噎住了。

“嗯？”他耐心地问，“还是我做了什么让你不高兴的事？”

司栗莫名地心虚：“没有，只是觉得你们可能需要一些空间单独相处。”

悦一沉不解，继续循循善诱地问：“我们为什么需要空间单独相处？”

司栗说不出话来，这种东西怎么好放到明面上来说。

悦一沉等了一会儿，看她确实不愿开口，也就没有再坚持，只说：“但如果你真的不想住那边了，我也不会勉强你，晚一点儿我再把你的东西都拿过来。”

“不用啦，反正也都是你买的。”她松了一口气，还朝他笑了笑，“衣服够穿就好了。”

悦一沉的声音很温柔：“留在那边也没人穿。”

司栗想了一下：“也是，那就麻烦你了。”

“和我这么客气？”悦一沉说，“只是我还有一个要求。”

“什么？”

“让李阿姨过来照顾你。”

司栗又皱眉了，一脸抗拒：“我自己可以的。”

“我就这么一个要求，你一个人在家我怎么都有些不高兴。”悦一沉苦口婆心，还没说完，手机就响了起来，是工作室那边在催了。

司栗连忙赶他：“你先去工作室吧，这件事我们回头再说。”

悦一沉挂掉电话：“现在就说好，是同意还是不同意？”

司栗与他对视几秒，终究还是她妥协：“好吧好吧。”

算他赢了。

但赢了的男人脸上也没有太多表情。

悦一沉给李阿姨打了电话，而后一直在她家等李阿姨到了才离开。

李阿姨来的时候还顺道在路上买了排骨和酱油，这肯定也是悦一沉吩咐的。

实力嘲讽。

但好歹算是回了自己家，虽然她还是被监视着。

中午，李阿姨在客厅看电视休息，司栗趴在自家大床上给悦一沉发微信：“李阿姨晚上也要住这边吗？”

悦一沉很快就回复了：“做完晚餐就走。”

司栗心里暗喜，这意味着她终于自由了，说不定晚上还能出去活动活动呢。

结果，下午李阿姨做好晚餐之后又在客厅打电话。

“悦先生，我已经做好晚餐了，您到了吗？

“好的，那我过会儿再盛汤。”

司栗大吃一惊，跑过去问：“李阿姨，悦一沉等会儿要过来吗？”

李阿姨笑眯眯地说：“嗯，悦先生说晚上过来吃饭的，所以你要等一下他了，他已经在路上了，你要是饿的话就先喝点汤垫垫肚子。”

司栗欲哭无泪：“他为什么要过来啊？！”

悦一沉进门的时候，小家伙自然是不会给他好脸色看的，但他丝毫不介意，反而看到她一脸“吃瘪”的表情，还觉得大快人心，总算是报了上午的仇。

司栗感觉得到他那细微的愉悦情绪，于是更加不爽。

李阿姨在悦一沉到家的时候就走了，晚餐两个人吃，一个闷不作声，另一个笑眯眯的，替她布菜、剔鱼刺。

吃过晚餐之后悦一沉到厨房去收拾餐具，司栗开了电视，刚准备“葛优躺”，就听到厨房传来水声。她愣了一下，而后噔噔噔地跑过去，就看到悦一沉站在水槽边卷起了袖子在洗碗。

之前在他家的时候，李阿姨多数时候也是煮了晚餐就走，他们用过的餐具一般都是收到厨房，等第二天李阿姨来了再洗。

他也不是没有洗过，但是司栗这会儿才反应过来，这是在她家，悦一沉再怎么说也是客人，她居然让客人洗碗。

她非常过意不去。

什么时候她已经养成这种理所当然的饭来张口、衣来伸手的习性了，在自己家也不知道要洗碗。

“悦一沉，你放着吧，等会儿我来洗。”司栗小声说。

悦一沉回头看了她一眼，嘴角噙着笑意：“愿意和我说话了？”

这话让司栗越发惭愧，看来她现在不仅娇气，脾气也不小，这样真的不太好。

“对不起啊。”司栗及时反省，“不应该给你脸色看的。”

再怎么说他也是关心她的，而且他这半个月来对她的照顾真的可以说是无微不至了，从前她爸妈都做不到这份儿上。

23

“为什么要道歉？”悦一沉将洗干净的盘子递给她，她连忙接过放进橱柜里，“有点脾气挺可爱的，小朋友不都是这样吗？”

他根本没觉得她在给他脸色看，就是在生闷气而已，比唯唯脾气好多了。

听了这话，司栗更难受了。

她是小朋友吗？她不是。

司栗从他手上接过碗筷放好，回头的时候看到他在洗最后一个装鱼的白瓷盘。

他的手修长又白皙，拿着亮白的盘子也没有被比下去，温水下的指间微微泛红，清洗的动作利落又干净。

这人即便是洗碗也能洗得这么出尘，真是绝无仅有了。

洗过碗后，他弯腰消毒。司栗殷勤地递上擦手布给他：“辛苦了，悦大。”

悦一沉擦干手后揉揉她的脑袋，一脸笑意：“给你洗碗不辛苦。”

司栗基本上已经对他这类宠溺的话免疫了。

洗过碗后，悦一沉拿起外套，说：“送我下去？”

司栗心里哇哇叫，暗喜不已：“送送送，走。”

悦一沉嘴角勾起一抹笑，跟在她身后出门。

电梯下行到车库，他的车就停在旁边，司栗看着他走到车门前，连忙笑眯眯地道别：“一沉叔叔，再见哦。”

难得能听到她叫叔叔，悦一沉觉得很舒服。他掏出车钥匙，却并没有打开车门，而是绕到后面打开后备厢，从里面取出行李箱。

司栗在前面看着，心中警铃大作：“这是我的行李？”

悦一沉拉着箱子走过来，一只手抱起她：“我的行李。”

“什么意思？”

“你说呢？”

司栗深吸一口气，赔笑着问：“你要出差？”

悦一沉斜眼看她：“我今晚住你家。”

悦一沉哭笑不得地望着扒着车门的司栗：“别闹，这里有摄像头。”

又一番解释，他真的不放心她一个人在家。

司栗泪目：“你放过我吧，一沉叔叔。”

“上去吧。”

“客房没有铺床单。”

“我自己带了床单，也让李阿姨打扫过了。”

难怪下午的时候李阿姨在客房待了那么久，是她疏忽了。

于是被男人捞起抱在怀里，笑眯眯地往回走。

司栗洗完澡出来的时候，悦一沉已经铺好床了。她进去瞄了一眼，忍不住冲着正往衣柜放衣服的男人竖大拇指：“男神啊，居然会铺床单。”

跟他比起来，虞纪就像个智障，被子都叠不好。

悦一沉失笑：“我八岁就进组拍戏，自己照顾自己习惯了。”

于是她更加佩服。

悦一沉拿出睡衣和洗漱用品，挑眉问司栗：“我用哪个浴室？”

“用我爸那个你介意吗？可能他的沐浴液什么的会比较适合你用。”

悦一沉笑了笑，逗她：“可是我更喜欢你的樱花香味。”

司栗有些脸红：“那也不能用我的。”

他用过的那条浴巾她至今不敢直视。

悦一沉失笑，忍不住捏捏她的脸蛋——害羞的样子也太萌了。

他去了主卧的浴室，脱了衣服淋湿身子之后，才发现浴室里的沐浴露用完了。

悦一沉拿浴巾随意裹住自己，而后开了门叫她：“司栗？”

司栗“啊”了一声，然后才小心翼翼地探头进来，看到他赤裸的上身瞬间僵了一下，脸上的表情换了几次，隔了好一会儿才问：“怎么了？”

“沐浴露没有了。”真不是想逗她。

她“噢”了一声，匆忙走出去，很快又拿了她的樱花沐浴露进来，递过去的时候耳朵都红了。

悦一沉莞尔，忽然开始期待作为助理的她，在他拍广告换衣服需要她帮忙时她脸上的表情了。

他洗完澡出去的时候，司栗正在抱着电脑看邮件，那电脑几乎比她还大，她抱都抱不住。

听到他走出来的声音，司栗头也不抬地说：“你电话响了，是蔺程程。”

他“嗯”了一声，先是过来看了一眼她的电脑屏幕，伸手拉开她和电脑的距离，嘱咐道：“别靠太近，当心眼睛，我的邮件桔姐在处理了。”

司栗“噢”了一声：“我就看看。”

悦一沉没再说什么，起身去给她热了牛奶，盯着她喝完之后才拿起桌上的手机到阳台去回电话。

他的声音不大，但是司栗仍然能听到只言片语。

大概是蔺程程在问他什么时候回去，他回说自己出差了，可能要一个多星期不回去。

也就是说这一个多星期她都要受到他的制约了。

司栗生无可恋。

而后悦一沉又敷衍了几句，再后来似乎是提到了工作上的事，他的声音低了下去，司栗完全听不到了。

悦一沉挂掉电话回来的时候，小家伙已经切换成了看剧模式，左手是酸奶，右手是车厘子，小嘴就没有停过。

一动一动的，真可爱。

悦一沉扯了餐巾纸给她，对方放下酸奶，接过纸巾胡乱地擦着嘴巴，眼睛盯着电视：“人家难得回国一趟，你白天没法陪人家玩也就算了，晚上还不回去，这样不太好吧？”

悦一沉“嗯”了一声，在她旁边坐下，心不在焉地挑了挑她的头发：“是不是该剪头发了？这么长洗头不方便。”

“剪个和程程姐一样长的？”

“那也还是太长。”

司栗无奈，扯回自己的头发，表情认真：“悦一沉。”

“嗯？”他仍然是漫不经心的。

“明明家里有个女朋友，不在软玉温香旁躺着，跑来和我这个乳臭未干的毛孩子混在一起，”她一脸恨铁不成钢，“真的是浪费。”

“程程？她不是我女朋友。”悦一沉觉得好笑，“浪费什么了？”

司栗对他很失望，眼神毫不掩饰。

悦一沉被这嫌弃的眼神刺了一下，有些莫名其妙：“怎么了？”

司栗忍了又忍，终于忍不住坐正，和他探讨这个成人的话题：“你昨晚睡了人家，然后今天就不着家，是不是不太好？”

悦一沉愣住了：“什么？”

司栗一副“你应该知道我在说什么”的表情。

他哑然失笑：“胡说八道，我怎么就睡了她？”

司栗抿唇，表情很失望：“悦一沉啊悦一沉，我真没想到你是这样的人。”

悦一沉有些反应过来了，立刻敛起笑容：“我没有睡她。”

“我早上看到你从她房间里出来的。”

“楼上浴室有问题，程程在我房间洗了澡就没上去。我昨晚是在楼上睡的，你现在要是回去看，应该还能在床头柜上看到我昨晚换下的手表。早上是下来洗澡找衣服才从那扇门出来的。”悦一沉微微叹气，真是冤死了，“人家大家闺秀，爸爸是政要，哪里是我说睡就能睡的。”

这下轮到司栗愣住了，然后电光石火间想起，悦一沉的衣帽间有两扇门，一扇隐形门通往卧室，一扇独立在外。

早上他是从那扇独立的门出来的，她就想当然地以为他是从房间里走到衣帽间，再从衣帽间出来的。

这就有些尴尬了。

悦一沉眼里滑过一丝促狭的笑意：“你很在意这个吗？”

“不是，我就是……”司栗想掐死自己。

悦一沉笑了笑。

她干脆就不解释了，大大方方地承认：“当然在意，我可是你的‘迷妹’。”

“小‘迷妹’。”悦一沉伸手捏捏她的小脸蛋，“我和程程真的只是朋友，何况她已经有女朋友了。”

司栗愣了一下：“有女朋友为什么你妈妈还……等一下，女朋友？”

“嗯。”

她突然更喜欢蔺程程了。

“她没有公开，所以她爸妈逼婚逼得比较紧，她又喜欢拿我打掩护。”

她追着问了一些程程的情史，悦一沉向来不喜欢说别人的事，但看司栗感兴趣，就说了一会儿。

司栗听完之后很心疼蔺程程，但是很快她就开始心疼自己了。

“别玩手机了，赶紧去刷牙睡觉。”

“这才十点啊。”司栗往后躲，“我再看一会儿。”

“早点儿睡，你看看你现在眼睛都没有原来好看了，手机给我，不许带进卧室。”

司栗噘嘴。

“不许撒娇，去睡觉。”

她还要反抗，就被人一把抱起，直接丢进了房间。

第二天六点钟，司栗就被悦一沉的敲门声叫醒了，然后才知道他头一天晚上早早催她睡觉的用意。

“楼下的小笼包去晚了就没有了哦，还有热乎乎的免费豆浆、虾粥。”悦一沉给她挑了一套休闲服，“这是你上次看中的那套A家秋季新款，今天穿这个好不好？”

司栗被诱惑，挣扎着起了床，洗脸、漱口，然后和他出门了，连头发都没扎。

得偿所愿吃到了心心念念的包子，然后又被悦一沉诱惑，他说带她去玩，司栗不疑有他，欢欢喜喜地上了车，结果被带到山脚下。

司栗突然有一种不祥的预感，所以悦一沉来开门让她下车的时候她立刻就趴下了，哼哼唧唧地说："完了，悦一沉，我有点肚子疼，好像小笼包有问题。"

悦一沉被逗笑了，伸手来抱她："吃饱了坐着是会有些不舒服，下来走走就好了。"

司栗满脸拒绝，躲开他的手："不啊，不走，我们回家啦，我想上厕所。"

"乖，下来走走，你不是不喜欢天天在家闷着吗？"

司栗撇着嘴眨巴眼睛，用尽全身的力气撒娇："一沉叔叔，我不想爬。"

最后那个"爬"字拖得长长的，而且还带着波浪号。

悦一沉看着她黑葡萄似的大眼睛，还有粉嫩嫩的噘着的小嘴，瞬间被秒杀："好好好，不爬就不爬，我背你上去，来都来了，就当是透透气好了。"

司栗立刻喜笑颜开："好的！"

悦一沉毫不含糊地在车门前蹲下了，司栗屁颠屁颠地滑下车座，落到他宽厚的后背上。

悦一沉托着她站起来，锁了车后又到后备厢去拿水和食物，然后才稳步上山。

早上来爬山的人还蛮多的，悦一沉自己戴了帽子，也给司栗戴了一顶碎花太阳帽。秋末的暖阳晒得人很惬意，周围空气清新，景色宜人，司栗抱着他的脖子，在颠簸中昏昏欲睡。

"悦一沉，你累吗？"

"不累。"他的声音一点儿也没喘，"就当是负重跑了，你渴了和我说一声。"

司栗憨笑一声："不渴，倒是困了。"

悦一沉也笑了，声音里有十足的宠溺："困了就睡会儿。"

过了几分钟，悦一沉偏头，发现小家伙真的已经睡着了，而且嘴巴还张着，嘴角微微泛着亮光。

口水流到他身上他也不介意，甚至有些欣慰，她现在越来越像小孩子了，无论是脾气还是行为。

24

悦一沉花了四十分钟才登到山顶，在接近四分之三的路程时，司栗睡醒了，一睁开眼睛看到悦一沉额角晶莹的汗珠，一时间分外过意不去，便挣扎着要下地。

悦一沉轻轻把她放到地上，然后拿出水给她。司栗喝了一小口，抬眼的时候看到他正在仰头大口大口地喝着，喉结上下滚动着，看起来是非常渴了。

司栗越发过意不去：他背着她肯定喝不了水，就一直渴到了现在吗？

喝过水之后，悦一沉微微喘口气休息了一下，而后在司栗面前蹲下，示意她上来。

司栗牵住他的手："我想爬一下。"

悦一沉回头看她，莞尔一笑："好啊，也就剩四五层楼的高度了。"

他牵着她往上爬，而后被一对老年夫妻超过，那个慈眉善目的阿姨还和他们打招呼："这么早就带女儿来爬山啊。"

悦一沉被这个称呼搞得浑身舒畅，于是点头附和："是的。"

"真好，我儿子和孙女这会儿都还在被窝睡大觉等着我们带早餐回去呢。"

悦一沉和司栗都笑了起来。

司栗看到人家爷爷奶奶健步如飞，难免有些羞愧，于是挣开了悦一沉的手，跟在奶奶后面往上爬。

即便只有几十米高，司栗爬到顶的时候仍然是气喘吁吁。

"你太虚了。"悦一沉一边笑着给她擦汗一边说，"要多运动。"

她抱着自己的水壶哐哐哐地喝水，又被悦一沉按住："慢点儿喝，一次不能喝太多。"

司栗可怜巴巴地看着他："我又饿了。"

旁边的老奶奶被"萌"得不行，连忙递过来一个苹果："奶奶这儿有苹果，要不要吃呀？"

司栗下意识地要婉拒，又觉得小孩子不会这样做，所以看向悦一沉。

悦一沉笑了笑，示意她接过："快谢谢奶奶。"

司栗连忙双手接过，乖巧地说："谢谢奶奶。"

"哎哟，真乖。"老奶奶笑弯了眼睛，"这娃娃真漂亮，妈妈一定也是个美人吧？"

老爷爷在旁边笑她："你看人爸爸就行了，女儿都是像爸爸的，爸爸就是一个帅小伙了，女儿能不漂亮吗？"

老奶奶不服气道："我是看小娃娃不太像爸爸，才觉得是像妈妈的。"

悦一沉在旁边笑着递上盒子："大爷大妈，吃水果。"

老奶奶连忙说："客气了客气了，你们吃就好了。"

"奶奶你吃呀。"司栗说，然后捧着苹果咔嚓咬了一口。

"欸，真懂事。"

听到别人夸她，悦一沉比她本人还要骄傲。

下山的时候，司栗也是跟着老奶奶，一路自己走下去的，丝毫没有喊累。

等到回家吃午饭的时候，她难得地吃完了一大碗饭，还发了一条微博：“今天真是充实的一天！”

配图全是自拍照。

悦一沉倒是对这效果感到很满意，于是更坚定了要督促她运动的决心。

下午司栗睡午觉的时候，悦一沉出去了，晚上没有回家吃饭，到家的时候已经九点多了。李阿姨刚刚收拾完厨房要回去，看到他就和他说：“小丫头在屋里哭呢。”

悦一沉不明所以，吓了一跳，连忙问：“怎么了？”

“不知道，我问她她也不说，也没看到有什么问题，我估计就是心情不好吧。”李阿姨斟酌着说，“悦先生，我知道您工作忙，但是小孩子这个年龄段是会有些依赖大人的，您老不在家陪她，她会没有安全感的。”

悦一沉失笑，但也还算认真地点头：“我知道了，谢谢提醒，以后我会注意。”

李阿姨也不好多说，微微叹了口气就出门了。

悦一沉来不及脱外套，换了鞋就往她的卧室奔。

一进门先是看到床中间隆起的一团，悦一沉在门口敲门她也不理会。他只能走过去，隔着被子摸了摸她的脑袋，柔声问：“怎么啦？”

她在里面摇头，悦一沉掀开被子。小家伙在里面闷得小脸通红，撇着嘴一脸委屈，眼角泛着泪花，看起来不像是哭得太厉害，悦一沉好歹松了一口气。他替她抹掉脸上的泪水，笑着问：“谁欺负我们小可爱了？”

“悦一沉。”她哀怨地望着他说，“我腿疼。”

悦一沉微微一怔，神色立刻紧张了起来：“疼？为什么疼？扭到了？你怎么没和阿姨说？”

“不是。”她吸了吸鼻子，拿小拳头捶了他一下，但那力气于他来说不过是挠痒痒，“我上网查了，说小孩子缺钙，再运动过量，就会这样的，都赖你！”

悦一沉笑得倒在了床上。

司栗更气了：“你还笑！”

她没有撒娇，但这种自然流露的性情让他觉得可爱极了。

“怪我怪我，所以让你多喝牛奶。”他笑着揉了揉她的脑袋瓜子，“哪儿疼？我给你揉揉。”

司栗伸直腿：“哪儿都疼，特难受。”

“我知道。”悦一沉把她的小脚丫抱在怀里，手轻柔地给她按着，“我小时候也这样，长得太快，营养跟不上，就会这样。”

司栗哼哼唧唧的：“你长得快当然疼了，我又没指望它长它也疼，太过分了。”

悦一沉又被逗笑了。

悦一沉谨记着李阿姨说过的话，要多关爱小朋友的身心健康，所以第二天早上就站在她门口说要带她去工作室，结果意料之外地被拒绝了。

悦一沉有些诧异："司栗？"

"我不去，我不去，你赶紧走。"

悦一沉没办法，只能推开门进去："不是你说不想一天到晚待在家吗？"

小家伙还在梦乡，只是翻了个身："别吵我。"

被嫌弃的一沉叔叔伤心了，忍不住拍了拍她的屁股，结果她动都没动。

去年工作室投资拍的网络剧过审时被卡住了，最近才通过，下个月就要正式在视频网站播出了，桔姐这几天都在走动。

他到工作室的时候，桔姐正准备出去，看到他就抱怨："司栗那家伙到底跑哪儿去了？电话不接，邮件不回，我这边都要忙疯了。她和你联系过吗？"

"家里有点事。"悦一沉照旧打着哈哈，"什么事比较急？你忙不过来就和我说，我这边手头也没什么工作了。"

"知道了，知道了。"

他早就把这几个月的工作全都推了，算是偷得浮生半日闲。

一沉工作室刚起步的时候只有七八个人，境况很是窘迫，每年悦一沉都要接很多工作才能发得起工资。之后悦一沉开始尝试着投资，他目光很准，又因为在圈子里摸爬滚打了很多年，有一定的路子，多数时候赚大于亏，他也终于不必去全国各地跑通告了。

桔姐出门之后，他去见了一个电影制片人，对方说要拍一部史诗级巨制电影，茅台灌了好几瓶，最后走的时候脚步都是虚浮的。

他有些撑不住了，叫了代驾直接往司栗家里赶。

他进门的时候，司栗正在开罐头，她被开门声吓了一跳，抬头的瞬间，手就让拉环划破了。

悦一沉鞋也没换，皱着眉走过来："这是什么？"

司栗拿着罐头往背后藏："没什么。"

男人拉出她的手，一眼就看到食指上的一抹红色，眉心蹙得更深了。

"小口子，不要紧的。"

他置若罔闻，弯下腰，张嘴就将她的手指头含进了嘴里。

司栗吓了一跳，耳根立刻就发烫了："悦一沉……"

手指麻麻的，倒真的没觉得痛了。

对方松开她，看清伤口并不算深之后才去厨房漱口。

司栗脸红红地跟在他身后："悦一沉，你喝醉了？"

悦一沉"嗯"了一声，支着胳膊撑着案台，头微垂着，很不清醒的样子。

司栗跑回餐桌边给他泡蜂蜜水，他则是踉踉跄跄地到茶几边去翻找东西。

"欸。"司栗端着蜂蜜水走过去，"你在找什么？先喝点蜂蜜水，会比较舒服。"

"创可贴。"

"……我自己找，你先喝水。"

"你先贴创可贴。"

他喝醉之后是近乎执拗的性格。

司栗只好先贴上创可贴，然后朝他晃了晃手指："贴好了，你快喝。"

对方眯着眼睛，一把捉住她的手放到眼前细细地看。喝醉的人看东西有重影，他得这样才能看清。

他拿得太近，司栗的手都隐约碰到他柔软又滚烫的嘴唇了。

顿时她感觉自己也有些醉了。

"真贴了呀，好乖。"声音都像是浸泡了酒精的微醺语调。

"喝水。"司栗递上水，他接过一口闷了，然后倒在沙发上，念叨着说："梁生，我真的不能喝了，刚刚那一杯已经是极限了，这杯我是舍命陪君子了。"

司栗有些心疼。

她想去给他拿一条毯子，结果对方把她抓得很紧，她根本抽不出手。

最后只能由他拉着了。

悦一沉醒过来的时候已经是黄昏了，脑袋还是有些疼，所以没有立即睁开眼坐起来。手里握着一团软乎乎的东西，他觉得很舒服，又在半梦半醒间握紧了一些。

他身边在看微博的女孩被这动静惊动，回过头来看他，试探着问："悦一沉，醒了？"

悦一沉这才彻底醒过来。

他皱着眉坐起来，胃里一阵难受，看了看手里攥着的手腕，笑得有些无奈："不知道要抽走吗？"

就在他旁边坐了几个小时，不累吗？

25

司栗起身，走到餐桌边给他倒水，又在他看不到的角度揉了揉手腕。

"喝点儿水，等你舒服些了，我们出去喝粥。"

又完全是成人版司栗了。

但坦白说，被一个小孩照顾的感觉，也是蛮奇妙的。

他喝了水，又坐着休息了一会儿，突然就有些犯懒，望着司栗说："不想出去吃。"

司栗一愣："那你想怎么吃？叫外卖吗？"

"想吃你煮的虾粥，虞纪说你煮的虾粥很好吃，我都没有吃过。"

司栗笑了，既觉得悦一沉难得任性很可爱，又觉得无奈："你是忘了我现在才多大吗？"

悦一沉也莞尔。

"那也行，我也不是不能煮，只是要出去买材料。"

悦一沉立刻就站起来："那现在去买。"

"先煮粥，你去淘米。"

"好的，大人。"

他在司栗的吩咐下淘了米放进电饭锅里煮着，而后，两人一道儿出了门。

她家附近就有一家超市，但是司栗说那家超市的虾个头儿不大，必须去菜市场买。

菜市场有点远，但平时司栗也经常自己走路去买菜，所以权当是锻炼了。

她怕悦一沉嫌远，就一直在和他唠嗑。

"和你喝酒的梁生就是那个《虎虎生风》的制片人？"

悦一沉出来被冷风一吹，脑袋更疼了，但还是勉强回答："嗯，他说有部新电影想拉我入伙。"

"拉倒吧，《虎虎生风》害得你赔那么多钱还不够哦。这人也真是能忽悠，也就你还投资，那种垃圾电影让我出一块钱投资我都觉得浪费。"

"他是我妈妈的朋友，电影是不错的，只是不卖座而已。"

司栗警惕起来，仰头看他："你不会又打算投资吧？"

悦一沉弯唇，但是没有回答。

司栗就知道这事没跑了。

在还人情这方面别人都劝不动他，这边亏的只能在别处尽量补了。

他们走到了菜市场，这会儿人已经很少了，司栗牵着悦一沉直接走到常去的生鲜摊面前，让悦一沉要了三十块钱的鲜虾。

摊面的老板娘一边称虾一边盯着她看，司栗回以一笑。老板娘递过来称好的虾时，还笑着问悦一沉："这是你女儿？"

悦一沉自然而然地点点头："是。"

司栗忍不住抬头看了他一眼。

“哈哈……真是巧，这娃和我一客人的女儿长得一模一样。”

司栗微微一顿，而后才想起自己小时候也经常和爸爸来光顾她家，老板娘几乎是看着她长大的。

于是匆匆拉着悦一沉离开，走出去好远还觉得老板娘在看她。

葱花和姜家里都有，于是两人买了虾就打道回府了。

到家时，粥已经煮得差不多了，司栗搬了小板凳过来，一边帮悦一沉撸袖子一边问：“会处理吗？”

他很老实：“不会。”

司栗只能手把手地教他去虾线。

“这个，先剪掉这个，小心点儿，对，然后用牙签挑虾线……”

悦一沉的动作有些迟缓，司栗有些看不过眼，伸手就要加入去虾线的战斗中，却被男人用手肘拦住了：“别动，很腥。”

司栗失笑：“等会儿用洗手液多洗几次手就好了，你这样磨叽，得弄到什么时候？”

悦一沉仍然拦着，固执地不让她碰：“腥。”

她只好作罢，转到后面去做料汁腌虾。

他处理好虾后，粥也变得很稠了。

司栗将虾倒入粥里，等虾的颜色变了之后再撒上葱花，而后出锅。

悦一沉喝了一口，眯着眼睛赞不绝口。他甚至一连喝了两碗，虾也有大半是他吃的。司栗看他吃得津津有味，也莫名心情大好。

说明她还是有用的，这让她分外满足。

晚上，司栗睡得迷迷糊糊之际，忽然听到外面有声响，她以为是悦一沉起来了，所以没有动，但很快又听到翻箱倒柜的声音。

她吓了一跳，立刻醒过来，披上外套走到门口悄悄探头看，发现客厅里的人是悦一沉后才松了一口气：“怎么了？”

“啊？”男人抬头，表情有些茫然，“没事，你回去睡吧。”

司栗走过去开了一盏小灯：“找什么？”

“药膏有吗？身上痒。”

司栗凑过去看了一眼，被吓得不轻：“好多疹子！”

“可能过敏了。”

“这样不行，你赶紧跟我到医院去。”

过敏可大可小，她以前读书时候的舍友酒精过敏，因为没有在意，晚上差点儿窒息死亡。

司栗拉着他去换了衣服，而后直接下楼往医院奔。

所幸现在才十二点，楼下刚好有一辆出租车，司机很热心，一直把他们送到了急诊门口。

悦一沉对这个医院不太熟悉，是司栗带着他跑来跑去付钱取药的，最后药水吊上的时候，司栗都出汗了。

他心疼地给她擦汗，又说："着什么急？也不是什么大问题。"

"你不难受吗？"司栗没好气地说，"海鲜过敏怎么不说？"

悦一沉莞尔："下午喝多了，有些不清醒。"

"我看你挺清醒的。"

"那是醉酒的第二阶段。"

"我好想打你哦。"

悦一沉乖乖伸出手心，呆呆的样子看起来还是没有醒酒。

"这是第三阶段吗？"

他又被逗笑了。

司栗趁着他打针，跑到饮水机边要打热水，值班的护士看到后连忙弯腰帮她接水，又细心地找了个杯托给她。

"小朋友好乖啊。"护士姐姐笑眯眯地说，又小声问她，"那边打针的是你爸爸吗？"

司栗先是下意识地说了"不是"，而后看到小护士发光的眼睛，又补上一句："是我妈妈的男朋友。"

不许觊觎我男神啦。

小护士一脸失望："那你妈妈一定很漂亮了。"

"是啊是啊。"司栗连忙在手机上翻出自己的照片，"这是我妈妈，漂亮吗？"

小护士勉强笑了一下："还行。"

司栗闷闷不乐地回去了。悦一沉接过水杯吃了药，然后捏捏她的小脸："困了？"

"没有。"

"那怎么不高兴了？谁惹我们小公主不高兴了？"

"我刚刚给护士姐姐看了我的照片，说是我妈妈，她没说漂亮。"

悦一沉忍不住笑了。

司栗急了："我不是较真啊，但我也是被星探挖过的人呢，怎么能这样！"

悦一沉收起笑，认真地安慰：“可能人家只是嫉妒你‘妈妈’那么年轻就有你了，所以没夸你。”

司栗瞬间被治愈了，倒不是被他的话治愈的，而是举一反三地联想到，小护士可能是因为嫉妒照片上的她是悦一沉的女朋友，所以才否认的。

打完针、吃过药之后，悦一沉身上的疹子消退了不少。

两人打车回了家，都困得睁不开眼睛了，所以倒头就睡，直到第二天十点多才醒。

司栗是被悦一沉一阵又一阵的手机铃声吵醒的，她跑出门就看到悦一沉在一边漱口一边接电话，他表情很无奈，倒也抽空冲司栗笑了笑。

洗漱完之后就回房换衣服了，司栗站在小板凳上洗漱，等她再出去的时候悦一沉已经换好衣服准备出门了，神色间有难得的匆忙。

“悦先生，您不吃了早餐再走吗？”李阿姨在厨房问。

“来不及了。”悦一沉穿好鞋，开门之后又回头嘱咐跟过来的司栗：“好好吃饭，别老玩手机。”

司栗“哦”了一声，又问：“是有什么急事吗？”

悦一沉顿了顿，而后笑着说了声“没事”，就推门出去了。

司栗觉得有些不妙，连忙给桔姐发了条微信旁敲侧击，对方没有回复。

恰好此时手机里的头条新闻弹出最新推送：“深夜炸弹！独身多年的某影星被曝已有女友多年！”

司栗心头闪过一丝不妙的预感，连忙点进去下拉，果然看到了悦一沉的照片。

她硬着头皮看完了整篇通稿，然后整个人都不好了。

新闻的源头是一个网友发了一条微博——

“深夜的医院里，一个小女孩陪爸爸来打针，暖哭我了，父女俩颜值都‘杠杠’的。”

配图是悦一沉模糊的侧脸和司栗的正脸，背景是输液大厅。

然后又有一个人转发并评论：“我问过了，那对不是父女，小女孩说那是她妈妈的男朋友，这么帅的男朋友，这么漂亮的女儿，这妈妈上辈子一定拯救了宇宙。”

新闻里爆料的两位都自称是某医院的护士，随后这条微博被一个八卦博主转发了，并眼尖地指出图中的男人便是悦一沉，又细细比对了悦一沉的头像和图片里的司栗，确认是同一人无疑。

司栗完全慌了。

昨晚因为情况紧急，悦一沉出门的时候没有戴口罩，但是当时他的脸因为发烧而红得不行，又是深更半夜，所以司栗没想到这样也会被认出来。

说来说去还是怪她大意，怪她嫉妒心太强，撒那样的谎。

这几年悦一沉和唯唯也常常被人拍到，澄清过无数次，但悦一沉有私生女的传言仍然甚嚣尘上。

现在一下子被娱记抓到大新闻，他们不兴奋才怪。

下面还有人似是而非地说，看到他抱着一个女孩去机场接一个女人，但是放的照片是偷拍的，并不清晰，所以这条评论很快就沉下去了。

司栗冒了一身冷汗。

桔姐没有时间回她电话，她就更不敢打给悦一沉了。

毕竟这种时候工作室一定兵荒马乱。

26

中午她心不在焉地吃了两口饭，李阿姨让她多吃点，她说吃不下了，李阿姨便逗她："还有半碗，吃完嘛，早上你是怎么答应你一沉叔叔的？"

司栗放下筷子撒娇："李阿姨，我是真的吃不下啦。"

李阿姨是最不吃这一套的："你不听话，那我只能给悦先生打电话，让他来说你了哦。"

司栗以为她是在开玩笑，结果她立刻就打电话给悦一沉了，手速快得司栗拦都拦不住。

等司栗跳下凳子跑过去的时候，李阿姨已经言简意赅地和那边的人说明了情况，而后在司栗跑过来的时候顺手把手机放到司栗耳边。

猝不及防，悦一沉的笑声就传了过来。

"怎么又不好好吃饭？"

声音很温柔，司栗觉得自己一早上焦虑不安的心情在此刻被完全熨平了，仿佛她真的就只是一个不谙世事的小女孩。

"早上吃得太饱了。"她小声说，"现在真的吃不下。"

"不吃的话下次运动又要腿疼了。"

司栗不情不愿地"哦"了一声，想到自己捅出的娄子又一阵心虚："我会吃完的。"

悦一沉在那边"嗯"了一声："在家要乖啊，我晚上可能会回去比较晚，你先睡觉，李阿姨走了之后记得反锁门。"

"好的。"

司栗本来还想问他现在事态怎么样了，工作室打算怎么处理，但是话到了嘴边又咽回去了，最后悦一沉“嗯”了一声挂了电话。

司栗吃完了剩下的半碗饭，李阿姨还拍了照发给悦一沉。

他没有回复，显然在忙。

下午，桔姐才终于回了电话给她，她急于知道动态，没有多想就接了。

“桔姐！”

“哎哟，小点儿声，我的耳朵……”桔姐的声音带着一丝疲惫。

比起她和悦一沉，桔姐肯定是最早得到消息的。

“桔姐，我看到新闻了，网宣组那边打算怎么处理？”

“你还知道操心呢？你说你这大半个月到底去哪儿了？你知道工作室这段时间有多忙吗？我一个人要做两份工你知道吗？”桔姐是笑着抱怨的，但并不是真的在休假的她，在此刻听到这些话，内疚得不行。

“对不起啊，桔姐，我……”

“和我说对不起干什么？”桔姐笑她，“和你老板说去。”

那她也真的是太对不起老板了，吃人家的、喝人家的，被当作公主一样宠着，领着人家的工资，最后居然还闹出这样的事情。

她头一次冒出了要辞职的念头，而且是非辞不可的那种。

“那新闻究竟要怎么处理？”司栗问。悦一沉一早出去，肯定是先到工作室开会研究应对方案了。

“哦，我们早上开了一个会，本来是决定澄清那小孩和他并没有任何关系的，他并没有女朋友，但是被悦大否决了。然后我们又说可以把那小孩签到我们工作室，就对外宣称是一个小演员，他也不同意。我们现在真的是头都大了。”

“那他打算怎么办？”

“唉，一言难尽。”桔姐显然不想多说，“我还要给媒体打电话通气，先不和你说了。”

桔姐挂了电话。

她只能自行联系悦一沉，但是给悦一沉打电话需要调整心态，做足心理建设，否则很容易就会被他的几句话弄得忘了自己还是他的助理，忘了自己是成年女人。

结果她打了两通电话那边都是占线，她发了信息，让他有时间给她回个电话，短信刚刚发送成功他就回电话过来了。

他回得太快，以至于司栗一下子忘记要说什么了。

“怎么了？不休息？”他仍然是一副没事人的口吻。

“为什么不用桔姐的方案？”她直接开口，“你不想我进这个圈子，所以第二个方案被否决我能理解，但是眼下第一个应该是最简便的解决方案了吧？”

他在那边笑了一下，解释说：“我和你出去过很多次，很多网友都会有印象，说完全没关系是不可能的，再说以你现在的情况，有心人一挖就会发现你是一个没有身份的人，到时候再被扣上私生女的帽子，就更难摘掉了。”

也对，再撒谎被推翻的话就糟糕了。

“所以现在工作室是决定不回应了吗？”她到现在都没有看到工作室出面表态，网络上都翻天了，“悦一沉”这个名字成了热门话题，搜索量达六百多万，最新一条微博下全是粉丝在叫骂，说自己看错了人。

“死忠粉”失望起来是最没有理智的，往往比那些“键盘侠”还可怕。

粉丝们不能接受悦一沉有私生女，更不能接受他谈了一个带着娃的女朋友。

司栗也是服气了，退一万步来说，就算悦一沉真的谈恋爱了，对方带着个孩子又怎么了？他们歧视二婚啊？什么叫配不上？什么叫“拖油瓶”？最气的是，他们骂来骂去都是在骂她啊。

“要回应，但是得先征询一下你的意见。”悦一沉在电话那头说，听起来有些小心翼翼，也有些微紧张，“我想发通稿澄清，说你是我的养女，你能接受吗？”

司栗愣住了。

“养女？”

“嗯。”

司栗都被气笑了：“这不也是欺骗吗？”

“不是，作为小可爱，你确实是我的女儿。”悦一沉的声音有些弱，说得非常小心。

司栗有些蒙了：“不说是不是了，你这样澄清会有人相信？”

悦一沉在那边安静了一会儿，才缓缓回答：“我已经托人办好了领养手续，小可爱这个人现在不仅有户口，也有出生证明，还是我悦一沉的养女。”

司栗彻底明白了，同时也更费解。

“你为什么要办这种东西？什么时候办的？”

“几个星期前。”

“悦一沉，你真的是……”

也许是发觉了她语气里冷静的不悦，悦一沉这一次没有敢开口。

“我不叫小可爱，我有爸爸的，我不是你女儿，你清楚吗？”

“抱歉，这件事是我考虑不周，但是其实对你……”悦一沉试图解释，但对方已经撂了电话。

悦一沉皱眉，而后按着额头微微叹气。

看起来小家伙这一次真的很生气，比上一次要严重多了。

桔姐过来敲门："怎么样了？"

悦一沉表情有些无奈。

"现在发稿子？"

"等一下。"悦一沉叫住她，"还是算了。"

桔姐一副要爹毛的样子："我真的懒得给你收拾烂摊子了！这一天都快过去了，推得越久越难说清楚，这道理你还不明白吗？！"

"明白。"悦一沉笑了一下，"那就用方案四吧。"

他淡然得就像是在选一套演出服。

桔姐却在此刻变得忧心忡忡："这其实是下下策，你明白吗？谣言会越传越可怕，到时候再解释就来不及了。"

"但这是最真实的消息。"悦一沉笑道，"没有就是没有，为什么要用别的谎言掩盖？"

桔姐哑口无言，过了好一会儿才问他："那个小丫头就这么重要？"

其实说她是工作室要捧的童星，是最容易转移视线的，但显然他一点儿都不愿意把她曝光在媒体面前。

悦一沉没有回答。

方案四是不予理会。

桔姐知道劝不动他，也不想费口舌，但她完全不认同这个处理方法，于是在退出他的办公室之后，就阳奉阴违地指挥着网宣组加班处理。

晚上七点半，一沉工作室发布声明，指出悦一沉并无私生女，前一晚一起去医院的小女孩是朋友的女儿，也并非签在工作室的小童星，所以并不存在炒作的说法。

这条声明发出去之后引起轩然大波，网友们多数是不信的，又觉得工作室隔了这么久才出面回应，是心虚的表现。

有许多八卦博主又将以往胡编乱造的悦一沉有私生女的"证据"翻出来造谣了一番。

有人把司栗之前化妆的视频也翻出来了，说小可爱的"妈妈"心机重，利用女儿吸睛，没准儿也是在利用悦一沉捧自己的女儿。

于是公众的炮火全指向了小可爱那不存在的妈妈。

这一招金蝉脱壳使得非常好。

小可爱是无辜的，悦一沉也是无辜的，网友们骂一骂小可爱的"妈妈"，过几天可能就淡忘了。

只是不知道是谁又把司栗的照片公布了，并且一开始爆料的那个护士出来指认，说司栗就是小可爱的妈妈。

司栗被人肉了。

大号被翻出来，微博评论里全是骂她不要脸的，查她女儿是谁的，怀疑她跳槽到悦一沉工作室的动机。

各大新闻网站和娱乐社交平台上热热闹闹，微博一度瘫痪了。

司栗隔了半个小时才看到最新的消息，因为毫无征兆，所以蒙了很久，评论里不堪入目，仿佛她真的罪大恶极似的。

她以前真的是低估了悦一沉的影响力。

她的承受能力依旧很强，那些骂她的话她转瞬即忘，甚至还能在此刻理智地分析，她该怎么处理，才能把悦一沉受到的影响降到最低。

司栗给虞纪发了短信，对方很快就回了电话过来，她没有接，只是用文字回复道："你在家吗？能过来接我吗？"

他这个月是没有什么通告的。

十分钟之后，他发短信让她下楼。

司栗拿了手机、钱包和证件，装了两套衣服，趁着李阿姨上洗手间，悄悄溜了出去。

27

虞纪的吉普就停在楼下，她刚走到车边，悦一沉的电话就打过来了，司栗接起后压低声音说了句"开门"，听到车锁"嗒"的一声打开后，她用力开了车门，而后迅速爬上车关上门。

虞纪在前面回头，一边笑一边问："你和悦一沉怎么回事啊？怎么突然就说你有私生女了？还是你真的和他在一起了？"声音又在看到那一小团东西的时候戛然而止。

他开了车内的灯，挑着眉笑着道："上错车了，小宝贝。"

司栗没有想好要怎么跟他解释，只能奶声奶气地撒谎："没有错呀，司栗姐姐说的就是这一辆车。"

虞纪仍然不明白："什么意思？"

"我今天上新闻了，他们都说我是司栗的私生女，还有人说我是悦一沉的私生女，总之就是给悦一沉和司栗都带来了很不好的影响。"

他点头："这我知道，所以呢？"

"这几天我可能都不方便继续在司栗和一沉身边待着了，所以司栗把我托付给了你。"

她现在远离悦一沉，就能将对他的影响降到最低。媒体没有确切的证据，到现在为止都只是推测，她消失一段时间，媒体找不到她，找不到别的证据，就会渐渐淡忘了。如果还不走，今晚可能就会有狗仔查过来了。

虞纪目瞪口呆："我？我可不会照顾小孩。"而且显然这不是个小朋友，是个烫手山芋嘛，带回家没准儿明天上头条被指有私生女的就是他了。

"我可以照顾好自己的，你放心。"

虞纪考虑了一分钟，而后问："那悦一沉知道吗？"

司栗呆萌呆萌的："我不知道他知不知道，我比较听司栗的话。"

前面的男人勾一勾唇："巧了，我也是。"

于是利落地踩油门离开。

虞纪的车与悦一沉的车擦肩而过。

司栗躲在车里看着他的车开进小区之后果断地关了机。

悦一沉到家时有些茫然，李阿姨站在门口打电话，声音里带着哭腔："悦先生，小可爱丢了，我就上了个厕所，出来她就不见了，对不起。"

他用了好几秒才冷静下来，心里一直在提醒自己司栗不是小孩子，不可能真的走丢，但也压不住心底的恐慌。

"别慌，打电话去保安处问一下，小区里到处都有监控。"

"问了他们，还在查。"

他很后悔，刚刚就不应该和桔姐争论，而是应该立即赶回来陪她，她看到那些骂她的评论，肯定很不好受，没准儿还会以为是他安排网宣组这样处理的。

悦一沉皱着眉，又突然想到了什么，鞋也不换就走进司栗的卧室，扫了一眼，然后确认这是一场有预谋的离家出走。

因为梳妆台上的化妆品空了一半。

半个小时后，桔姐打给他的电话更是验证了这一点。

"司栗给我发邮件辞职了。"桔姐的声音很疲倦，"我真不知道这事会扯到她身上，如果我知道小可爱和她有关系，我真的不会擅作主张。"

悦一沉打断她："你先别管司栗那边，司栗那边我来联系，你和网宣组尽量补救，拖住那些媒体解释，找水军，能做什么尽快做。"

他挂了电话再打司栗的电话，仍然提示关机。李阿姨从外面回来，一脸焦急："保安那边的监控根本就没有拍到她。"

悦一沉揉了揉眉心："我知道了，您别急，我来找就好。"

"悦先生，要不要报警啊？"

"不用了，您先回去，这两天暂时就不用过来了。"

李阿姨又连连道歉，而后才离开。

李阿姨走了之后屋子完全静了下来。

没有司栗在家，他就没有待下去的必要，但他还是不想走，好像过一会儿她就会回来似的。

但他在客厅等到了凌晨两点，门口仍然没有动静。手机屏幕暗了又被按亮，没有任何消息，她的电话更不可能打通。

他隐约能明白司栗出走的缘由，却也只能叹气。

悦一沉发了一条微博解释，说他和司栗是朋友，是上下属，两人认识不久，他很喜欢司栗，但两人并不是情侣，小可爱也不是她的女儿，只是两人共同朋友的女儿。

话题中心的人说的话一般没有人看得到，看到了也会被误解。

所以他花了一晚上的时间，一条一条地去回复底下的评论。

他以前从来不和粉丝互动，这次一下子回复了上千条评论，叫粉丝诧异不止。桔姐请了熟悉的"大V"整理了这些评论发出去，很快就博取了不少网友的同情，纷纷道这个时代造谣太容易，一条微博就能逼死人，辟谣却需要花几千条评论。

虞纪回的是上一次他们去过的那个家，格外远，到的时候司栗都睡着了。

虞纪蹑手蹑脚地下车，门都没敢用力关，生怕把小家伙弄醒了。

他没有带孩子的经验，但是以前家里有个小表弟，因为有很严重的起床气，所以每次起来都会大哭大闹摔东西，因此他格外怕。

他绕到后面把熟睡的小团子抱下车。

车里开着暖气，有些干，所以小家伙一直张着嘴呼吸，小嘴殷红，舌头小小的，看起来就很软。

真是个小可爱。

他走进庭院的时候还刻意避开了光线，好让怀里的人不被影响，但几秒钟之后，她还是蹬了一下腿，噌地睁开了眼睛，茫然又警觉地望着他。

虞纪被逗笑了："醒了？"

她这才彻底醒了过来。

陌生的怀抱和气息让她睡不安稳，醒过来后才吃了一惊。

什么时候那个人变成熟悉的怀抱和熟悉的气息了？

看来远离他是非常有必要的。

虞纪抱着她走了一小段路之后突然颠了颠她，司栗被吓了一跳，下意识地抱紧了他，而后看到男人嘴角的坏笑，忍不住在心里暗骂他变态。

连小女孩都戏弄。

到了门口他没有按密码，而是抱着司栗弯腰，告诉她："密码是0808。"

司栗"哦"了一声，伸出小手指嘀嘀嘀嘀地按了密码。

进门之后他就把她放下了，而后自顾自地去厨房倒水，喝了半杯之后才回头看还站在门口的小家伙，笑了："自便啊，洗澡睡觉的话就上楼，饿了就打开冰箱找吃的，阿姨来的时间是早上六点到晚上九点，你要是想吃点热的东西，我也不会弄。"

他是真的不会照顾小孩，也没有悦一沉那么爱小孩。

他说完就从冰箱拿出了一个橙子，倒还问了她一声："要吃吗？"

司栗乖乖摇头，看起来有些拘谨。

虞纪顿了顿，感觉过意不去："那你要喝牛奶吗？"

"不用了，谢谢。"司栗觉得自己真是为难他了，"我想睡觉了。"

"可以啊，你洗澡了吗？"

"洗过了。"

"那就好。"他松了一口气，"不然我真不知道要怎么帮你洗。"

想得美啊！

司栗回了房间，先去洗手间洗了把脸，而后又换了睡衣，整理东西的时候拿着手机看了又看，最后还是决定把它塞进床头柜的抽屉深处。

她一晚上没睡好，早上阿姨进门的时候她就醒了。她磨磨蹭蹭洗漱完毕下楼，虞纪已经坐在餐桌前了。他在接电话，面前的粥还剩一小半，看样子应该是吃过了。

"我真没去接她，我平白无故捡个小孩回来干什么？我还要拍戏呢，忙都忙死了。"

司栗脚步一顿，抬头望去，男人在朝她挤眉弄眼。

"真没有，好好好，我知道了，我看到了肯定会带回去给你的。"

他挂了电话，而后又给司栗打电话，自然是不通的，最后只能跟她抱怨："非要逼我跟我男神撒谎，太过分了。"

她猜到了来电话的是谁，也早知道悦一沉会给他打电话。

司栗冲他笑笑："虞纪哥哥早呀。"

她关机前给虞纪发的最后一条短信是："不要告诉悦一沉小家伙在你那里。"

虞纪不疑有他。

但这个电话悦一沉肯定会怀疑，不过他那种君子，即便确认了她就在这边，虞纪没有承认，在她没有接电话前，他也是断然不会找上门来的。

她在虞纪家颓废了两天，他果然没有找过来，于是彻底放心。

虞纪在对待小朋友这方面和悦一沉是完全不同的，因为他不懂得照顾小孩，所以大多数时候都把她当成个大人看，而剩下的小部分时候，又完全把她当成一个什么都不懂的小屁孩。

他允许她出门遛弯儿，允许她看很久的电视，冰箱里的零食无限量地供应，甚至还嘱咐了阿姨要每天补货。但他也比悦一沉更严厉，比如说不能挑食、不能剩饭。第一天晚上吃饭的时候，他逼她吃芹菜，她差点儿和他打起来。

除此之外，司栗在这边待得还算舒服。

晚上虞纪回来晚了，阿姨没有给他留吃的，他打电话叫了外卖，外卖到的时候司栗刚好下楼，闻到这刺激味蕾的香气，忍不住问："你在吃什么？"

"凉拌兔肉。"

司栗跑过去，趴在凳子上看他："你怎么能吃兔肉呢？兔肉辣吗……"

"不辣，你要试试吗？"

司栗被噎了一下，最后小声说："那我就试一小块。"

虞纪夹了一块投喂她，下一秒就被小家伙被辣到的表情完全逗笑。

这段时间，悦一沉一直都是清淡喂养，所以她突然吃到一块辣的，完全受不了。

好在虞纪还算有良心，马上就递水过来给她喝了一口。

司栗瞪了他一眼，但是小嘴红嘟嘟的，眼睛又大又圆，看起来根本不像在瞪人，反而像在卖萌。虞纪有些受不了："真可爱，快过来给哥哥抱抱。"

司栗跑走了。

这人太可怕。

晚一点儿的时候，虞纪一直在给司栗打电话，自然是打不通的，而后又偏头问在看《猫和老鼠》的司栗："你司栗姐姐有没有和你联系过？"

"没有呀，怎么啦？"

"她爸爸找她。"

司栗差点儿从沙发上蹦起来。

好不容易熬到了睡觉时间，司栗跑上楼关了门，立刻就翻出手机开了机。

在许多的未接来电和未读短信中，确实有一个司国庆打过来的电话。

28

这个时候再拨回去肯定是打不通的。

她点开那条短信，而后瞬间泪崩——

“小栗子，最近好吗？工作忙吗？爸爸有点想你啦，不过这边的进展有些慢，可能都不能回去过年了。呦，爸爸在电视上看到你男神的新闻，他那个私生女可像你小时候啦。”

她看到最后一句话，又笑了出来。

她回了一大段，发了半天才发出去，就是不知道他在那边能不能接收到了。

她发完了短信还在抽噎。

其实这十几年司国庆在外，她没有一天不想他。只是从前的她，无论成年与否都太擅长隐藏情绪，每每司国庆给她打电话或者发短信说想她，她都不置可否，或者干脆地说自己工作忙，一点儿都不想他。

这一次她却发了几百字的短信，说出了以前从来没有说过的想他，让他快点儿回来的话。

然后就在抽噎中手机忽然又弹出来电。

这一次是悦一沉打过来的，司栗迟疑了半秒，还未伸手挂断，那边就自动挂断了。

这让她更莫名其妙。

另一边的悦一沉忽然打通了她的电话，难以置信的欣喜过后很快又冷静了下来，知道她不会接自己电话，便识趣地挂断了，而后迅速发了短信过去。

他怕她不仅会挂断他电话还会继续关机。

悦一沉：“司栗。”

她刚要关机，他的下一条又发了过来。

悦一沉：“先别关机，和你聊聊辞职的事。”

悦一沉：“程序没走完。”

司栗：“？”

悦一沉：“你的辞职信上没有签字。”

真是她大意了！

司栗回复：“我回头签了再寄过去，可以吗？”

悦一沉：“不行，需要本人到财务室那边结算。”

但他明知道以她现在的情况不可能结算任何财务款项的。

司栗："那工资我不要了。"

悦一沉："程序走不完没法给你办离职。"

司栗确定他就是在搞事。

司栗又打算要关机了，结果他的信息又接二连三地跳出来。

悦一沉："你现在是在虞纪那边，对吧？他工作应该很忙，有人照顾你吗？我很担心你。"

悦一沉："家里那么多零食、水果都没人吃了，还有你的那些漂亮裙子也没有带走。"

司栗瞬间又心软了。

他没和她说工作上的糟心事，没跟她解释工作室的公关手段，只关心她现在的处境。

司栗忽然觉得，他是理解自己的，理解自己离家出走的理由，就像她也理解工作室的那些紧急应对手法一样，完全不需要跟对方解释，不需要说抱歉。

悦一沉确实理解，但即便要消失，也应该由他来藏。

悦一沉："我明天早上去接你好不好？"

语气已经有些魔怔了。

司栗差点儿就被诱惑说"好"了，恰好桔姐的短信跳出来，提醒她这段时间暂时不要回来，工作室和她家周围都是狗仔，被拍到的话又要出大新闻了。

然后跟她解释了工作室的公关手段是她自作主张，没有想到会把她牵连进来，觉得非常抱歉。

又跟她抱怨，说悦一沉现在完全被迷得神魂颠倒了，为了一个小女孩，打算完全退隐娱乐圈，连工作室也要解散。

司栗心里涌起一片惊涛骇浪，消化了很久才返回和悦一沉的聊天界面，指尖停顿半秒，而后慢慢地打字回复："悦一沉，对不起啊，不辞而别是我不对，但是我已经决定换一种方式生活了，这段时间谢谢你的照顾，我恢复正常之后再当牛做马报答你。"

她不能再麻烦他了，至少这段时间不能。

关机前她还看到他的最后一条短信，是让人忽略不了的央求语气："回来好不好？我给你买最新款的香奈儿套装，允许你化妆、吃夜宵好不好？"

司栗鼻子酸酸的，她也很委屈啊。

她也很想男神啊，她也想一直跟男神在一起被照顾啊，该死的娱乐媒体！

该死的小可爱。

第二天早上，虞纪把她从被窝里捞起来，揉着她的脸把她叫醒。

“小可爱，快醒醒，我要把你送回你司栗姐姐那里去。”他开了灯看了她几眼，“咦，你昨晚哭过了？眼睛这么肿。”

司栗迷迷糊糊地睁开眼，发现窗外还是墨蓝色的天，不知道是四点还是五点。

“怎么了？”

“我刚刚才接到通知，今天要去拍戏了，可能几个月都没法回来，不能带你了。”

司栗瞬间清醒了，坐起来问：“现在就要走了吗？”

“九点钟的飞机。现在打不通你司栗姐姐的电话，只能从哪里把你接过来的就把你送回哪里去了。”

“啊，可以不回去吗？你就把我留在家里，我很乖的。”

虞纪想也不想地拒绝：“不行，出了问题我可没法负责，话又说回来了，你父母呢？”

司栗可怜巴巴地求他：“你就让我留在你家吧，不是还有阿姨吗？到时候我让司栗姐姐把请阿姨的费用和伙食费打给你好不好？”

她现在哪儿都不能去，只在他家里安全一点儿。

虞纪笑了：“你觉得我缺钱吗？”

司栗哑口无言。

“赶紧起来刷牙洗脸，别耽误我赶飞机了。”

司栗噘着嘴望着他。

对方捏了捏她的小脸：“别哭啊，这招对我没用，十分钟之后我再过来，到时候你没有收拾好我也会扛你下楼。”

司栗洗漱后收拾了自己的行李，站在客厅等他，还抽空吃了面包片，看到他下楼又连忙迎上去，表情很讨好：“我烤了面包，你要不要吃一点儿再走？”

“哎哟，你还会用面包机呢。”虞纪捡了一块面包衔在嘴里，又提醒她换鞋，而后匆匆忙忙出了门。

虞纪这两年果然成长了许多，从前的他赶通告，就是火烧屁股了都是不紧不慢地出门，现在他不需要助理都可以自己规划好一切了。

作为前助理，一个亲手把他带出来的女人，司栗觉得很欣慰。

车子开往司栗家的方向会经过一片别墅区，她隐约记得自己有个朋友住这边，于是想也没想就让虞纪停车。

“我姑姑家就在这里，我在这里下就好了。”

虞纪却连车速都没有降一点儿，直接无视她，司栗急了，扑过去抱住座椅，巴巴地说："在这里下就好了。"

"坐好，开着车呢，危险。"虞纪皱着眉说，"我都说了在哪里接的你就要把你送回哪里去。"

"我不想去司栗姐姐家。"

虞纪被气笑了："不去司栗姐姐家，那去你爸爸那里？"

司栗一怔："我爸爸？"

"悦一沉啊。"

"他才不是我爸爸！"

"所以司栗和悦一沉你选一个？"

选哪一个的后果都会是悦一沉好吗？

"虞纪哥哥。"

"叫我爸爸也没用。"

男人不知道想到了什么，忽然贱兮兮地笑了："要不叫一声来听听？叫一声的话我就带你去片场。"

司栗想了想，觉得这是一个极好的解决办法，也觉得眼下节操根本就不重要，但是"爸爸"那两个字，她怎么也喊不出口。

"虞纪哥哥，拜托你了，带我去片场吧。"她表现出可怜巴巴的样子，"我一直都在麻烦一沉叔叔和司栗姐姐，我真的非常过意不去了，求求你带着我吧。"

"哥哥是要去工作的，带着你不方便啊。"

"我保证乖乖的，好吗？求求你了。"她搬出自己，"现在司栗姐姐肯定也不在家，你要是把我弄丢了怎么办？"

虞纪从后视镜看了她一眼，犹豫半晌，才说："我得先问一下司栗。"

司栗连忙趁着他开车没法打电话，以座椅为遮蔽物，先下手为强地悄悄开了机给他发短信。

司栗："我不在家，跑路了，小家伙就麻烦你照顾几天了。"

虞纪听到短信提示，瞄了一眼之后被气笑了。他靠边停了车回拨过去，女人自然是不会接电话的。

虞纪只能回短信："可是我要去拍戏了。"

司栗："带着她呗，她很乖的。"

他觉得自己被坑了。

虞纪："她是你女儿吗？是的话我就带着。"

司栗："不是，不是你也帮忙带一下嘛。"

无论是还是不是，他其实都没法拒绝她，最后也只能带着小“拖油瓶”去了机场。

他们乘坐的是专机，上去了才发现吴裳导演也在，还有几个三线演员和一个小演员。

看来这一次吴裳导演不打算用大牌。

虞纪上去之后和吴裳打了个招呼，而后又冲另外几人笑了一下，随后牵着司栗在吴裳旁边坐下。

他坐下后，吴裳才发现他身后的小尾巴，细看了两眼之后眼睛一亮：“哎哟，虞纪，你怎么把这宝贝给我带来了？”

虞纪哈哈一笑，开玩笑道：“捡的，送您了。”

司栗探出头，大大方方地向他问好：“吴老师，您好，我们又见面了。”

吴裳看起来是真的很喜欢她，连忙拍拍身边的位置：“小可爱，快来这里坐，想喝点什么、吃点什么吗？刚刚他们说有曲奇。”

司栗眨巴着眼睛“卖萌”：“谢谢老师，我想喝酸奶，有吗？”

“有的有的。”

虞纪在对面笑话她：“还真是不客气。”

飞机起飞时，司栗有些难受，后来就歪着脑袋睡着了。

虞纪要了毯子给她盖上，而后跟吴裳说明了情况。

吴裳倒是很失望：“我还以为她父母同意她来拍我的戏了。”

虞纪笑了。

“那也没事，小家伙很可爱，我看着就喜欢，就让她跟着进组吧，到时候让人给你换个套间。”

“谢谢老师了。”

Chapter 4

女主角

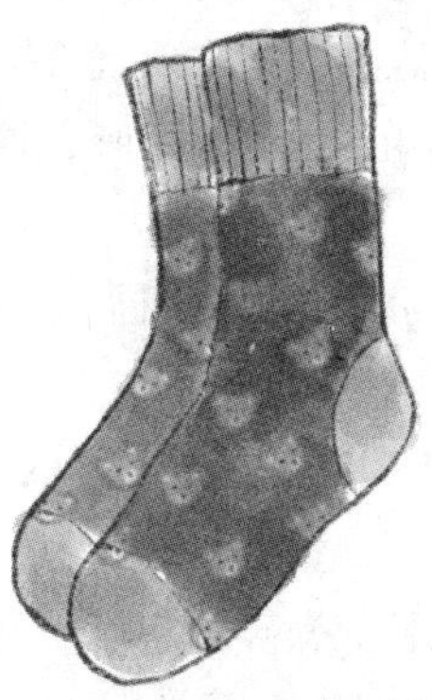

29

她一觉睡到了目的地。

这倒是她第一次跟着虞纪出行能那么轻松。

在还是虞纪助理的时候，每次有这样的场合，她都需要赔着笑脸和导演及其他演员联络感情，对接工作。

现在她不需要了，不仅因为她是小孩子，更因为虞纪现在身价高了太多，更多时候都是别人对他点头哈腰。

飞机落地的时候是吴裳导演把她叫醒的，而后抱着还未完全清醒的她走下飞机。

T城是中国最大的一个边界城市，素有“小莫斯科”之称，也拥有着一个完善的影视基地。

只是纬度有些高，下了飞机就有一股寒流袭来，司栗冷得直哆嗦。

吴裳一边往下走一边骂虞纪：“明知道是来这边，还不给孩子多穿几件衣服。”

虞纪没有作声，只一边走一边把围巾摘下来绕到司栗身上。

司栗圈着吴裳导演的脖子，在陌生的城市莫名觉得安心。也许是因为那么多抱过她的人中，就数吴裳导演的身形和年龄最接近她爸爸。

因为天气太恶劣，所以一行人下飞机之后就直接去了酒店和剧组的人碰头。

到酒店后，虞纪简单地和剧组的人打了招呼，而后和吴裳导演说一声后，就回了房间。

虞纪一进门就开了暖气，然后找出吹风机插上电逮着她一通乱吹，直吹得她的小脸红扑扑的才放开她。

“好啦，这样就不会感冒了！”虞纪拍了拍她的小屁股，笑眯眯地说，“这可是你司栗姐姐教我的方法。”

她以前做他助理的时候真是替他操碎了心，一报还一报啊。

“让我们来看看你带了哪些御寒的衣服来！”

他弯腰把司栗的小包打开，翻了翻之后抬头看她：“就这点东西？”

司栗用力点头。

“因为很匆忙呀。”她也没想到这边有这么冷。

虞纪拿出她的化妆包：“你还会化妆呢？”

司栗抿唇一笑：“你没有看过我那个化妆的视频吗？”

他拿出一套裙子，看了一眼：“还是Chanel（香奈儿）的呢。”

“这个是一沉叔叔送我的。”

“哎哟，说他不是你爸爸谁信哪。”

“他真不是！”

虞纪伸手刮了刮她的小鼻子，笑道：“和你开玩笑呢，急什么？”

司栗摸摸鼻子。

“你还是去洗个澡吧，看把你冻的。”

司栗手脚还是有些凉，于是乖乖抱了衣服去浴室泡澡去了。

她出来的时候虞纪在接电话，她听到几句后大气也不敢出。

“国际长途啊哥哥！”

“我真的什么都不知道，你问司栗去，是她安排我这么做的。”

“拐卖什么鬼啊？是她自愿跟来的。不不不，司栗也是同意了的，你要是想让她回去就让司栗来接她，我可没空送她回去。”

说话间，虞纪回头看到站在浴室门口湿漉漉的司栗，又连忙说：“赶快擦头发。”

然后不知道电话那头的人说了什么，虞纪笑了一声：“放心。虽然我没有照顾小朋友的经验，但是保证不会让她缺胳膊少腿的。好了，不说了，信号太差。”

他挂了电话拿着吹风机过来，一边给她吹头发一边嘟囔：“下飞机之后忘记开机了，男神都要把我的电话打爆了。”

司栗没有作声。

虞纪给她把头发吹干之后，也拿了一套衣服进了浴室。

司栗闲着也是无聊，便抱着自己的包，推着虞纪那个和自己一样高的箱子去了衣帽间，本来还想帮他把衣服挂好的，无奈架子太高她够不着。

虞纪擦着头发出来的时候，就看到小家伙在衣帽间忙活的蠢样子。

她似乎是想把他的箱子塞进衣柜里，无奈箱子太大、太重，她根本搬不动。

虞纪走过去揉揉她的脑袋：“过来，别把我箱子磕坏了。”

司栗只好站在旁边，看着他把衣服都拿出来归置好，瞬间占满了大半个衣柜。

而后男人抓着她的包随手塞在一个角落，合上柜门了事。

司栗“哎呀”了一声：“我的‘神仙水’！”

虞纪一把将她抱起，一边往外走一边笑着说：“摔坏了赔你。”

他抱着她去了餐厅，餐厅里暖气十足，但他还是给她裹紧了围巾：“回头感冒了，悦一沉得砍死我。”

餐厅里没几个人，司栗看了一圈，有些失望：“吴裳老师不在呀。”

“我要吃醋啦。”虞纪一边翻看菜单一边说，“小没良心的，是谁在伺候你呀。”

他用英语点菜，金发碧眼的帅服务员用英语问她是要温水还是热水时，她差点儿就下意识地用英语回答了。

司栗饿坏了，上的东西几乎都吃完了，对面的虞纪直咋舌：“你这胃可以啊。”

“这个面汤好喝。”

“那叫奶油蘑菇汤，你悠着点儿，这里还有。”虞纪已经放下了刀叉，“等会儿带你出去买衣服。”

司栗笑眯眯地说：“谢谢虞纪哥哥。”

“谢什么？记你司栗姐姐账上。”

“她没钱。”司栗飞快地接话。

“那记你一沉叔叔账上。”

“那也行吧。”

虞纪被逗笑了。

因为司栗穿得单薄，虞纪也不敢带她走远了，打算在附近买几套就走，结果小家伙不乐意了。

“这里的衣服看起来都好丑，为什么不去商场买？”

虞纪忍不住捏她的脸：“小小年纪，看不出来还挺挑！”

“我要穿漂亮的裙子嘛，不要羽绒服。”

“裙子冷啊。”

“裙子！”

虞纪始终不是悦一沉，不会惯着她，也懒得惯着她，直接就夹着她进了一家超市，选了一件最土、最便宜的羽绒服给她。

她死活不穿，又被虞纪虎着脸威胁：“不要闹啊，我跟你说，你闹我就把你送回去。”

司栗眼泪汪汪地说：“我从来没穿过这么丑的衣服。”

“爱穿不穿，惯得你。”

最后还是她妥协，可怜巴巴地裹着那件绿不拉几像块海带似的羽绒服跟他回了酒店。

走进酒店大堂时，她从明晃晃的大门看到自己的身影，差点儿被丑哭了。

他们回房之后没多久统筹就打了他们房间的电话，剧组准备出发去片场试景了。

虞纪让司栗乖乖在房间待着，有事给他打电话。

她其实是很想出去溜达的，她还没有来过T城，但又怕自己跑出去出事，只能在房间里窝着。

结果，虞纪出去不到五分钟又返回来了，而且身后还跟着虎着脸的吴裳导演。

“把一个小孩丢在酒店像话吗？！那么大个人了做事还是一点儿分寸都没有！”

虞纪低眉顺眼地接受训斥。

司栗莫名其妙地望着两人：“吴裳老师，你们不是要出去了？”

“哪里舍得把你这个小可爱一个人留在这里。”吴裳一对着她就换上了一副笑眯眯的脸孔，“走，老师带你去片场玩。”

司栗立刻跳下沙发，一脸兴奋：“我可以跟着吗？”

“当然可以！”吴裳弯腰把她抱起来，“走，老师教你拍电影。”

虞纪在后面，已经不知道要摆出什么表情了。

他对这些喜欢小女孩的人，真的是不能理解。

T城下午四点钟的时候天已经暗了下来，车辆穿行在街上，满眼欧式和古老的建筑。

这个城市富人很多，穷人也很多，是一个极具财富差距的地方。

故事就是在这个城市发生的。

华裔杀手简接了一单大生意，来到这个城市潜伏了几个星期，只为杀掉一个俄罗斯黑帮老大。

潜伏的公寓隔壁住着一个混乱的家庭，小主角在这样的家庭里生得聪慧早熟，与酷酷的简搭过几次话。

而后有一天小主角的家被屠了，她从外面玩耍回来，一边哭着一边跑到简家门口求助。

简收留了她。

情节基本与美版的《这个杀手不太冷》一致，只是两个主角的年龄与原版有出入。

这也使得拍摄要困难得多。

这一次剧组一共安排了两个小演员进组，想来也是吴裳导演担心拍摄途中有差错。

两个小演员中的一个是某巨星的女儿，自小就开始拍戏，与诸多大牌导演和演员有过合作，演技是可以的，但始终是小孩子，脾气有些大，也有些娇气。撇开这些不说的话，她的年龄也比剧本上的要大一些，而且个子无法遮掩。

另一个小孩是吴裳导演接受网友举荐在网上挑选的一个小“网红”，因父母都是模特，于是生得又漂亮又有气质，而且年龄刚好合适，只可惜没有拍摄过电影，所以演技还需要磨炼。

当然这些都是她在网上查看到的小道消息，她不确定，因为没有看到两个小演员。

虞纪在旁边看台词卡，表情很认真，司栗不敢打扰他。

到了片场后，虞纪叫了一个小助理过来，麻烦她帮忙照看司栗，吴裳导演又在旁边吹胡子瞪眼：“小可爱跟着我就好了，你们忙你们的去。”

30

虞纪看了司栗一眼，只好说：“那我去换衣服化妆了，你乖一点儿。”

司栗乖乖地站在吴裳旁边：“老师，我很乖的，不会打扰你。”

吴裳笑眯眯地说：“打扰也不要紧。”

他女儿去年刚刚结婚，嫁到美国，一年到头见不了一次面，他现在看到她就会想到自己的女儿：“我以前也经常带着我女儿来片场的，她现在也是一名出色的导演。”

“我知道！吴浓浓导演的电影我也看过。”

“你也看过？”吴裳很惊讶，“你看得懂吗？”

司栗连忙摇头：“看不懂。”

吴裳哈哈大笑。

他抱着司栗走了一圈，摄影组提前了一个多星期过来踩点，各方面都准备好了。

他手里的对讲机响起来：“导演，一切准备就绪了。”

“好，各机位准备，试演一遍。”

司栗坐在吴裳导演怀里，盯着监控器里的虞纪。

第一幕是他在酒店暗杀一名黑道老大，他潜伏在浴室里，而后趁着对方泡澡的时候了结了对方。

虞纪的演技越发精湛了，而且因为之前特训过，所以动作戏拍起来也毫不含糊。

但她还是忍不住地想，这部戏更适合悦一沉，那种冷漠又简单的亡命杀手，他能演绎得更好。

只可惜他早就不拍电影了。

他们走了一遍机位之后，吴裳就把司栗放在他的椅子上，起身过去和演员讲解，而后又走了一遍，才正式开拍。

虞纪将光头打死在浴缸的时候，血液染红了整个浴缸。

吴裳怕吓着她，连忙摸着她的脑袋解释："那些只是血浆，不是真的血。"

然而怀里的小娃娃根本没有害怕，正兴致盎然地望着屏幕。

直到中午十二点半收工，这个酒店房间的几场戏才彻底拍完。

吴裳导演很满意，作为这部电影的第一场戏，虞纪开了一个好头。

收工回去的时候，司栗已经在小助理怀里睡着了。

虞纪换了衣服卸了妆，出来时已经疲惫不堪了，但仍然从小助理怀里接过那个小家伙："真沉。"

小家伙在他怀里下意识地搂紧他的脖子。

"嗯，快勒死我了。"

司栗皱着眉，非常吵，还是一沉男神比较好。

第二天一早，她还没睡醒就又被丢到保姆车上了。

她迷迷糊糊地醒过来，扒着虞纪的腿问："我洗脸了吗？我洗脸了吗？"

虞纪在温习台词，懒得理她。

邻座一个小姑娘笑着跟她打招呼："妹妹你好，你吃早餐了吗？"而后递过一个汉堡。

司栗接了，笑眯眯地道谢。虞纪在旁边回头："呦，汉堡，我看看。"

司栗举手给他看，结果男人冷不丁地低头咬走了一大半。

司栗又要哭了。

旁边的小姑娘被逗笑了，小声问她："你是虞纪哥哥的妹妹吗？"

"不是。"司栗小声和她说，"他是我保姆。"

话音未落，就被身后的男人拍了一下屁股。

那个小姑娘睁大眼睛："那你也是来拍戏的吗？"

"啊？我不是，我是来玩的。"

小姑娘一脸艳羡："我叫黎绒，他们都叫我小绒绒。"

"啊。"司栗想起来，"你就是网上很火的小绒绒。"

小绒绒不好意思地点点头。

"所以你就是女主角吗？"

“不是呢，现在导演还没有定下来，还有另一个女孩子，在另一辆车上。”

因为在飞机上的时候，她是和吴裳导演坐在一块儿的，又睡了一路，所以两个小演员她都没见过。

今天的拍摄片场是一个鱼龙混杂的公寓，这里居住着各种各样的人。

因为今天是男主角和小女主的第一场戏，又有小女主一家人的戏份，所以片场来了很多人，他们到的时候各种设备和场景都到位了。

预料到今天吴裳导演会很忙，司栗很有眼力见儿地跟着虞纪没有乱跑，虞纪换衣服的时候她也没出去，结果那小子根本没把她放在眼里，直接就当着她的面开始换衣服和裤子……这人居然穿红色的内裤？

司栗觉得眼睛火辣辣的。

以前给他做助理的时候，他偶尔也会让她进更衣室帮忙，或者赶时间也会当着她的面换衣服，但也只是换上衣，而且还会背过身去。

她以前没看出来这小子身材这么好。

不过，还是一沉男神的身材更加好！

换上衣服化过妆的虞纪，瞬间就变成了另一个人。

他杀完人之后回家，抱着一只在路边捡到的小狗，狗狗的腿似乎受伤了，血迹斑斑，与昨天那个血淋淋的房间相呼应。

不同的是，昨天他的眼神很冷漠，今天看着小狗的眼神却有些温柔。

这个镜头他一次过，又给剧组起了一个好的开头。

司栗算是明白为什么吴裳导演那么欣赏虞纪了。

虞纪胜在可塑性强，如果吴裳引导得好，他一定能完美诠释这个角色。

司栗觉得这部电影一定会大卖，也会让虞纪在电影界站稳脚跟。

第二场戏是小女主和准备外出的男主搭话。

她刚刚看到了简捡回来的小狗，所以心痒痒的，想让他把小狗给她看一看，自然是被简拒绝了。

就是这两分多钟的戏，几乎拍了一下午。

因为吴裳导演的意思是让两个演员都演一下看看效果，黎绒先拍，画面里的两个人年龄差非常萌，但有两个非常突出的问题。

一是黎绒演技不太行，有些怯场，台词也念得不太清楚。

二是黎绒长得太可爱了，眼神也非常干净，一点儿都没有那种生活在一个乱七八糟的家庭里的气质。

但这两点又是非常关键的。

之后的另一个小演员表现得稍微好一点，控场能力强，眼神和动作都很到位。但是，很显然吴裳导演仍然不满意，一个镜头重来了好几次，那个小演员越来越烦躁，休息的时候还把助理递上去的水杯摔了。

片场的工作人员都充耳不闻，继续做着自己的事，只余那个小助理还在小声劝着。

今天提前收工了，吴裳导演看起来心情不好，所以没有人敢提出一起吃饭，都各自离开了。

人几乎都走光了，虞纪和司栗才从更衣室出来。

吴裳导演还抚着下巴站在机器前，眼睛有些放光。

虞纪过去和他说了一声，结果被吴裳笑着拉住："你来看看这个。"

虞纪莫名其妙地回头，盯着监视器，里面回放着今天拍摄下来的片花，而后怔住。

司栗好奇，也凑过去看，才发现是拍摄前的一个场景，也许是工作人员试景的时候随手拍下来的。

那个时候虞纪在角落里逗狗，试图和它培养感情，司栗也在旁边蹲着，时不时想摸一下狗的脑袋，但都被虞纪无情地隔开了。

她没觉得这一幕有什么问题，顶多算是和谐，吴裳导演却异常兴奋："要的就是这种感觉！再没有人比她更适合这个角色了！"

虞纪失笑："但是……"

吴裳望着司栗，表情有些痴狂："小可爱，你来演这个角色好不好？"

司栗有些反应不过来，倒是虞纪笑着摸了摸司栗的脑袋安抚："老师，你别吓到她，她什么都不懂。"

"她很有灵气呀。"吴裳有些求而不得的遗憾，"我已经很少碰到这种浑然天成的灵气了，这个角色就像是为她量身定制的一样，真的不想错过。"

回去的路上，司栗一直没有说话。虞纪只当她是被吴裳吓到了，便安慰了几句："吴裳老师没有恶意的，刚刚是和你开玩笑呢。"

司栗点头，小声说："我知道的。"

她刚刚在某一瞬间被说动了。

就好像你去逛商场，无意中看到一件裙子，你还没试，导购员就一直在说很适合你，然后你就真的可能会去试一试。

何况那是鉴宝大师吴裳。

晚上虞纪躺在床上给司栗发短信，司栗在被窝里悄悄回复。

虞纪："今天吴裳导演让小可爱演女主角。"

司栗盯着手机看了许久，内心拉扯，很久之后才试探性地回复："那就让她试试呗，她妈妈也是想让她多尝试尝试。”

司栗听到大房间里的男人骂了一声。

虞纪：“真的假的？”

司栗：“真的啊。”

她听到房门开了又合的声音，男人连衣服都没穿就跑出去找吴裳了。

于是两个男人兴奋了一夜。

第二天，吴裳一早就穿着大裤衩过来给司栗讲戏了，眼里有着比昨天还要浓烈的狂热。

“明白了吗？”吴裳亲自示范了一遍，“你只需要在这边坐着，然后让他把狗狗给你看就行了。”

司栗似懂非懂地应了一声。

“虞纪，你来和她搭一下。”

虞纪应了，把茶几和沙发挪了一下，腾出一块空地。

两人面对面站着，虞纪顿了顿，迅速进入了角色，对着虚无的空气“打开房门”走出来，司栗瞬间就笑了。

31

“对不起，对不起。”司栗马上收住，一脸抱歉，“可能我真的做不来。”

“这很正常。”吴裳导演安慰她，“没有人第一次就能做好。”

“我就能做好。”虞纪讽刺道。

“走开，你又不是童星。”

虞纪沉默了半秒，而后走到司栗面前蹲下，扶着她的肩膀，认真地对她说：“你的一沉叔叔也能做到，他当初的第一场戏也是一条就过。”

司栗抿唇。

“再来一次。”

当天没有开拍。

很多人来问怎么回事，吴裳导演的助理只是说让他们休整一天，但更换小演员的消息很快就传遍了剧组。

剧组临时换演员的事常有，但一下子换掉了两个，还是有些麻烦。

但胜在吴裳导演的团队很了解他、信任他，也很靠谱，迅速处理了一些麻烦，黎绒很快就表示理解，并订了当天下午回家的机票。

她走之前还来和司栗道别了，说一直都觉得司栗很适合这个角色。

被一个小孩子夸奖，司栗觉得非常不好意思。

黎绒走的时候，她们已经成为好朋友，并且在微博上互粉了。

这是司栗新注册的微博号，只关注了悦一沉和虞纪，黎绒是第三个她关注的人。

但是另一个小演员就闹得不行，还扬言要告剧组。

助理过来询问的时候，吴裳正在让司栗试戏服，听到她说要告，当即不耐烦地挥了挥手："让她告去。"

助理一脸为难："我们还在调解，但是如果能私下解决就最好了。"

"让她告，他们那个工作室太牛，我们惹不起，说不定打官司赔的钱还少。"吴裳说，"何况就算是私了，他们肯定也会和媒体说我们的不是，不如公开解决。"

助理一脸纠结地走了。

这边，吴裳一对上从浴室走出来的司栗，就换上一张和善又亲切的面孔："合适吗？勒不勒啊？过来让爷爷看一下。"

虞纪：什么时候都成爷爷了？

黎绒的戏服她穿着正好合适。

于是就这么稀里糊涂变成了女主角。

司栗没有拍戏的经验，也没能迅速进入状态，虞纪每天都在引导她，于是等她真正站到摄影机前已经是三天之后了。

她不是真正的小孩，所以想的比小孩要多，压力也更大，那几天几乎每晚都失眠到凌晨两三点。

余下的时间里，都是吴裳和虞纪在给她讲戏。她其实看得懂剧本，但也只敢偷偷看。

她拍的第一场戏很简单，是和虞纪的对手戏。她只需要蹲在角落里和狗狗玩，时不时瞄一眼坐在窗台边的简，偷偷问狗狗他叫什么名字。

因为这一幕虞纪不需要入镜，所以那张椅子是空的。

司栗仍然紧张，拍了两条吴裳都不满意。后来虞纪坐上她斜对面的椅子，用杀手简惯用的坐姿和神态望着窗外。

司栗望了他一眼，想起自己前一天晚上和他排练的场景，稍微敛了敛心神，迅速进入状态。

监视器里的小女孩伸着小手，笨拙地摸着狗狗的脑袋，偷瞄简一眼之后，小声问狗狗："Demo，你知道他叫什么名字吗？"

简瞄了她一眼，冷冷道："不要给我的狗取这么蠢的名字。"

顺利通过。

收工的时候吴裳如获至宝似的把她举过头顶，一个劲儿地夸她。

司栗非常不好意思，她觉得自己的表现并没有多好。

晚上，虞纪难得地带她出去吃饭了。

司栗没怎么出去逛过，于是兴奋得一直在蹦跶。

完全忘记了自己已经二十多岁了。

他们吃完晚饭之后，又到周围逛了几圈。司栗看中很多东西，虞纪有时候会帮她结账，有时候则不会。

因为他不能理解小女孩为什么会想买香水。

两人回到酒店的时候已经是夜里十点多了，虞纪上了电梯才发现手机里有一个吴裳的未接来电。

他牵着司栗走出电梯，准备把她带回房后再折回去找吴裳，结果却在房间门口看到一个意外出现的人。

司栗看向他，他立刻摊手："绝对不是我把他叫来的。"

悦一沉穿着黑色的呢子大衣，站在他们的房门口，脸上带着一丝倦意，想来是等了许久。

他听到动静后抬头，在看到司栗的那一瞬间面色就柔和了下来，唇角勾了勾，微微弯腰冲着她展开双手："快过来让我抱抱。"

看起来就像是一个许久不见女儿的父亲。

虞纪以为她会立刻飞奔过去，于是松开了她的手，结果小丫头却往他身后侧了侧。

一时，两个男人都怔住了。

悦一沉垂下手，表情看上去有些受伤，一瞬不瞬地盯着她。

司栗本来是下意识地想躲，但在看到他这个表情的瞬间就心软了，纠结半天，还是忍不住放下手里提着的纸袋，迈开小步子跑过去，重重地扑进他怀里，紧紧地抱着他的脖子。

悦一沉觉得那瞬间自己的心都被填满了。

"嗯。"他很满意，侧头悄悄亲了亲她的脑袋，"乖。"

司栗把头埋在他的颈侧，嗅着男人身上熟悉又清冽的香气，一颗飘荡不定的心，立刻就安定了下来。

悦一沉舍不得松开她，便顺势将她抱了起来，而后朝虞纪点点头示意。

吴裳听到声音，开门朝他们笑笑："去了这么久，电话也不接，叫人家等了几个小时。"

几个小时吗？司栗又把他抱紧了一些。

虞纪连忙问："怎么不进去坐着等？"

"我让他进来他没进，非要在外面等你们。"吴裳打趣道，"不知道的还以为是在等女朋友呢。"

虞纪笑了："女朋友？你是说我还是小可爱？"

悦一沉冲他笑笑："不好叨扰您。"

"和我还客气呢。"吴裳说，"要不是你已经不拍电影了，我还真想为你量身定制一部电影。"

"谢谢老师抬爱。"悦一沉脸上是宠辱不惊的淡笑。

"来来来。"虞纪打开房门示意，"进来聊。"

悦一沉抱着司栗先进了屋，吴裳和虞纪一前一后也跟着进了门。

悦一沉抱着司栗在沙发上坐下，微微环顾了一周，发现这是一个套间，茶几上搁着一大一小两个保温杯，旁边还有她的平板电脑。

他这才反应过来，小家伙这两天都是和虞纪住一个屋。他的眉心微不可察地皱了皱，手臂微微收紧。

司栗本来想在他坐下之后爬到沙发上自己坐的，结果男人不仅没有放下她，反而抱得更紧了。

她感觉男人有些不悦，但抬头时看到的仍然是那张带着温柔笑意的脸："这是从哪里拣的棉袄？也太丑了点儿。"

简直就像是被送到村里给奶奶带了一段时间的小孩，绿不拉儿的不说，还臃肿得像个球，他刚刚险些没有认出来。

虞纪给他倒了一杯热茶，放至桌面的时候听到他的话，忍不住朝他笑了笑："是我，当时比较急，就随便买了一件。"

悦一沉嘴角噙着笑，摸了摸怀里小家伙的脑袋："我给你带羊毛大衣来了。"

司栗眼睛一亮："真的？"

男人点头，轻轻拍了拍她的后背示意："箱子里多半都是你的衣服，去拿出来洗个澡换上吧。我和他们谈点事。"

司栗立刻屁颠屁颠地爬下他的膝盖，拉着他那个和她差不多高的箱子进了自己的房间。

虞纪觉得，这要不是一对父女才见鬼了。

司栗现在是小孩子当久了，思维也有些跳跃，关心的是悦一沉给她带了什么衣服，压根儿不好奇悦一沉要和导演谈什么。

她兴冲冲地打开了悦一沉的行李箱，箱子里装着两个深色收纳袋，司栗猜想其中有一个是自己的，于是想也没想地打开了左手边的袋子，刚要伸手去翻时又僵住。

袋子里装的是悦一沉的衣物，放在最上面的，是他的几条黑色平角内裤。

司栗觉得她浑身的血液都冲到了脑袋顶，差点儿没把鼻血滴到他的内裤上。她匆忙拉好拉链，跟做贼似的。

另一个袋子里才是她的衣服，保暖又漂亮，还有一套新的套装。

司栗觉得，真的得拯救了宇宙才能投胎去做悦一沉的女儿了。

她喜滋滋地去洗了一个香喷喷的热水澡，然后换上新衣服，对着镜子臭美了一会儿，准备出去的时候，发现他们还没谈完。

司栗不好出去了，于是趴在床上玩手机，玩着玩着脑袋一歪，睡着了。

外面却谈得有些艰难。

悦一沉与虞纪虽然算不上朋友，但在虞纪看来，他是男神，性格也很温和，倒还从来没见过他这么咄咄逼人地认真。

如果不是虞纪跟他说了，这事是司栗答应过的，他恐怕直接就要把小家伙接走了。

司栗是半路进的剧组，临时任命，既未签合同，也没人和她提片酬，这是他们的疏忽。

悦一沉绵里藏针地和吴裳谈着，吴裳好脾气地应对着，让悦一沉明天和助理去谈。

"小可爱是我的救星，我喜欢得不得了，怎么会欺负她？"吴裳笑言，"你可以放一百个心。"

"我自然是放心的，只是怕她没办法胜任这个角色。她还太小，也没有经验。"

"好演员是需要引导的，我看她很有天赋。"

悦一沉只能笑一笑。

司栗不是有天赋，是眼神有很多戏，一个小孩有着大人一般的眼神，恐怕吴裳看中的正是这一点。

他要不是在国内处理那些乱七八糟的事，又怎么会耽误到现在才过来，还让她做了主角。

谈完之后，吴裳回了房，虞纪说了声"自便"后就去了浴室。

悦一沉脱了外套，起身朝司栗的房间走去。

小家伙已经睡着了，穿着他给她带的阿玛尼睡衣，床头灯未关，映照在她的小鼻子、小嘴还有紧攥着的小拳头上。

他的一颗心软得不像话。

32

悦一沉走过去在床边坐下，伸手轻柔地摸了摸她光洁的脸蛋，弯腰欲把小家伙抱起来，对方却被弄醒了，迷迷糊糊地看着他。

“悦一沉？”

“嗯。”

而后再无声息，悦一沉低头一看，行，又睡着了。

他把她抱起来，小家伙不仅没醒，反而往他怀里缩了缩。

刚出了门就碰到围着一条浴巾出来拿洗面奶的虞纪，赤裸着上身，动作自然，看到他也不拘束，显然这样走出来已经是习惯。

悦一沉忍不住皱眉：“你和小姑娘住一起也不注意一点儿。”

虞纪咧嘴笑了：“小丫头知道什么？再说她睡着之后雷打都不会醒的。”

悦一沉被噎了一下，脸色越发不好。

倒是虞纪看他又抱着小家伙又拉着箱子，一副要出去的样子，便问：“你要带她去哪儿？明天还要拍戏呢。”

“我知道。”悦一沉低声说，“我带她去我那边睡，我预订了房间。”

虞纪“哦”了一声：“也行，那你早点儿回去吧，把她弄醒就不得了了，她脾气不小。”

她脾气……挺好的。

悦一沉抱着她转身出了门。

穿过走廊时，不知道从哪里冒出了一阵阴风，司栗下意识地往悦一沉怀里缩了缩。

她的头发滑进他的衣领里，有些软，也有些痒。男人加快了步伐，单手开了门，拉着箱子进去关门开暖气，一气呵成。

他抱着她，一直到卧室温度合适了，床也没那么冰了，才把她放下。

司栗从一个温暖的怀抱落进另一个平整柔软的小窝，寻了一个舒服的姿势，睡得更沉了。

悦一沉替她盖好被子，而后动作轻缓地出门。

他乘了近十个小时的飞机，又在酒店等了好些时候，淋浴时险些睡着，但裹上浴袍走出浴室时，仍然忍不住到小家伙的房间去。

她还是那个他放下时的姿势，模样很乖，睡得很甜。虞纪说她今天拍了一天的戏，想来是累坏了。

悦一沉走至床头，摸了摸她柔软的头发。他动作已经很轻了，小睡美人却蓦然惊醒，圆溜溜的眼睛睁开后，就对上了男人那双漆黑深邃的眸子。察觉她醒了之后，那双眸子里充满了缱绻的温柔：“弄醒你了？”

他穿着浴袍，发梢湿润，领口微敞，露出的脖颈纤细白皙，锁骨性感又迷人，司栗将睡将醒间，心跳莫名地顿了顿，而后才转转眼珠子，往旁边看了看：“这是哪儿？”

“我房间。”悦一沉说，“睡吧，明天还要早起。”

司栗此时已经完全清醒了：“你把我抱过来的？”

悦一沉“嗯”了一声，而后看着小丫头掀了被子就要下床，他连忙拦住她：“怎么了？”

“我回我房间去。”

悦一沉皱眉，好些话在嗓子口转了又转，最后只是迂回地央求：“就住这里好不好？大晚上的，跑来跑去容易着凉，而且虞纪已经睡下了。你先睡吧，有什么事明天再说。”

“不好。”司栗不想给自己任何留恋的机会，往旁边一滚，麻溜地下了床，而后光着脚丫往门口跑，结果没跑两步被人拎住后领，尚未反应过来又被拦腰抱起，扔回了床上。

司栗昏头昏脑地陷进被子里，正要挣扎着爬起来，又被男人温柔地按住双肩。他俯身在她上方，几乎贴着她的脸，不给她任何溜走的机会。

司栗听到自己心跳加速。

“乖，不要生我的气了。”

司栗盯着他，说不出话来。

“你不上线，也不开机，我联系不到你，这段时间又忙着找水军洗白，宣传配音电影，好不容易抽空来看你，你能不能好好听我说几句话？”

声音仍然温柔，但多了几分认真。

这不是对小可爱说的话，是对司栗说的话。

她没有再挣扎了，声音弱弱的：“我没有生你的气。”

悦一沉察觉得到，于是微微笑了笑，松开了她，人也离得远了些，一边给她盖被子，一边道：“这段时间我反省过自己，觉得有些地方我确实做得不好，我可以改，只要你给我机会。我仍然会像以前一样宠你，在此基础上，还会更尊重你的意愿，你看如何？”

所以对于她选择拍电影，他没有再阻拦。

悦一沉瞧着她的神色，下了自己的最后一步棋：“你可以对我提任何要求，我都无条件服从，也无条件支持你的任何选择，包括演戏。”

司栗震惊了：“你说什么？”

“如果你喜欢，我无条件支持你拍戏，工作室会全力捧你。我会推掉一切工作，在这里陪你拍完这部戏。”

司栗苦笑了一下：“悦一沉啊，你真的喜欢我比喜欢唯唯还要多吗？”

悦一沉笑着揉了揉她的脑袋，眼里是掩也掩不住的宠溺：“似乎是的。”

她有那么一瞬间，因为这个结论而欣喜了，那是作为小可爱的欣喜，但那欣喜就像烟花，转瞬即逝，很快就只剩下了无奈。

悦一沉瞧着她这双灿若星辰的黑色眸子，心里微微一顿。

他还真的是被她吃得死死的了。

他火急火燎地赶通告，又风尘仆仆地赶过来，根本没有意识到这一点。而此刻反应过来，他却并不惊讶，仿佛这是很理所应当的事情。

她很重要，没有可比性。

司栗笑过之后仍然是摇头：“我以为你已经明白我的意思了，我不想再继续原来的状态了。”

她不想再做他的小宠物了。

悦一沉立刻又露出了先前她不让他抱的受伤表情。

司栗强制要求自己不要被影响。

“原来的状态你有什么不满意的？我们慢慢调整好吗？”

司栗突然笑了一下：“悦一沉哪，我还真没见过你这个样子。”

悦一沉一怔，而后有些窘迫，也有些无奈。

今天晚上的他，真的有些陌生。

其实陌生的不只是今晚，从第一眼看到小司栗的他，就完全不是他了。

司栗不知道是他变了，还是她从来没有了解过他，抑或是她激发了他的隐藏人格。

“我已经成年了，我有能力应付一切，不想麻烦你，也不想被你豢养着，你明白吗？再说了，我若是一辈子都是这个状态，你也要管一辈子吗？”

“只要你愿意，我就可以。”

“那如果你结婚了之后呢？你以后有了自己的孩子呢？”

“如果你在意这个，我可以不结婚，不要孩子。”

司栗又是一怔。

悦一沉脸上的认真表情，让她有些承受不了。

“但是悦一沉，你也会有自己的女儿，一个像你、比我可爱漂亮多了的女儿。”

“可是我只想要你。”

即便这个“只想要你”只是单纯的占有欲，一种类似于对物品的强烈狂热，也足够让司栗的心狠狠地动了一下。

但他想要的，只是小可爱。

“悦一沉，如果我变回去了呢？等我变回去了，我要怎么办？”

悦一沉没有立刻回答。

“如果我变回去了，你应该就不喜欢我了吧？那我到时候要怎么消化这种落差？我是个成年女人，每天被你这样抱着、宠着，你不怕我爱上你吗？”

这话说得也不对，她早就爱上他了。

她以前爱的是银幕上的他；现在爱的，则是真实的他。

只是这种爱，在得到过他的溺爱之后，越发无法抽身。

她笑了一下，半开玩笑道：“你这么好，会误了我的终身。”

她一直不敢把话说开，就是怕会让悦一沉有所忌惮，进而远离她。

这段时间毫无保留地依赖他、黏着他，很难说自己没有私心在里头。

她想让悦一沉多了解她，喜欢和沉迷于与她相处的感觉，这样就算她变回大人了，两人之间也会比一开始要亲近。

但如果不呢？如果悦一沉真的只是一个单纯地喜欢小朋友的人，一旦她变回去了，他翻脸不认人怎么办？

她能赌吗？她舍得吗？

他的神情没有丝毫变化，就好像这个假设他已经提前想过了，所以听到的时候并没有迟疑，还笑了一下：“是司栗还是小可爱，有区别吗？不都是你？”

“有区别的。”

他不会让成年的她住进他家，不会给成年的她买吃的、买衣服、买化妆品。

司栗一阵烦闷，因为这个话题再聊下去，她会受伤的，于是鸵鸟般地躲避：“算了，不说了，悦一沉，我困了，想睡觉了。”

悦一沉顿了顿，只好敛眉替她盖好被子：“睡吧。”

司栗朝他眨眨眼：“晚安。”

悦一沉关了灯，转身出门。

这个话题就这样被高高拿起，又轻轻放下了。

33

第二天早上悦一沉来叫她起床："小可爱，快，车子已经在楼下等了。"

司栗还没清醒，眯着眼睛匆匆忙忙起来刷牙洗脸，悦一沉跟在她后边帮她梳头穿外套，像尽职尽责的助理。

有他帮忙，她的动作快多了，不像和虞纪住一起的时候还要帮他拿东西。

她出了门才反应过来："你要跟我去片场？"

"当然。"

不要啊！她会紧张的！

司栗一路上都在抗拒，但悦一沉一把就将她拦腰抱起，塞进了车里。

果不其然，这一天她NG了五六次，而且还是在拍和虞纪的对手戏时。

因为她的余光总是会瞄到悦一沉，而后就稍微有些不在状态。

重拍了五条之后，悦一沉终于转身走出了片场，司栗松了一口气，迅速调整状态，而后一条过。

之后，虞纪拉着她到旁边讲戏，讲了一遍之后她又开始研究悦一沉到哪儿去了。

"小可爱？"虞纪忽然叫了她一声。

"啊？"

虞纪捏捏她的脸蛋："找爸爸呢？"

"他不是我爸爸！"司栗拿头砸他，还是被躲开了。

虞纪一副"我知道悦一沉不好承认但你确实是他私生女"的表情。

他们走了一遍机位，吴裳调机器的时候，司栗跑到门口，拉住一个工作人员问："姐姐，请问你有没有看到悦一沉？"

"刚刚走出去了，不知道去哪儿了。"工作人员说话间抬头，看到那个高挑的身影，忍不住就笑了，"喏，这不是回来了？"

司栗也在瞬间就看到了楼下公寓门口的那个身影。

他穿着烟灰色的针织衫，外罩一件黑色大衣，手里提着两袋东西，穿过人群往这边走来。

她迈开步子想跑下去，结果楼下的男人似有所料般抬起了头对上她的视线，轻轻扯出一个笑，用口型无声地说了几个字："在那儿别动。"

她转身跑到楼梯口，立刻就看到男人大步上楼的身影。对方表情有些无奈，走到跟前伸出手臂将她捞起来："不听话。"

"你去哪儿了？"司栗问。

他没有立即回答，而是走到门口往里看了一眼，确认机器还没调好之后将她抱进了虞纪的化妆间。

现在那里是她和虞纪的小休息室。

他抱着她坐到沙发上，自己则是蹲在她面前，把手里的袋子打开，里面是几块松软的蛋糕和饼干，还有一瓶温热的牛奶。

司栗微微一怔。

今天很早就来片场了，她只在车里吃了两口虞纪助理买的汉堡。

"我吃过早餐了。"司栗说。

"你不是不喜欢吃汉堡吗？"悦一沉笑了，揭开牛奶盖子递过去，"牛奶还是热的。"

在片场工作时间不稳定，常常会到下午一两点大家才有时间吃东西，而且只是一些果腹的东西，司栗这么挑，肯定不会多吃。

司栗有些犹豫地看着他手里的食物。

悦一沉又笑了："吃吧，那边还在调机器，估计还要十几分钟。"

司栗眼睛一亮，接过牛奶咕嘟咕嘟地喝了好几口。

他几乎是在片场长大的，那边是什么状况他一目了然。

"你吃过了吗？"司栗一边喝牛奶一边递过一块饼干。

"吃过了。"虽然吃过了，但他无力抗拒那只肉乎乎的小手，便张嘴由着她喂自己吃了一块曲奇。

很甜。

两人你一口我一口地吃着蛋糕和饼干，虞纪过来敲门叫她的时候，都觉得自己打搅了他们。

"开拍了。"

司栗"哦"了一声，匆忙放好食物跳下沙发，却又被人拦腰抱住。

悦一沉在她回头的时候伸手抹掉她嘴角沾着的一点奶油，极其自然地放入嘴里。

虞纪眼睛要瞎掉了。

虞纪："悦一沉你好脏哦。"

今天的戏大半都是和虞纪的对手戏，而且都是在公寓。悦一沉在门口站了一小会儿，发现司栗一直瞟过来之后，福至心灵地转身走了出去。

司栗又很快就进入了状态，因为他在外面很快就听到了吴裳兴冲冲地喊了“咔”。

他们提前收了工。

悦一沉和吴裳的助理也趁着空隙谈妥了片酬，于是晚上提出请剧组的人吃饭。

收工的工作人员欢呼了一声。

吴裳的团队都是专业且合作了多年的，氛围特别好，还未到达吃饭的地方就已经兴奋得不行了。

悦一沉订下了游轮的大半层，晚餐在甲板上，他们能一边用餐一边欣赏沿岸的景致。

大家皆兴致勃勃，一个劲儿地赞他。

吴裳在旁边乐呵呵的，说他真不愧是电影的投资人。

只有虞纪端着香槟心里发笑，明明是“最佳外援”。

这些年悦一沉投资的电影数不胜数，就没有看到他和哪个剧组吃过饭，甚至还专门和负责工作餐的工作人员谈了十来分钟。

司栗坐在几个女工作人员旁边，听到她们一直在谈论悦一沉，花痴得不得了。

她吭哧吭哧地吃着牛排。这段时间她不是吃面包就是吃酒店的自助餐，每到餐点都生无可恋，难得有大餐吃，她恨不得自己是骆驼。

她在全神贯注地对付着食物时，头上突然打下一片阴影，男人修长温暖的手指伸过来，先是撩起她垂落的发丝，而后亲昵地捏了捏她的耳垂，笑道：“慢点儿吃。”

司栗“嗯”了一声，但是勺子又伸向沙拉。

悦一沉站在她的椅子后面，一只手撑着椅背，另一只手伸过来轻巧地拿走了她手里的勺子。

这个动作几乎把她圈在了怀里。

司栗撇着嘴回头看他。

悦一沉被她的表情逗笑了，勾着唇搁下勺子又拿起纸巾给她擦唇边的酱汁。

旁边的女人们一脸艳羡。

剧组的副导演是一个中法混血美女，中文说得很溜，也比较心直口快，直接就问悦一沉：“你是小可爱的爸爸吗？”

导演正式给大家介绍司栗的时候就说她叫小可爱，所以至今没人知道她的名字。

悦一沉顿了顿，先是看了看司栗，对上她略带威胁的目光，才无奈笑笑，抬眼回答她：“不是。”

天知道他有多想说“是”。

“我是她助理。”

餐桌上的人立刻就沸腾了。

“我的天哪，你是助理？我没听错吧？”

“我现在非常好奇小可爱的背景了，哈哈哈。”

“男神，你在开玩笑吧？”

司栗服气了，她瞟了他一眼，谁是谁的助理啊？

悦一沉笑眯眯的，没有多做解释。

“所以小可爱是一沉工作室签的艺人？”

悦一沉摇头：“她不是艺人，工作室没有签她，她也不会和任何公司签约，我是自愿给她当助理的。”

“那就是纯粹要捧她了？”混血副导演一眼看穿，笑眯眯地问，“小可爱好大的面子呀。”

司栗忍不住多看了她几眼，总觉得有些微妙。

那完全是动物世界里雌性看上雄性的目光。

悦一沉似有所察，并没有再回复她。

一行人回到酒店的时候已经夜里十点多了，吴裳的助理发了话，说明天可以晚一点儿过去，众人又是一阵欢呼。

悦一沉抱着吃饱喝足的司栗回了房，刚转个身给她拿拖鞋，她就倒在了沙发上。

他拿着拖鞋过去在她身边坐下，握住她的脚踝脱掉了她的靴子。

司栗抽了抽脚：“我自己来。”

悦一沉握着她的胖脚丫子，一点儿也舍不得松手：“真像一节藕。”他笑眯眯地说，“好想咬一口。”

真是个“怪人”，司栗有些脸红：“你喝多了？”

他给她套好拖鞋，又弯腰把鞋子和袜子拿到玄关和脏衣篓里，最后又回来捏她：“起来站着，这样不消化更难受。”

她好像又胖了些，肉乎乎的，非常可爱。

小肉团挣扎着坐起来，喘着大气可怜巴巴地望着他：“要吐了。”

看样子不像是在说笑话，悦一沉连忙把她抱进浴室。

吐了之后舒服了不少，悦一沉拿来湿毛巾给她擦脸，她望着马桶，一脸遗憾：“多浪费啊。”

悦一沉无语，给她调好热水，又亲自出去给她拿衣服，这种待遇在虞纪那里是想都不敢想的。

虞纪属于那种，在外面累了一天，回来之后恨不得让司栗给他端茶倒水换鞋

子，哪儿可能来照顾她。

司栗洗完澡出浴室的时候，悦一沉正在接电话，他坐在沙发上，套房的客厅里只开了一盏小灯，司栗看不清他的面容，但从他略带沉默的应付语气里听得出那头是家人。

司栗折回浴室，踮着脚取了吹风机吹头发。

客厅里的男人听到动静回头看了一眼："妈，我这边还有点事，先不和你说了。"

"你什么时候没事？"女人在那边抱怨着，"和妈妈多说几句都不行吗？"

悦一沉笑了："行，只要你不提蔺程程。"

"……"

"好了，我先挂了，回头有时间再打给你。"

他挂了电话，起身到浴室去。

小家伙歪着脑袋，举着吹风机费力地吹着头发。她从镜子里看到身后的悦一沉，立刻说："我自己来。"却仍然被男人轻巧地从她手中接过吹风机。

"乖一点儿。"悦一沉皱着眉说，"你看看你领子都湿了。"

司栗也不知道是习惯了悦一沉的伺候，还是对他毫无抗拒之力，总之没有再坚持。

悦一沉抓起她湿漉漉的头发，细致又温柔地吹着，吹完头发又给她吹衣领。热风从敞开的衣领灌进去，司栗舒服得眯起了眼睛。

"你和虞纪待着的这几天里，都是自己吹头发吗？"悦一沉问。

"不是，他有时候会帮我，有时候会叫助理姐姐来。"第一天晚上她自己洗头，然后在浴室吹了半个多小时的头发，吓得虞纪以为她怎么了。

他帮她吹好了头发，又给她打了精油，而后才赶她回去睡觉。

司栗跑回房间趴在床上玩手机，没一会儿就听到浴室有水声。

悦一沉在洗澡。

34

这边房间的格局和虞纪那边的一样，两间卧室，一间浴室，在那边的时候虞纪睡主卧，洗澡也不会和她讲究先后。

在这边悦一沉让她住主卧，念及她是女孩子，所以洗澡也是让她先洗。

还有一点，虞纪无论是先洗还是后洗，都从来不会注意到花洒的高度，不会像悦一沉那样，用完浴室之后还把花洒拿下来放在她拿得到的高度。

她不应该比较的，悦一沉那种程度的"怪人"，谁都比不了。

司栗刷新了一下微博，而后就听到一阵门铃声。

她爬下床跑过去，踮着脚开了门，隔着安全锁往外看。

混血副导演站在门口，笑眯眯地和她打了个招呼："小可爱，悦一沉在吗？"

一个美女大晚上的，穿着低胸针织衫，还化了妆来敲房门，难不成是来讨论工作的？

"他在洗澡。"司栗并不打算开门，她打了个哈欠，"Andy姐姐，你还不睡吗？明天还要开工呢。"

Andy指了指安全链条："帮姐姐开一下门好不好？姐姐找你一沉哥哥有点事。"

话说到这个份儿上了，司栗只好给她开了门。

Andy施施然进门，听到浴室的水声之后眼睛都亮了。

这狩猎的眼神太熟悉了！

司栗以前做虞纪的助理时，见过太多碰瓷的女星、女模特了，这种半夜来敲房门的，无论是打着谈剧本还是什么别的旗号，她从来都不会开门。

她倒不知道悦一沉会怎么应付。

这次是她失策了，应该先找个椅子过来看一眼猫眼的。

司栗给Andy倒了一杯水。

怎么说都是对她照顾有加的副导演，她不想得罪。

Andy接过了水揉揉她的脑袋："谢谢小可爱呀。这么晚了你还不睡吗？"

"准备睡了。"司栗奶声奶气地答。

"快去睡吧，明天还要开工呢。"Andy放下水杯把她抱起来，自若地往客卧走去，司栗还没反应过来，Andy就推开了悦一沉房间的门。

满屋随处可见男性的衣物，还有悦一沉身上独有的木质香水味。

Andy愣了一下："这是悦一沉的房间吗？"

司栗"嗯"了一声，本来想解释自己是睡主卧的，但话到嘴边又咽回去了。

"所以晚上你们是一起睡的？"Andy的语气里带着一丝不确定和诧异。

虽然她是小孩子，但对悦一沉来说毕竟是非亲非故的女孩，国外是很注重这一点的。

司栗眨巴眨巴眼睛，一脸单纯。

"好吧。"Andy把司栗放到床上——悦一沉的床上，"小姑娘乖乖的，早点儿睡觉，听到声音也不要出来哦。"

司栗装作似懂非懂地望着Andy，而后缩进被窝。

悦一沉从浴室出来时，下意识地望向沙发，没有看到司栗在那儿蹦跶的身

影，觉得很满意，而后才转头发现餐桌旁不请自来的女人。

她朝他晃了晃手中的高脚杯："你房里居然有这么好的酒，不喝多浪费呀。"

悦一沉挑眉："你喜欢的话拿回去喝吧。"

送走"大佛"之后，悦一沉关了灯回房，却在开门时感受到一股小小的抗力，再推开时就看到一个小人影一溜烟地跑回了他床上。

他反应过来："她把你赶进来的？"

"不是啊，她抱我进来的。"

悦一沉没有作声，只是弯腰把她的鞋子摆好。倒是司栗忍不住，问道："人呢？走了吗？"

"嗯。"

"哎哟，你真浪费，Andy可是我们剧组的组花，以前还做过模特呢。"

悦一沉不置可否："身材是不错，可是我对这类的不感兴趣。"

"哦，忘了你是'怪叔叔'。"司栗叹气，"真不知道你这辈子还能不能喜欢上别人了。"

悦一沉莞尔："谁说不能？我现在就非常喜欢你啊。"

司栗心跳加速，瞥了他一眼："悦一沉，这是病，得治。"

悦一沉眯着眼睛，表情难得地有些痞："不打算治了，将就着过吧。"

司栗立刻捂胸，警惕地望着他："别打我的主意。"

悦一沉被她这副模样逗笑了，利落地掀开了被子，一把将她捞起来。小家伙惊呼一声，吓得紧紧搂住了他的脖子，两条小短腿也紧攀着他。

本来是想把她送回房的，被这么一缠，他忽然舍不得把她放下来了。

悦一沉拍拍她的小屁股，试探着问："要不今晚和我睡？"

怀里的小包子瞬间僵硬成了一块小石头。

"放我下来啊啊啊啊啊啊变态！"

第二天仍然是和虞纪的对手戏，到了下午才有一个考验她演技的场景。

下午要拍的几个场景是她在家里和家人生活的小片段、她家被屠，以及她和简生活在一起后悄悄回家翻找她父亲藏着的钱，却差点儿被黑警察发现。

她和家里人的那场戏倒还能应付，其他演员都比她有经验，很能带动她。镜头里小可爱对酗酒、殴打母亲的父亲，对乱糟糟的家庭环境所表现出来的厌恶与无力，还有那种早熟的落寞，让吴裳没忍住叫"咔"，拉近了镜头，多拍了好些脸部特写。

吴裳不轻易夸人，这次对司栗的满意却全写在脸上，直夸她是天生的演员。

悦一沉站在她不易察觉的角落里，嘴角牵着。

休息的时候悦一沉拿着温牛奶过来找她，她正在酝酿下一场戏，难度加大，她很有压力，所以没有和他说话。

悦一沉抽走她的台词本，笑道："下一场戏没有台词，你看什么？"

"我紧张啊。"

"别紧张，你很有天赋。"

司栗哈哈一笑："你这是在夸我？"

"嗯。"

她没见悦一沉夸过几个人，顿时有些飘飘然："这点情绪都演绎不好的话，怎么敢说当过你的助理。"

悦一沉忍不住捏了捏她的脸："别紧张，你可以演好的。"

司栗依旧嘚瑟："我没有演，我就是Mica。"

Mica是电影里她饰演的女主角的名字。

悦一沉微微一顿，而后失笑。

这句话是他当初拍了第一部电影名声大噪、摘获不少奖项后，在接受采访时说的。

"这么多年前的话了，你还记得？"

"当然，我可是你的小迷妹。"

和他聊了几句，司栗忽然没那么紧张了。

他们再走回片场时，场景已经布置好了。

Mica家已经是被血洗过的模样，一片狼藉，满地鲜血，她的家人脸上涂了血浆，寻着空隙在地上趴着。

虽然周围围着人和摄影机，但场面还是有些触目惊心。

悦一沉把她往身后拉了拉，下意识地遮挡她的视线，结果小家伙却费劲地拉开他："别挡别挡，我看看，哇，这血浆好浓！"

几分钟后，所有机器到位，演员们也迅速进入状态，黑警察坐在Mica家讯问私藏了毒品的Mica父亲，Mica从外面回来，远远地就察觉到了不对劲儿，在门口端着枪把守的男人的注视下，只敢用余光去看家里的惨景，而后强压心中的恐惧和悲痛，越过自己家门口，缓缓走到了简的家门口。

她按了简的门铃，但男人没有立即开门，后面盯着她的男人开始怀疑，她绝望地流下眼泪，用口型说着"救救我"。

屋里的男人终于在她要被抓走前开了门让她进门。

那一瞬间Mica的脸上泛着光。

从走廊这头走到那头，司栗一直都表现得很好，从迟疑到不可置信，再到悲痛恐惧又不得不隐藏情绪，几乎是一遍过，但是在简的门口那一幕，她来来回回拍了五六遍。

她很难哭，更不要说哭得那么绝望了。

这一幕吴裳没有勉强她，反正只是一道门的事，于是先拍她回去拿钱的那场戏。

处理屋子时，司栗还缩在门口费劲地领悟，悦一沉和虞纪都围在她旁边帮助她。

周围的女工作人员纷纷觉得自己投错了胎。

“我应该回炉重造，我也想被两个影帝级大帅哥这样关照。”

“嘤嘤嘤……加一。”

司栗换了一套衣服，一入镜头瞬间就进入了状态。

她蹑手蹑脚地回了自己家，尽量忽视那些斑驳的血迹和满地的狼藉，一闪身进了父母的房间。

她在屋里翻箱倒柜，在找得满头大汗之时，忽然听到一道推门声。

Mica心头一紧，矮身躲进了床底。

两道脚步声走进屋，很快客厅就传来翻箱倒柜和交谈的声音。

Mica通过他们的交谈，得知自己的一家人是被黑吃黑的警察杀掉了。

很快屋外的两个人就走进了卧室，翻找书桌和衣柜，并且有一人已经掀开了床单，准备弯腰查看床底。

Mica攥着小拳头，紧张害怕得满头大汗，在这千钧一发之际，门口突然传来一道低沉悦耳的声音：“Demo？”

Mica眨眨眼，差点儿哭出来。

屋里的两个男人迅速对视了一眼，端着枪出去查看。

Mica趁着这个空隙，迅速爬出床底，溜进了他们方才检查过的衣柜里。

两个男人走到客厅，发现门口站着一位高大的男人，瞬间戒备起来。

“抱歉，请问你们有没有见到我的狗？”男人用英语问，“刚刚我看到它进屋了。”

“没有！”其中一个人凶巴巴地回答。

而后男人便离开了。

那两人回到卧室，匆匆翻找几下就离去了。

Mica抱着从床底找到的钱，猫着身子往简的家里走去，结果却在按门铃的瞬间被人拎住衣领。

Mica正处于高度紧张的状态，被吓了一跳，小声尖叫了一声，而后被男人开了门迅速丢进屋里。

简沉着脸看她。

Mica小心翼翼地望着他："简，谢谢你刚刚救了我。"

男人把怀里的枪拿出来："你也知道是救？你跑过去干吗？"

Mica把兜里的钱拿出来："我回去拿钱，想给你买一件夹克。"

简深深地望着她。

"我不缺衣服，以后不要乱跑了。"

Mica乖巧地"噢"了一声。

就这么几个片段，因为拆分拍到了下午三点多，收工的时候司栗连眼睛都睁不开了。

悦一沉第一时间拿着她的外套上前把她裹了起来，亲昵地捏了捏她的小耳垂："回去睡觉？"

司栗伸手抱住他的脖子，微微摇头："饿。"

悦一沉只好把她抱起来："想吃什么？"

小家伙头一歪，立刻就在他肩头睡着了。

35

负责工作餐的助理问大家要不要吃夜宵，在统计人数，悦一沉跟他说了一声麻烦他打包一份回来，而后就抱着司栗先回了房间。

司栗睡得很沉，悦一沉给她擦脸擦手时，她一点儿反应都没有。

"还要吃东西呢。"悦一沉一边给她擦润肤乳一边说，"你要怎么吃？"

小家伙立刻吧唧了一下嘴。

夜宵带回来了，但是司栗一觉睡到了天亮。

横竖也是汉堡，她一点儿也不期待。

接下来的几天都是和虞纪的室内对手戏。

最难的是感情戏，戏里小姑娘对简的感情复杂，她又无法用语言表达，于是一举一动和眼神都要带着特定的感情，司栗琢磨了很久都没法把握。

好在司栗好学，也学得快，在片场的时候很快就能调节好状态，收工之后又会到虞纪房间和他对台词，讨教经验。特别是这段时间，她每天晚上都在虞纪房

里待到凌晨一点多才回房。

有一天晚上她还干脆在虞纪房间里睡着了。

虽然最后悦一沉把她抱回来了，但仍然介怀，非常不满：这里不就有一个现成的老师吗？

于是暗示她可以和他讨论，结果对方却说对着他没感觉。

没感觉……所以对着虞纪就有感觉了吗？

悦一沉深感危机，地位不保。

今天收工早，剧组的人吃过晚饭之后都出去放松了，司栗回来前也答应了他要陪他出去走走，结果去了虞纪的房间就不愿意出门了。

悦一沉不乐意了，他过去催了两次，对方还蛮不耐烦，让他再等等。

“明天这场戏我还没背下台词呢，要不你自己出去玩？我看Andy姐姐还在房间，你去约她好了。”

虞纪笑得不行，意味深长地说：“对对对，我们副导演可够味儿了，今晚小可爱在我这屋睡吧？给你一沉叔叔一点儿吃肉的机会。”

这话说得另外两人都有些无语。司栗假装听不懂，悦一沉也懒得搭腔。

他回了房，半个小时后又过去问，司栗瞬间奓毛了：“我都说不要催我、不要催我嘛，你搞得我刚刚背下的又忘记了，你想出去玩就自己去啊！”

悦一沉被骂了也没发火，声音都不敢放大，还解释说：“没催你，就是提醒你要喝水，你看你嘴巴都干了。”看起来要多可怜有多可怜。

别说虞纪，就连司栗都没看过他这副模样。

也根本没人凶过他。

司栗这才反应过来，天哪，她刚刚居然凶了悦一沉？

她太坏了。

司栗内疚得不行，连忙丢下平板电脑：“我喝了，那我们现在就出去吧。”

虞纪目瞪口呆，他就这样被丢下了吗？

悦一沉还是那副忠犬模样：“你要不要再对一下词？”

“不不不，换个衣服马上就出去。”

虞纪目瞪口呆，男神也太会装可怜了吧？他连忙也拿了外套：“等等我，我要和你们一起出去。”

悦一沉回头看了他一眼，眼神里的是满满的嫌弃和不乐意。

幸好小可爱已经更快地回复了：“可以呀！”

于是虞纪假装看不到某人的眼神，跟着进了电梯。

结果小家伙在电梯里也一直在念叨台词，像是魔怔了似的。虞纪还非常配合

地和她对着。

“简，我想我已经爱上你了。”

虞纪蹲下身子与她平视：“你才几岁？知道什么是爱？”

“我不知道，但我能感觉到。”

“嗯？”

“它在我的胃里，感觉很温暖，我以前总觉得那里打结，现在不会了。”

很经典的台词，两个人都很认真，旁若无人地入戏，电梯到了也没察觉。

悦一沉站在旁边，完全被忽视了。

而且他有些嫉妒了，真后悔当初没去试镜。

临近圣诞节，城市的街头热闹非凡，处处洋溢着节日的气息。

闹市区的街道两旁是令人垂涎的食物和各种漂亮的纪念品，司栗跑在最前面，时不时站在橱窗前面回头，可怜巴巴地说：“我想吃这个。”

声音软软糯糯的，让悦一沉完全无法抗拒，于是买了一大堆让她拿着，虞纪都有些咋舌：“你这样会把小孩宠坏的。”

“她有分寸的。”

她自然是有的，上一次吃撑吐了之后，很注意自己的食量了，所以即便是嘴馋，也只选了几样最想要的，而且大多分给他们两个吃了。

他们进纪念品店的时候碰到了Andy，对方和他们打了招呼，而后笑着摸了摸司栗的脑袋：“哎呀，两大帅哥陪你逛街，真是要羡慕死你这个小家伙了。”

“是我陪他们逛街才对。”司栗反驳道。

Andy扬扬眉：“那姐姐陪你逛好不好？”

虞纪在旁边笑了起来：“想和我们一沉男神一起就直接说嘛，还拐弯抹角找理由，拿我们小可爱当幌子。”

女人娇嗔：“就你话多。”

虞纪弯腰把司栗抱起来：“唉，小可爱，就咱们是孤家寡人，我们还是走开点，别打扰人家了。”

Andy笑着看了悦一沉一眼。

话说到了这里，悦一沉也不好拒绝，只能由着女人跟在自己身边。

四人走在街头，格外吸睛。

路过一个橱窗的时候，悦一沉忽然停下脚步多看了几眼。

Andy顺着他的视线望去，便看到一套呢子大衣，搭配着一条红色的羊毛围巾，大概是爱屋及乌，悦一沉只看了这么一眼，她便觉得这套衣服格外好看。

而后他叫住了前面的两个人，也未和他们说一声，转身就进了服装店。

虞纪凑过来，开玩笑道：“男神去给你买衣服了？”

Andy抿唇，眼神有些期待。

几分钟后男人走出灯火通明的商店，手里提着商品袋，径直朝他们走来。

Andy望着他，望着他走到他们面前，对着虞纪怀里的小可爱笑了笑，拿出袋子里的东西，一边温柔地往她脖子上套，一边笑言：“觉得这个很适合你，喜欢吗？”

是那条红色围巾。

司栗脸红了，想抱抱悦一沉，给他一个吻。

Andy的嫉妒溢于言表：“悦先生好偏心啊，都是女孩子，为什么不给我也买一条呢？”

悦一沉顿了顿，而后像是才想起她来，微微有些抱歉：“我身上零钱用光了。”

Andy到底是在男人堆里摸爬滚打过的：“我有啊，买一条送给你好不好？”

悦一沉笑了一下，礼貌道：“不用了，谢谢，我不缺围巾。”

场面一时有些尴尬，虞纪连忙打圆场：“那边好像有街头表演，我们过去看看。”

因为有表演，所以中间的小广场聚集了许多行人，路上有些拥挤。

虞纪抱着司栗，悦一沉不放心，一直跟在后面时刻盯着。Andy在他旁边，不甘心地问：“是不缺围巾还是不缺女人？

“小可爱真的是你的私生女？”

前面的司栗被虞纪举了起来，看到人群里的表演后，小家伙欢呼了一声。

悦一沉觉得有些头疼。

女人望着他：“悦一沉？”

前面的司栗听到Andy的这一声，转过头来看他，她背后是熙攘的人群和星光般璀璨的装饰灯，但那双眸子比那背后的灯光还亮。悦一沉朝她笑了一下，而后转头回答Andy：“她不是我的私生女，我也不缺女人。”

看完表演之后，几个人挤出人群，司栗左顾右盼，才发现Andy不见了：“Andy姐姐还没出来吗？”

虞纪看了悦一沉一眼，男人间的眼神一交流，他立刻就了然了：“有人被拒绝，伤心地走啦。”

因为是在很远的T城，所以他们没有多作掩饰，更没有注意有狗仔在偷拍他们。

第二天被新闻“炸”醒的时候，他们才知道上了头条。

照片是在悦一沉买围巾的时候偷拍的，像素高清，他们四人的脸清晰得能看清脸上的毛孔。

最初的新闻通稿已经被删了，司栗没有看到，但仍然能在社交网站上看到些许截图。

新闻语焉不详，大概记者也无法想象这几个人的关系，干脆任由网友自行猜测。

看评论，她是被“黑”得最惨的。

虞纪在T城拍戏，这是粉丝们都知道的事。

但悦一沉和她在T城的街头出现，就格外引人遐想了。

流言分了好几个层次。

先是有网友自动屏蔽了虞纪和司栗，只推测悦一沉与Andy的关系，更有新闻写那是他交往多年的女朋友，直接让之前说他和女助理有私生女的谣言不攻自破。

而后又有眼尖的网友发现，照片里的小女孩就是之前在网上传得沸沸扬扬的，悦一沉的私生女。

虽然一沉工作室并没有传出要签艺人的消息，但这张照片似乎坐实了司栗是一沉工作室的艺人，并且眼下一沉工作室在捧她。

又在此时有网友爆料，吴裳导演目前在拍摄的电影女主角原本是著名童星江西颜，但临时替换成了小可爱。

风向立刻转变，大家的注意力集中在电影女主的更换这个点上，猜疑纷纷，说她后台硬，连江西颜的戏也敢抢，又说这女孩不是悦一沉的私生女，也肯定是某个大人物的女儿，看照片虞纪都那么喜欢她。

又莫名出来许多“喷子”，说她小小年纪，想红想疯了。

各种各样骂人的话都有。

一沉工作室和虞纪的经纪公司第一时间处理了，吴裳的团队也在压新闻，但是社交网站仍然传得沸沸扬扬，各种流言不绝于耳。

她经历过一次网络暴力，这会儿更加淡然了，倒是悦一沉很在意，一直在看新闻，皱着眉一言不发。

36

司栗只能抽走他的手机：“别看了，工作室会处理的。”

悦一沉摸了摸她的脑袋：“我最不想你受伤害。”

“这些还伤害不到我。”司栗安慰他说，“倒是你，这样真的不会对你有什么影响吗？”

“当然不会。”他笑了一下，“我也不在意。”

拍摄自然不会因为这点小八卦而终止，司栗屏蔽了新闻，仍然重复着每天学习和拍戏的生活。

晚上她洗完澡要过去找虞纪对戏，结果还没摸到门把手就被悦一沉拎住衣领：“哪儿去？头发都没吹干。”

“去找虞纪，他那边开了暖气，不用吹。”

但她还是被男人拉着去浴室，老老实实地吹干了头发才溜走。

悦一沉洗完澡出来发现小家伙还没回来，忍不住又过去催。

房间里的两个人正在对戏，很是认真。

“简，你看，没有任何事物挡得住爱情。”

虞纪卡壳了。

悦一沉适时地敲了敲房门：“十一点了，过来，我们回去睡觉。”

小家伙头也不回：“等会儿，还没对完。”

倒是虞纪摸了摸鼻子：“走吧，我也要休息了。”

司栗一脸哀怨：“我都还没顺呢，这场戏明天就要拍了。”

“已经很顺了。”

刚刚那句台词，说得他都有些动心了，再对下去他恐怕就真的要爱上这个小家伙了。

“又敷衍我。”司栗不满道。

悦一沉在后面不由分说地弯腰把她抱起来，说了一句“别打扰人家了”，就大步走出了虞纪的房间。

“那明天我忘词怎么办？”

“我和你对。”

“不要。”司栗拒绝得干脆利落。

回了房后司栗就跑回了自己房间，外套一脱就溜上床了。

悦一沉跟在她身后，没有立即关灯，而是走过去在床边坐下，徐徐诱之：“来，我陪你对戏。”

司栗盖上被子：“不要，我要睡觉了。”

“来嘛。”悦一沉隔着被褥捏她的小腿，央求道，“就对几句，如果你感觉不对，我们立刻停止好不好？”

司栗想了一会儿，而后坐起来：“好吧，不过我想和你对的是另外一场戏。”

“都行。”悦一沉得逞了，笑眯眯地说，“哪一场？”

“你来演简的雇主。”司栗用手机翻出雇主的台词，“从这里开始，我总是说不好这句台词。”

悦一沉没反应过来，还没准备好，司栗就开始进入角色念台词了。

“他不是我父亲，他是我的爱人。”

悦一沉酸得有些牙疼。

司栗捅捅他，小声提醒：“接啊。”

“不对了，睡觉。”悦一沉起身关灯，司栗还未来得及说话他就出去了。

这种情绪蔓延到第二天，司栗和虞纪在镜头面前深情款款地对视，玩游戏时，他都在角落一声不吭。

几个深知他“怪人”属性的工作人员暗地里调侃他，在他又一次买了水果回来的时候笑称：“不高兴先生回来了，不高兴先生还给我们买水果了。”

悦一沉听到了，倒也没有多大反应，反而朝说话的人笑了一下。

工作人员：“啊，我要被电晕了。”

悦一沉没有看剧本，所以不知道现在拍的是哪个场景，到晚上冷不丁从监视器里看到小家伙仰着脑袋对虞纪说：“那亲一下好不好？像演电影一样。”

他怔住了。

好在虞纪也有些不在状态，于是这一条没过。

司栗还在那边问虞纪是不是自己没演绎好，所以影响他了，男人摸摸鼻子，表情有些心虚。

他真是第一次入戏到心动，而且居然是对着一个小姑娘。

悦一沉没有留意那边，只是追问吴裳：“这个场景有必要吗？回头肯定要被剪掉的，她一个小孩子怎么能拍这种场景？”

吴裳指挥着工作人员调整机位，被问得不耐烦了：“没有真亲，简拒绝了！”

但是那种台词真的丧心病狂啊。

司栗跑过来把这个妨碍工作的人拉走，小声警告他：“你再啰唆就不让你来片场了！”

他倒是理直气壮，捏了捏她的小脸蛋，反问：“我赞助了你们的工作餐，为什么不能来？”

“懒得理你。”

男人拉住要跑走的小家伙：“不许亲啊。”

果然，遭到一记白眼。

他们拍到十一点还没收工，司栗让他去买点水果，悦一沉不疑有他，走出楼了才觉得有些不对劲——休息室里明明还有水果！

他立刻又转身上楼。

公寓里正在拍戏，他走到门口，立刻就看到了让他想掀屋顶的一幕。

简坐在沙发上睡着了，Mica蹑手蹑脚地爬上沙发，凝视他半晌，最后在他的唇瓣落下一个轻如羽毛的吻。

随着吴裳的一声“咔”，悦一沉疾风般越过工作人员，到沙发前从虞纪怀里夺过小家伙，单手夹着，杀气重重地走了。

屋里没有人敢作声，只有虞纪悄悄舔了舔唇。

司栗眼看着悦一沉要把她抱出公寓了，连忙挣扎：“还有戏要拍呢，你快放我下来！”

她的那点力量几乎可以忽略不计，压根儿无法阻挡男人的脚步，悦一沉对她的嚷嚷也充耳不闻。出了公寓冷风一吹，悦一沉渐渐冷静下来，又见司栗只穿了一条衬衣裙，连忙又往回走。

只是脸色仍然不算好看。

“只是拍戏啊。”司栗对他那点心思很理解，立刻就解释说，“而且虞纪只把我当小女孩看，唯唯不也经常亲别人吗？”

悦一沉很清楚，唯唯亲别人，他根本不会吃醋，别说亲别人，就算是大半年看不到唯唯，他也不见得有多想念。

不会像对司栗，她离家出走不过一个星期，他就魂不守舍，处理完事情查到剧组的具体位置，就立刻飞过来了。

因为他心里清楚唯唯不是他的，但小可爱是他的，也必须是他的。

“悦一沉，你占有欲太强了！”小家伙严肃地说，“你这样不行啊。”

悦一沉顿住脚步，腾出一只手指了指自己的嘴角。

司栗不得要领：“嗯？”

“你亲我一下。”

“……有病？”

“亲我一下，我就不介意了。”

司栗哭笑不得：“虞纪他们不知道，你又不是不知道，我是个二十多岁的女人啊！亲什么亲！”

“我不管。”悦一沉一脸无赖相。

“懒得理你，放我下来。”

说这话的时候，两人已经走回了公寓，楼梯口站着两名准备下楼的工作人员，显然看到了悦一沉的“索吻”，都在偷笑：“小可爱，你不亲的话，我们悦男神今晚估计要睡不着了。”

“说不定要去打你的虞纪哥哥了。”

司栗假装没听见。

悦一沉倒是被提醒了，刚刚虞纪被亲了之后……那一脸的满足是怎么回事？！

好在此时，吴裳在楼上喊了司栗，让她上楼补镜头。

悦一沉在她耳边提醒："欠我的，晚上还。"而后就让她上楼了。

晚上收工之后，司栗累得趴在沙发上一动不动，悦一沉催了两次，她都不愿意去洗澡，只盯着手机看新闻。

他们的那条新闻已经被盖过去了，一沉工作室的公关再次发挥了他们的正常水准，完全引导了舆论。

吴裳的团队也出来发声，说之前女主一直都没有定，一起来T城的三名小演员都是试演，不存在替换一说。

大多数网友被新电影吸引视线，都"炸"了，特别是虞纪的粉丝，纷纷表示很期待电影，想看大叔和小女孩的故事，把不好的言论都盖过了。

悦一沉看到这些评论，也要"炸"了。

连早上的那个吻，他瞬间变成了一只河豚。

悦一沉抽走小家伙手上的手机，把她抱到腿上，盯着她："还欠我一个东西。"

司栗望着他那双漆黑泛着幽光的眸子，愣了一下才反应过来，转身想爬走，却又被拽回去。

司栗脸红了："干吗呀？我要去洗澡了。"

"亲了再去。"

司栗挣扎："不要，放开我，你这个怪叔叔。"

悦一沉被她逗笑了，松开了她："好像是有点怪。"又捏捏她的脸蛋，"去洗澡吧，早点休息。"

司栗却又觉得，机不可失，时不再来，难得可以亲一下男神。

于是她踮脚凑过去，亲了一下他的脸颊。

悦一沉愣住了。

司栗亲完之后就捂着脸跑走了，留下悦一沉像白天的虞纪一样，一脸满足。

晚上悦一沉做梦了。

他睡眠浅，所以一般不会做梦，但这一次梦境清晰又真实。

他梦到小可爱从远处跑过来，咯咯笑着扑进他怀里，踮脚在他唇畔落下一个软软的吻，一转头，怀里的小可爱却变成了一个女人，眸带笑意，温热的呼吸就喷在他颈侧。

他诧异："司栗？"

悦一沉揉眉，有些无奈。

他到浴室去整理，已经尽量放轻了动作，却还是把小家伙吵醒了，对方打着哈欠探头出来："几点了啊？"

她以为已经到点了。

"两点多。"他喉咙有些干，声音也很哑，不太敢看她的眼睛，"回去睡吧，明天早上没有你的戏份，你可以晚一点起。"

对方没有留意他手上拿着的东西，转身就回去了。

电影拍了两个多月，渐渐进入尾声，这期间悦一沉真的像一个助理一样，陪同了两个月。

其间，桔姐帮他推了好几个通告，气得把他拉黑了。

二月的时候，陆陆续续有一些工作人员开始请假，就连悦一沉的电话也没有停过。

"吴裳导演说后天放假两天呢。"司栗从虞纪的房间跑回来，趴在他膝头和他说，"我才发现已经快过年了！"

悦一沉刚刚挂了电话，正要出去找她，看到她回来，立刻弯腰把她抱起来："嗯，要过年了。"

司栗瞧着他的神色，福至心灵："啊，你要回去是吗？"

悦一沉的父母过年会回国，所以他过年从来不接通告，再忙也会推掉。

男人的神色有些抱歉，但更多的是不舍："我父母明天就回国了。"

司栗急了："那你赶紧买票，听他们说这段时间回国的票很难买呢。"

"桔姐买好了。"

"噢，那就好。"她放心了。

"司栗……"悦一沉温柔地摸着她的脑袋问，"要不要和我回去？"

37

司栗摇摇头："不了，我爸爸又不会回来，家里没人，我每年都是自己过年的。"

"今年和我一起过年好不好？"悦一沉用诱惑的口吻说，"我家过年很热闹的，有很多好吃的，还能回去和桔姐见一面，和唯唯玩。"

"不要。"司栗仍然摇头拒绝，"坐飞机好累的，而且刚刚虞纪说他也不回去，吴裳导演的女儿过来探班，还有剧组的工作人员，好多人都不回去，导演说到时候一起吃年夜饭，多热闹呀。"

悦一沉觉得自己的心都碎了。

他瞬间也不想走了。能给小家伙买新衣服，做年夜饭给她吃，抱着她看春晚，然后和她一起守夜，多让人憧憬。

他是第二天一早的飞机，早晨七点钟起来时直接去敲了虞纪的门，把还在睡梦中的男人吵醒，确认虞纪过年不回去之后，又细细嘱咐了一番。

“我不在的时候，麻烦你看好她。”悦一沉看对方还睡眼惺忪的，又道，“你也是知道你那个前经纪人司栗的，如果小家伙出了差错，她不会饶过你。”

一说到司栗，对方立刻就精神了。

“总之照顾好她，毕竟是一个小孩子，她不能和家人过年，可能会有些想家，情绪方面你也要照顾到位。”

“知道。”虞纪点头，知道男人是真不放心，便又认真了许多，“保证不会让她出任何问题。”

“我一会儿走了后，你把她抱过来睡吧，她一个人睡那边我不放心。”

“好。”虞纪忍不住笑，“所以当保姆有薪水领吗？”

悦一沉看了他一眼：“不是你把她带过来的？照顾她是你的责任。”

虞纪被堵了一下，摸摸鼻子，莫名觉得男神对他有些意见。

悦一沉和他说完之后又去跟几个早起下去吃早餐的工作人员说了一声，麻烦他们多留意，悦一沉始终不放心虞纪。

“放心吧，男神。”工作人员笑着说，“我们那么喜欢小可爱，就是你在我们也会留意，更不要说你不在。”

“对啊，就是我们疏忽了，我们两个导演都不会疏忽呀。”

他这才彻底放了心，于是折回房收拾东西，拣来拣去，最后还是什么都没带——横竖过几天还是要回来的。

他叫了车，而后到司栗的房间去，她还没睡醒，一只脚放在被子外面，整个人几乎都睡到了枕头上。

悦一沉不忍心叫醒她，但又舍不得就这样走，于是摸着小家伙的脸，狠心唤醒她：“司栗。”

她几乎立刻就睁眼了，茫然地看着他：“嗯？这就要走了？”

悦一沉“嗯”了一声：“我刚刚去跟虞纪说了，这两天你就住他那边，跟着他，别乱跑。”

“噢。”她晃晃悠悠地坐起来，“我送你。”

悦一沉失笑：“算了，外面冷。”

司栗还在挣扎要不要送他，就见男人张开了双臂：“来，抱一下，就当是送我了。”

司栗毫不吝啬地扑进他怀里，紧紧地抱着他的脖子。

悦一沉身心满足……却更不想走了。

“要听话。”

“好啰唆。”

悦一沉摸摸她的脑袋，起身从椅子上拿起她的外套给她罩上。

司栗被他抱着走出房间，有些不解：“不是不让我送吗？”

“不是送我，是送你。”

“送我去哪儿？”

悦一沉打开门：“送你到虞纪那儿去。”

“大早上的去打扰人家干吗？”

“我不放心你一个人在一屋睡觉。”

悦一沉敲了敲虞纪的房门，对方很快就来开门了，一边从他手里接过小家伙，一边笑着说：“呦，还没睡醒呢。”

司栗还在哼哼唧唧：“他把我当皮球踢呢。”

悦一沉失笑，拍了拍她的屁股：“我走了。”

虞纪“嗯”了一声：“走好。”又捏捏司栗的小脸，“跟你一沉叔叔说再见。”

司栗闭眼靠在虞纪肩头，没有转头看悦一沉。男人最后摸了摸她：“行了，让她睡吧，我先走了。”

“好，回来的时候给我带点好吃的。”

“嗯。”

司栗听到男人走远的脚步声，心头忽然涌起一股强烈的不舍，这种不舍让她不敢看他的背影，怕自己忍不住开口挽留。

虞纪关了门，笑眯眯地揉着司栗的脸：“小可爱又是我的尾巴啦。”

“……我要睡觉。”

“一起睡，一起睡，难得今天休息。”虞纪抱着她就往自己房间走，一把将她丢在床上。

司栗叫了一声：“我才不和你睡！”然后迅速爬下床往客卧跑。

开玩笑！她都没和悦一沉睡过呢。

她和虞纪在房间待了一天，两个人都顶能睡，一觉睡到中午，叫了客房送餐上来，而后又依偎在沙发上看动画片。

司栗无聊到打瞌睡，虞纪倒是看得津津有味。

晚上虞纪带她出去吃饭，顺便逛了一下。她有些兴致缺缺，被男人看出来了。

“不想逛了吗？”虞纪把她抱起来问，“要不我们回去？”

“回去也好无聊。”

“那你想去哪儿玩？游乐场吗？”

司栗扬眉：“你今天怎么对我这么好？”

“因为你是小可爱啊。”

呦，现在这是怎么了？还记得刚来这边那会儿，别说带她来逛街，衣服都是随手买的。

“去吗，游乐场？你去过吗？”

“不想去，要不我们去看电影吧？”

“嗯？你想看什么？”

“我想看悦一沉之前配音的那一部。”

“现在应该下架了。”

司栗不死心，虞纪只能带着她跑了几家电影院，结果不言而喻。

小家伙很失望：“怎么这么快就下架了啊？”

晚上回酒店之后，司栗在网上找资源，找了半个多小时才在某论坛发现一部枪版的电影，发布电影的网友是悦一沉的死忠粉，说上传这部电影只是为了让留学党听悦男神的声音，并呼吁大家去电影院支持正版。

酒店的网络不算好，一部电影下载需要三十多分钟，她先去洗了个澡，然后又晃晃悠悠地拿着手机看了一会儿下载的漫画，都不敢刷微博，怕抢占了网速，结果，半个小时后她去看进度，差点儿摔掉平板电脑。

她站在床上摇晃手里的平板电脑，无声地质问：进度条君，你是死了吗？你为什么一动不动？半个小时过去了，你这才下载百分之十是什么意思？

司栗想了想觉得不对劲，丢下平板电脑跑出去，虞纪抱着电脑、戴着耳机坐在沙发上，司栗凑过去看了一眼，差点儿爆炸。

这浑蛋居然在打游戏……居然不叫她！

她莫名有些怀念以前和他“开黑”的日子。

司栗趴在旁边津津有味地看着，虞纪打得认真，忽然从屏幕的倒影里看到一个披头散发的模糊人脸，吓得差点儿把鼠标丢出去。

“去去去。”虞纪赶她，“小朋友快点去睡觉，不要打扰我。”

“你死了。”司栗指着屏幕说。

虞纪一看，果然，他烦躁地关了电脑，弹了弹她的脑门儿：“都怪你。”

司栗疼得缩了缩，直瞅他：“自己技术不好。”

“……去睡觉。”他关了电脑，回房洗澡。

司栗再回房的时候，发现进度条果然快了许多。

司栗趴在床上看着进度条往前蹿，很快就到了百分之九十八。

正当她虔诚地跪坐在床头等那最后的百分之二时，手机铃声响了起来。

手机是悦一沉过来的时候给她带的新的，新号码，手机壳上挂着一条绳子，末端还有一个毛茸茸的小球。

司栗觉得太孩子气了，不太想用，但是她手小，摘掉绳子之后不到一个小时，手机就摔了两次。她只好默默地挂上了。

Andy倒是很喜欢她的绳子，还问她是在哪儿买的。

司栗不敢说是悦一沉买的，便说是虞纪送的。Andy又去问虞纪，虞纪有些莫名其妙，看了司栗好几眼。

“就是前段时间我让你在淘宝给我买的呀。”司栗“提醒”他。

他记忆力向来不太好，所以被司栗这么一说，也就当真以为是自己之前给她买的了。

“这可是M家定制的手机壳，不带绳子就八百了，带个绳子估计要一千五。”Andy打趣道，“淘宝可买不到，高仿也没有这质量。”

司栗这才想起来，之前的那个小女演员用的就是这一款手机壳。

当时在旁边一直听他们对话的悦一沉表示很憋屈。

明明是他买的，而且还专门挑了限量版。

司栗接了电话，男人的声音从听筒钻进她耳朵的瞬间，平板电脑“叮”的一声提示她电影下载完毕。

司栗火急火燎的：“干吗？有事启奏，无事退朝。”

悦一沉：“……忙？”

“忙着看电影。”

“什么电影？和虞纪吗？这么晚了还在外面？”

“在酒店，从论坛下载的盗版，你配音的那部。”司栗说，“先挂了啊。”

然后她就真的挂了。

悦一沉又憋屈了。

司栗挂了电话之后开始看电影，画质是真的差，声音也很小，调到最大都听不清楚，遂溜下床。她悄悄跑进虞纪房间，趁着他在洗澡，偷了他的奥菲斯耳机回房。

嗯，果然好耳机就是不一样。

画质太差没法看，司栗便躺进被窝，闭上眼睛听声音。

悦一沉的台词不算多，因为他配音的角色是一个导师型的人物，说话比较有深意，于是他的声音比平常要低，通过静电耳机清晰地传进她的耳朵里……简直，无比美妙。

她决定要去买一个一样的耳机。

一个小时四十分钟的电影，司栗听完了，摘下耳机时仍有些意犹未尽，鬼使神差地就拨通了悦一沉的电话。

她现在太想听听他的声音回味了。

电话响了好几声，总算在她反悔前接通了。

"司栗？"男人的声音与电影里的不太一样，没有刻意演绎的声音是清丽干净的，这干净中有一点靡靡的性感，似乎……是在睡觉。

38

"你在睡觉吗？"

"嗯，倒时差。"被吵醒的悦一沉看了看手表，揉着眉心问，"一点多了，你还不睡？"

"刚刚看完电影，想听你说说话。"

悦一沉立刻就笑了："刚刚不是还很嫌弃我？电话都挂了。"

"没有，刚刚是信号不好。哎哟，隔那么远，肯定会有些问题。"

悦一沉只是笑，没有戳穿她。

"电影好看吗？"

"好看，就是原生大师后来死了。"她有些难过。

原生大师就是他配音的角色，悦一沉顿了顿，而后失笑："只是电影罢了。"

嗯，所以她在电话接通的瞬间就被治愈了。

"好啦，你睡吧。明天除夕，我怕电话打不进去，提前给你拜年了。"

"不会，我会给你打电话，你到时候不要玩疯了不接电话就好。"

司栗的心跳又加速了。

她觉得这样不太好，感觉太暧昧了，可是她清楚悦一沉对她的感觉，完全是大哥哥对小妹妹的宠爱，没有一点儿别的感情在里面。

只是她自己动了心。

不……她喜欢他，已经非常久了。但她以前的喜欢，最多不过是对男神的欣赏和仰慕，是小迷妹的普遍情绪。

现在这种感情深刻了许多，夹杂着复杂的、被宠坏了的情感，盘根错节地缠绕住了她。

能变成这个样子，与他朝夕相处这几个月，像是老天的恩赐。

她也因此越陷越深，无法自拔。

“睡了，晚安。”司栗迅速挂断了电话。

悦一沉眯着眼睛，看了屏保半晌，睡意全无。

第二日是除夕，剧组的人凑钱租了一个小别墅，打算在里面过年。

大家分工合作，为晚上的年夜饭做准备，虞纪和几个小助理分到一组，留在别墅清洁卫生，整理房间。

司栗自然是跟着他的，虽然帮不上什么忙，但也跑出了一身汗，连悦一沉的电话都没有接到。

她已经很久没有过这么热闹的新年了，所以很高兴，倒是把对悦一沉的思念都压下了一点儿。小助理还在诧异，说这孩子怎么不想家，家里人怎么都不担心。

虞纪也给司栗发短信询问过，司栗只回答他说小可爱父母工作忙，全权交由悦一沉负责。

中午大队伍终于买了食材和厨具回来，因为是在边界的一个小城市，食材并不算丰富，很多东西只能用替代品。

他们一起在开放式的厨房里忙活，包饺子、切水果，司栗只负责吃以及拍照，发了微博又发给悦一沉。

她的账号因为上一次的化妆视频，吸引了不少粉丝，但因为她更博少，渐渐都成了“僵尸粉”。被传是悦一沉私生女的时候，她被“喷”得很严重，所以她关了评论。虽然前几天她被宣布是吴裳导演新电影的女主角之后，网上已经没有什么骂她的声音了，但她还是不敢开评论。

悦一沉很快就回复了她，而且回的是一张照片。

水晶虾饺、白菜馅饺子、茴香馅饺子、牛肉馅饺子……

悦一沉：“我们家的。”还配了一个很萌的表情。

司栗要哭了，由于食材限制，他们只有土豆猪肉馅的。她已经觉得很好吃了，但是一比之下，太想回家了。

她赌着气没有回复，悦一沉连发了几条消息过来。

悦一沉：“下次来我家过年。”

悦一沉：“生气了？”

悦一沉：“其实也没那么好吃，都是在酒店买的。”

司栗忍不住问：“哪家酒店？”

悦一沉：“幸华酒店。”

司栗发了一个菜刀图案过去。

幸华酒店是全市最好的酒店，能预订到的非富即贵，更多时候有钱也吃不上一桌，更别说年夜饭了。

悦一沉打了个电话过来，她没有理会，屁颠屁颠地到厨房玩去了。

十几个人，热热闹闹地忙活着，助理规定一人煮一个拿手菜，虞纪和她联手做虾，是最简单的一道菜，放在锅里煮熟就好。做蘸料的时候虞纪听她指示，做出了一碗特鲜美的料汁，给虾加分不少。

菜品摆满桌，有人用电脑连了客厅的大电视播放春晚，伴随着喜庆的背景音乐，他们开始吃年夜饭，虞纪给她倒错了果汁，她喝了一口才发现那是红酒，整个人立刻就有些晕晕沉沉。

悦一沉发信息问她："吃了没有？"

司栗回复他的瞬间，刚好跨年。

大家都暂时放下了筷子去给家人打电话，司栗之前给她爸爸打了电话，依然没有接通，她只能发几条短信过去拜年。

她拨通了悦一沉的电话，温和的声音传来的瞬间，她忽然有一丝丝后悔没有跟他回去。

"吃饭没有？"

"刚要吃。"司栗说，"新年快乐呀，悦一沉。"

闻言，他在那边轻笑，愉悦又缱绻地回答："新年快乐……我的小公主。"

他那边有隐约的烟火声，可以想象，那边现在一定很热闹。

两人皆停顿了半秒，而后悦一沉才开口："新年礼物我放在酒店了，就在房间的保险柜里，你回去就可以看到。"

司栗感觉自己的心跳骤停："还有礼物啊。"

"当然。"

"我都没有给你准备。"司栗有些抱歉，"等你回来再补给你好吗？"

"不用补，我的新年愿望很简单，只想你能答应我。"他的声音很低沉，宛若大提琴曲终的颤音，"拍完这部电影回来之后，继续来我家住，好吗？"

司栗微微一怔，然后有些无奈，情绪也忽然收不住："如果我拍完电影之后变回去了呢？还能住你家吗？还能抱你吗？还能亲你吗？"

悦一沉听出女孩语气里的不对劲，立刻不敢开口了。

"如果你的答案是肯定的，那我也是。"

她挂了电话。

大家重回餐桌，司栗兴致缺缺，也没吃几口。

之后大家围坐在沙发、地毯上玩游戏、看电视、喝酒，都是大人玩的游戏，司栗无法参与，最后在沙发上睡着了，再醒过来的时候已经是上午九点了。

司栗揉着额头，翻出手机看了一眼，几十个未接来电，都间隔不到半个小时。他给她打了一晚上的电话。

还有一条短信。

“或许，可以试试?”

司栗的脸马上就热了。

她瞬间就想起来自己晚上近乎逼迫的问话。

她的意思那么明显，简直是威胁了——你不和司栗在一起，就不能和小可爱在一起。

她怎么能这么无耻!

她连忙回拨过去打算解释，但电话没通，只好发短信。

“悦一沉！昨晚我喝醉了！对不起！你别放在心上!”

又怕他不相信，便继续打字发过去。

“电影拍完了我就去你家住，没有任何附加条件。”

想想还是替自己感到羞耻，她万万没想到自己的表白居然是这样的。

悦一沉没有回复，她爬下床去洗漱。

楼下静悄悄的，几个男人昨晚喝醉了在客厅睡着，有两个女生正在厨房做早饭，看到她下楼，便和她打了个招呼：“小可爱，早啊。”

“我们在煮面，还需要一会儿，你要不要先吃点面包?”

司栗拿了个鸡蛋，然后裹紧外套，穿过客厅到外面去了。

这栋小别墅的院子有些荒芜，杂草丛生，长着不知名的花，都结了霜。

她忘了戴围巾，出来一会儿便冷得直缩脖子，刚要转身回房的时候，门口突然开来了一辆红色的出租车。

车子咯吱一声在门口停下，带过一阵冷风，司栗没有在意，刚要转身，又在车门打开的瞬间回头，看到一双黑色麂皮短靴踏下车，两条修长笔直的腿，再往上，是一个熟悉的身影。

男人裹着棕色大围巾，盖住了大半张脸，漆黑的眸子因为刚一下车就看到她而亮了亮。

他朝她招手，眉眼弯弯：“不过来抱抱我?”

司栗的身体比意识还要快，登时就撒开了脚丫子飞奔过去，扑进弯腰迎接她的悦一沉怀里。

他身上的木质香水味道清晰又干净，让她觉得自己在做梦。

“你回来了。”她都不愿意把脑袋从他胸膛上移开，没有人能理解这种上一秒还在想他，还在担心他会不会疏离自己，结果下一秒就看到他的感觉。

“嗯。”悦一沉揉着她的脑袋，心里被填得满满的。他把她抱起来，从后备厢取下自己的箱子，把她放在箱子上坐着，微微笑着说：“新年快乐。”

我的小司栗。

司栗好想亲他，又怕唐突了他，对视几秒之后，男人忽然扬起下巴，在她额头上落下一个虔诚又纯洁的吻。

司栗的脸瞬间红透了。

大家似乎对悦一沉的提前返回并不讶异，他太萝莉控，所有人都见怪不怪了。

倒是司栗很不安，一直问他突然这样回来家里人会不会怪他。

“不会，他们以为我是要回来陪女朋友，都很支持，亲自给我订的机票。”

司栗罪恶感更强了。

别墅里没有多余的房间了，于是司栗将他带到了自己的房间，悦一沉一眼就看到床头柜上的红包，不免好笑：“红包还不少。”

这么一提，司栗倒是想起来了，连忙做出一个恭喜发财的手势：“悦叔叔，新年快乐，恭喜发财。”

他挑眉，捏了捏她的脸蛋：“你还真好意思开口。”

司栗嘿嘿一笑，“开玩笑”三个字还未出口，悦一沉就从打开的箱子里抽出一个红包。

司栗有些呆。

“大吉大利。”他伸过来，示意她接住。

“意思意思就好了，这太厚了。”目测有一万了，比虞纪给她的还大。

悦一沉仍然笑着：“不厚，我给唯唯的也这么大，算是年终奖。”

她这种擅离职守好几个月的人有什么脸拿年终奖啊。

虞纪闻声赶来，扬着眉啧啧称奇：“悦一沉，老实说，你是不是想等小可爱长大后娶她啊？”

悦一沉摸摸鼻子：“不管我娶不娶她，她都是我的。”

虞纪一愣，而后摇头：“受不了你。”

司栗心想，她要是真长大了，他哪里还会喜欢她。

Chapter 5

小明星

39

晚上他们吃的是火锅，用年夜饭剩下的食材搅一搅，味道倒也不错。

司栗一不小心又吃撑了，小助理笑话她，说她是因为悦一沉回来了才食欲大开的。

晚饭后他们凑在一起玩桌游，虞纪闲着无聊也坐下了，还不忘拉下悦一沉：“男神，你也过来一起玩嘛。”

悦一沉回头问司栗：“想玩吗？”

司栗蠢蠢欲动：“想。”

虞纪几乎要翻白眼：“她哪里会玩？”

悦一沉没有理会他，温柔地把她抱到椅子上：“我教你。”

玩的是UNO牌，司栗是高手，悦一沉是知道的，前段时间司栗一个人在家无聊的时候，他还陪她玩过。

为了掩人耳目，悦一沉还耐心地跟她解释游戏规则，虞纪不耐烦了：“你说她能听懂吗？”

“这么简单，当然能懂。”司栗说，皱着眉看他，“你咋那么没耐心呢？”

虞纪：“……好好好，你厉害，等会儿别输得发脾气。”

半个小时后，还真的有人发脾气：“什么玩意儿！悦一沉，你是不是给她换牌了？”

司栗“嘁”了一声，睥睨着虞纪：“输不起别玩啊。”

虞纪呵呵：“再来，悦一沉，你别帮她！”

悦一沉不出手的后果是，司栗不仅赢了，还让他成了场上剩牌最多的人。

众人劝：“好啦，游戏而已，小可爱是运气好。”

悦一沉赶紧抱着司栗上楼。虞纪跟在后面问：“男神，你今晚住这里吗？”

“嗯。”

三人一起进屋，虞纪看到床边的箱子，顿了顿：“这边没有多余的房间了，你今晚就将就一下，跟我睡吧。”

悦一沉笑了：“我难得有个机会能和小可爱同床共枕，你可真烦。”

司栗一愣，而后有些脸红，原来他们还能一起睡啊。但她转念一想，又觉得悦一沉是在开玩笑……他这么绅士的人，别说知道她是成年女子，即便她真的是小女孩，他也不会和她睡一块儿。

虞纪没把他的话当一回事：“走，到我房间去，我那边还有啤酒。”

悦一沉“嗯”了一声，微微皱眉：“可是……我想和小可爱多待一会儿。”

司栗迎着虞纪杀人的目光，笑眯眯地和悦一沉说：“那我先洗个澡，然后我们一起看部电影再睡。”

悦一沉：“好啊。”

虞纪一副要昏厥的表情：“你们杀了我吧。”

陪着小公主看完一部电影，哄她睡着后，悦一沉才出了门。

虞纪就在门口抽烟，抬眼看到他过来，递上一支，却被拒绝了：“她不喜欢闻烟味。”

虞纪把烟掐断了，痛心疾首：“男神，你怎么变成这样了？”

悦一沉拍拍他的肩：“我回去睡了。”

虞纪不甘心地追上去问：“不是，我觉得你很奇怪欸，明明是假期，怎么就赶回来了？不会真的在和我们剧组的某个人谈恋爱吧？”

短暂的假期很快过去，大年初二一早，剧组就投入紧张又认真的工作中。

天气很冷，司栗和虞纪有一场在天台的戏，虽然当天没有下雪，但一整天都飘着蒙蒙细雨。

这场戏是简教Mica用枪，她需要站在天台边缘，射击公园里的一位路人。

司栗只穿了一件衬衣裙，外罩一件宽松的毛衣，戴的毛线帽子也很快就淋湿了。

悦一沉心疼得要死，那边吴裳一喊“咔”，他就迈步过去，把小家伙拢进怀里，用干毛巾擦拭她肩头的雨水，握着她的两只小手传递温度：“冷吗？”

“不冷。”她说这话的时候牙齿都在打战，“你别抱我，我身上是湿的，等会儿也弄湿你的衣服了。”

悦一沉把她抱得更紧了。

吴裳导演在那边叫了一声：“Mica，过来补一个特写。”

司栗颤巍巍地离开那个温暖的怀抱，在悦一沉心疼又无奈的注视下回到了雨中。

她冷得有些僵硬，于是拍得不太顺利，越不顺利越着急，重拍几次之后司栗的脸已经没有知觉了。

悦一沉和吴裳说了一声，而后撑着伞过去，把手里的热牛奶放到她手里："暖一暖。"

司栗握着牛奶暖手，时不时喝一小口，悦一沉蹲在她对面，用手给她暖脸，直到那张小脸蛋暖和了才放心。

"不行就明天再补吧。"悦一沉和吴裳商量，"小孩子冻感冒就不好了。"

吴裳有些犹豫，旁边的工作人员露出了不耐烦的神色："明天补就还得架机器，我们把机器扛上来就花了几个小时。"

布景确实是一件费时的事情。

悦一沉皱了皱眉，刚要开口，就被司栗拉住手。

"没事，就一个镜头。"司栗小声说，"今天必须拍完。"

悦一沉心疼地摸了摸她冰凉的脸蛋，继续给她搓手，待她喝完一杯热牛奶之后，才让她回到雨中。

而后顺利通过。

吴裳笑称："还是我们悦男神好用。"

下楼后，司栗去换了衣服，休息室里没有暖气，她冻得瑟瑟发抖，鸡皮疙瘩都冒了一身。她出去之后下意识地寻找悦一沉的身影，他就守在门口，看到她出来立刻弯腰把她抱住。

这绝对是世界上最温暖的怀抱。

之后悦一沉就一直抱着她，生怕她着凉了。

好在这之后的场景都转移到了室内，她才得以顺利拍完今天的戏。

也幸好这段时间悦一沉天天给她买牛奶喝，喝得她身强体壮，淋了一天雨都没有感冒。

晚上，悦一沉盯着她喝过牛奶之后便催她睡觉，结果司栗却在他起身之前拉住他："悦一沉，我想麻烦你一件事。"

"嗯？"

"拍摄进入最后阶段了，有一幕是Mica与简在和黑警察火拼的时候被困，简将她塞进通风管道，因为管道太窄，容不下成年人通过，两人只能暂时别过的戏。"司栗说，"我和虞纪对过很多次，但我一直找不到感觉，也哭不出来。"

悦一沉笑了："小家伙在苦恼这个呢，台词本给我看看。"

司栗连忙双手奉上。

悦一沉扫了一眼台词本，而后盘腿坐在床边，司栗连忙趴着，和他形成一上一下的状态。

悦一沉望着她，眸色一转，瞬间入戏：“Mica，你先走。”

司栗卡壳了。

悦一沉笑了，伸手捏捏她的小脸：“还没准备好吗？”

司栗有些不好意思，跟他比起来，自己真的是毫无演技可言啊。

她轻咳一声，调整一下姿势：“来，重新对一遍。”

“Mica，你先走。”

“我不要一个人走。”

“太干巴了。你要知道，Mica在这一刻意识到自己可能再也无法见到简了。”悦一沉给她讲戏，“所以她是担心难过的，再好好揣摩一下。”

司栗撇着嘴看他。

他笑了：“生离死别可能有些难，但是你不妨想象一下你喜欢的人要娶别人了。”

“那他喜欢我吗？”司栗眨巴着眼睛问。

“喜欢你，但是出于种种原因不得不娶别人。”

“那真是个悲伤的故事。”

悦一沉轻轻弹了弹她的脑门：“好好揣摩。”

司栗“噢”了一声，盯着悦一沉的眸子，忽然想到，如果自己恢复了原状，悦一沉可能就不会再喜欢她了。这一认知倒真的让她有一丝丝的恐惧和慌乱，这点情绪通过眼睛泄露，被男人捕捉到了。

悦一沉又笑了：“对了，就是这个感觉，再深入一点。”

再深入，就是她和悦一沉继续做朋友，再无交集。也许她会离开，而他不为所动。

眼泪吧嗒落下一滴，把悦一沉吓了一跳，连忙直起身半搂着她，哄道：“好了，好了，找到感觉就好了，真的哭干什么？”他伸手抹掉那滴晶莹的泪花，笑道，“这是想到了什么？这么伤心？”

她没有作声，又觉得自己因为这个哭，并且是当着他的面哭有些丢人，便低着头伸手推他：“你出去，我要睡觉了。”

悦一沉无奈：“真是过河拆桥。”

司栗钻进被窝：“谢谢影帝，晚安。”

“晚安，小可爱。”他替她关了灯，“别玩手机了，睡吧。”

拍到生离死别的那一幕戏时，悦一沉恰好去圣·彼得堡拍摄杂志封面，这行程被桔姐催了很多次，他没法再推。

他有些遗憾，但司栗反而松了一口气。

Mica爬进通风管道这一幕拍了好几次，但司栗出乎所有人意料的是，哭戏她一次就过了。

吴裳导演叫她："小可爱，再补一个最后一眼的特写。"

"好咧。"司栗麻溜地爬进道具里，因为在里面待了十几分钟，所以没有防备，结果被里面接口的锐物划了一下。

司栗疼得瞳仁都收缩了一下，这一幕被吴裳捕捉到机子里，他兴奋极了，没有喊"咔"，示意机子继续跟拍。

司栗顾不上演戏，视线下意识地落在门口，期望能看到悦一沉的身影，但是并没有……他要明天才能回来。

司栗的眼泪又被自己憋回去了。

吴裳喊了"咔"，虞纪在边上想把她抱下来，结果摸了一手的血。

在送去医院的路上，虞纪的外套都被染红了一大半，他一直抱着她，心跳得飞快，懊恼、自责、心疼的情绪交杂着，让他有些不知所措，根本不愿意把她交给场助抱。

怀里的小家伙倒是安静，若不是满头大汗加苍白的嘴唇，根本看不出来手臂被划了一道十厘米长的口子。

直接送到急诊处理伤口，因为深，所以不可避免地要缝针。

司栗看到那些医疗用具，眼圈都红了。

虞纪抱着她，低声哄着："别怕，一会儿就不疼了，等会儿哥哥带你去吃好吃的。"

她揪着他的衣角，疼得说不出话来。

40

因为怕影响愈合，所以护士建议不打麻药，于是，等缝好针后，虞纪和司栗的衬衣都湿透了。

最后打了一针破伤风，观察一个小时后，他们就回去了。

她停工半天，但剧组的进度不能耽误，虞纪不得不回去拍戏，只留了一个助理照顾她。

司栗躺在床上疼得睡不着，小助理还抱着平板电脑在旁边哄她："小可爱，要不要看动画片？"

小助理是想转移她的注意力，但现在她根本没有心思看任何东西，手臂上的痛意让每一分每一秒都很难熬。

晚上，虞纪拍完戏后，立刻就来看她。吴裳和一众工作人员也来探望，纷纷表示心疼，让她好好休息。

司栗很感动，甚至觉得伤口已经不那么疼了。

有工作人员带了电饭锅，给她煮了一锅肉粥，香得她口水都流出来了。

“好了，你们都回去休息吧。”虞纪说，“我来照顾她就好了。”

大家又安慰了几句，而后才一一离去。

虞纪把碗搁在床头，弯腰摸了摸她的脸蛋，难得声线低柔：“还疼吗？”

“……废话。”

虞纪：“……讲真的，你其实是司栗的私生女吧？有时候和她真的一模一样。”

司栗朝他笑笑。

虞纪在她身下垫了两个枕头将她撑起来：“喝点粥。”

“不想喝。”

虞纪凶巴巴地看着她：“听话。”

司栗喝了两口之后胃口大开，不仅喝完了一碗，还让虞纪再去盛一碗过来。虞纪无奈极了：“人不大，胃口倒是不小。”

司栗眨巴眨巴眼睛，虞纪看也不看她：“吃多了会撑。不早了，睡觉吧。”

她哪里睡得着，更何况……“虞纪，你帮我叫一下助理姐姐来好不好？”

“怎么了？”

“我想上厕所，还想洗个澡。”

“嗯，你别乱动，我这就去叫她。”

他很快就把人叫来了，助理姐姐抱着她往浴室走，还指挥他去拿衣服。

“都这样了还洗澡呢。”虞纪嘟囔着，“小菲菲，你注意点，医生说一点儿水都碰不得，宁愿她脏一点儿也别感染了。”

司栗想打他。

助理姐姐很仔细，丝毫没有碰到她的伤口，给她洗了脸和手脚，又让她脱掉衣服：“来，给你洗洗小屁屁。”

司栗连忙摆头：“不用啦，不用啦，洗脸就好了。”

“哟，这么小就知道害羞啦？”助理姐姐好笑，“那行吧，我帮你擦一下背。”

“嗯，谢谢姐姐。”

“客气什么？”助理姐姐笑说。等擦完背出去后，助理发现虞纪就在门口，倚着墙站着。看到他们，虞纪立刻站直身子，看样子是准备伸手把小可爱抱过去。

助理微微一闪，下巴点点浴室示意：“去把她的衣服洗了。”

司栗的衣服一直都是自己洗的，和悦一沉一起住时，有时候他会帮她洗，但她过意不去，所以养成了洗完澡立刻自己搓衣服的习惯。

“衣服不用洗啦，放着就好。”司栗连忙说，但是后者已经默默地进了浴室，而后就传来了水流的声音。

司栗目瞪口呆。虞纪这是……在帮她洗衣服吗？！

助理姐姐笑得得意：“小可爱啊，你真是男神收割机，虞纪已经像悦一沉一样拜倒在你的石榴裙下了。”

什、什么？明明就是因为她的手受伤了呀。

“他明知道就算他不洗我也会洗。”助理一边把司栗放回床上，一边小声说，“但他还是乖乖去洗了，哈哈哈。”

司栗觉得有些头疼。

小助理给她掖好被子后就出去了，还掩了门，司栗听不到浴室的声音，便叫了他一声：“虞纪？”

半分钟后男人出现在门口，袖子挽着，手还湿漉漉的：“怎么了？”

“衣服不用你洗。”

“我已经洗完了。”

他擦干了手走过来，掀开司栗被子的一角，从另一边坐上床。

司栗愣住了：“你干吗？”

虞纪拍拍枕头躺下：“医生说今晚你可能会发烧，所以我得看着你。”

“今晚你要和我睡吗？”

“不然呢？”虞纪看了她一眼，“你让我像简一样趴在床边一夜？”

戏里Mica生病的时候，简就是趴在床边照顾了一夜，她让他上床来和她睡，他始终没有上去。

“可是我妈妈说，女孩子是不能和男人睡一张床的。”司栗说。

虞纪轻微地磨磨牙，忍不住捏捏她的脸，恶狠狠地说：“多少女人排着队想和我睡呢。”

司栗佯装听不懂：“一个人睡多舒服，为什么要一起睡呀？”

虞纪拿她没办法，气呼呼地回房了。

司栗疼得睡不着，受伤的地方越来越疼，加上夜深人静，她听着自己的呼吸声，所有的感官都汇聚到了伤口处，疼得脑袋都有些发昏了。

她迷迷糊糊地睡了一会儿，隐约感觉有人走进屋到她床前摸了摸她的额头，因为动作很轻，她没有立即被惊醒，再醒过来的时候屋里已经没有人了。

她摸出枕头下的手机，发现才凌晨三点，看到手机上还有两条未读信息。

悦一沉：“小可爱，今天进展顺利吗？”

悦一沉："这么早就睡了吗？真乖，我明天一早就回去了，给你带了这里最好吃的曲奇。"

她收起手机，刚要闭眼，就看到房门被轻轻推开了，男人小心地走进屋来到床前，打着哈欠探她的额头。

司栗伸手捉住他的手指："虞纪哥哥。"

虞纪被吓得清醒了："吵醒你了？"

"不是，我睡不着，你一直没有睡吗？"

他没有回答她的问题，在黑暗中摸了摸她的脑袋，声音很轻柔："很疼是吗？"

"嗯。"司栗有些过意不去，拍了拍旁边的空位，"虞纪哥哥，你睡这儿吧，跑来跑去当心着凉。"

他"呦"了一声，笑着说："你不是说你妈妈不让你和男人睡吗？"

虞纪真是典型的得了便宜还卖乖的人。

她没有作声，男人却利落地上床在她旁边躺下了。

很快就传来了轻微的鼾声。

司栗仍然睡不着，又因为一直是一个姿势，还累得慌。她试图翻身的时候，把虞纪惊醒了："怎么了？"

"我想翻个身……"司栗有些委屈，"那只手不能动，都翻不过去。"

虞纪有些无奈，侧身将手放在她腰上，微微带力就把小家伙翻过去了。确保她被子也盖好了之后，他摸摸她的手指，含糊地说："睡一觉，明天起来就不痛了，乖。"

他明天还要拍戏，司栗怕吵到他，所以不敢再动，天微亮的时候才稍微合了一下眼，但很快又被门口的动静惊醒。

她迷迷糊糊地睁开眼睛，模糊中看到一个风尘仆仆的身影，一只手拿着饼干，另一只手提着几个购物袋。是赶回来的悦一沉，东西都还未来得及放下，就过来找她了。

司栗眼睛一亮，挣扎着要坐起来，却发觉自己大半个身子都趴在虞纪身上，她的手撑着他的胸腔，虞纪"嗯"了一声，皱着眉转醒。

门口的人脸色有些难看，床上的男人却毫无知觉，打着哈欠和他打招呼，同时掀开被子。悦一沉一眼便看到了女孩堆到了腰上的睡裙，登时目光一沉，大为光火。

司栗顺着他的目光立刻察觉了，还在手忙脚乱地扯衣服时，那边的人掉头就走，经过客厅时还将饼干随手扔在桌子上，砰地发出一声巨响。

虞纪完全清醒了，皱了皱眉，刚想问大清早的男神火气为什么这么大，又在瞬间明白过来，勾了勾唇，望着跳下床的小家伙："男神吃醋了欸。"

司栗顿了顿，拔腿就跑出去。

虞纪摸了摸下巴躺回去，闻着枕间的奶香觉得好笑，悦一沉太不正常了……不就是一个小屁孩？

他完全没有意识到自己在被窝里摸来摸去，更是忽略了那点摸不到软软的东西时的一阵失落。

司栗跑出去的时候悦一沉在等电梯，听到声音回头，看了她一眼之后转身就走。

司栗莞尔，刚要追上去，男人就停住了脚步回头："回去穿衣服。"

司栗没有动，站在原地用可怜、无辜的眼神望着他。

悦一沉瞬间被俘获，而后微微弯腰，叹着气朝她伸手："快过来让我抱抱。"

司栗立刻跑过去扑到他怀里，她的一只手抬不起来，只能单手圈着他的脖子，悦一沉把她抱起来，结果不小心碰到她的伤口，她龇牙咧嘴地叫了一声。

"怎么了？"

"受伤了。"虞纪抱着手臂倚门而立，"被铁丝划了一条口子。"

悦一沉心头一跳，皱眉望向他。

悦一沉向来没有指摘别人的习惯，但虞纪还是看出来了，这眼神里明晃晃的全是在怪他没有照顾好她。

彼时，悦一沉还不知道伤口有多深，就只是一个眼神而已，等到吃过早餐，虞纪给她换纱布的时候，悦一沉立刻奓毛了。

"你们是怎么搞的？"他把手里的手机都摔了，心痛到无以复加，"拍之前不检查道具吗？那么多人连一个小孩都看不好！"

虞纪被他吓了一跳，抬头看他："等会儿再骂行吗？先让我给她换纱布。或者你来？"

悦一沉皱着眉接过新的纱布，望着那道血肉模糊的伤口无法下手，最后还是把纱布递回给了虞纪。

司栗从受伤到去医院处理，都别过头没有看伤口，今天被他们这么一闹，她低头看了一眼，差点儿昏过去。

青紫色的胳膊已经肿得像个馒头了，上面斜斜地布着一条狰狞的伤口，缝得还算整齐，但是伤口周围凝固的血，还有隐约可见的在渗血的缝隙，都让她忍不住头皮发麻，霎时痛意就排山倒海地涌上来。

悦一沉伸手摸了摸她的脸蛋，挡住她的视线，温柔地安抚她："过两天就好了。"

司栗靠着他的手掌，撇着嘴说痛，而后换来更温柔的抚慰。

她感觉自己瞬间回到了小时候，她在厨房被水烫了，不叫不闹，等晚上爸妈回来了才哭唧唧。

虞纪在那边给她换纱布，觉得自己像个电灯泡，一边嫌弃他们黏糊，一边又羡慕得不行。

平时一直很勇敢的小丫头忽然撒娇，这反差实在太大了。

为什么昨天她没有这么可爱地哼哼唧唧啊！

41

换好纱布之后，虞纪去片场拍戏了，悦一沉留在酒店陪她。司栗一直窝在他怀里左哼哼、右哼哼，哼得悦一沉都恨不得把心窝子掏出来给她了。

而且她的声音还软软糯糯的，他也没觉得烦腻，反而很欣慰。

她终于知道要撒娇了，终于有一点儿小孩子的样子了。

“悦一沉，我想吃饼干。”

悦一沉伸手把桌上的饼干拿过来，打开后摸摸鼻子：“都摔碎了。”

“没事呀，放嘴里都要碎的嘛。”

悦一沉被治愈了，捏了捏她的小脸：“等着，我洗了手喂你。”

司栗乖乖坐着，像等待投喂的小宠物。

然而，没多久又不乖了：“你合上干吗呀？我还没吃够呢。”

“别吃太多，热量高。”

“才吃了一点渣渣，你快再给我吃一点儿。”

“不行，听话……哎哟，小脸都涨成河豚了。吃不吃苹果？”

“不吃，手疼。”司栗赌气那么一说，结果对方却顿住了，而后视线落在她受伤的手臂上，满脸自责：“我不应该离开的……”

“别‘玻璃心’啊。”司栗笑着安慰他，“你在我也会划伤呀，道具出问题谁也不会预料到嘛。”

悦一沉垂眸不语，司栗偷了一块饼干他也没有出声。司栗又缩回手：“你别这样，搞得我都不敢吃了。”

他牵唇：“吃吧。”

“那我吃苹果好了。”

“乖。”

他给她削好苹果，切成块喂她，司栗张嘴接住一块，一边嚼一边含糊道：“你知道吗？你是第一个给我削苹果的人。”

悦一沉微微一顿，伸手抹掉她唇角的汁液，笑着说：“是我的荣幸。”

中午两人在酒店应付了一顿，吃完饭后司栗拉着悦一沉要对戏，对方却硬要她休息。

“我睡不着啊。”

“睡不着也要睡。”他顿了顿，“虞纪说你昨天晚上就没怎么睡。”

司栗还要撒娇，对方已经不由分说地将她抱起往卧室走去。

看来撒娇也不是任何时刻都好用的。

司栗睡不着，也不能在床上打滚玩手机，就那么直愣愣地仰面躺着。

悦一沉坐在地毯上，手肘支着床沿，眼睛一眨不眨地盯着她。

司栗有些脸红：“你这样看着我，我更睡不着了。”

悦一沉挑眉，“哦”了一声之后，起身走出去了。

司栗居然有一些失落，听到外边没有声音了，又蹑手蹑脚地爬起来，想到客厅去拿手机，结果一开门就撞进一个人怀里，而后被人横腰抱起来：“又要溜哪儿去？”

“上厕所，上厕所。”

悦一沉把她放到床上，一边给她盖被子一边居高临下地说：“十分钟之前不是刚去过？”

“……想喝水。”

“躺着别动，我去拿。”

他刚转身，就被小手攥住了衣角，司栗放弃：“算了，不喝了，我睡觉。”

他摸摸她的脑袋，而后在床的另一侧躺下，继续撑着脑袋看她。

司栗这才发现他刚刚是去换睡衣了，有些慌，憋了半天吐出一句：“你睡过来点儿，这边位置还宽。”

悦一沉唇畔的弧度扩大，伸手摸了摸她的脑袋，像摸小猫似的：“你睡你的，我不会掉下去。”

之后，他的手就一直没有拿开，虽然没有再揉她，但大拇指时不时地摩挲着她的头发，舒适得让她渐渐沉入了梦境。

这一觉没有睡多久，她感觉到脑袋上的手移开了，而后床微微震动了一下，身边的男人离开了。

她心里一空，立刻醒了过来。

“悦一沉？”她费力地披上衣服下床，跑到客厅看到他在桌边才松了口气。

悦一沉听到声音回头，先是丢下手里的东西过来给她把衣服穿好，而后才笑着问：“睡醒了？”

“嗯。”司栗凑过去看，“你在干吗？”

她闻到香味了，但是桌子有点高，她看不清上面的东西。

“给你熬粥。”悦一沉干脆把她捞起来，另一只手搅拌锅里的东西。

“这是菲菲姐姐的锅呀？还有肉松！”她瞬间就饿了。

悦一沉拿大碗装了半碗粥，一只手抱着她，另一只手端着碗，四平八稳地走到茶几边，司栗坐下之后眼睛都亮了：“雪菜！香肠！怎么会有雪菜和香肠？”

“托朋友带过来的，你过过嘴瘾就好，手上有伤，不宜多吃。”其实，若不是虞纪说她昨晚就没吃多少，他真不愿意让她吃这些垃圾食品。

她自己拿着勺子喝粥，悦一沉喂配菜，他给得少，司栗也没有撒娇，乖乖吃完了一大碗。

晚上，助理姐姐回来后帮她擦了身子，两天没洗澡她简直要疯了，可是她毕竟不是真的小孩，不习惯让别人帮她洗澡。

助理姐姐离开后，司栗问悦一沉：“这附近有理发店吗？我想去洗个头，我头快痒死了。”

不洗澡还好，至少不会痒，但是她已经四天没有洗头了，受伤那天钻道具又弄得有些脏。

“要洗头了？”悦一沉笑了，“我帮你洗啊。”

“我去外面洗就好了。”

最后，她还是被兴致勃勃的男人拉到沙发边躺下，脑袋后面垫了塑料袋和浴巾，理顺之后就开始帮她洗了。

司栗的脚高高跷着靠在沙发背上，感受着悦一沉的指腹在她脑袋上不轻不重地揉着。

“力度可以吗？”悦一沉问。

“超级舒服。”

闻言，他轻笑一声，食指轻柔地按压着她的太阳穴：“痒怎么不早说？”

“之前没有那么痒。”说的是大实话，她一天都跟悦一沉待在一起，居然真的没觉得痒，刚刚助理姐姐给她擦身子的时候她才觉得有些痒。

悦一沉细致又温柔地给她洗了头，又让她躺着别动，去拿了吹风机过来给她吹头发，还给她擦了润肤乳。

她在下，悦一沉在上，两人颠倒着，司栗有些发呆，不明白为什么有人倒着看也这么好看，鼻子是鼻子，眼睛是眼睛，即便是这个角度也不会觉得影响观看。难怪媒体都评论他越长越超凡脱俗。

悦一沉捏捏她的鼻子：“回去睡觉。”

司栗“哦”了一声，又被抱起来往卧室去。

然而，这一次悦一沉没有再绅士，抱她到床上之后自己也顺势躺下了，而且还半搂着她。

司栗内心轰隆隆地炸了好几秒。

虽然悦一沉经常抱她，但是两人睡一起还真没有过，她好歹是个成年女性啊，他要不要这么自然啊！

内心吐槽完毕的司栗仰头，巴巴地望着他："有点冷。"

悦一沉替她拢了拢被角："抱着你睡？"

司栗勉为其难地点头："好吧。"

被抱和被抱着睡是完全不一样的概念。

司栗侧身背对着他，后背微微贴着他的胸膛，后颈是他浅浅的呼吸，他的手穿过她的腰，轻轻搁在她身侧。

唯一遗憾的是，她只是一个小家伙，想吃豆腐都不敢。

她这晚睡得很香，所以早上天不亮就醒了，扭过头就是一张盛世美颜，只可惜眉心蹙着。

司栗缩了缩，脚在被窝里面划拉了一下，而后顿住。

她刚刚，好像碰到了什么不得了的东西，又试探性地往他那边伸了伸，却在瞬间被人抓住脚脖子。

司栗尴尬得不行，但是反应还算灵敏，立刻闭上眼睛张开嘴巴装睡。

悦一沉挪开她的脚看了她一眼，而后失笑，是他多心了吗？她的睫毛刚刚好像颤了一下。

幸好他还算君子，但是转念又想起那个旖旎的梦，一时有些口干舌燥。

被这么闹腾了一下，他就再也睡不着了。

小家伙也不知道到底醒没醒，他也不想动，怕弄醒她。

于是两个人就干躺着，直到十多分钟后，司栗听到他的呼吸平稳下来，才小心翼翼地转头，尔后，才在微弱的光线中看到男人眼底的乌青。

她隐约能感觉到悦一沉是一晚上没睡好的。他不仅要顾及她的体温，还会在每一次翻身时惊醒，怕自己碰到她，还要留意她自己有没有碰到伤口。几乎一整晚都没睡。

司栗有些心疼，便不敢再动，想让他睡一个安稳觉。

中午他给她换纱布的时候发觉伤口已经长好了不少，至少没有再渗血了。

司栗也小心翼翼地看了一眼，而后欣喜："你看已经好了！明天我可以回片场了！"

悦一沉想打她："这叫好了吗？你别乱动！伤口会崩开。"

“放心，我有分寸的。吴裳导演说这个月要杀青，我不能拖后腿啊。”司栗说，“我还差很多镜头呢。”

悦一沉瞬间有些头疼：“行，全世界就你敬业。”

“你还别说，这方面你可是我的榜样，我还记得你拍《庆云》那部戏的时候，在冰水里泡了一上午，当晚发高烧，烧了一夜，第二天还不是照样去片场工作？”

“好了，别说了，我头疼。”

司栗笑眯眯地说：“那帮我包起来吧，悦一沉哥哥。”

悦一沉劝不动她，也没打算再劝。因为他现在仍然清晰地记得，当初自己发高烧也要坚持到片场的心情。

但好在吴裳心疼她，没有安排太多动作戏，一天下来只是说台词和拍特写。

因为司栗的伤，她的戏拍得缓慢，剧组延迟了几天才杀青。

最后一场戏需要回去拍，所以大家都收拾了东西准备回去，只有司栗出于伤口的原因暂时无法乘坐飞机而滞留了。

自然是悦一沉陪她留下来。

他们在酒店门口把工作人员一一送上车，吴裳颇为不舍，伸手想抱她：“小可爱，你要早点好起来，我们到时候再见哦。”

司栗张开手扑进他怀里：“好的。”

“哎哟，不抱抱菲菲姐吗？”助理姐姐在后面笑眯眯地问。

于是，她和每一个人都抱了一遍。

最后司栗望向虞纪：“你要抱吗？”

虞纪翻了翻白眼，只是揉了一下她的脑袋就上车了。

悦一沉把她抱起来，看着车辆开走后才返回酒店。

他们走的时候把房间全都退了，但悦一沉的套间是他自己订的，所以还能住。两人回房之后司栗就瘫在沙发上玩手机，没有留意到悦一沉回房干吗，一直看到他提着箱子出来才愣住。

42

“你不是说要在这里陪我直到伤口痊愈的吗？”

“嗯。”他看了她一眼，“我没说要回家。”

“那你收拾行李干什么？”

“换个地方住。”悦一沉走过来捏捏她红扑扑的脸蛋，“想不想吃火锅？”

司栗几乎跳起来：“想！”

悦一沉莞尔："待着，我给你收拾好行李我们就走。"

他们有三个大箱子，其中两个装的都是她的行李，司栗想自己推一个，结果那箱子和她差不多高。

最后悦一沉叫了客服帮忙拿下去，酒店门口有候着的出租车，利落地帮他们把行李搬上车了。

悦一沉报了一个地名，然后松了松司栗脖子上的围巾，低声道："蛮远的，要不要先去市区吃点东西？"

"可是我现在还不饿，直接过去吃火锅好吗？"

悦一沉当然是听她的，但随后她就想给自己两耳光。这也怪悦一沉没说清楚，谁知道这个"蛮远"远到需要三个小时啊！

车费都够让她心痛了。

车子一直往郊外开，司栗有些熬不住，打了个盹儿，车停下之后她醒过来，才发现自己是趴在悦一沉腿上睡着的，还流了口水。

悦一沉丝毫不介意，伸手替她抹掉嘴角的水光："到了，我们进去了再睡。"

司栗跟着他下了车，腿都有些麻了。

司机替他们将行李拿到门口，收了车费之后又用不流利的普通话夸赞她："你真漂亮，几岁了？"

悦一沉代为回答："四岁了，行李放这儿就好，谢谢。"

司机走了之后司栗才小声辩驳："五岁，我可以自己回答的呀。"

"我知道，我只是不喜欢那个男人看你的眼神，所以不想你和他说话。"

嗯？司栗回想了一下，发现确实有些不对，那种目光和虞纪、吴裳他们看她的完全不一样。

这莫名地让她有些毛骨悚然。

悦一沉按下门铃，很快就有一个黑发碧眼的男人来开门，看到悦一沉，立刻张开手要扑过来，被悦一沉敏捷地闪开了。对方这才发现他怀里的小家伙，眼睛一亮："啊啊啊啊啊！一沉，你终于生'小包子'啦！"

非常纯正的中国话。

"我倒想是我生的。"悦一沉笑言。

"先进来再说，外边冷。"对方弯腰帮他们拿行李，"过来很远对吧？"

"是非常远。"悦一沉一字一句地说，他倒是没什么，但是司栗坐得累，他心疼。

"我就说去接你嘛，你非说不要。"男人给他们倒了温水，然后笑眯眯地和司栗搭话："小美人，你叫什么名字呀？"

司栗反问："你叫什么名字？"

对方微微一怔，而后对悦一沉说："你这美人有点厉害。"然后才笑着对司栗说："我叫程凌。"

"程凌是我师兄，现在在这边进修。"悦一沉在帮她整理行李的时候说，"过来换双鞋子。"

司栗乖乖走过去，扶着他的肩膀换掉了小羊皮靴。

程凌走过来敲敲门，抱着手臂倚在门口说："另外一间房子已经收拾好了，但是你真的不和她睡一间房？我白天要上课，晚上有时候有通告，家里就你们两个人，这附近也不算太平。"

悦一沉顿了顿，看了司栗一眼才答："我知道了。"

"三餐都有阿姨过来准备，换洗的衣服和卫生她都会处理。"男人又叹气，"难得你过来找我，居然不能和我出去玩，还要在家当奶爸。"

悦一沉失笑："你也没有时间好不好？"

晚餐是地道的俄罗斯菜，煮饭的阿姨是个混血儿，磕磕绊绊能说几句中文，也被司栗萌得不要不要的，掺着英文问司栗几岁了，叫什么名字，说她有一对双胞胎，和司栗一样大，希望司栗下次去她家做客。

悦一沉一一代为回答。

晚上悦一沉拆开司栗的纱布看了一眼。

"可以没有？可以没有？"司栗问。

"勉勉强强。"他裹好纱布，又给她用保鲜膜裹了一层，"还是要注意。"

但总算是被批准可以洗澡了。

程凌家的浴室比酒店的大，洗护用品也比酒店的要好，司栗打了泡泡，痛痛快快地洗了一个澡，悦一沉在外边敲了两次门，倒不是想催她，是担心她在里面出什么事。

程凌上来看了一眼，有些哀怨："下来陪我嘛。"

"等她洗好再说。"

"还真是一分钟都不愿走开啊。"程凌在他对面坐下，"有美女约我出去喝酒，好几个嫩模，要不要一起去？"

悦一沉看了他一眼："我走不开，也不好这口。"

"我知道。"他叹气，"就是有些遗憾，难得今天休息。"

悦一沉笑了："你大可以去，不回来最好。"

"我的天，你怎么还是这么无情？"

他还没吐槽完，浴室门就打开了，小家伙穿着纯白色睡衣，头发随手束在头顶，两只眼睛水汪汪的："悦一沉，浴室没有吹风机。"

悦一沉看了一眼程凌，对方立刻了然："阿姨可能忘记备了，我这就去拿。"走到了门口又嘟囔，"我真好使唤。"

他很快就拿了吹风机回来，进门的时候看到悦一沉正在给她拆手上的保鲜膜，拆开了又拿热毛巾擦了一遍，而后仔细地包了一层薄纱布。

动作熟稔得让程凌以为他是护士呢。

程凌拿着吹风机像傻子一样地站在旁边，等悦一沉弄完之后才双手奉上。

小家伙倒还说了句"谢谢叔叔"，悦一沉是看也不看他一眼。

程凌委屈巴巴。

悦一沉动作熟练又轻巧地拆开了她的丸子头，打开吹风机的电源稍稍给她吹了一下，程凌在旁边瞧着，忍不住笑言："等一下，这个丸子头不会也是你给她梳的吧？"

他没有回答，小家伙却摇头晃脑地告诉程凌："是啊，他在这方面特别有天赋，随手一梳就很好看了。"

还别说，在拍戏那段时间里，有时候化妆师顾不上她，梳头和化妆都是悦一沉代劳的。

"牛×啊。"程凌说，"打算做经纪人了？"

悦一沉微微一顿："已经是了。"

呃？司栗抬头看他，她才是经纪人好吗？！

"所以网上传的都是真的？"程凌刚刚抽空查了一下，发现这个小丫头是大名鼎鼎的吴裳导演新电影的女主角，不仅被传是一沉工作室要签约的童星，更有传闻说是悦一沉的私生女。

私生女什么的，程凌完全不信，悦一沉那样的人，别说生女儿，只怕到现在还是处男吧。

"传闻有很多，你指的是哪一个？"

"你要捧她那一个。"

司栗也回头看他，他与她对视，而后微微弯唇："这一个是真的。"

程凌大为震惊，连连追问她到底是什么背景，把他们几个大人物都迷得团团转，最后被悦一沉赶出去了。

晚上，程凌果然禁受不住诱惑，开着跑车出去浪了。司栗窝在大床上刷微博，悦一沉到楼下热了牛奶。端上来的时候，司栗忍不住笑了："你怎么到哪儿都能弄到牛奶呢？"

"提前让他准备的，何况我箱子里还有一大罐。"

司栗叹气："真被你当小姑娘养了。"

他把杯子递过去，盯着她喝完后才捏捏她的脸："难道不是小姑娘吗？"又从她手里抽走手机，"别老看手机，对眼睛不好。"

"哦哦哦，你先给我，我先回复一个评论。"白天吴裳导演发了一条微博，配了一张和她的合照以及她在医院打吊针、胳膊受伤的照片，并@了她。

这条微博为她吸引了不少心疼、怜爱的关注，那条微博下都是心疼她的话，还有很多人私信她，都是很和善的人，表达着对她的喜欢。

所以她开了微博评论，转发了那条微博。

"粉丝那么多，哪里回复得过来？别看了。"

司栗像个树袋熊一样挂在他身上："给我。"

男人不为所动，她放软了语气："一沉叔叔，就一分钟，好不好？"

撒娇技能基本满点了。

悦一沉自然是熬不住的，他在她面前哪里有原则可言，更别说这一坨软绵绵的东西还挂在他身上。他乖乖还了手机，还转身帮她找充电器。

"程凌是出去了吗？"

"嗯。"

"那什么时候能吃火锅？"

"我让阿姨帮我们准备食材了，明天就弄给你吃。"

司栗光听着就要流口水了，这个季节不吃火锅，感觉人生都不完整了。

"那程凌等会儿还回来吗？"

"恐怕不会回来了。"

司栗眯着眼睛，笑得有些坏："人家不是要带你去泡妞吗？这边盛产混血美女呢，怎么不去？"

悦一沉有些头疼："麻烦不要用这么单纯可爱的一张脸对我说这么猥琐的话好吗？"

"哈哈哈哈哈哈哈……"

"别笑了，血盆大口。"

司栗马上闭嘴，嘟囔："哪有，人家小嘴很可爱的好吗？"

"哎哟，过来让我看看有多可爱。"

司栗连忙噘嘴，仰着头含糊地问："可爱吗？"

悦一沉微微一顿，而后转过头，心跳莫名地加快是怎么回事？他真的是变态？可是他很清楚司栗不是小孩子……而且他也没觉得可爱，只是有一些小性感。

真是要命。

莫名有些期待她变回大人的样子了，最好还能像现在这样黏着他……悦一沉摸摸鼻子，觉得自己真的被迷得七荤八素的了。

司栗凑过去看他，有些委屈：“有这么不堪入目？”

他莞尔，摸摸她的小脑袋：“不是，很可爱，玩你的手机吧，我去洗澡了。”

“噢。”

第二天，程凌倒是大清早就回来了，带着一衬衫领的红唇印，十分风流。

彼时，悦一沉和司栗刚刚醒，阿姨还没买食材回来，他们便泡了麦片在厨房喝。

程凌自发倒了一碗，打着哈欠问他们：“今天想去哪里玩？”

两人统一地摇头。

“出去几个小时，回来几个小时，去干什么？”

程凌哈哈一笑：“那你们就在家待着吧，楼上有运动器材，游戏机也有。”

但悦一沉和司栗都不怎么感兴趣，只是窝在沙发里玩手机，简直要和沙发融为一体了。

程凌很痛心：“你说你过来干什么？在酒店不就好了？”

“酒店没有厨房。”悦一沉说。

“我说你现在怎么这么手机控了？”

悦一沉也愣了一下，看了一眼自己的手机屏幕，发觉是完全被司栗影响了。

他居然在浏览她微博里的评论。他从来连自己的新闻都不会看一眼。却只是迟疑了几秒，他又继续低头了。

程凌无言以对。

43

中午阿姨带了食材过来，连涮火锅需要的小锅都给他找来了。

悦一沉到厨房去处理食材，程凌和司栗一大一小两只馋猫也跟了进去。一个是想帮忙，另一个是找吃的。

“程凌，火腿肠不是给你吃的，放下。过来切一下菜。”悦一沉说完大的，又回头说小的：“这个不需要你洗，到外面坐着就好。”

差别待遇让程凌心里有些苦。

司栗没有出去，不过悦一沉一直不让她帮忙，她就只好站在门口观摩。

看“美人”做料理真的是赏心悦目。

悦一沉不太会煮吃的，但芝士火锅非常简单，只需要把材料铺好，浇上高

汤，倒入佐料就可以了。

锅里的水还没开，程凌就捧着碗巴巴地站在旁边了。

悦一沉夹了一块肉片，吹了吹，绕过程凌递到司栗面前："尝一下。"

司栗张嘴接住，边吃边点头："好好吃。"

程凌端着空碗在旁边，有些心塞。

三个人把六人份的火锅吃了个精光，虽然悦一沉一直盯着程凌，不让他和司栗抢吃的，但是小家伙总会偷偷给他夹肉，他心里才总算有些平衡了。

吃完火锅的司栗更想家了。

她悄悄去厕所给司国庆打电话，依旧无法接通。

回客厅时，她没有看到那两个男人，估计是躲到某个角落抽烟去了。她穿上外套走出门，想去院子里找他们，结果没看到人，却看到了门口停着的一辆出租车。

车是头一天他们过来时乘坐的那一辆，司栗记得车牌，车里的司机也看到了她，立刻开门下车，笑着用蹩脚的普通话对她说："小甜心，昨天你们有东西落车上了，来拿一下。"

司栗听到后先是下意识地往外走，走了两步后立刻察觉不对，转身就往回跑，一溜烟地跑进了家门。

身后的人似乎追了几步，但司栗与他的距离本来就远，她也反应得很快，所以没被追上。

她出来时没有锁门，进门后第一件事就是锁门，然后跑上楼去找悦一沉。

悦一沉和程凌在书房阳台抽烟，这是离客厅最近的一间屋子，所以司栗一上楼他就听到了。

"小可爱？"

司栗探了个脑袋进去："悦一沉，昨天那个出租车司机来了，就在门口，说我们落了东西。"

悦一沉微微一顿，而后掐灭烟走过去抱起她往外走，程凌跟在后面，笑他丢三落四。

三人走出屋子，一眼就看到了门口的出租车，以及车边探头探脑的男人。那司机几乎一看到他们就上车开走了，怎么看都有点落荒而逃的意思。

悦一沉与程凌对视一眼，程凌很快就反应过来了，伸手摸摸司栗的脑袋："真乖，下次遇到这样的事也要先找大人哦。"

这一片确实如程凌所说的，不太安全，何况那司机的眼神又如此明显。

悦一沉眼底一片阴霾，也有些不寒而栗。

他庆幸自己没有真的把她当小孩，所以当时就对她说了那样的话，让她有了防备的意识，否则以她的性子，方才肯定直接就走出去了。她一个小丫头，被人一拎就上车了，他在屋里也听不见，车一开就走了。

后果不堪设想。

之后的一下午和一晚上，悦一沉都寸步不离守在司栗的身旁。程凌每每想嘲笑，都会被那个“你敢笑我，我立刻就走”的眼神震慑住。

晚上司栗洗澡，他也待在房间。程凌出门前来看了一眼，气笑了：“你咋不蹲门口呢？不称职。”

悦一沉看也不看他一眼：“回来的时候带点面包，谢谢。”

程凌扭头就走。

司栗出来后，悦一沉帮她吹干了头发，看着她擦了润肤乳，而后又抱着她到自己房间去。

司栗有些莫名：“我要睡觉啦，去你房间干吗？”

“今晚和我睡。”

司栗被噎了一下：“你别太担心了，家里的门窗都有锁，那个司机进不来的。”

“我知道。”

“而且我也不怕。”

“但是我怕。”

司栗怔住。

“你一个人在那边睡的话，我恐怕会一晚上都睡不安稳。”

她没有再作声了。

悦一沉把她放到自己床上，她盘腿坐着，表情很是乖巧，加之她今天穿的是毛茸茸的睡衣，看起来很软、很暖，像一只小兔子。

除了担心，还有真的想抱着这个球睡觉，上一次一起睡的体验太好了。

司栗没有再拒绝，乖乖应了一声：“知道了，你去洗澡吧，我就在这儿待着，哪儿也不去。”

悦一沉这才安心去洗澡。

出来的时候，小家伙正趴在他枕头上看电影，看得咯咯笑，他也不禁莞尔。

悦一沉上床后撑着脑袋躺在她旁边，陪她一起看喜剧。他以前很少看喜剧，工作压力太大，常常不理解那些笑点，现在却忽然都能懂了。

大概是因为司栗总是能预知笑点，早几秒钟笑起来。

晚上睡觉的时候，悦一沉规矩地靠着床边，司栗很快就睡着了，他替她拢好被子，将要睡时小家伙却突然滚过来，蹭啊蹭，蹭到他怀里。

他碰到她的小脚丫，才发觉是凉的。

悦一沉掀起自己的衣服，将她的脚放置在肚皮上给她焐暖。

刚觉得这场景很温馨，司栗就在梦中抽了抽，狠狠踹了他一脚，差点儿把他踹出内伤。

早上两人还在梦中，就被突如其来的压力弄醒。程凌扑上床压住他们两人：“我也要一起睡。”

悦一沉护着司栗不让他压到，皱着眉看他：“你烦不烦？”

程凌摸着司栗的脸蛋，问：“程凌哥哥烦吗？”

司栗没睡醒，又因为和两个大帅哥挨得这样近，难免有些害羞，小声地说：“不烦。”还拍拍脑袋旁边的枕头，“来，睡。”

节操是什么？她不知道。她还是小孩子。她只是想和两个漂亮小哥哥一起睡。

然而悦一沉不会让她如意，他拉不动程凌，干脆把她抱起来，鞋也不穿，往外走。

程凌反应慢了半拍，追上去的时候门已经锁了。

“悦一沉，你无情，你无义，你太坏了！”

下午，悦一沉带司栗去复诊，医生说已经可以乘坐飞机了。

他立刻就订了返程的机票。

程凌差点儿哭出来：“你就这样离我而去。”

“好了，别演了，你不是四月就回去了吗？”

他还是哭唧唧：“那你要不要等我到四月一起回去？”

“不要。”

程凌的眼圈都红了。

“看，这是获得过最佳新人奖的演员。”悦一沉回头看司栗，“学着点儿，一个男人都能做到说哭就哭，你为什么不能？”

司栗拼命点头：“我会跟前辈好好学习的。”

程凌：我的眼泪这么不值钱吗？

第二天，程凌送他们去机场，眼圈又红了，搞得司栗都有些舍不得：“程凌哥哥，等你回去了，我一定好好接待你！”

“好妹妹。”他凑过来想亲亲她，却被悦一沉推开脸：“我们要进去了。”

程凌一脸委屈：“亲一个嘛。”

悦一沉转身就走。

他们的行程没有泄露，司栗也还没有红到有人接机，但他们出现在机场的时候，仍然引起了一小阵的骚乱。

有乘客和等别的明星的粉丝挤上来拍了许多照片，幸好机场安保人员及时过来带他们从安全通道出去了。

悦一沉说叫了人来接，但是没有说是虞纪，司栗坐在行李箱上被推出去的时候看到虞纪的车，眼睛一亮，立刻跳下行李箱跑过去。

车上的人看到他们，也下了车，牢牢接住扑过来的小丫头，一把将她抱起：“嗯，又重了不少。”

司栗撇嘴：“好不会说话。”

他笑了笑，帮着悦一沉把行李箱放进后备厢。

“你怎么有时间来接我们呀？”司栗问。

“还不是得亏你这个小可爱，我们剧组放了半个月的假。”

“啊？”司栗有些过意不去，“真的吗？你们怎么不早说？其实我们也可以坐火车回来的。”

“不不不。”虞纪摆手说，“大家都很感谢你，真的。”

三人上了车，虞纪把车往大道上开，问他们：“想吃点什么吗？我给你们接风洗尘。”

悦一沉望向司栗。

司栗：“想回家。”

悦一沉：“听她的。”

“好咧。”

司栗打了个盹儿，醒来的时候刚好被悦一沉抱下车，她眯眼看了看，她不是说要回家？

察觉到怀里小家伙微弱的挣扎，悦一沉低头：“嗯？”

“我要回家。”

“这里就是你家啊。”

“我要回我家啦。”

虞纪跟在后面，费力地拖着两个箱子：“我不是你们的助理啊！喂！”

悦一沉提前跟家里的阿姨打了电话，阿姨准备了一大桌子好吃的，看到悦一沉怀里的小包子之后高兴得不行：“哎呀，悦先生，您怎么不早说小可爱也回来了呢？要知道我就准备一点车厘子呀。”

“谢谢阿姨。”她听到就嘴馋了，“有什么好吃的呀？”

“都是你爱吃的，悦先生昨天就拟好菜单了。”

司栗回头看悦一沉，愤然道：“昨天就打算把我带回家了！”

虞纪快笑死了：“悦一沉，诱拐幼女犯法的呀。”

餐桌上确实都是她爱吃的菜，就是她的碗被换了，换了一个和她的手一样小的碗，夹不了几筷子菜就满了。

她抬头无声询问悦一沉，对方并不搭理。

这人绝对是故意的。

44

吃过晚餐后，悦一沉就催着虞纪离开，对方愤愤走了，司栗也抱着自己的箱子想跟着离开，却被悦一沉轻轻松松地拎回了房间。

司栗试图和他谈判，但对方一句“上一次不是已经谈妥了”，就把她噎得说不出话来了。

上一次，是指除夕那天，她喝醉酒的威胁吗？

司栗马上脸红了：“不是，那次是我喝醉了。”

说完她立刻就后悔了，不应该这样说的，应该直接假装不记得，不承认的。

“喝醉了也好，真心话也好，反正我们已经说好了，不是吗？”悦一沉把她放在床上，单膝跪在床边，两手撑着床，将她困在中间，“无论是小可爱，还是司栗，我都会喜欢，都愿意照顾，所以，住在我家好吗？”

司栗瞬间被蛊惑了。

她搞不清楚悦一沉的感情，想必他自己也被小可爱蒙蔽了，说不定会在她变回去的瞬间反悔，她清楚后果，但是仍然无法拒绝他。

这种吸引是相互的，小可爱对于悦一沉来说，是毒瘾一样的存在，悦一沉对于她来说，又何尝不是呢？

她想搏一搏。

司栗在家倒了一天时差，第二天就去片场了。

隔了两个星期不见，大家好像……都胖了。

“菲菲姐姐，你胖了好多呀。”

“呜呜……小可爱你一点儿都不可爱，我不想和你说话了。”菲菲都快哭了，非要互相伤害，“你也胖了很多。”

戏的最后一个场景是Mica被收养回国了，她抱着那只小狗走过简和她描述过的桥还有街道。

悦一沉提前和她讲过戏，所以这里的感情她表达得很好，两次就过了。

而后正式杀青。

晚上吴裳请大家吃饭，把悦一沉也叫上了。一大屋子人，热热闹闹的，像回到了过年那时候。

有女孩子哭了，称要小可爱亲亲才能治愈，司栗连忙擦干嘴巴凑过去一人亲了一口。

“你最应该亲的人不是我们哦。”菲菲姐姐醉醺醺地说，“小可爱的大功臣是谁？”

大家齐齐答：“悦一沉。”

悦一沉闻言回头，笑望着司栗，内心有一丝丝期待。

司栗有些情怯，小脸都红了。

“快，亲完悦一沉亲虞纪。”

悦一沉瞧她没有动作，心知她是不太愿意，便没有再看她，省得让她有压力。

他转回头继续和吴裳交流，喝了几口小酒，微醺间感觉自己的衣角被人扯了扯，回头，是小家伙过来了。

“嗯？”他以为她有事，便弯腰凑近去听，结果等了半秒没听到动静，一转头就察觉有软软的，像棉花糖一样的东西擦过他的唇角。

司栗“炸”了：“干吗要转脸过来？啊啊啊啊啊！”

悦一沉摸摸嘴唇，有些恍惚：“你也没说你要亲我呀。”

司栗打了他一下，转身跑了。

“哎哎哎，还有虞纪呀。”

“不亲了！”

虞纪气得恨恨地盯了悦一沉一眼，就看到对方还在摸嘴巴。

散场的时候已经夜里十二点多了，他们找了代驾，其他人看悦一沉还算清醒，便没有派人送他们。

在路上，悦一沉的电话响了很久他都没接，司栗只好去翻他的口袋，发现是家里阿姨打来的，问他们到家没有。

“在路上了。”司栗说，“还有十多分钟就到了。”

“好，好，悦先生喝醉了吗？”

司栗看了他一眼，有些拿不准：“好像没有醉。”

挂了电话塞回他兜里，刚刚放好，就被人捧住脸蛋，她抬眼就对上那双漂亮的眸子。

“小可爱，再亲我一次。”

眼看着他偏头就要亲过来了，司栗吓得连忙侧脸，拿手推他：“你醉了。”

他呵呵笑，又凑过来：“我没有醉呀。”

“悦一沉！”

他倒是被这句喝止了，怔怔地望着她，而后揉了揉她的脑袋，笑得有些坏：“很期待你变回去，这样我就可以肆无忌惮地亲……”

一句话还没说完，他就双眼一闭，昏睡过去了。

司栗和阿姨好不容易才把他弄回房里，累得要命，也懒得管他了。司栗洗完澡就自己回去睡觉了。

结果，早上起来才发现自己的床被霸占了，还是一只抱着她的“大型犬”。

“悦一沉？”

丝毫不为所动。

司栗想爬起来，却发现衣角也被人紧紧攥着。

她以前怎么没发觉他这么黏人呢？

吴裳的团队很专业，电影后期制作只花费了不到两个月的时间，定于暑期上映。

之前吴裳的团队一直没有接受采访，也没有透露与电影有关的任何信息。网友们仅仅知道主角是虞纪和小可爱。而随着电影上映时间的公布，小可爱这个小演员终于以正面的形象被推到了公众面前。

悦一沉的网宣组再次发挥了举足轻重的作用，一时间网络上几乎看不到黑她、骂她的人。之前化妆的视频被翻出来，也是一大堆人在下面高喊萌哭了，有灵气，给我一打这样的女儿。但凡有人试图扒她的背景，都会被立即删掉。

她的微博每天增粉的量数以万计，时不时还会上一下热搜，六月初吴裳的团队确认宣传方式后，她和虞纪两人的热度便开始居高不下。

悦一沉早就和各大媒体打过了招呼，工作室那边也开会讨论过，司栗一直不知道悦一沉是怎么处理的，晚上收到桔姐发给她的吐槽邮件才知道。

她跑下楼去问悦一沉：“工作室那边怎么了？”

男人正在喝水，见她下来，倒了一杯给她，而后才轻描淡写地说：“没什么，你不用管。”

“桔姐说你打算不留余地地捧我，这个你之前说过，但是无偿是什么意思？”司栗问，“不签约，不抽取佣金，那你找的这些‘水军’是不要钱？你知不知道你这两年赚得很少了？工作室都那么困难了，你还打算养一个我吗？”

悦一沉有些无奈：“你别着急啊，怎么瞬间就变回我的助理了？”

“你这样的决定，对工作室不公平。”

“我知道，但大不了我从今年开始多接一些代言。”他看司栗又要“爆炸”，连忙解释，“不是不签约，只是现在你是黑户，这一点你应该清楚吧？我拿什么签？”

好像也是。

“不签约，那我就把片酬全给你。”

悦一沉还在想怎么劝她，乍一听到这话，完全愣住了。

“你每个月继续给我发工资就好了。”司栗说，“反正一直是你在养我。”

悦一沉莞尔：“《孤独的心灵》这部戏的片酬有三百万，你确定全给我？”

“啊，反正给你了也是给我买香奈儿的，不是吗？”

悦一沉放下水杯朝她伸手：“过来。”

“干吗？”

“快过来让我抱抱。”

司栗失笑：“三百万就要抱了，那一千万的时候是不是要献身了？”

悦一沉走过去捏她的脸：“一天天的，能不能正经一点儿？”

不能哦，她以前是很正经，现在变成小孩子，反而肆无忌惮了起来。

悦一沉开始全权打理她的所有事情。

六月底，剧组开始跑通告做宣传，悦一沉和吴裳商量了一下，觉得要想提升小可爱的身段，最好还是尽量不要跟着他们去宣传。

“我看了一下虞纪的行程，觉得很多你都没有必要去，但是《大现场》这个节目你可以去一下。”

《大现场》是一档卫视综艺，连播了十多年，收视率属于国内综艺节目中的翘楚。这个节目可不是随随便便就能上的。

司栗忍不住有些担心：“我要去吗？我怕我表现不好或者说错话。”

虽然悦一沉一直控制着网络的舆论，但她知道，还是有很多人不喜欢她，盯着她。

悦一沉笑了：“长得漂亮的人，表现不好或说错话，也还是会有人喜欢的，你别担心。”

啧，这人也太会说话了。

“别担心，虞纪和你一起，他会照顾你的，我也会陪你过去。”

“那好吧，听你的。”

真的到了上节目那天，司栗紧张得要死，衣服换了好几套。

因为节目组那边安排了游戏，所以悦一沉没有让她穿裙子，而是穿了一套棒球服，又给她扎了一个萌萌的丸子头。

可爱极了。

像打开了新世界的大门，悦一沉决定今天录完节目就立刻去给她买几套休闲服。

路上有些堵车，到了电视台来不及多说，司栗直接上台串词了。

司栗紧张得有些尿急，憋不住，跟主持人说了一声，对方很照顾她，立刻让人领着她去了。

回来的时候词已经串完了。

大家回了化妆间，虞纪跟她讲流程："上去就是自我介绍，像你刚刚那样说就好了。之后会问一些电影的问题，你随意回答。做游戏的时候别怕，我在旁边。"

悦一沉替她整理衣服，柔声道："别怕，节目录完我带你去撸串。"

虞纪眼睛一亮："我也要去！"

这时有人敲门，节目组的导演过来和他们商量："要不要加一个才艺展示？唱歌或者跳舞什么的？你俩合计合计。"

悦一沉望向虞纪，后者很勉强："没有这方面的才能呀。"

导演期待地望着他："唱两句试试。"

这个司栗是了解的，虞纪有多会演戏，就有多不会唱歌。果不其然，他一开口，导演就失望了："那跳舞呢？"

"不会。"

导演望向悦一沉："小演员能不能唱歌？"

悦一沉愣了一下，倒是没听过她唱歌，他望向司栗。

司栗连连摆手："不行不行，我一紧张就会破音。"

导演扶额："行，我知道了。"

半个小时后，节目录制正式开始。

司栗和虞纪在伴舞的拥护下上场，司栗一看到满场的观众，立刻开始冒冷汗，紧张到同手同脚。

悦一沉戴着口罩和帽子坐在第一排，本来有些担心，但又觉得她紧张起来很可爱，颇有点小朋友的样子，便放了心。

45

跟观众问好后，主持人便让他们做自我介绍。虞纪绅士地让司栗先说。

司栗拿着话筒，声音有些颤："大家好。"然后就没了下文。

主持人和虞纪蹲在她两边，都忍不住笑了："你叫什么名字呀？告诉大家。"

之前，悦一沉给她编了一个名字，但她这会儿怎么也想不起来了。

最后她只能硬着头皮说："他们都叫我小可爱。"

说完又被自己恶心到了。

观众们倒是很给面子地鼓了掌。

"哎哟，真可爱。"主持人说，"今年几岁啦？"

"五岁了。"

主持人又说了一些场面话，而后话题就转到虞纪身上去了。

司栗这才稍微松了一口气。

之后的话题多半围绕着虞纪和电影，虞纪得心应手，又时不时讲一些小可爱在片场演戏的趣事，刷一下小可爱的存在感。

之后应该就是游戏环节了，虞纪牵着司栗往旁边走，想腾出位置让节目组布置场地。主持人却依然站在台中，笑着道："我们虞男神和小可爱特意准备了一个节目送给观众呢，大家期不期待？"

悦一沉一愣，转过头看导演，却见他也在拼命挥手示意，便知是沟通不到位了。

主持人看到了导演的示意，一时也愣住了，有些尴尬地站在那里。

虞纪把司栗抱出去，小声在她耳边说："随便唱首歌就行了。"

司栗很蒙，被抱到台中央后，对上主持人期盼的双眼："小可爱，你要表演什么节目啊？"

她觉得自己这辈子都没有这么机智过："跳舞。"

"呀，是什么舞？"

"Bad Boy。"

主持人微微一愣："Bad Boy？"

她这样问，司栗就紧张了："可以吗？"

下边的导演连忙叫音响师换音乐，而后对主持人打手势。

"当然可以。"主持人说，"大家掌声鼓励鼓励我们的小可爱。"

节奏响起的时候，司栗努力让自己沉静下来，不去看底下的观众。

她大学时学过这支舞，也是唯一学过的舞蹈，虽然没有什么天赋，但动作起码都还记得。

而且用这个小身体跳这种舞，也不需要太多乐感和力度。

终于跳完了，她满头大汗，巴巴地望向台下的悦一沉。对方朝她竖了两个大拇指，而后立刻笑了起来。

掌声似乎响了很久，虞纪和主持人回到台上的时候眼睛都是亮的。

"我终于知道为什么吴裳导演会选你当主角了。"主持人说，"长得可爱也就算了，气质还那么好！气质好就算了，还这么多才多艺！”

“姐姐过奖了。”司栗有些心虚，决定晚上回家再学几个舞。

“哎哟，真是太可爱了！”

之后的游戏环节，司栗和虞纪一组，因为有司栗在，所以游戏很简单，分配给司栗的任务就只是走独木桥、蒙眼尝饮料和敲锣。

司栗跳了一支舞后也不那么紧张了，所以独木桥过得又快又稳，而后蒙眼尝饮料也完全猜对，就是敲锣的时候主持人在旁边干扰了一下，导致她花费了多一点时间。

结束录影的时候，司栗觉得自己快要虚脱了。

悦一沉就在舞台侧边等她，她一走过去就被人拿衣服裹着抱了起来。

“撸串，撸串。”虞纪在旁边嚷嚷。

“我想上厕所。”

两个大男人像门神一样站在女厕门口，主持人出来的时候还吓了一跳，拍着胸口道：“搁这儿都能碰到两位男神，果然我的水逆过去了。”

悦一沉朝她笑笑，倒是虞纪和她搭起话了：“我们在等小可爱，你下班了吗？一会儿一起去撸串？”

那主持人倒是有眼力见儿，笑道：“算了，和你们出去压力太大，万一给人拍到，明天我就得横尸街头了，也就只有小可爱和你们一起最安全了。”

不仅虞纪笑了，就连悦一沉也莞尔。

随后又聊了几句，主持人便先走了。

又过了一会儿，司栗才走出来，她蹲得腿都麻了，见两人都准备分烟抽了，不好意思道：“久等了，我上了个大的。”

虞纪：“……悦一沉，我不想去吃了。”

悦一沉将司栗抱起，笑道：“肚子空了好吃饭。”

虞纪把他们带去了他常去的撸串店，店面环境不错，老板与虞纪相识，给他们预留了包间。

司栗一直被悦一沉盯着，也不得多吃，只能眼巴巴地看着虞纪一口一串、一口一串，不时用眼神向悦一沉抗议。

三人从店里出来的时候已经是深夜，虞纪与他们在店门口分别，而后悦一沉开车，和司栗一起回家。

结果还没到家，司栗就从微博里刷出了一张他们的照片。

@给你一次机会：“嗷嗷嗷，刚刚在撸串店偶遇男神了！他们还带了一个小

包子，这是……公开恋情的节奏了？哈哈哈哈哈哈哈，男神们真帅啊。”

配图是他们走进包厢的照片，虽然很模糊，但两人五官都太出众，所以很容易辨认。

这条微博被“大V”转发，阅读量激增，半个小时内转发破万了。

评论里都是嗷嗷叫的。

@酒窝学妹：“我的妈，这么一看，真的配一脸啊。”

@少女西：“难怪之前一直传闻有私生女，原来不是私生女，是两个人的养女？这节奏太带感了。”

@香大专属：“小包子是最近吴裳拍的新戏的女主吧？难怪命那么好，一上来就能拍吴裳的戏，跟虞纪拍戏。原来背景大着呢(是两个男神的养女哈哈哈)。”

@悦一沉的小迷妹：“哈哈哈，博主还是删了这一条吧，会误导围观群众哦。男神可能私下是朋友而已。之前悦男神不是解释过了吗？小包子只是朋友的女儿。”

@稚衷：“朋友的女儿他会带着到处跑？呵呵。”

@夜夜笙歌：“回复@稚衷：有病？小可爱是凭实力说话的，别黑她好吗？一个小孩子得罪你啦？”

司栗点进那个夜夜笙歌的主页看，发现简介是“小可爱好可爱”，微博都是转发的她的微博和她的照片，还做了一个剪辑的小视频。

司栗感动极了：“悦一沉，我有粉丝了呢。”

一沉工作室和虞纪经纪人商量了一下，觉得既然是在宣传的当口，那么可以不急于澄清。

两个“钢铁直男”也觉得无伤大雅。

第二天再起来的时候三人又一起上了头条。

好在那两人的粉丝都非常和善、理性，坚信两者是朋友，没有引发舌战。

有个叫肖肖的粉丝问她：“小可爱，悦一沉和虞纪是你爸爸吗？”

司栗悄悄在底下回复：“我才没有这么蠢的爸爸。”

一群粉丝在下面狂笑。

这条回复被粉丝转发，于是司栗又涨了几万粉。

周末，悦一沉提前回家，阿姨晚上有点事提前走了，司栗没有晚饭吃，正搬着凳子踮脚在冰箱找吃的，听到开门声回头，一眼便看到悦一沉手里的食物袋，眼睛一亮，立刻如同一只看到了骨头的小狗，跃下椅子飞奔过去。

悦一沉连忙搁下手里的食物，伸手接住她：“当心，饿了吗？”

“饿。”她翻了翻袋子，里面有意面和比萨，“你今天怎么回来这么早？哇，还有华夫饼，我爱死你了……哦，我是说爱死华夫饼了。”

悦一沉笑着放下车钥匙，一只手提起袋子，另一只手抱着她往里走："今天要回来看你的节目啊。"

司栗才想起来，他们录制的那期《大现场》是今晚播。

"别看！"司栗莫名觉得很羞耻。

悦一沉了然，忍不住逗她："这就害羞了？那电影首映的时候怎么办？"

天哪，她把这给忘了："你不许去看！"

"我在现场已经看过一遍了，为什么不让看？"

他说着就打开了电视，司栗伸手要抢，整个人都趴到他身上了也抢不到，干脆放弃了。

节目八点才开始，现在还在播放新闻。

悦一沉将食物摆在桌子上，又从橱柜拿出果汁问她："西柚还是蔓越莓？"

司栗慢腾腾地走到餐桌边坐下："蔓越莓，谢谢。"

他倒了两杯，递过来一杯："先吃东西。"

司栗蔫蔫的，吃完东西就跑楼上躲起来了，悦一沉倒也不叫她，只是把电视声音调高。

果然，半分钟后小家伙还是忍不住下楼来了："开始了？"

悦一沉莞尔："过来。"

她跑过去爬上沙发，电视里正在播本期预告，剪辑里的她有些傻。

"惨不忍睹啊，惨不忍睹。"

"你还真是……"悦一沉无奈，"小小年纪，偶像包袱不要太重。"

趁着在播放广告，她跟他争辩了一番自己年纪大小的问题。

而后节目正式开始，她看到自己和虞纪走出来，表情有些僵硬。

"我这也太矮了吧？"在长腿虞纪身边的她，简直就像一个小布偶。

"是角度问题。"悦一沉安慰她，"你现在已经长高不少了。"

而后的环节里，她都看到自己"槽点"满满，唯一还算满意的就是那支舞蹈了。服装和音乐加分，动作也几乎无差，非常帅气。

悦一沉倒是没有夸她，只是继续盯着屏幕。

而后播放广告，她忍不住刷了一下微博。

46

节目开始前，虞纪就发了一条预告的微博，提醒大家按时收看，司栗随手转发了一下。

就那条转发的微博下面，已经有两千多条评论了。

@慌慌张张的孩子："新晋小女神！！！"

@橘三岁 xi："我的妈啊，真的是多才多艺，输在了起跑线系列。"

@蒙面小番茄："简直要帅哭了，还有没有这样的小可爱？给我来一打啊啊啊啊啊啊。"

司栗脸有些红，转过去看悦一沉，嘿嘿一笑："他们都在夸我。"

悦一沉忍不住刮了一下她的鼻子："电影上映后，会有更多人夸你。"

剪片子的时候，他去看了一眼，觉得这部电影不仅会卖座，还能让司栗彻底红起来。

"真的啊？"司栗身子一歪，靠在他的胳膊上，"像做梦似的。"

悦一沉摸摸她的脑袋，未曾搭话。

"你说……如果我现在变回了原来的我，这些是不是都会消失了？"

她感觉到头上的大手微微一顿。

"你想变回去吗？"

"想。"她的声音奶声奶气的，却难得坚定，"如果能变回去，我一定毫不犹豫。"

毕竟那才是她的人生，她自己努力打造的人生，这个自带光环、集万千宠爱的小家伙，根本不是她，也不属于她。

之后的氛围便有些凝重了。

司栗不知道悦一沉在想什么，她自己却在想两个问题——如何能变回去，以及若是不能变回去了怎么办。

如果不能变回去了，她就真的要在悦一沉的庇护下，一直当童星吗？

现在想一想，当初跟着虞纪去演戏的决定，真的太冲动了。

幸运的是，当天晚上她就收到了司国庆从基站发回来的信息，告诉她他能回来和她过中秋节了。

这一次回来，肯定会有一两个月的假期，司栗高兴得几乎睡不着觉。

她现在越想越觉得当初自己会变身完全是因为她爸房间的那一瓶"藿香正气水"，所以他肯定有解决的办法。

只需要再等几个月就好了。

悦一沉站在门口，一直等到她睡着了才走进去，抽走她手里的手机，把胖脚丫塞进被窝里。

小家伙不耐烦地翻了个身，小屁股露出一小半。

悦一沉勾着唇帮她盖好被子，又听到她在呢喃："……小可爱又不能和你在一起。”

他摸摸她的脸蛋：“嗯，知道了。”

电影首映那一天，虞纪约了他们一起去看，被悦一沉一口回绝了：“我们俩一起出现动静太大，你还是和吴裳导演一道儿吧。”

被嫌弃的人在那边嚷嚷：“我和小可爱是主演，我们才应该一起看好不好？没有你这样截和的。”

“那你下次自己约，我说动她出门已经很不容易了。”

司栗跑过来敲门：“悦一沉，拉链我拉不上。”

她穿的是一条连体裤，后背拉链她够不着。

悦一沉立刻和虞纪说了再见，而后也不管他在那边的叫声，利落地挂了电话过去帮司栗拉拉链。

“其实做娃娃也挺好的。”司栗说，“不用穿内衣真的太爽了。”

悦一沉绅士地忍着笑，抓着她的头发问：“要梳头吗？外面气温很高。”

“梳呀，我换个衣服就出了一身汗。”

家里阿姨老说小孩子吹不得空调，于是一整个夏天悦一沉家里几乎就没开过空调，把她热得不行。

她和他商量：“趁着阿姨不在我们开一下空调好不？”

“不行，会着凉。”悦一沉利落地帮她绑了一个马尾，“没有多热，下去喝点水，我们准备出发了。”

电影是八点半开始，他们在电影院附近用了晚餐，而后又在附近的商场逛了一圈。

悦一沉总是对童装爱不释手，给她挑衣服的时候眼睛都是亮的，还没走出商场就提了一大堆购物袋。

他今天仍旧戴了那副丑破天际的眼镜，所以一路上并无人认出他来，但还是因为身高和牵着的洋娃娃吸引了不少目光。

“小可爱，试一试这件好不好？”悦一沉偏头问，语气称得上是央求了，“你都没有杏色的衣服。”

导购员也在旁边游说：“我们这款裙子是这一季的主打款，前段时间贝克汉姆的小七上热搜的时候穿的就是这件裙子，这么漂亮的娃娃穿起来一定像公主一样漂亮。”

悦一沉更期待了。

她自然无法拒绝，于是又在这家买了好几套。

到最后，司栗逛得头都晕了：“悦一沉，我们走啦，我不想逛了。”

作为一个女人，她第一次觉得逛街这么累，到后边几乎都是他抱着她逛了。

他自然是听她的，看时间也差不多了，干脆就将她抱起来，径直往外走。

暑期本身就有许多大片上映，加之今日是《孤独的心灵》首映，因此电影院里人满为患。悦一沉带着司栗直接进了首映厅，里面座无虚席。

司栗有些紧张，又不敢作声，坐在座席上脊背挺得笔直。

悦一沉察觉了，在黑暗中伸过手来握住她的手。司栗转过头，对上那双乌亮的眸子……越发紧张了，连忙把他的脸推过去：“别看我！”

悦一沉莞尔。

电影一开始时，司栗还没法投入，只顾着看自己的表现，一会儿觉得僵硬，一会儿觉得脸大，怎么看都不满意，但等情节发展到Mica进入简的生活时，她就被剧情完全迷住了。

剪辑加配乐，以及吴裳讲故事的独特方式，这部电影升了好几个层次。

本来过审的时候司栗还在和悦一沉讨论，说这电影里Mica和简的感情线有些暧昧，可能会因为影响不好而被砍掉，没想到吴裳把电影剪得这么好，让两人的感情更倾向家人或友人，一般人完全不会觉得不适。

电影放到Mica和简分开时，司栗旁边的女生抱着男朋友的手臂哭了。

她回过头想跟悦一沉分享，却见他盯着大屏幕，眉心拢着。

司栗心头一跳，这是什么表情？觉得她没演好吗？

电影正播放到Mica在简转身离开的瞬间，眼眶里再次蓄满泪花，满目的痛意，她的视线一直望着他的背影，又慢慢收回眼泪，强迫自己坚强，然后转身离开。

看得悦一沉心里一抽一抽地疼。

两人走出电影院，一直到停车场都没有作声。司栗忐忑得不行，想上网看一下评论，又担心会有人骂。

一直到上了车，悦一沉才回过头看她，看得司栗惴惴不安，过了几秒男人才开口：“那一幕，就是你被划伤时拍到的吗？”

司栗知道他问的是什么，连忙答：“嗯，吴裳老师还说特别好呢，特别真实。”

她是想邀功，结果对方眉心却拢得更厉害了。

她还要开口询问，悦一沉却忽然凑过来抱住她，司栗呆住了。

他的呼吸就在她耳边，声音很低沉：“对不起，那个时候不在。”

肯定很疼吧。

司栗面上一红，嗫嚅着说：“你后来不是也回来了吗？现在也已经没事啦。”

她撸起袖子给他看："都没怎么留疤呢。"

虞纪送了她去疤的药，也因为她小，复原能力强，所以几乎没什么痕迹。

悦一沉握着她的手臂，食指在上面摩挲了一下，她觉得有些痒，也有些暖。

"仍然能看出受伤了。"悦一沉道，"以后还是不要再接这种动作戏了。"

司栗张了张嘴，最后还是什么都没说，乖乖"哦"了一声。

电影出乎预料地卖座，网上是铺天盖地的好评，却在悦一沉和虞纪的预料之内。

不过毕竟是改编的电影，这部电影虽然没有原电影的好评多，但也着实在暑期火了一把。

小可爱也跟着彻底红了，微博粉丝涨到了三百万，到处都是她的照片和剪辑的视频，让人措手不及。

虽然一沉工作室一向走的是稳妥高端的路线，极少接通告和采访，但她和悦一沉也还是忙得晕头转向。

工作室的工作人员士气大涨，制订了一系列的培养计划。

这样连轴转的工作不过半个月，司栗就渐渐有些力不从心了，她甚至都已经想不起来自己多久没有睡过懒觉了。

周末一早，悦一沉就把她叫了起来，司栗困得眼睛都睁不开，倒也不问是要去做什么，眯着眼睛就去洗漱了，而后换上悦一沉准备好的衣服就跟他出门了。

早餐也是在车上随意吃的，悦一沉要开车，所以没吃两口。

司栗在后边掰了面包喂他，又时不时递上牛奶。

"坐好。"悦一沉提醒她，"距离有些远，你吃过之后可以睡一觉。"

"你把面包吃完了我再睡。"

他无奈，只能就着她的手将面包和牛奶都吃掉。

随后司栗拍拍手，当真就躺在后座上睡着了。

抵达目的地时已经十点多了，悦一沉将车停好，下车打开后座的车门，轻轻捏了捏司栗的手："司栗，到了。"

司栗迷迷糊糊地睁开眼，打了一个大哈欠。

悦一沉笑着将她抱出来，另一只手提着她的服装，侧身关了门。

有柔和的清风拂过发梢，司栗不仅嗅到了咸湿的味道，还听到了海浪声，立刻清醒了过来，转身一看，他们果然是到了海边！

"啊，大海！"司栗兴奋地抱紧了悦一沉的脖子，"好漂亮！"

金色的沙滩，蔚蓝的大海，万里无云的湛蓝天空，这景色太美了！

"我好像没有带泳衣啊。"司栗痛心极了，"你怎么没和我说要来海边呢？"

"说了，你没有记住。"悦一沉说，"泳衣给你带了，但是不知道有没有时间下海。”

对哦，是来工作的，她还以为悦一沉大发善心，带她来郊游呢。

悦一沉把车停在酒店，直接就带着她去了沙滩。这一块是私人沙滩，已经被包了下来，所以沙滩上并没有几个人。

虞纪就坐在旁边的太阳伞下，优哉游哉地喝着鸡尾酒。

这一路过来悦一沉已经将大致的情况说给她听了。

他们此次是为国内销售量最高的女性杂志《悦乐》拍摄封面照，原本虞纪是从来不登杂志封面的，据说是因为他们也邀请了小可爱，他才答应了的。

但和虞纪打过招呼之后，她才觉着不是那么回事。

“大周末的，还非要把人拉出来。”虞纪不停抱怨，“悦男神你真是太会利用剩余价值了。”

悦一沉置若罔闻，带着司栗去换衣服化妆。

47

司栗换好服装之后和虞纪走到海边开始试片，摄影师架机器的时候她才有机会问虞纪：“你不是从来不接杂志封面照吗？”

“是啊。”他扬眉道，“何况是这种女性杂志，但是你家悦叔叔觉得对你有好处啊，所以才硬拉了我来。”

司栗莫名地觉得压力有些大。

她没有拍摄经验，拍摄到下午一点钟的时候太阳变得炙热，就连虞纪都有些顶不住了。

拍摄团队让他们先去吃点东西休息一下，黄昏时再回来继续拍。

司栗已经走不动路了，回去的时候是由虞纪抱过去的。

一直坐在沙滩椅上的悦一沉正在接电话，看到他们走过来立即挂了电话，伸手来接司栗：“累吗？”他把刚榨出来的西瓜汁给她喝了几口，给她补防晒喷雾，抬头问虞纪：“怎么样了？”

“吃个饭下午继续。”虞纪看了一眼手机，“走，我们去吃海鲜，我知道这附近有一家酒店的厨子特不错。”

“悦一沉吃海鲜过敏，”司栗立刻说，“不能吃海鲜。”

“哎哟。”虞纪酸得不行，“你是助理还是他是助理啊，这么清楚？”

悦一沉笑了一下：“没事，我随便吃一点就好，来这里怎么能不吃海鲜？”

最后，三人去了一家西餐厅，陪悦一沉吃过之后又去另一家酒店点了几份海鲜吃。

海鲜特别美味，司栗饿到现在，饭量堪比虞纪。

吃过饭后，三人在酒店的露台上小憩，悦一沉找了一条毯子，刚要给司栗盖上，她就睁开眼了。

悦一沉摸摸她的脸，笑道："睡吧。"

司栗却没有闭眼。

"累吗？下次我不会再给你接杂志封面照了。"

"不累。"司栗小声说。

"我看你有些不在状态。"悦一沉道，"有什么问题记得跟我说。"

他自己曾经也是童星，大概能感同身受，就怕她超负荷工作。

司栗望着他，只觉得那双眸子温柔地抚慰了她所有的不安。

于是她什么也没有说。

他们回到拍摄场地的时候已经下午五点多了，夕阳西下，海面波光粼粼，温度降了不少。

悦一沉考虑得很到位，给她带了一件薄外套，虞纪看到羡慕得要死，连连跟自己助理说："瞧瞧人家，瞧瞧你。"

助理非常委屈："你要是小公主，我也会这么照顾你啊。"

虞纪想反驳，又觉得不太对劲，于是憋着气哼了一声走了。

拍摄一直到晚上九点多才结束。

虞纪往回走的时候听到司栗跟悦一沉商量："回去要开三个多小时的车，你要不要找个代驾？"

"不用。"悦一沉说完又想了想，"就怕你坐得累，要不我们在这儿过一夜，明天再走？"

司栗心里打的就是这个主意，立刻答应了："好啊！"

她在海边待了一天，却不能下水，心痒得厉害。

虞纪凑过去："你们不回去？"

悦一沉想阻止已经来不及，司栗快速回答了："有这个打算。"

虞纪眼睛亮亮的，回头跟助理说了一声："我今晚也不回去了，你自己开车回去吧。"

悦一沉望了司栗一眼，有点无奈。

他是想和司栗留下来玩一天，顺便让她散散心，结果又被一条尾巴缠上了。

这个点已经很难找到还在营业的餐厅了，三人先去酒店开了房，而后才散步出来吃烧烤。

相比餐厅里多道工序处理过的精致海鲜，司栗更喜欢这种路边摊上随手烤出来的。

两个男人挑挑选选，最后选定一家人气比较旺，又看起来比较干净的摊子。

司栗口水都快流干了，菜单上来之后就拿着点了一堆。

服务员和虞纪都有些目瞪口呆。

悦一沉咳嗽了一下，司栗抬头看看，这才反应过来。

服务员笑呵呵的："小朋友真厉害，这么小就认得这么多字啦？"

悦一沉笑着答："她不认得，装的。"

司栗耸肩："你不要拆我的台行不行？"

所幸虞纪是个没心眼儿的人，也没有多想。

悦一沉不能吃海鲜，就喝了一点粥，没喝几口就搁下了筷子专门替司栗剥虾。

虞纪在对面巴巴地望着司栗一口一只虾，羡慕得不行："男神，也给我剥呀。"

悦一沉剥开螃蟹，挑出蟹肉放到司栗碗里，又捡起一只虾："这个？"

虞纪忙不迭地点头，就在他纤手利落地剥出白嫩虾肉，即将递过来时，一个血盆大口在旁边探头过来，"啊呜"一口咬掉了虾肉。

悦一沉莞尔，对着这个半路杀出的小猫咪说："咬到我的手了。"

司栗松口，还吮了一下他的指尖。

虞纪差点儿掀桌子。

"自力更生。"司栗含糊地说，"这是我助理，又不是你助理。"

虞纪睁大眼睛："嘿，这小家伙，成精了是不是？"

那边悦一沉已经迅速剥好了一只虾伸到他面前："吃吧，少说几句。"

虞纪也不拿手接，而是像她一样凑过去拿嘴接住，还挑衅地看了司布栗一眼。

司栗气急，连忙又捉住悦一沉的手吮了一下，眉梢挑着，似乎在宣占领地。

虞纪的筷子吧嗒掉了，悦一沉也有些失笑。

"不得了啊，不得了。"虞纪默默地低头自己剥虾。

吃过了东西，他们散着步往回走，路上遇到卖榴梿的，司栗又走不动道了。

悦一沉停下给她买榴梿，虞纪躲得远远的，一脸嫌弃："怪小孩。"

真的不是司栗的私生女吗？

一回到酒店，司栗就先吃了几口榴梿。虞纪洗漱后本想过来玩一下，进门闻到这浓郁的味道，立刻被吓得退出去了。

司栗还拿着榴梿追出去："进来玩啊，大爷。"

虞纪打了个踉跄，回头就看到小家伙被悦一沉拎着后领拉了回去。

“去洗澡。”悦一沉从她手里拿走那块榴梿，“都是你的，明天再吃。”

司栗洗完澡出来时看到悦一沉在接电话，全是工作上的事，全是小可爱的事。

桔姐前几天还在会议上调侃，说他现在完全是围着“小可爱”而活，小可爱简直变成了他的精神支柱。

司栗在沙发上等得都快睡着了，他才挂了电话走过来捏捏她的脚：“怎么不到房间去睡？”

“等你啊。”司栗说，“这么晚了还有电话？”

“做助理的不都是这么忙？”他笑言，“虞纪和我说过，你以前做他助理的时候忙得很，他经常想和你说句话都插不上嘴。”

司栗“嗯”了一声：“你和他聊过我？”

“嗯。”

“什么时候啊？”

“很多时候。”

司栗捂脸：“为什么要和他聊我啦？”这种感觉太奇怪了。

“去睡觉吧。”悦一沉摸摸她的脑袋，催促道，“早点儿休息，明天带你去玩。”

小家伙立刻就雀跃了：“我想坐摩托艇。”

“不行，那个太危险。”

“你和我坐就不危险啦。”

“想都不要想，睡觉去。”

这一天的工作太累，结果三个人都睡到了第二天中午。

悦一沉是最早醒的，洗漱过后想来叫司栗，看她睡得流哈喇子，便不忍叫醒她，帮她擦了口水之后就在她旁边跟着睡着了。

司栗从梦中惊醒，看到时间已经是十一点半了，气得不行，怪悦一沉没叫醒她：“多浪费时间啊，难得有一天可以玩，现在只剩半天了。”

悦一沉笑了：“你再不去洗漱就只剩几个小时了。”

司栗连忙跳下床去洗漱。

三人在酒店随意吃了点东西，而后换了泳衣就奔向海边了。

说是奔，其实只有司栗奔，另外两个男人慢悠悠地跟在后面。

司栗跑到海边，而后回头朝他们招手。

悦一沉过去把她拎回来：“不擦防晒霜就想下水了？”

司栗火急火燎的，自己倒了防晒霜往身上抹，悦一沉在旁边看了一会儿：“需要我帮忙吗？”

司栗有些脸红："要。"

虞纪在旁边扑哧一声笑了："哟，还知道害羞呢。"

两人都没搭理他。

悦一沉倒了一点防晒霜在手上，而后支起腿示意，司栗连忙抱着他的腿弯趴在他腿上。

悦一沉的手掌落下来，在她裸露的脊背和后颈上抹匀防晒霜，他的手掌温热，动作轻柔，司栗舒服得都快睡着了。

可惜她后背的面积太小，悦一沉很快就给她擦完了。

"好了。"悦一沉收回手把她拉起来的时候，她一阵失落。

但很快就被大海吸引，要往海里跑，结果刚迈腿又被拉回去。虞纪钩着她的泳衣带子，挑着眉说："小可爱，你不帮我们抹防晒霜吗？"

司栗"咦"了一声："让悦一沉帮你涂呀。"

"我才不要男人帮我涂防晒霜。"

"要求还真不少。"司栗有些无奈，挤了防晒霜在手里抹开，"那不是你男神吗？"

虞纪转过身把背留给她，而后就听到小家伙雀跃的声音："悦一沉，我帮你涂吧！"

他回头，看到悦一沉笑眯眯地说了声"谢谢"，而后脱掉衬衣转过身。

小家伙肉乎乎的小手在那宽阔的脊背上游走，一时三人都有些神游。

虞纪：好羡慕，小可爱，快点儿给他抹完来给我抹呀。

司栗：哎呀，这人怎么身材这样好，真结实。咦？难道腰是他的敏感部位？

悦一沉：好……好舒服……

他捉住那只小手。

司栗："欸？"

"可以了，剩下的我自己来。"

"噢。"

"男神，你有点脸红哦，呵呵。"虞纪凑过来，"小可爱，到我了。"

悦一沉垂眸挤了一点防晒霜，拍到虞纪背上。

虞纪："你干吗？"

"我帮你涂。"

"我不要啊。"虞纪很委屈，"我会被扳弯的。"

Chapter 6 大可爱

48

悦一沉给他擦完防晒霜之后又转过来给司栗绑浮水袖，司栗乖巧地抱着游泳圈，刚要跑走，就看到眼前两个美男摘掉墨镜，弯腰脱掉沙滩裤。

宽肩窄臀，肤白貌美，笔直修长的腿往上是黑色泳裤……司栗的呼吸窒了窒，而后艰难地移开视线。

真是色令智昏。

偏偏虞纪还要弯腰一把将她抱起来，逗她："把小可爱丢大海里喂鲨鱼啦。"

司栗没有防备，吓得抱紧了他的脖子，两人紧贴着毫无间隙，司栗觉得自己的脸特别烫。

好在到了海边他就丢下她，自己去玩了。

悦一沉帮她调整了一下泳帽，而后牵着她下海。

太阳在上面暖烘烘地烤着，所以水温刚好合适，司栗走了几步脚就离地了，海水没过她的胸部的时候，悦一沉松了手。

司栗扑棱了一下，然后下意识地抓住他的手，对方拨了拨水逗她："怕？"

是谁当初泳衣也不换就跳进他家泳池里的？

司栗不服气地松了手，抱着游泳圈往旁边划去，结果划拉了很久都一动不动，回头才发现男人在后面捏住了她的游泳圈。

她恼羞成怒，干脆弃圈往下一扎，悦一沉吓坏了，连忙把她捞起来："我不逗你了，快抱紧游泳圈。"

司栗哼了一声，抱着游泳圈继续往前划，果然往前挪动了一点儿，于是挑着眉毛回头显摆。

悦一沉莞尔，侧头往下一扎，再出来时已经跑到司栗前面去了。

司栗"咦"了一声，而后咯咯笑着去追他。

悦一沉一直在司栗周围打转，没有游远，司栗倒是扑棱了几下就累了。

"悦一沉，悦一沉。"司栗喊他。

悦一沉游回来："嗯？"

"我想去那边玩一下。"

悦一沉顺着她的手指看过去，微微皱眉："那边浪大，也有点远了。"

"就是浪大才好玩嘛。"她以前就最喜欢扎在浪里浮沉。

"会被淹。"

司栗下巴磕在游泳圈上，噘着嘴可怜巴巴地望着他："一沉哥哥，让我去啦，有你在不会出事的。"

悦一沉受不了了，不想受她蛊惑，于是把她转过去，她又扑回来，眼睛一眨一眨的。最后他还是熬不住，拉着她的游泳圈到了浪的边缘。

这里有些深，已经没过了悦一沉的胸膛，他嘱咐道："抓紧游泳圈。"

司栗望着他的背后："啊啊啊啊啊啊啊！浪来了！"

一人高的浪扑过他的头，司栗笑得要背过气去。

虞纪游过来也哈哈大笑："真是浪。"

话音未落，又是一个大浪扑来，这一次虞纪也未能幸免。

司栗笑他，虞纪恼羞成怒，抓着她的游泳圈往大浪里推，结果大浪来时他手滑了一下，司栗连人带圈被掀翻，倒栽葱沉进水里。

慌张中她揪住了什么东西，而后又立刻被人捞出来。

司栗眼睛、鼻子都是水，咳了好久才回过神来。

肇事者怕被悦一沉骂，早就已经逃远了。悦一沉帮她抹掉脸上的水珠："没事吧？"

司栗摇摇头，有些不好意思。

刚刚她钩到的，是他的泳裤呀。

刚刚就应该听话把泳镜戴上的，没准又能看到福利了。可惜啊可惜。

他们一直在海里泡到了下午四五点，虞纪游过来："撤了吗？我要饿死了。"

悦一沉回头看司栗："上岸吧，水温变低了。"再泡下去可能要感冒。

司栗也玩够了，"哦"了一声，就乖乖由着他们牵着上岸了。

他们在酒店一楼的公共浴室淋浴，两个男人换好衣服出来时司栗还没好。

这浴室就一扇门，悦一沉也没担心，只当是小姑娘爱干净，所以花的时间久了一点。

虞纪倒是打了两个喷嚏。

"你先上去吧。"悦一沉说，"我在这儿等她就好。"

"嗯，那我上去收拾了，等会儿过来找你们。"

但悦一沉在门口又等了十分钟仍然不见小家伙出来。

他忍不住拦下一位女士："你好，请问有没有看到里面有一个小女孩？她好了吗？"

女人想了想："没有留意欸，我帮你进去看一下。"

女人返回浴室的半分钟里，悦一沉心急如焚，不安地几乎要闯进去了。

"里面好像没有人了。"女人出来后说，"你着急的话可以进去找的，隔间有门。"

悦一沉立刻闯了进去。

浴室里确实已经没有人了，这个私人沙滩本来就没有多少游客。

他很快就镇定了下来，先观察了一遍浴室，发现没有多余的门窗，不可能从别的门走。也许她已经出去了，只是他刚刚没有注意？

他一个一个地查看隔间，最后停在唯一紧闭的门前，小心翼翼地敲了敲门："司栗？"

门内没有回应，但很快门上的插销传来动静，而后门由里打开。

悦一沉看清门内的境况后，整个人都愣住了。浴室的隔间里站着一位赤身裸体的女人，虽然双手捂住了重要部位，但仍然曲线毕露。

悦一沉顿了一顿，连忙撇开眼："抱歉。"

他本以为自己敲错了门，转身要走时才又反应过来，转过头去看女人的脸。

门内没有他的小可爱，倒是有一个大可爱。女人乌黑的长发湿漉漉地贴在脸庞，眼睛雾蒙蒙的，表情有些茫然："悦一沉……"

她……她变回来了！

悦一沉呆愣了好几秒才反应过来，见女人有些瑟缩，立刻敛眉脱下衬衣递过去。

司栗两手都捂着身体，眼瞧着他递过衬衣，有些尴尬地看了他一眼，对方立刻了然，手腕一翻，拎着衬衣披在她身上，而后转身。

司栗有些脱力，扣扣子的手一直抖个不停，好不容易才穿好了，刚迈腿要走就浑身发软往地上倒。所幸悦一沉站得不远，听到声音后立即回头，伸手把她接住了，而后利落地弯腰将她打横抱起。

"嗯……"他似笑非笑地望了女人一眼，"变重了。"

司栗被噎了一下："四岁的重量和二十多岁的重量能一样吗？"

"二十多岁的你我也抱过。"悦一沉说，言下之意是现在的她比没变身前的她还要重。

"什么时候抱过了？"司栗不解。

"你当我助理的第一天，喝醉了，是我送你回家的。"

这句话宛若一个魔咒，立刻让她想起了那一天发生的所有事情。

所以她真的强吻他了？不敢问，万万不敢。

悦一沉的衬衣她穿起来勉强到大腿根，但是被打横抱起来后屁股就露出来了。

虽然他已经挑了无人的角落走，但司栗还是觉得非常羞耻，只能拼命把头埋进悦一沉怀里。

电梯里有监控，并且要穿过人来人往的大堂，悦一沉便抱着她直接进了安全通道。

楼梯间里只有绿幽幽的指示灯。

“悦一沉，我们住十七楼。”司栗提醒他，这么抱上去他的胳膊该废了，“我自己走。”

“你走得动吗？”悦一沉笑了，“没事，很快就到了。”

她自己都没爬过这么高的楼，更不要说还抱着个人了。

“要不你背我吧？背着不那么吃力。”

“背？万一后边来人怎么办？”

司栗脸上一热，那就看光她的屁股了。

她数不清走了多少层楼，只觉得男人心跳越来越快，他的喘息声就在她耳边，在暗黑的楼道轻微回响。

女人的呻吟和男人的喘息果真是世界上最催情的声音，大概是抑制天性太久，这会儿她在这个男人怀里控制不住地开始遐想。她又开始后悔没有在做小可爱的时候多吃他的豆腐，一起睡什么的，次数也太少了。

好在没多久就到了。

悦一沉轻轻把她放下，推开了安全通道的门，门外走廊有人走动，于是他没有再抱起她，只用眼神示意。

司栗会意，连忙点头表示自己可以走这几步。

于是两人一道儿走出楼梯间，酒店走廊灯光不算亮，但也比黑漆漆的楼梯间刺眼，司栗站在悦一沉身后，他高大的背影挡住了部分光线，但他没走几步就停住了。

司栗不防，一头撞到他脊背上。

虞纪刚好出门要去找他们，一回头就看到悦一沉，刚要开口问小可爱呢，就看到男人身后那双白如玉脂的裸腿，他的白衬衣隐隐若现，将将到那双美腿的根部。

虞纪眸色一转，嘴角勾起，语气暧昧：“男神，厉害啊，就这么几分钟也能……我是不是碍事了？”

悦一沉转身开门，于是他后面的女人便暴露了，两两相视，虞纪微微睁大了眼睛，有些诧异：“司栗？你怎么在这里？”

“过来接我。”悦一沉开了门先把她推进去，走廊尽头那个打电话的陌生男人频频看过来，视线一直落在她的腿上。他瞥了一眼，那人被捉到，立刻转过头。

“小可爱呢？”虞纪问。

“她爸妈也在附近，把她接走了。”

虞纪还要问，男人已经撂下一句：“你先走，不用等我们。”而后便关了门。

女人已经窝在床上了，似格外困，眼睛都睁不开。悦一沉从包里取出备用的沙滩裤和干净的衬衣递过去：“先把衣服换上。”

司栗“哦”了一声，从被窝里伸出手来接衣服。

她那只手还有些颤抖，让悦一沉心头有些发紧，有种要掀开被子帮她穿衣的冲动，好在门铃立刻就响了。

他转身去开门，司栗在被窝里也松了口气。

门口仍然是虞纪，手按在门铃上不松开，看到他来开门仍然笑眯眯地说：“我好久没有见司栗姐姐了，晚上想请她吃顿饭。”

49

“她没有空。”他说完就要关门，却被门外站着的人拿手挡住了。

虞纪仍然顶着笑脸，但明显多了一丝剑拔弩张的味道：“你让她来告诉我有没有空。”

悦一沉倒是从未见过他这个样子，不免有些讶异，而后又瞬间福至心灵：“你喜欢她？”

被戳中心事的人面色有些窘迫，又很快挑眉承认：“对。”

悦一沉笑了，语气有些揶揄：“她做你的助理那么久……你都没成？”

这么说可能不太厚道，但是他忍不住。

虞纪也笑了，笑容里多了一些别的意味：“悦一沉，你真的是什么都不知道呢。”

悦一沉倒也不多纠缠，只道：“我和你司栗姐姐还有点事，稍后我会把她送回家，你想见她再自行联系。”

悦一沉的态度非常坦然，坦然得让虞纪觉得自己有些阴暗了。他朝屋内望了一眼，最后还是一言不发地转身走了。

门在他身后合上。

虞纪按下电梯，电梯门光亮可鉴，他由此看到一个无奈、不甘的自己。

对，他和司栗相识的时间比悦一沉久，但她喜欢悦一沉的时间却比他们相识的时间还要久。他掩饰自己的心意，与她掩饰自己心意的原因一样。

不过是害怕连做朋友的机会都失去。

悦一沉再返回房间的时候，司栗已经穿好衣服了。

悦一沉的沙滩裤给她穿简直就像裙子，但好歹能遮住屁股了，悦一沉的衬衣材质也好，她没穿内衣也不会露点。

悦一沉已经收拾好自己的衣物，去她的房间整理她的小衣服时，手顿了顿，而后才垂着头继续收拾。

司栗就在旁边，她已经不需要再穿这些衣服了，却开不了口。

两人走到地下停车场时，悦一沉还习惯性地替她开了后座的车门，待反应过来，她已经弯腰钻进去了。

之后把车开出去的他也仍然有些魂不守舍，悦一沉开车分心最明显了，速度会奇慢无比，被无数量车超过去了他都无知无觉。

司栗抱着座椅凑上去，小声说："悦一沉，我来开车吧？"

女人凑过来的时候没有立即开口，温热的呼吸打在他脖子上，让他恍惚以为这是一场梦，仿佛座椅后的人还是那个小家伙，但这开口的声音清丽明朗，是完全区别于从前的奶声奶气的。

悦一沉笑了："你连鞋都没有，怎么开？"

司栗"哦"了一声："那要不叫代驾算了？"

悦一沉没有答话，只是提了车速，而后一路往回开。

之后，司栗没有再说一句话。

悦一沉有些担心："司栗，你是不是不舒服？要不要去医院？"

"没有，我……"她的声音蔫蔫的，"我好像生理期来了，你的裤子被我搞脏了。"

"……"

"对不起。"

悦一沉从后视镜看了她一眼："和我说这句话？"

他找了一个便利店停下，进去买了生理用品拿回来，司栗坐在车上等他，表情很无辜："坐垫也有点脏了。"

"没事，你先去洗手间。"悦一沉把东西递过去，犹疑了一秒，"我抱你过去吧？"

"不用不用。"她接过东西之后立刻出去了。

回来后，悦一沉就让她坐副驾驶座了。

大概是太久没有来生理期了，这一次特别疼，司栗坐在车里脸色发白，看得悦一沉心惊肉跳："真的不用去医院吗？"

司栗摇头，难受得一个字都说不出来了。

好不容易到了市区，悦一沉没有立即回家，而是找了一家最近的咖啡厅，去买了一杯姜糖水回来给她。

“先喝点热的，如果还疼的话，一会儿回家了吃止疼药。”悦一沉碰了碰她的额头，发现体温偏低，非常担心，“司栗，要不我们还是去医院吧？”

“我没事。”她自己的身体她了解，这只是痛经，没有别的不适感。

“来，喝点热茶。”他把杯子递过去，像喂小孩一样一只手拿着杯子，另一只手护在她的下巴上，怕漏了，喝两口就立刻递上纸巾。

司栗恍惚中意识到，这个人不仅会是一个好爸爸，还会是一个好老公。

不知道是热茶的作用还是悦一沉的体贴，她觉得舒服了很多，靠着椅背瞬间就睡过去了。

再醒过来的时候车已经到她家楼下了。

悦一沉把她送回家的这个举动让司栗有些委屈，以前是谁巴巴地让她去他家住的？现在一变回来就送走了，这差别对待真的有些过分了。

司栗愤愤不平地下了车，“再见”也没说就关上车门往外走，结果没走两步就听到背后传来关门声和脚步声——男人追了上来，一把将她打横抱起。

还算绅士。

也仅仅是绅士而已，和之前那种不由分说的抱法完全不同。她很怀念那种抱小孩的抱法，因为那是面对面，胸贴胸的。

司栗挣了挣：“我没事了，可以自己走。”

“乖。”悦一沉手臂肌肉结实，抱得很稳，她几乎一动不能动，“按电梯。”

对视两秒，终究还是她败下阵，伸手按了电梯。

司栗上了楼才发觉自己的钥匙落在他家了，又别扭地不愿开口说要去他家拿，倒是男人一声不吭地放下她，从袋中取出钥匙开了锁。

司栗知道他有她家的备用钥匙，但没想到他会随身携带。

她许久没回来了，家里灰尘遍布，门窗都合着，空气不流通，司栗进屋先开了灯和窗，而后回头才发现男人站在门口一动不动，眸色深敛，不知道在想什么，看起来有些不高兴。

他是在怪她变回来了吗？

悦一沉皱着眉说：“这个李阿姨，我明明有交代她每个星期过来打扫一次的，看样子真是偷了不少懒。”

嗯？

所以不高兴是因为这个？

悦一沉看了她一眼，而后视线往下一扫，眉心又蹙起来了，他弯腰从鞋柜里取出拖鞋在她面前放下："先穿鞋。"

司栗乖觉地换了鞋，还未直起腰，就听到他说："要洗个澡吗？还是回我家再洗？"

司栗被他这句话弄得有些糊涂："嗯？"

"还是洗个澡吧，我们出去吃点东西再回去，我忘记让李阿姨给我们做饭了，回去也没有东西吃。"

这意思是让她去他家住？

司栗转了转眼珠子，小心翼翼地套话："那还过来干什么？"

悦一沉笑了："回来收拾衣服啊，我家没有你的衣服。"

这样啊！司栗高兴得想转圈圈，男神还是想让她去他家住的，太感人了。

她去拿了衣服，洗澡的时候稍微又冷静了一点儿。

不对不对，男神的这种感觉，应该是惯性，惯性地想要照顾她罢了，一时没法把她和小可爱两个角色分离，没有适应而已。

万一，万一她住回去之后，过几天他又反悔了呢？

到时候恐怕会更厌恶她吧？

她洗完澡出去之后就小声地下了逐客令："不早了，我很累了，不想来回奔波，今晚想住自己家，你早点儿回去休息吧。"

悦一沉在客厅等她，甚至都没坐下来，所以听到这话的时候愣了好一会儿，然后才有些失落、有些委屈地说："但是……"看起来就像是被抛弃的小奶狗。

让司栗很不舍。

他没有说完，良好的教养让他没法去勉强别人，她的语气已经这么坚决了。

他只能"嗯"了一声："你也早点儿休息，有什么不舒服，就打电话给我。"

他们都没有吃晚餐，但谁也没想起来。

悦一沉手上还提着她的书包没有放下，里面都是小可爱的衣服，她也用不上了。

司栗没等他走进电梯就匆忙关上门了，怕自己会忍不住开口挽留。被他的情绪影响，她也有一些失落。

她在梳妆台前坐了很久，望着镜中那张陌生又熟悉的面庞，微微走神。

变小的时候觉得很陌生，现在变回来了，又突然发现，原来她和小可爱是那么相似。准确地说，是她像小可爱，小可爱却并不像她，小可爱比她漂亮，比她有仙气。

她一直都是嫉妒小可爱的，现在变回来了也还是嫉妒，但做回自己的喜悦已经盖过了嫉妒。毕竟无论是她，还是小可爱，享受到人生的都是她。

司栗把她的护肤品什么的都抹了一遍，本来还想做个面膜，却忽然觉得饿了。冰箱里自然是什么也没有的，她换了衣服，找了一把家里的备用钥匙，拿着手机就要下楼，结果开门时就愣住了。

悦一沉站在门口，手里拿着钥匙举着，也不知道是要开门还是敲门，瞧见司栗来开门，微微勾了勾唇："饿了？我去买了鱼腩面，加了鱼丸的。"

司栗有些呆："你怎么……没有走？"

"我有点放心不下。"还是舍不得，他本来想在楼下守一晚上的，想到她没吃东西，就忍不住买了拿上来，"你吃完东西我就走了。"

"我已经不是小可爱了。"

悦一沉莞尔，一双眸子漆黑如深渊："你不是谁是？"

司栗被噎了一下。

仿佛那个求着她去他家住，跑到T城找她的男人又回来了。

"可以进去吗？我也还没吃，胃里空空如也。"

司栗只能讷讷地侧开身子让他进屋。

他倒是神态自若，换了鞋之后就轻车熟路地去了厨房取碗，司栗跟在他后面，想搭把手都没机会。

鱼腩面是她的最爱，悦一沉应该是知道的，但她变小之后一次都没吃过，因为悦一沉怕她被鱼刺卡到。

面倒入瓷白的碗里，热气腾腾，满室香气，丸子用菜碟装着，一个个肉乎乎、白胖胖，看得人食指大动。

悦一沉把筷子递给她："小心刺。"

司栗接过筷子挑了挑面，又随口接了句："我又不是小孩子。"

话一出口便后悔了，她小心地瞧了一眼悦一沉，看对方神色无异才松了口气。

鱼腩很鲜美，一口面汤下肚，整个胃里都暖烘烘的。

司栗一口一个丸子，吃掉了大半盘。

悦一沉的吃相比她好看得多，她吃完了他还剩一半，并且细心地给她递上了纸和水。

司栗没好意思接，这么一个大人还要他照顾，真是有些过意不去。

悦一沉神态自若地举着纸和水，她不接他也不松手。司栗只能默默接了，而后提醒自己：这是惯性，惯性停下来也得有个过程。

她喝了水擦了嘴，等他吃完后起身要收碗，却冷不丁被人握住手腕："我来就好。"

这具身体还是不太习惯与他接触，司栗仿佛被烫了一下，想也没想地抽回了手。

碗倒了，汤汁流了一桌。

悦一沉先是有些诧异，而后有些无奈："抱都抱了那么久，现在碰你一下都不行了？"

司栗的脸有些发烫："你抱的是小可爱。"

悦一沉顿了一顿，眸光潋滟，像看一个负心汉一样看着她："我都没法分得开，你怎么……这么轻易就不承认那个自己了？"

50

悦一沉的语气，让她瞬间变得很内疚，好像她是个负心汉一样。

他说得对，小可爱也是她，但小可爱和她是完全不同的。

她记得自己问过悦一沉，若是她永远也变不大了，那他要如何。

当时他还总是想做她爸爸，于是笑眯眯地逗她："长不大怎么了？我养你嘛，养一辈子都不腻。"

可是她不想做他女儿，她一直以来，想做的都是他的女人，和他吃饭、睡觉、生女儿的女人。

司栗低着头没有作声，闻得悦一沉微微叹息，而后转身进厨房，又在里面问她："你家里抹布放在哪儿？"

司栗跟进去，从柜子里拿出一条新抹布，又被男人从手里接过："你洗过澡了，我来处理。"

亏得她家里有新抹布，不然让这白皙修长的手拿一块破抹布多折杀他。

他让她去休息，但司栗哪里敢丢下洗碗的他自己去睡觉，就一直乖乖站在他后边。

三个碗很快就洗完了，悦一沉转身将碗放到晾干架上，司栗才看清他身前的一大片深色。

"你的衣服弄湿了。"司栗皱着眉推他出去，"以前怎么没发觉你这么笨手笨脚，去换身衣服再走。"

悦一沉倒也没拒绝，一直跟着她走至浴室才问："可以顺便洗个澡吗？"

司栗没多想，立刻走进房间，翻出他上一次落下的衣服递过去："随便用，和我客气什么？"

悦一沉朝她笑笑，接过衣服后便关了门。

门后的人眸光中闪过一丝狡黠，果然还是要曲线救国。

很快，浴室里就传来了水声。司栗听着那淅沥沥的水声，想到白天看到的穿着泳裤的男人身体，脸上有些发烫。

她赶紧匆忙离开，找出自己的那部手机开了机，立刻就有电话弹进来。

显然对方一直都在打。

号码她没有存，但是很熟悉，司栗犹豫了一会儿还是走到阳台上接了。

那边虞纪终于打通了她的电话，气得把她大骂了一通，又问她这段时间到底跑哪里去了，语气急促，说话也颠三倒四，还根本不给她说话的机会。

“你现在在家吗？我过去找你。”

司栗吓了一跳：“我这都睡了，刚回来，累得不行，改天再和你说。”

她指的是刚刚从海边回来，但虞纪误会了，以为她真的是出了远门，便放软了语气：“好歹也要接电话不是？”又问她今天是怎么回事，怎么会和悦一沉在一块儿。

司栗随便编了一个理由，说辞和悦一沉的差不多，于是他也没有再追问，只是就着她的话头和她说了一会儿小可爱的事，听着就有邀功的嫌疑。

司栗笑了：“我知道啊，是你挖掘了她嘛，改天我让她父母登门拜访，表示感谢。”

“不用啦，你感谢我就好了，我想吃你做的饭菜了。”

“好，有空就过去找你。”

“你肯定有空的，你们悦大最近肯定不接什么活儿了，一门心思要捧小可爱呢，我估计你都要下岗了，如果你被炒了，记得回来找我，薪酬翻倍。”

她笑了：“可以考虑。”

虞纪这才满意：“你不在我都要过气了。”

“刚刚是谁还扬扬得意说自己是‘虞十亿’的？”

对方没好气地说：“你在的话就是‘虞二十亿’了。”

絮絮叨叨地聊了一会儿，挂掉电话的时候司栗才发现他们通话了四十多分钟。

返回屋里时，她怔了一下，悦一沉早就洗好澡出来了，他没有走，而是在她家的沙发上睡着了。

那张沙发又长又宽，可以睡下两个她了，但悦一沉睡在上面还是稍显拥挤。

今天玩了一天，又开了几个小时的车，肯定累坏了。

司栗就不忍心赶他走了，于是放轻了脚步，到她爸的房间给床换上新床单，而后出来走到沙发边碰碰他的手臂，柔声叫醒他：“悦一沉，到床上去睡。”

他下意识地握住了那只手，睁开眼，隔了好一会儿才反应过来：“嗯？”

眼神迷离，俨然一个睡美人，司栗的声音又放柔了些许：“到床上去睡。”

悦一沉拉着她的手坐起来，眉心拢着："手怎么这么凉？"

"在阳台站了一会儿。"她说完之后才小心翼翼地抽回自己的手，见对方又因为她这个举动露出了一丝不快，便看也不敢看他，转身就进房间了。

这晚有些失眠，许是做小孩太久了，她不太适应这具身体，又觉得视野里的东西与她之前看到的差距太大，就连手机都有些小了。

她又在胡思乱想，纠结要不要去医院做个检查，反正翻来覆去到了凌晨两三点才睡过去。

男人在隔壁房间里，黑暗中的一双眸子微微敛着，他听得到隔壁的动静，知道女人一直没睡。

好几次他都想起来给她热杯牛奶，但又怕吓着她。

司栗满怀心事，一直到深夜才睡去，自然睡到了第二天日上三竿。

她眯着眼睛去洗漱，然后去敲了敲悦一沉的房门，没听到动静，推开的时候才发现里面空无一人。

他已经走了吗？

司栗翻出手机想给他打个电话，又觉得自己没什么立场问，犹豫间听到门响，整个人宛若中奖了一样，屁颠屁颠地跑过去开门。

门外站着虞纪。

对啊，他有钥匙的，怎么可能敲门呢。

虞纪在门口笑了："怎么看到我好像不是很高兴的样子？你在等人吗？"

"没有啊。"司栗蔫蔫地说，"就是来姨妈，有些不舒服。"

这简直是最好的理由了。

"来姨妈啊，那我给你带的小龙虾你不能吃了。"虞纪走进来，将手里的食物搁在桌上，"不过有汤圆，你要不要吃一点儿？"

"不要。"司栗摇头，"大早上的吃什么汤圆，腻歪。你过来干吗？"

"不是说要犒劳我？"虞纪不满，"还过来干吗，给你带了几个月的小朋友，你就这样对我？"

"哦。我不是说有时间再犒劳吗？"

"我今天刚好就有时间，下个星期又要飞去中东拍戏了。"

"你是大忙人。"司栗给他倒了一杯水，"那你坐一会儿，我去换个衣服，然后和你出门。"

虞纪笑眯眯地说："没关系，你慢慢换。"

她进了房间，虞纪把杯子放下，熟稔地进了厨房拿碗把带来的食物装起来，然后想去洗手间上个厕所，结果一进门就看到脏衣篓里的男人衣服，角落还有一条，明显属于男人的黑色内裤。

这让他有点想骂人！

他去敲司栗房间的门："你谈恋爱了？"

"啊？"司栗的声音隔着门传来，"没有啊，怎么了？"

他的声音是从牙缝里挤出来的："你家厕所怎么会有男人的衣服？"

里面停顿了半晌，而后才传来她平静的声音："昨晚悦一沉送我回来，因为衣服脏了，就借用了我的厕所。"

她是他的助理，他用一下她的厕所，似乎也不过分。

虞纪心里不舒服，也不敢再问，也知道根本不可能问出什么。

反正她喜欢他，是掩饰不了的事实。

虞纪一声不吭地转身走到客厅，刚要吃汤圆，就听到门口有声音。

他探头看了一眼，猝不及防地和门外的男人对视上了。

他咧嘴笑了："男神，早啊。"

悦一沉看到他就没来由地一阵烦闷，敲敲门："麻烦开一下门。"

司栗给虞纪开门之后下意识地锁上了安全链，所以悦一沉即便有钥匙也进不来。

虞纪走到门口，双手插兜，贱兮兮地说："此情此景，是不是很熟悉？"

昨天虞纪刚刚被他拦在门外，今天就轮到他了，真是……不信抬头看，苍天饶过谁。

屋里的司栗听到动静，匆忙跑出来查看，然后愣住了："悦一沉……"

他怎么……

悦一沉隔着门朝她笑了笑："我下楼给你买早餐了，给你留了言，你没看到吗？"

"没……没有。"她连忙过去给他开了安全链。

悦一沉给她带了一碗面和姜糖水，嘱咐她喝完姜糖水之后才让她坐下吃面。

虞纪坐在她对面，巴巴地把汤圆推过去："小栗栗，你吃一口我的汤圆好不咯，我排了很久的队才买到的。"

司栗刚要伸筷子，就被人捏住手腕阻止了："汤圆不好消化，你身体不舒服，还是不要吃为好。"

司栗就乖乖收回筷子了。

虞纪自然是恨得牙痒痒的。

悦一沉看在眼里，心里生出了一种难得的、不应该出现在他身上的惬意的情绪。

他刚回来看到虞纪的时候，能感觉到自己快被妒火灭顶了。

他承认，对于小可爱他是有占有欲的，因为这点占有欲，让他有一种小可爱是属于他的念头。这念头有多强烈，就会在此刻虞纪出现在司栗家的时候，让他有多清醒地意识到，小可爱可以是他的，但司栗不是。

他没有理由再留在她身边了。

这种巨大的失落感瞬间就笼罩了他，所以他才会孩子气地不让她吃虞纪吃过的东西，也会在她乖乖听话的时候，满意得不加修饰。

这表情被虞纪看在眼底，心也跟着沉了下去。

完了，悦一沉可能真的……喜欢司栗了。

51

中午李阿姨过来打扫屋子、做饭，虞纪觍着脸吃过了才走，他根本就不想走的，要不是悦一沉先提出告辞让司栗在家休息，他才不会走。

司栗把两人送出了门，刚准备午休，门又响了，是悦一沉去而复返。

司栗无奈："你不是说要走了？"

"我不说要走，他根本就不会走。"悦一沉把从楼下顺便买上来的水果放在桌上，"你还不睡觉？晚上想吃什么，我让李阿姨准备。"

他是打算不走了？

对，悦一沉是这么打算的，堂而皇之、死皮赖脸地住下来，她应该不会赶他吧？

他晚上非要开红酒，司栗拦都拦不住。他喝了一杯后，就露出一副才想起来的样子："我喝了酒，没法开车了。"

司栗从他手里拿走酒杯："我给你叫代驾。"

对方立刻露出一副委屈的模样，好像即将被赶走的流浪猫："我有些不舒服呢，能不能在你家躺一下，一会儿再走？"

司栗还能说什么，自然又让他睡了一晚。

第二天，悦一沉是被她吵醒的，他因为喝了酒，还未完全清醒，隐约听到她叫了一声，之后就是跳下床噔噔噔地跑到门口的声音。

不会是虞纪又来了吧？

他皱着眉起床，刚走出房门便听到一阵爽朗又浑厚的声音："丫头，今天不上班？"

他完全愣住。

坏了，她爸爸回来了。

他再想转身已经来不及了，玄关的两人都已经看到这个身影，抬起头来。

司栗显然才想起他在这儿，一时也愣住了。

另外一个人猛然看到家中还有一个衣衫不整的陌生男人，眼珠子都瞪圆了：“这谁！”

司栗好一番解释。

“真的，爸，骗你是小狗啦，真不是男朋友，你去看你房间，他昨晚睡的是你房间，如果是我男朋友怎么可能睡你房间？”

结果，老爷子听了这话越发生气：“睡我的床？沙发那么大不够他睡？”

司栗有些尴尬，掐了他爸一下：“你是不是想害我被炒鱿鱼？”

在她解释的当口，悦一沉已经回房迅速整理好了自己的衣服，而后走出来朝司国庆笑着伸出手，风度翩翩地开口：“司叔叔你好，我是司栗的朋友，悦一沉。昨天有一个拍摄，回来时我先送她到家了，然后有些不舒服，所以就叨扰了一晚，抱歉。”

所谓伸手不打笑脸人，何况司国庆对这个悦一沉有所了解，也算是知道女儿的为人，倒也没给他脸色看，大大方方地和他握了手，又道：“我这刚回来，舟车劳顿，饿得不行，刚好你们也才起床，那就等我洗个澡，一起出去吃个早餐怎么样？”

司栗还没来得及开口，悦一沉已经微微颔首：“是晚辈的荣幸。”

司国庆进屋洗漱了，余下司栗和悦一沉大眼瞪小眼。

“我爸他……性格比较怪，不好意思啊。”

悦一沉抿唇笑了笑：“叔叔人挺好的。”

两人洗漱完，司国庆已经洗完澡出来了，看到司栗衣服还没换，又开始唠叨。

他出了门也唠叨：“女孩子家家，出门妆也不化。”

司栗摸了摸脸，完全忘了自己已经变回来了，可以化妆了。

“唉，让悦先生见笑了。”司国庆说，“我女儿从小就不让我省心。”

悦一沉开着车，嘴角微微勾起：“我觉得她小时候应该很好带呀。”

司栗看了他一眼。他带过，所以有话语权。

“你没见过她小时候，她是长得太可爱了，我带她出门老担心被人贩子盯上。”

悦一沉哈哈一笑：“确实操心。”

“爸，你别说了。”司栗在旁边有些脸红，操的哪门子心啊！真是的。

司国庆又说了一些司栗小时候的糗事，悦一沉听得还挺津津有味，司栗几番想转移话题都失败了，最后只想下车。

悦一沉把车开进了附近一家酒店，此时恰好是喝早茶高峰，大堂里人声鼎沸。

悦一沉要了个包间，进去之后由着司栗点菜，自己则是继续和司国庆聊她。

“她小时候有没有特别讨厌的东西？”悦一沉问。

“特讨厌的东西？不爱喝牛奶，我那会儿想让她喝一瓶牛奶几乎是给她灌下去的，老说牛奶腥臊。”

悦一沉闻言挑眉，目光递过来，颇有点得意的味道。

他从来不需要灌，哄几声她就喝了。

司栗连忙喝茶避开他的视线。

“司栗，再给我点瓶白的，我要和小悦喝一杯。”

司栗忍不住皱眉：“你才刚回来，喝什么。”

“喝了等会儿好睡觉。”

司栗还要阻止，悦一沉就已经叫来服务员点了一瓶泸州老窖。

“悦一沉，你的胃也不好，跟他瞎闹腾什么？”

“就喝一点儿。”他安抚道，“第一次见司叔叔，难得我们这么投缘。”

她说不动她爸，更说不动悦一沉，只能由他们去了。

一顿早餐吃完，那两个人成了忘年交，走出酒店时，司国庆还说家里有司栗的珍藏视频，要给他看。

悦一沉很期待似的点头答应了，但又立刻反应过来，古怪地看了司栗一眼。

司栗觉得有些莫名其妙。

两个男人都喝了不少，只能由司栗开车。到了楼下，司栗一边扶着有些醉的司国庆下车，一边嘱咐悦一沉：“你在这儿等我一会儿，我给你找代驾。”

刚要关上车门，她又听到悦一沉在里边叫她，声线很软，跟个孩子似的：“你送我不可以？”

她顿了顿，一边的司国庆倒很识趣，连忙抽回自己的手把她往车上推：“先送小悦回去，我可以自己回去。”

一瓶白的自然撂不倒他，扶他上楼本来就只是一个借口，她就是有些不想和悦一沉单独相处。

“谢谢叔叔谅解。”悦一沉在里边笑着说，“实在是工作室那边还有些事，我得回去一趟。”

“去去去。”司国庆不由分说，“工作要紧，怪我，大早上让你陪我喝酒。”

“这点酒喝不痛快，下一次我再带好酒来和您喝。”

“不用带，我家里就有好酒。”

司栗在旁边直翻白眼。

她开车往工作室去的时候，悦一沉已经在副驾驶座上睡着了。

已经十一点了，外面日头正盛，车内冷气充足，阳光打在他漂亮如白玉般的面庞上，纤长的睫毛在眼睑投下阴影，薄唇粉嫩得好似果冻软糖。

即便车子的防震性能极好，她也放缓了车速，怕把他颠醒。

她没记错的话，今天工作室是没有事的，所以到了工作室楼下时也没有立即把他叫醒。

似乎瞬间就找回了那个作为助理的身份，她整个人也轻松了许多。

悦一沉对小可爱的感情太真挚、太纯厚，加在她身上，她难免觉得负担。

只是现在变回来的她，尤其像一个“渣女”。

悦一沉没睡多久就察觉车停了，而后慢悠悠地睁开了眼。

司栗正支着方向盘托着腮盯着他看，瞧着他睫毛颤了颤，立刻就转开了脸，但动作幅度有些大，也不知道男人察觉了没有。

“到了？”他刚睡醒，又带着点醉意，声音很低沉，像是被随意拨弄的琴弦出声。

司栗“嗯”了一声，问他：“你现在要上去吗？”

“去。”他解开安全带，随口接道，“昨天桔姐说明视台节目组编导约了我们来谈你……”他说到这里又猛地打住，眸色一转，忽然清醒过来。

司栗了然，笑了：“谈小可爱上节目的事？”

“抱歉，我都忘了。”

“没事。”她只是觉得有些奇怪，“你不是不打算让她上综艺吗？”

“不是不上综艺，只是不随便上。这段时间工作室的邮箱爆满，但来的都是些哗众取宠的电视剧或综艺邀约，又累又掉价，电影倒是有一部可选的，但是在国外拍，太远，我不想你去。”他说到这里看了一眼司栗，模样有些小心，但见司栗感兴趣，便继续解释给她听，“这档综艺是明视台新策划的一档大型户外综艺，将是明视台明年的主打综艺，这个节目的编导钟敬，不知道你记不记得，他就是当年《灰色星期六》的编导，那档综艺，开创了我国户外综艺节目新局面。”

眼下国内收视率最高的两档综艺节目：一是菠萝台的《大现场》；二是明视台的《爸爸的一天》，前者为室内综艺，后者为户外，各领风骚。

《大现场》是每周一播，《爸爸的一天》却是季播，而且已经播到了第三季，虽然仍然领先其他户外节目，但比之前两季，收视率已经下降了不少。

自然是要革新的，但旧的节目找不出大问题，只能说是观众审美疲劳了，于是需要一档新节目。

“新节目是什么形式？”

“还不清楚，本来是打算今天谈的，但……”

但她现在也参加不了。

两人上了楼，却没有见到编导，桔姐先是逮着司栗骂了一通，又跟虞纪似的追问了半天，而后才想起回答悦一沉："钟编导有点事，今天就不过来了，说过几天再联系我们。"

悦一沉看了司栗一眼，似乎在询问她的意见，司栗递过去一个稍后再议的眼神。

"那回头再说。"

悦一沉说，又问她有没有工作安排。

桔姐笑了："你御用助理都回来了，还需要你过问吗？"而后就扯着司栗进了办公室，一直聊到中午才放人。

也多亏了桔姐，她才知道悦一沉为了照顾小可爱，耽误了多少事，推掉了多少好电影。

"别的不说，就小家伙上次在外地拍戏那几个月，我真的要被他气死了，Stephen的电影多少人赶着上啊，那可是国际级的大师啊。"

司栗觉得自己罪该万死。

Stephen Brown不仅是国际级大师，更是悦一沉最欣赏的国外导演，他拍的电影立足人性，多为冷门的战争题材，斩获无数奖杯。

"现在还有机会吗？"司栗不死心地问。

"有个鬼，那边早就开拍了。"桔姐痛心疾首，"再说那个小家伙在这儿一日，悦一沉就不会有心思拍戏。"

司栗和她一样痛心疾首。

52

"不过站在工作室的角度来说，小家伙简直是天使啊，一部电影完全捧红了她，连带着我们工作室也鸡犬升天，听说片酬是三七开，这一年工作室都有吃有喝了。"

三七开？她不是说全给他的吗？

"还有啊，你老实说，小可爱拍戏那段时间，你是不是也跟着的？"

司栗有些不解："没有啊，我没有去，怎么了吗？"

桔姐笑了："我一直以为你也在，因为那个时候悦一沉匆匆忙忙跟着去了拍摄基地，一刻都等不得，一副去见情人的样子。我们都怀疑悦大是打着照顾小家伙的幌子，去私会情人的，我们都在猜是不是你，既然你没去，那应该是另有其人了。"

“……应该是另有其人。”

司栗走出桔姐办公室的时候，已经把她这段时间不在工作室的情况都摸清了。

她敲了敲悦一沉办公室的门，后者正在接电话，抬头看了她一眼，微微颔首示意她进来。

她无可避免地听到了他的电话内容。

“谢谢王导抬爱，只是小可爱档期太满了，她现在应付不来……能推的自然会推了，但主要还是看她父母……我自然会转达……行，好啊，下次有机会我再请您吃饭，应该的，应该的。我吗？这几年都没有拍电影的打算。”

又说了一会儿才挂掉电话。

两人对视一眼，而后都笑了，笑容都有些无奈。

司栗想想还是觉得有些荒唐，像做梦似的。

关于酬劳，她本来有许多想问他的、想责备他的话，在那深情的眼眸中却又开不了口。

司栗懂他的心甘情愿。

桔姐跟上来敲了敲门：“对了，刚刚忘记和你们说了，工作室和‘优选’视频网站的合作方案通过了，他们准备举办一场恶搞电影大赛，然后我们工作室要出一个宣传片。”

这事悦一沉听过，但没放在心上，司栗在邮箱里见到过，但还没来得及看。

“我们打算选一部悦一沉的电影翻拍。”桔姐笑着说，“高票通过了《南色》，一会儿要抽签选扮演的角色，你们也要参加哦。”

如果是悦一沉演男主角，那她当然非常想演女主啊！

但是结果并不那么遂人意。

她抽到了男主角，另外一个男生抽到了女主角。

大家都要笑抽了。

“这个效果非常好，既然是恶搞的，那反串肯定能让人大跌眼镜。”

司栗：“……可是有床戏和吻戏欸。”

“放心，这部分我们可以借位。”桔姐憋着笑说，“我已经迫不及待想开拍了，效果一定很好。”

真的不是搞她吗？她很无奈。

旁边的悦一沉也很无奈，吻戏和床戏什么的，即便是借位也不可以！

事后他试图去贿赂桔姐，结果对方倒是对他为什么要替换主角感兴趣，分明有他不承认“恋情”就不同意换的势头。

悦一沉也不恋战，立刻就转移了目标和策略。

为了让这部宣传片看起来“高大上”一点，桔姐还专门租了一个摄影基地，然后像拉猪仔一样把他们全拉过去了。

“我就只租了一天，今天能拍多少拍多少，剩下的就完全靠后期了，你们抓紧时间啊。”她把他们赶下车，“你们跟着摄影老师走，快快快。”

司栗还在努力地背台词，被问“女主角”去哪儿了的时候，她还没搞清楚状况。

“小孙在群里说自己不舒服，去医院了。”一个女生说，“好气啊，临时出这种状况。”

桔姐忙得焦头烂额，还在努力分配人员的时候，悦一沉走过去：“缺人了？我可以上啊，台词我记得。”

桔姐瞬间就反应过来了：“好家伙，你搞的鬼吧？”

悦一沉手握成拳，放在嘴边轻咳了一声：“不是赶时间吗？还不开始的话今天就拍不完了。”

她只能临时把“女主角”更换成悦一沉。

司栗换好服装出来，看到床上的人是悦一沉时，整个人都傻了。

她无助地望向桔姐，后者递给她一个赶快开始的表情。

周围除了摄影师和工作人员，还有工作室的一大部分同事，都憋着笑在围观。

司栗的内心是崩溃的：为什么换人了啊？啊？为什么换人也不和她说一声啊？啊啊啊！

悦一沉靠坐在床头抽烟，烟雾中眼神迷离，仿佛带着钩子，让人心痒痒的。

司栗不知道为什么，脚都是软的。她恍恍惚惚地走过去，在床边坐下，还未来得及念台词，悦一沉就已经凑过来了。

他似乎念了一句台词，但她完全没有听清，他靠得那么近，让她心跳骤停，下意识地屏住了呼吸。

悦一沉的嘴唇从她的耳畔擦过，流连到她的嘴边，轻呼一口气，烟雾上升，摄影机在右后方，从这个角度来看，两个人就像在接吻。

司栗完全僵住了。

然后就在她恍恍惚惚的时候，他又伸手，将她的手带到自己胸前，然后缓缓往下滑。

电影里，这一段是不可描述的片段，长达十分钟，桔姐的意思，这一段必不可少，但也不能太露骨，所以意思意思就好了，但是她觉得反串的部分要拍出精髓，所以司栗反扑倒悦一沉的戏份要体现出来。

就是说，她要在上！太羞耻了！

她之前就和桔姐说好了，拍到这部分的时候换个女生来，给个背影就好，这样她就放得开了，可是到了这会儿，等司栗朝桔姐投去要求换人的目光时，对方却压根儿不看她！

这也就算了，此时悦一沉还在旁边认真地讨论哪个姿势比较好，还说要清场……不是说错位吗？清什么场啊！

桔姐跟她说："来，我们一次过，等这个部分拍完，后边的就很简单了，来来来，灯光老师把光线调一下。"

悦一沉盘腿坐在床上，和站在床尾的她对视，微微笑着，充满了不可言喻的诱惑。

司栗红着脸，同手同脚地爬上床，都不敢看悦一沉的眼睛了。

悦一沉伸手拉了她一把，司栗不防，直接倒在他怀里了。

桔姐在旁边笑："等一下，我的小司栗，你不会是没有经验吧？"

她想撂挑子。

悦一沉调整了一下坐姿，示意她跪坐在他腿间，两人的姿势一下子就暧昧得不行了，司栗觉得自己的脑袋都在冒烟了。

"悦一沉，我不行啊……"她完全失了方寸，转身就要跑，又被人拉回，她对上那双澄澈的眸子，说不出一句话。

"很快就好，就这样坐着，别动。"他低声说，语调平静，配上那样的眸子，整个人无比地自然平静，显得她更龌龊了。

只是拍个片，她也能脑补那么多，真的是够了。

于是她完全被安抚了，接下来都由着他揽着自己的腰摆姿势，只取了两个静态的镜头。

然后就完成了。

司栗如释重负，好像比和虞纪拍戏还累。

接下来的戏都是搞笑的，非常好拍，一群人热热闹闹的，拍了非常多的小片段，一直玩到凌晨三点才收工。

"非常好。"桔姐说，"我有预感这个片子要火遍全国。"

悦一沉点头。

接下来就看剪辑师的功力了。

"欸。"桔姐问他，"你和司栗，真的没什么？"

悦一沉揉揉眉心："你觉得我们像是有什么？"

刚一拍完，司栗就把钥匙丢给桔姐，自己打车回去了，中午吃饭也不敢和他坐一起，避他如蛇蝎，能有什么？

桔姐"啧啧"了两声："我就不多说了，反正你自己心里有数，对吧？我是觉得司栗挺好的，喜欢你那么久了，终于能有机会站在你身边，如果你们俩成了，倒真的是一个励志故事了。"

悦一沉睁眼，看起来很惊讶，一字一句地咀嚼她的话："'喜欢你那么久了'？她喜欢我？"

"嗯？你不知道吗？哦，不知道也是正常的，她只是你万千'迷妹'中的一员，只不过她应该是唯一为了靠近你而去做经纪人，又为了你，从大公司的金牌经纪人纡尊降贵来我们的小工作室做助理的'迷妹'。"

悦一沉久久不言。

"喂。"桔姐叫了他一声，"我说真的，今天跟你说这些，就是想给你提个醒，如果你对人家没有意思，还是早点儿辞了她吧，不然这样真的很耽误人。"

悦一沉轻微地摇了摇头，似乎想说什么，但最后还是一言不发。

恶搞《南色》的片子成片之后，大家一起在会议室看了，一个个都笑得东倒西歪，只有司栗一个人义愤填膺。

"片子里根本就没有吻戏、床戏啊，为什么当初要拍啊？"

桔姐憋着笑解释："没放是因为效果太好了，看起来非常魅惑，我们怕到时候造成不好的影响，所以就没弄上去，不过片花里面有的啊，你看。"

她示意放视频的人将进度条往后拖，悦一沉都还没来得及阻止，大屏幕上就出现了两人接吻交缠的画面。

真的是……不堪入目。

司栗羞红了脸。

大家都是年轻人，自然忍不住起哄，

悦一沉仍然带着笑："这一段片花，还是别放出去了。"

拷给他就好了。

53

晚上睡觉前，桔姐在群里分享了一条链接，是他们的电影放到了视频网站上。

悦一沉在群里问她："那段片花呢？"

桔姐："发你邮箱啦，急什么？"

悦一沉没有再回答了。

大家的话题立刻就转到了他们身上，一个个都在质问他们是不是在一起了。

司栗怕他们多想，连忙开玩笑似的解释："我是很喜欢他，他是我男神，但是我们之间只是工作关系。相信我，我比任何人都希望我们有别的关系，但事实是，我们什么关系都没有。”

大家都在“哈哈哈”，他们也知道他们悦大和助理之间不会有什么，只是觉得逗她很好玩。

司栗还在打字，打算再解释一波，忽然就看到群里弹出一句话。

悦一沉：“早点儿睡。@司栗”

群里的人都有些蒙，一个两个的都不知道要说什么好了。

然后，下一秒桔姐就发了一张截图到群里。

是悦一沉刚刚发的朋友圈截图，他说：“别睡太晚，别说太满。”

群里“炸”了。

小孙：“这是……这是在反驳司栗刚刚说的话吗？”

意姑娘：“哦，他们两个要真没什么，我直播吃些什么。”

桔姐：“大家散了吧，当事人自己心里清楚。”

连桔姐这种代表权威和官方的人都说了这种话，两个人的关系一下子就变得有些不言而喻了。

司栗整个人都是蒙的，也忘了反驳，也根本不知道要怎么反驳。

又失眠了。

第二天，司栗顶着俩黑眼圈去了工作室。

桔姐抱着文件从她身边经过，调侃道：“有人一晚上没睡好哟。”

司栗：“我……我睡得很好啊，这是我的烟熏妆。”

桔姐似笑非笑地看了她一眼：“我没有说你哦，我说的是悦老大，这会儿都还没起床呢。”

司栗下意识地抬头看了一眼，他的办公室里果然没人。

一整天，悦一沉都没有来。

晚上工作室有个聚餐活动，桔姐说是庆功宴，让她打电话问一下悦一沉，用不用过去接他。

司栗没法儿，只能走到隔间给他打电话。隔了好一会儿才接通，男人的声音很含糊，像是还没睡醒。

“悦一沉，我是司栗。”

“嗯？”

司栗莫名地咽了一口口水，然后才道：“就晚上的聚餐，桔姐让我问你，要不要我去接你？”

“你想来接我吗？”他反问。

司栗一下子就哑了，好一会儿才反应过来回答他：“我是你的助理，如果你需要，我会去的。”

他笑了一下：“但我需要的是你……”他的声音又软又糯，像情人间的呢喃，透过手机传过来，她的耳朵瞬间就烫了起来。

“那我一会儿就过去接你。”她假装没意会他那句话的意思，“五点半在门口等你。”

她说完立刻就挂了电话。

几分钟之后手机响了一声，他给她发信息：“我自己过去。”

另一边桔姐也收到了他的信息，说他会晚到几分钟，给他留个位置就好。

桔姐贱兮兮地回复：“留什么样的位置？司栗旁边的吗？”

他很快就回复了：“嗯。”

他坦然得让桔姐瞠目结舌。

司栗不知道他会晚到，所以大家就座的时候她没有看到他，立刻就出去给李阿姨打电话了。

李阿姨告诉她说，悦一沉几分钟前刚刚出去，说是有朋友来拜访，所以两个人在家喝了一天的酒，这会儿也不知道酒醒了没有，叫了车就出门了。

原来是喝醉了。

难怪语气那么……

她再回去的时候，发现两个大圆桌就只剩下两个位置了。

很显然是留给她和悦一沉的。

她知道大家的意思，但也不好说什么，这种东西就是要装作不在意才显得没什么。

开始上菜的时候，悦一沉到了。

司栗的位置斜对着门口，她得微微侧头才能看到，但不知道为什么，她都不需要转头，就知道他来了。

服务员将他引进来，大家嚷嚷着要罚酒，他走过来，站到司栗和他的位置中间，然后伸手去拿酒杯。这个动作让两个人一下子靠得很近，司栗没有防备，感觉他衬衣上的扣子都碰到她的耳朵了。

好在他拿到杯子之后就站直了身子，而后朝大家举了举，一饮而尽。

大家这才放过他。

他扶着司栗的椅背坐下，她能闻到他身上夹带的酒气，也不知道喝了多少。

她帮他装了一碗粥和汤，他没动。刚刚给李阿姨打电话的时候，李阿姨就说了，悦一沉一天都没吃东西，她担心他胃不舒服，所以在他旁边小声叫他。

“悦一沉？”

他正在听桔姐他们讲话，听到她叫他，立刻回过头来：“嗯？”

“你把汤和粥喝了。”

他笑了一下：“我没有胃口。”

“就喝一点，阿姨说你没吃东西，一会儿他们还会敬酒的。”司栗柔声劝他，“这汤很不错，你试试看。”

他才勉为其难地动手喝了一口……真是金口难开。

“怎么样？”

“还行。”

但也没有再动。

很快，同事们就过来敬酒了，自然是从老大开始敬，桔姐看他脸色不太好，帮忙劝了一下：“你们老大今天好像不太舒服，就放过他吧。”

大家自然是不依的，最后桔姐干脆说：“我替他喝吧。”

桔姐伸手要拿杯子又被悦一沉叫住：“你就算了，喝多了回去，唯唯又要生气了，我自己来。”他说完就端起自己面前的杯子要喝掉。

“算了，悦大，要不这样，你助理替你喝，我们没有意见。”他们说。

悦一沉笑了一下：“让女孩子替我喝酒，算什么……”

那边司栗已经从他手中接过那杯酒，和来敬酒的人碰了碰杯子：“今天就让我先替他喝，下一次你们就不要放过他了。”

话音落下的时候杯子也落下，喝得干干净净的。

“漂亮！”

这下跟捅了马蜂窝似的，大家都拥过来敬酒，一杯又一杯，喝得司栗云里雾里，根本不知道今夕何夕了。

她到最后只记得悦一沉那双望着自己的眸子，又黑又亮，仿佛醉了的人是他似的。

就这么一双眸子，别说喝酒，就是要了她的命，她也愿意。

“差不多行了。”悦一沉看她坐都快坐不住了，就让他们都回去，“下一次再陪你们喝。”

“好嘛，先吃东西，今天这一桌菜不便宜呢。”

大家开始吃东西。

悦一沉全程都在照顾身边的人儿，一会儿问她难不难受，一会儿问她要不要吃东西，舀汤夹菜，就差喂了。

司栗都摇头，说自己吃就好了，一直让他把之前那碗粥喝了，悦一沉只好象征性地喝了几口，看她一直盯着螃蟹看，便取了一只回来给她剔蟹肉。

“蘸点酱油，蘸点酱油。”司栗的脸红扑扑的，像小可爱一样使唤他，“我还要吃虾。”

悦一沉毫无怨言地帮她都弄干净放碗里，在她吃东西的时候还伸手帮她撩头发。

一桌子的人都目瞪口呆。

还说没什么？司栗藏得真深哦……

大家饭也吃不下了，只觉得被虐了。

“悦一沉。”司栗又叫他。

悦一沉回头，没注意到她凑近了，所以这一下两人面对面，距离不到五厘米。

司栗也忘了自己叫他做什么了，就是看到绝世美颜，看到那张看起来很柔软的薄唇，忽然就嗓子一干，心里发痒，瞬间就忘了自己姓甚名谁，闭上眼侧过头就亲了上去。

嗯……是很软，很甜，跟梦里的一样……

周围忽然很吵，她皱眉想要转头看，却被人按住后颈，加深了这个吻。

她在梦里甜甜地睡过去了，醒过来的时候已经在自己床上了。

她蒙了一会儿，觉得自己好像忘了什么，努力回想的时候，忽然闻到一股熟悉的味道，司栗立刻皱眉，下了床鞋也不穿，跑进厨房：“爸！你又煮泡面！”

司国庆嘿嘿一笑：“我饿了，晚上都没吃东西。”

“放下放下，我给你煮面，别吃泡面啊。”司栗把他的面倒了，从柜子里拿出面条。

后者一脸可惜。

司栗手脚很快，煮好面之后，又给他煎了两个鸡蛋，司国庆一口吃了半个蛋，一脸满足：“还是女儿的手艺好。”

瞧着司国庆明显瘦了一圈的身材，司栗有些心疼，一边给他盛饭，一边说：“爸，你慢点吃，明天下去剪个头发吧，乱七八糟的，跟艺术家似的。”

司国庆头也不抬：“话真多，就不能让我先吃吗？”

她都没觉得烦，他倒是不想听了。

“我想你嘛，多久没和你说话了，电话都通不上。”

司国庆有些吃惊地看了她一眼。

司栗摸摸脸：“怎么了？”

“你什么时候……”他的表情有些玩味，“还学会撒娇了？”

司栗也是一惊，有吗？

完了，她被小可爱影响了。

说到这个，她问："刚刚是谁把我送回来的？"

"悦一沉啊。"司国庆说，"人家把你放床上之后你还抱着人家，死活要人家和你睡。"

司栗只当他在开玩笑，完全没有相信："我们几点回来的？"

"九点半，你问完了没有？问完了该我问了。"司国庆喝了一口水，开始审问，"你和那个悦一沉有没有什么？"

司栗把头摆得像拨浪鼓："没有没有，绝对没有。"

"我看着倒像是有什么，第一次见面吃早饭的时候，如果不是我说要喝酒，他都坐你旁边去了，出门的时候还帮你拿鞋拿包，不是男朋友会做这些？还做得那么理所当然。"

嗯？这些不过是他照顾小可爱留下来的习惯罢了。

"我和他真不是你想的那样。"司栗低头吃饭，"话真多，吃饭！"

悦一沉送司栗回家之后没有立即离开，在她家楼下待了一会儿，结果一眼就看到了从大门驶进来的虞纪的车，登时就乐了。

54

悦一沉把车开过去挡住虞纪的车，后者抬眼看到车内的人，"靠"了一声。

而后他的电话就响了起来。

"怎么又是你？"

悦一沉笑了一声："真巧，撸串去？"

"不巧！不去！我是来找司栗的。"虞纪被他戳中心事后再不隐藏，"拜拜。"

他说完就要下车，悦一沉却更快地下车走了过来，开了他的车门坐上副驾驶座："司栗已经睡了，你别上去打扰她了。"

虞纪被他气笑了："你怎么知道她睡了？"

见男人不管不顾地还要下车，他不得已笑着威胁："要不我帮你表白？你说是你快还是我的电话快？"

虞纪震惊了："悦一沉，我都不知道你原来那么无耻！"

得，叫了全名，看来是真火了。

他是有些无耻了，但他就是不想让虞纪上去见她。

所幸虞纪最后还是妥协了，答应陪他去吃东西。

悦一沉今天心情不错，想喝酒，恰好碰到虞纪，就还想套点话，结果对方完全不入套，精明得很，悦一沉只能不停灌酒，试图先把他灌醉再问。

两人喝到凌晨三点多，都有些喝大了，虞纪打电话叫了助理过来开车，对方看这阵势直咋舌："你在搞什么？明天还要上节目啊！你个浑蛋。"

虞纪迷迷糊糊地抬头："司栗？"

助理都想拿酒瓶子抡他了："赶紧跟我回去！"

"还没喝完……"

悦一沉起身帮助理把他扶起来，助理连声道谢："不好意思啊，真是麻烦你了。"

"麻烦什么！就是他拉我来喝酒的！老子本来是要去找司栗的！"

悦一沉摸摸鼻子，冲那小助理笑笑："他喝醉了，带他回去吧。"

"欸，好，那你呢？我先送你回去吧。"

"我没事，喝完这一点我自己走。"

助理瞧着对方神色还算清明，显然心里有数，便道了别，将虞纪丢进车里离开了。

悦一沉坐下继续喝酒，这家店好就好在是二十四小时营业的，倒也没人来打扰他。

悦一沉越喝越清醒，抬手又叫了一瓶白酒，刚倒入小杯中，搁在桌上的手机就嗡响起来。

他只看了一眼，便结了账往外走。

重新回到那个小区，悦一沉下了车便往里跑，上了电梯给女人发信息，于是一出电梯就看到门口的那个小脑袋。

"悦一沉。"司栗都快哭了，"我觉得我真的应该去医院看看了。"她又变小了。

司栗在沮丧中发现对方看起来比她还沮丧，惊奇得不行："你的小可爱回来了，你不高兴吗？"

对方还叹了一口气："你说我高不高兴？"

黑暗中能清晰地看到男人嘴角无奈的弧度和黑亮的眸子，她还有一点言不由衷地高兴。

"快过来我抱抱。"

司栗跑过去拿小拳头捶他："抱你个头！"结果当然还是被举高高了。

司栗生无可恋。

"我刚睡着，做了个梦醒来上厕所就变成这样了。"两人坐在二十四小时便利店里，司栗已经喝掉了三瓶酸奶，"我怕吓着我爸。"

要是司国庆一早起来看到家里多了个小朋友，小朋友还是他女儿，不得昏过去。

悦一沉倒是比她理智得多，细细分析："你说过你是因为喝了你爸爸抽屉里的东西才变成这样的，我觉得他应该会知道是怎么回事。"

司栗烦躁地抓了抓头发："知道还好，万一不知道呢？"

悦一沉抓住她的手阻止她自虐，温柔地说："别担心，我会帮你解释。"

司栗烦躁的情绪终于被捋顺了点，顿了顿又问他："你怎么这么快就来了？"

短信发出去不到十分钟他就赶来了。

"和朋友在外面吃夜宵。"

"难怪一股酒味，还有撸串的味道，真是糟蹋了身上这套手工西服。"

悦一沉笑了笑，侧身撑着脑袋看她，怎么也看不够似的。

司栗其实是有些恼火的，做了几天成年司栗的她，有些难以转变回小孩子的心性，所以悦一沉对小可爱满满的爱意压得她几乎要喘不过气来了。

她还敏锐地感觉到，悦一沉对小可爱的喜欢，又多了一点。

可能这就是，一日不见如隔三秋？

但她又格外地享受他的温柔。

司栗忍不住暗骂了自己一声犯贱，朝他递过去空的酸奶盒子："再来一瓶。"

悦一沉接过瓶子随手搁在桌上，揉了揉她的脑袋："不许喝了，再喝要拉肚子了。"然后将她抱起来，"回去睡觉。"

天塌下来了也要睡觉，悦一沉抱着她往回走，没走几步她就头一歪，在他肩上睡过去了。

悦一沉身上这件衬衣是当初他给她剪了头发后洗澡换下来的，她后来悄悄蹲厕所洗了放她衣柜里。所以衣服上大多是她的味道，混合了啤酒、烧烤，以及一点点他身上独有的木质香水味，让人安心。

悦一沉的肩膀宽阔，步伐稳当，司栗在糊里糊涂中不免想：万一一辈子都这模样了，那是跟着她爸还是跟着悦一沉？

真是难以抉择。

这么一想，她反倒也觉得安稳了，无论怎么样都是有人照顾的。

司国庆已经年过半百，这次回来不仅带回了重大研究成果，还打算到此止步，向上头提了提前退休，在家催婚等着抱外孙。

悦一沉抱着她刚刚走到楼下，就看到穿着背心、大裤衩的司国庆，显然是出来堵女儿的。

他料想得到女儿大半夜不在家是出来约会了，但没想到碰见了悦一沉。

而且她女儿还不见踪迹。

司国庆有些尴尬地挠挠头："小悦啊，你怎么在这儿？"

悦一沉没打算隐瞒他："给你把女儿抱回来。"

司栗在他怀里，似睡非睡间被他说话时微微震荡的胸腔弄醒了，睁眼被光线晃到，还往他怀里钻了钻，而后反应过来他话里的意思，立即愣住。她缓缓转头，就看到她爸像关公似的站在那里。

"司栗？"司国庆显然糊涂了，"什么？"

悦一沉低头看了一眼司栗，她只能小声开口："先回家再说。"

司国庆糊里糊涂地跟着他们进了电梯，电梯里灯光比较足，他多看了悦一沉怀里的人儿两眼，而后蓦地想起什么，整个人都僵住了。

这神情落入另外两人眼里，他们对视了一眼。

看来悦一沉料想得不错，她爸果然知道是怎么回事。

他不仅知道，还非常快速且冷静地接受了司栗变小的事实，把她的脸都要掐烂了："叫你瞎吃东西！"

悦一沉连忙把她抱回来，瞧着被他掐过的地方变红了，十分心疼。

真是亲爹。

"所以那个到底是什么东西？有没有毒？"司栗最紧张这个。

"毒是没有。"司国庆说，又有些犹豫地看了悦一沉一眼。

悦一沉了然，显然他不适合在这儿了，便看了司栗一眼打算离开，却被小手抓住衣角："爸，没事，你说吧。"

司国庆顿了顿，这才开口，但话也说得颠三倒四，想来是时间久远，他也不能完全回忆起来。

司国庆常年在外考古，那瓶东西，是许多年前他在一个古庙里意外发现的。白瓷瓶装着半瓶液体被随意搁在角落，他们一并随着别的文物上交了。那是他们考古队收获最大的一次，包括装那液体的瓶子也是罕见的白瓷双龙耳瓶。但老教授们一致认定这液体并不特殊，多半只是瓶子没处理干净，或者是长年累月留下的露水。

后来司国庆带着这一小瓶液体四处查验，报告全都显示这只是普通的水，只不过含氧成分比较高。

当时只有一个实验室的实习生开玩笑道："那个年代的人多追求长生不老，可能这是一瓶神仙水，司队不如试试，没准就返老还童了。"

他没再怀疑，但也没有丢掉，就将剩下的水随手用小瓶装了拿回家了。

但没想到水被司栗阴差阳错寻出来喝了，更没想到让那个实习生一语成谶。

司栗听得头皮发麻，古时候的长生不老药？那不都是铅汞之类的重金属吗？她也不知道自己到底吃了啥。

会不会根本不是返老还童，而是回光返照？

悦一沉看司栗脸色都变了，连声安抚："别担心，明天我们去医院做个检查，不会有问题。"

"对，就算有毒，这一点剂量也没事。"

悦一沉扶额。

司栗忍不住瞪他："所以你为什么要把东西乱放？"

"我放得好好的，谁知道你会去翻？"

父女俩几乎要打起来了，司栗又越想越害怕，眼圈都红了。

两个男人方寸大乱，手忙脚乱地哄。

"乖，别怕，有我。"

"有爸爸呢。"

司栗扑进司国庆怀里，几个月来没有想、不敢想的恐惧让她在这一刻完全崩溃，抱着司国庆的脖子痛快地哭了出来。

悦一沉站在一侧，手微微抬着，还是要抱她的姿势，但她已经扑进另外一个人怀里了。

听着那几乎要喘不过气来的哭声，悦一沉既心疼又失落。

她爸爸回来了。她不需要他了。

一夜之间，恋爱又失恋。

司栗变成小可爱了，不能和他谈恋爱了。

小可爱有爸爸了，不需要他了。

真是一个巨大的打击。

Chapter 7

女朋友

55

他们俩都哄不住，只能由着她哭了半天，哭到眼睛都肿了，最后才累得睡过去了。

司国庆抱着她回房时，悦一沉悄悄走了。

他回家后狠狠睡了一觉，起来后除了想见她，再没有别的情绪。

洗了澡换了身衣服又往司栗家跑，他到门口了要拿钥匙开门时，门却由里开了，司国庆提着垃圾袋，有些诧异地望着他。

悦一沉连忙藏起手中的钥匙，朝司国庆笑了笑："叔叔早，司栗起来了吗？"

司国庆将垃圾袋放在门口，点头道："早起啦，这会儿都该买菜回来了。"

悦一沉微微一怔，没听明白："她去买菜？一个人吗？"

"嗯。"司国庆不以为然，"她这么大的时候都会自己泡泡面吃了呢，别说都已经二十好几了，对了，你吃早餐没有？"

悦一沉转身就下楼。让她一个人去买菜？这爸爸也真是心大！

菜市场里熙熙攘攘，买菜的讨价还价，卖菜的吆喝不断，吵得悦一沉脑仁疼，但好在没找多久就看到了那个小身影。

司栗正站在一个肉摊前买牛肉，因为身高不到摊子，卖肉的老板娘不得不拿着肉走出来让她选。

旁边摊子的人还在逗她："哎哟，小姑娘真可爱，是吃可爱多长大的吗？"

瞧她一本正经地选肉付钱，悦一沉又好气又好笑。

他站在路边，虽然戴了帽子和口罩，但身材高挑，气质逼人，司栗几乎一眼就看到他了。

她哭了一晚上，早上一睁眼就看到爸爸，自然心情好了许多，连出来买菜都是一蹦一跳的，这会儿抬眼又看到悦一沉，更是喜笑颜开，朝他挥舞着小胳膊："悦！"

男人望着她，眉眼间皆是无奈，刚要走过去，司栗就已经接过老板娘手里的钱和肉，一路飞奔过来。

悦一沉习惯性地弯腰伸手要抱她，小家伙却在他面前硬生生地止住了步子，悦一沉今天仍然穿着纤尘不染的白衬衣，但她手上拿着钱、提着菜，不太干净。

他没等到她扑过来，心里小小地失落了一阵，而后又毫不犹豫地上前一步，接过她手里的菜，温柔地把她抱起来。

“以后不许一个人来买菜了，听到没有？”回去的路上悦一沉一直在念叨，“之前给你看的新闻都白看了？”

司栗不敢辩驳，乖乖把头靠在他肩窝，软糯糯地答：“知道了，以后不敢了。”

她这么乖，悦一沉哪里舍得再训。

两人回到家时，司国庆正眯着眼睛用她的平板电脑看电视，正巧看的是她上的那期《大现场》。悦一沉立刻用眼神询问：“你告诉他了？”

司栗点点头。

她几乎一晚上没睡，都在和他说她这段神奇的经历，自然是毫不隐瞒的。

悦一沉把食材拿进厨房，听到司栗在外边叫：“爸，煮饭了。”

司国庆头也不抬：“我还没看完，你随便弄几个菜就好了。”

司栗“哦”了一声走进来，撸起袖子就要淘米，被悦一沉推出去了：“出去坐着吧，我来。”

司栗有些不好意思，哪儿能让男神下厨呢：“没关系的，早上我都能煮面条了。”

悦一沉的眉心微微蹙起：“人都没灶台高，怎么煮的？”

司栗龇牙，没有再解释：“那我给你打下手。”

悦一沉倒是没把她赶出去。

两人乒乒乓乓在里边忙活了一通，那边稳坐如泰山的司国庆才慢悠悠地走过来，还嫌这嫌那的：“小悦啊，虾不是这样处理的。”

嘚啵嘚啵了半天，司国庆愣是不动手，司栗觉得丢人极了，拉着悦一沉离开流理台，做一个请的手势：“您来。”

司国庆吹胡子瞪眼睛：“年轻人就要多学习。”

司栗连忙把他赶出去了。

“不好意思啊，我爸这人就是不爱下厨房。”司栗站在小板凳上，伸手到池子里捞虾，被悦一沉及时止住了：“我来，虾壳太锋利，会划伤手指。”

司栗只好站在旁边巴巴地看。

虾白灼，又炒了芥蓝和豌豆，司栗指挥，悦一沉动手，出锅时司栗尝了一口，给他比了一个大拇指。

“淡吗？盐好像没放够。”

“不淡。”司栗又夹起一块芥蓝喂他，“味道刚刚好。”

悦一沉低头，顺着她的手咬住那块青翠欲滴的芥蓝，微微扬眉。

“很有天分嘛。”司栗夸他。

他很谦逊：“哪里，是老师教得好。”

司栗不爱吃素，所以吃饭的时候悦一沉一直在给她剥虾，一开始是放碗里，后来是直接喂嘴里。

司国庆瞧着瞧着，慢慢有些吃味，连忙也搁了筷子给她剥虾，结果递过去时小家伙却不给面子地撇开了脸：“你自己吃就好啦，不用喂我。”

老人家被拒绝后很是委屈：“为什么不吃我喂的？”

“我从小就不吃你喂的啊。”司栗看也不看他一眼，示意旁边的悦一沉再蘸点酱。

他倒是忘了，他女儿自从在新闻上看到他徒手从棺木中取出一个陪葬品，就再也不吃他手里喂过来的东西了。

原本也没什么，但没有对比就没有伤害，他看着司栗一口一个男人喂的虾，难免有些不悦。

“小悦啊，你今天没有工作？”

悦一沉剥虾的动作慢了一点：“吃过饭就过去了。”他顿了顿，斟酌着说，“今天司栗需要出席一个发布会。”

司栗看了他一眼。

“我正想跟你说这个事。”司国庆抿了一口酒，缓缓道，“司栗虽然现在是小孩子的模样，但实际上已经成年了，要做什么决定我管不着，要去哪儿我也无权干涉。但我都大半年没有回家了，刚好这段时间也没什么事，难得清闲，想让女儿在家陪陪我。”司国庆望着悦一沉笑着说，“一个老父亲的小小心愿，悦先生能否谅解？”

都叫他悦先生了，他还能说什么？

一个人来，一个人走，好在他出门前跟司栗要抱抱时，她不吝地给了。

晚上，悦一沉和桔姐赴了一个饭局，与明视台的钟编导见了一面。

对方在饭桌上和他说了节目的形式，悦一沉斟酌半晌，没有立即给对方答复。

先不说新节目的前景如何，就司栗那个状态，还真不敢接这个节目。

出了餐厅，桔姐才反应过来：“你说你助理都回来了，凭什么还是我陪你来吃饭啊？就这么心疼女朋友？”

悦一沉置若罔闻，径自上了车。

桔姐跟着上了车，一边系安全带一边笑道：“这钟编导好大的口气，居然不只是想让小可爱上节目，还想买一送一，让你也加盟。”

悦一沉倒是觉得奇怪："如果找虞纪，应该更有效果吧？"

因为那部电影，小可爱和虞纪的搭配在网上很火。

"我估摸着他们已经找过了，只是虞纪不打算走这型，档期也空不出来。而且你和小可爱前期也不是没有曝光。"桔姐笑了，"说真的，一档新节目，还是直播形式，怎么看都有些风险。"

"我看未必。"悦一沉启动车子，"送你回去？"

"嗯，唯唯都说好久没见你了，过去坐坐。"

路上桔姐给唯唯打了电话，说悦一沉要去看她。唯唯在电话那头兴奋得不行，早就在家门口等着了，看到车子过来停稳了，立刻就跑了过去。

悦一沉连忙下车将小丫头抱起来："怎么不在里头等？"

"还不是急着要见你。"桔姐不满地说，"天天就念着你，我看是连妈妈都不想要了。"

"妈妈也要的。"唯唯小声说。

悦一沉笑了，将唯唯递给桔姐："你们先进去，我把车停好再进来。"

"好。"桔姐抱着恋恋不舍的唯唯转身，不住地念叨，"女大不中留了，唉。"

悦一沉回到车上，将要把车倒入车库，就听到手机响了一声。

他微信调的静音，只有司栗的信息是有提示的，所以悦一沉立刻踩了刹车，拿起手机看了一眼。

小可爱："江湖救急，速来！"

悦一沉心跳一顿，当即想也没想就把车开了出去。

几分钟后，桔姐打电话过来，笑着问他到底把车停哪儿去了，这么久不回来。

悦一沉很抱歉地说自己已经离开了："有点急事要先走，下次再来看唯唯。"

"啊，没事没事……唉，唯唯。"

"怎么了？"

"没事，唯唯哭了，哈哈，小朋友，没事，你忙吧。"

而后电话便断了。

悦一沉有片刻的迟疑，但下一秒便加大了油门。

司栗没说她在哪儿，那就是在家了。悦一沉赶过去之后立刻上了楼，想也没想就拿钥匙开了门，而后怔住。司栗哭得上气不接下气，正被司国庆按在膝头，巴掌一下一下地落在她屁股上："叫你再调皮！叫你再捣蛋！"

瞧这幅度，打得真是不留情。

"叔叔！"悦一沉心疼得不得了，又觉得有些好笑，站在旁边简直不知如何是好了。

司国庆早知他进门了，但是没有停手，男人倒也没敢来抢。

司栗趁着这个当口挣扎着跑下地躲到悦一沉身后。

悦一沉连忙弯腰替她擦眼泪：“乖，怎么了？”

司栗抽噎着，眼圈红红的，应该不是被打哭的，而是因为被打而气哭的。

“我爸他拉皮条！他要把我送给别人！”

悦一沉吃惊不小，立刻把司栗抱起来，目光灼灼地盯着司国庆。

司国庆气得要死：“胡说八道！人家闫局不就抱了你一下，这叫什么？”

司栗委屈地望着悦一沉：“他还想亲我。”

悦一沉的脸色完全变了：“司老先生……”

56

“不是，你别听她瞎说。”司国庆简直百口莫辩，只能从头到尾解释一番，“闫局是我一个学生，以前就很爱往我家跑，今天也是知道我回来了，所以来拜访。他看到司栗觉得她可爱，就抱了她一下，中国人就是这样啊，看到可爱的小孩子想抱一下、亲一下嘛，何况他最后也没亲上去，就是做了个动作。结果后来我让她倒茶，她就故意倒人家腿上了。”

司栗撇嘴：“水又不烫。”

司国庆懒得理她：“小悦，你评评理，她要真是小朋友也就算了，明明这么大一个人了，还这样乱来，你叫我以后怎么面对人家？”

悦一沉倒是能理解，就因为她不是小孩，才会对成年男人的亲近感到不适，何况悦一沉给她灌输过那么多相关的理念，她会戒备也是自然。

坦白说，他是满意的。

“叔叔，不管是大人还是小孩，女生对这方面确实应该注意，一不小心就会留下阴影。”

司国庆算是知道了，这个男人不会站在他这一边：“我看她就是被你宠坏了！”

司栗抱着悦一沉的脖子：“我们走。”

司国庆气得鼻孔都要往外翻了：“我走！”然后不等他们反应过来，摔门而去。

司栗这次是真的红了眼圈：“太过分了！”

悦一沉心疼得不行，也有些费解：“你也是，怎么这么没有分寸？”

虽然也是训责的话，但比司国庆不知温柔了多少倍。

“那个闫局是个伪君子，以前骚扰过我。”司栗小声说，“我刚参加工作的时候，他说他受我爸所托，给我安排了一份工作，然后经常借口约我出去，还三更半夜来骚扰过我。他官大，我也不想把事情闹开，所以没有告诉我爸。”

这件事她从未和任何人说过，本来是想埋在心底的。

悦一沉的眸色深了几许：“是什么局的？”

司栗摇头：“算了。”

他只能先掩下翻腾的心绪，柔声问：“晚上吃饭没有？”

“吃了。”

他陪着她看了一会儿电视，到十点多的时候司国庆仍然没有回来。

司栗有些火了：“不用等了，他肯定不会回来了。”而后直接去洗澡睡觉。

悦一沉给她热了牛奶放在她床头：“司栗？你一个人在家我不放心。”

司栗“噢”了一声，心不在焉道：“那你在这儿睡吧。”

悦一沉勾唇，摸了摸她的脑袋，再回来的时候已经洗过澡换上睡衣了。

司栗张着嘴巴：“你哪儿来的睡衣？”

“前两天备在车上的。”

他掀起她的被角：“冒犯了。”

司栗还没反应过来，悦一沉已经掀开被子躺上来了。

司栗的脸腾地红了：“我是说让你睡我爸房间。”

悦一沉捏捏她的脸，逗她：“我想和你睡，可以吗？”

她的声音很低：“那，也是可以的。”

悦一沉低低地笑了，伸手替她掖被子：“我怕你爸等会儿回来，睡吧，一会儿他回来了我就走。”

司栗仰着小脑袋看他：“要是太晚了就别来回跑了。”

悦一沉刮刮她的小鼻子：“知道了，睡吧。”

两人各居一边，睡得规矩，到了半夜也不知是谁先往中间挪了点，司国庆早晨回来的时候，看到的就是两人相拥而眠的情景。

悦一沉听到动静睁开眼，而后彻底醒过来，微微有些窘迫：“叔叔早。”

司栗哼了一声，继续往悦一沉怀里爬，司国庆走过去对着司栗的屁股狠狠打了一下，把司栗打醒了，一脸茫然地望着他。

他又好气又好笑：“白天还因为人家抱你生气了，一转眼和别的男人睡一块儿就没问题了？”

司栗揉揉眼睛：“一个是臭臭的老男人，另一个是男神，你说呢？”

司国庆捏她的脸：“起来吃早餐。”看样子是已经不生气了。

司栗立刻跳下床跟着他出去了：“你昨晚去哪儿了？”

“研究所。”

“我就知道。”

悦一沉掩着眼睛躺回去，鼻尖还萦绕着她身上专属的奶香，这让他十分不想起床，也有些怅然若失。司栗在厨房热牛奶，忽然听到司国庆在外面问：“小悦，这就要走了？吃个早餐再走吧。”

“不用了，你们慢慢吃。”

司栗追出去的时候，悦一沉已经换好鞋开门准备出去了。

“悦一沉，这么早就要走了？”

“嗯。”他按下电梯，朝她笑了笑，“好好吃饭，在家要听话。”而后便进了电梯下去了。

司栗在门口愣了好一会儿，直到司国庆过来把她抱回去：“要听话，听到没？吃吧。”

司栗食之无味，不明白悦一沉怎么突然就要走了，连早餐也没吃。

悦一沉很少情绪外露，所以她也没看出他是不高兴还是怎么的，但就是觉得不对劲。

“爸，我……”她纠结着，“我想……”

“想追出去？”司国庆喝了一口豆浆，斜眼看她，“就这点儿出息？”

司栗嘟嘴：“我出息大着呢，就是在他面前没有出息。”

司国庆叹气：“虽然说女大不中留，但你要是能早点儿结婚给我生个小娃娃玩，那也是极好的。”

司栗有些头疼：“这哪儿跟哪儿呀，我在他心里就是个小朋友而已。”

司国庆笑了：“你还记得吗？你小时候最喜欢芭比娃娃，过生日总有一个愿望是让你的芭比变大陪你。”

“这没有可比性啦，我是女孩子。”

“嗯，男人当然不喜欢芭比娃娃，但不会不喜欢变大的充气娃娃。”

信息量太大，司栗望着他，有些合不拢嘴。

司国庆把油条递给她：“自己领会。”

早餐吃过之后，司国庆带她去医院走了一圈，各类检查都没落下，结果显示没有任何异样。

司栗恼火得不行，又想到上一次变回去是因为在海里泡了大半天，便拖着司国庆陪她去游泳池泡着。

司国庆倒是享受，在池子里来来回回游了一个小时，而后才气喘吁吁地来问她：“游够了没？我们回去吃饭吧，我饿了。”

“我再泡一会儿。”这才多久，显然不够。

司国庆只好又去游了几圈，再回来时都要虚脱了："女儿，爸爸真的游不动了。"

司栗静静地泡着："那你到边上等我。"

一直等到儿童池的小朋友都走光了，她还浮在那里。

司国庆只好给悦一沉打电话求助："你快来吧，司栗疯了。"

悦一沉赶过来的时候，司国庆正在边上和管理员唠嗑，他和司国庆打了招呼，而后在司国庆的示意下转过头，一眼便看到司栗泡在水中央，下巴靠在游泳圈上，看起来像是睡着了。

他提步走过去，在泳池边蹲下拨了拨水："司栗。"

司栗惊了一下，抬眼看到他时一脸诧异。

后者朝她笑了笑，伸出手："过来。"

她立刻扑腾着划过去，手刚刚碰到他的手，就被人从水里捞起，裹着浴巾抱在怀里，语气里宠溺满满："怎么泡这么久？你看手指都皱了。"

司栗软绵绵的，有些脱力："你怎么来了？"

悦一沉只稍作思索便明了，有些无奈："你觉得泡水能变回来？"

是的，但这一次没有变回来。

冷风一吹，司栗打了一个寒战，悦一沉二话不说，抱着她离开了。

三人买了火锅底料往家里走，路上司栗累得睡着了。

"让她睡吧，我们先吃。"司国庆把食材倒进锅里，"喝点儿吗？"

"都行。"他把司栗抱进卧室，用吹风机小心地帮她吹干头发，而后才出去。

两个男人其实没见过几次，倒也难得地合得来，司国庆说起自己的考古工作，悦一沉不仅听得津津有味，还能对答上几句。

司国庆很惊讶："你混娱乐圈的也知道这些？"

悦一沉笑了笑，伸手帮他把酒杯斟满："略懂一些，读书的时候很感兴趣。"

"感兴趣就这么了解了？"司国庆笑了，"不是谦虚就是天才。"

两人坐着喝了许久，直到司栗揉着眼睛出来，表情还有些委屈："吃饭怎么不叫我？饿死我了。"

悦一沉连忙搁下筷子过去把她抱起来，蹙眉道："怎么不穿鞋？"

把小人儿放到凳子上之后，他又去给她拿碗筷，伺候她开始吃了之后，又去给她拿鞋弯腰替她穿好。

伺候得这么无微不至，司国庆都有些自愧不如："这孩子真给你惯得没有用了。"

司栗也有些不好意思，连忙按住他的手："我自己穿好了。"

悦一沉倒没坚持，看着她穿好之后才坐回去。

“唉，有你这么照顾她，我放心多了，就是不知道等她变大之后，还会不会有人这么照顾她。”司国庆在旁边阴阳怪气地说，“做父母的，最担心的无非就是子女的婚事了。”

司栗听着觉得不对劲，看了他一眼，开口打断：“爸，你吃饭，别说话。”

悦一沉在旁边笑，大概是因为喝了酒，眼睛很透亮：“叔叔，您放心，会有人照顾她的。”

司国庆和他对视一眼，读懂他眼里的意思之后，笑着给他倒酒：“来来来，再喝。”

悦一沉顺从地拿杯子接着，司栗看不过眼，伸手扯了扯他：“别喝太多，你一会儿还要回去。”

“回哪里去？”司国庆瞪了她一眼，恨铁不成钢，“今晚小悦睡这儿就好了。”

另外两人俱是一怔。

“爸？”

悦一沉摸摸鼻子。

“反正已经喝了不少，酒驾不好，今晚就睡这儿吧，反正司栗的床大。”

司栗有些脸红：“有代驾的。”

悦一沉居然也没开口拒绝，只举起酒杯：“叔叔，我敬您。”

“欸，好好好。”

57

他们一开始喝的是啤酒，后来司国庆又让他尝了尝自己泡的药酒，最后开了一瓶红酒收尾，那是她家最好的红酒，司栗不能喝，眼红得不行。

不过悦一沉耐不住她磨，给她抿了一小口，司国庆又偷偷给她喝了一大口，她自己又趁着两个男人不注意喝了小半杯。

最后她下桌的时候看东西都是晃的了，去浴室洗澡也差点儿睡着。

她到床上玩了一会儿手机，悦一沉才摸索着进屋。

黑暗中司栗的脸红得可以烙饼了，小声问他：“我爸已经睡了？”

他低低地“嗯”了一声，声音低沉，透着一丝醉意。

司栗想给他开灯，但手刚刚伸过去就被他挡住了：“没事，我看得到。”

大抵是刚刚从浴室出来，他手心的温度分外高，司栗像被灼伤了似的抽回了手。

他微微一笑，在另一边躺下。

他的手随意放着，几秒后无意识地往上走，碰到她的小手时顿了顿，而后轻轻地钩住了她的小拇指。他的手指修长又温软，他身上有淡淡的西柚香味，那是她常用的沐浴露，他的呼吸似有若无地喷在她耳畔，带着一丝丝红酒的香醇。

司栗的心跳在不断加速，一下一下敲击着她的胸腔。夜里太静，悦一沉的呼吸又微不可闻，她真怕被他听到自己那和心跳一样强烈的爱意。

当清晨的第一缕阳光洒在司栗脸上时，她猛地睁开了眼睛。

她背靠着一个温暖的胸膛，一条结实的胳膊从背后伸过来，穿过她的腰，搁在她的小腹上，男人的手掌温热，指腹带着薄茧，传来不可思议的真实触感。而薄被下的她，似乎……未着寸缕。

司栗硬生生地压下嗓子眼儿的那声尖叫，推开那只手后裹着被单往旁边躲，僵着身子死盯着旁边的人。

悦一沉被拿开手的瞬间就醒了，睁眼就看到一具白花花的肉体，微微一怔之后笑了："又变回来了？"

司栗这才反应过来，她又变大了。

她顿时更加恼火："我的衣服呢？"

"嗯？"他眯着眼睛想了半秒，慢悠悠地翻了个身，语调慵懒，显然是还未睡够，"半夜你说勒，我就给你脱掉了。"

司栗气得拿脚踢他："流氓！"

这一脚正中腰窝，悦一沉被踢得闷哼了一声，反手捉住她的脚踝阻止她再犯："我怎么知道你会半夜变成成年人？"

司栗再次被烫到，红着脸抽出自己的脚："我要穿衣服了。"

他"嗯"了一声，但仍然闭着眼睛一动不动，隔了一会儿才反应过来，转过头看她。

她侧身坐着，从他这个角度能看到她的整个背部，白皙光洁，弧线优美。

这道视线停留得有些久，再挪到她脸上时，显得有些意味深长。

司栗被看得有些不自在，往上扯了扯被子。

好在他几乎立刻就收回了目光，翻身下床，悠悠然出去了。

司栗也是在他出去之后低头看了自己一眼，才发现自己后背走光，再往下，是被撑坏的内裤，屁股都露了一大半。

抓狂得要扔枕头。她胖了好多啊啊啊！

换好衣服出去的时候男人也已经洗漱好了，刚从浴室出来，看到她的一张臭脸，忍不住勾唇。

讨厌，他一定是在笑她的肚腩。

“换好了？早餐想吃什么？”

“不吃，我要去跑步。”

“好啊，我陪你。”

司栗微微皱眉：“今天没事？”

他摇头。

“小可爱需要你照顾，我不需要嘛。”司栗劝他，“你忙你的就好了，不用管我。”

“我没说要管你。”他笑着说，“陪你嘛。”

司栗被噎了一下。

悦一沉把手放在她头上，轻轻按了一下：“在家等我，我去车上拿衣服。”

司栗怀疑他在车上放了个行李箱，没想到几分钟之后他回来时果真带上来了一个拉杆行李箱，个头儿还不小。

两人换了运动服一起下楼，绕着小区跑。

司栗家是单位分配的房，有些年头了，但小区绿化很好。他们起得不算早，但这会儿空气还很好，道路上也没什么人。不过才跑了四百米，司栗就气喘吁吁，抓着悦一沉的衣角半死不活的了。

悦一沉慢下步伐，回头看她：“跑不动了？”

她真的太久不运动了。

“不算跑不动……要是现在前面冲出一堆记者，我肯定可以扛着你跑。”

悦一沉笑得不行：“这个我相信你。”

以前她和虞纪在机场被粉丝围堵的时候，她确实是以一敌百，拉着他冲出重围。

司栗干脆停下脚步：“但我现在真的是没动力了悦叔叔。”

悦一沉莞尔：“行，那就不跑了，我们去吃早餐，你想吃什么？”

“牛肉面，大片大片牛肉那种。”

悦一沉微微一怔，而后摸了摸她的脑袋。这语气还真是像极了小可爱。

两人吃面的时候司栗给她爸打电话，问需不需要给他打包早餐。

“我早就吃了，现在都在研究所里了。”司国庆似乎在忙，说话断断续续的，“对了，你跟悦一沉在一起吗？”

“嗯，怎么了？”

“你把电话给他一下。”

司栗“哦”了一声，把电话递过去：“我爸找你。”

悦一沉利落地接过手机，叫了一声“叔叔”，而后不知道那边说了一句什么，他的眼睛都亮了：“好的，叔叔，我知道了，您放心。”

电话再还回来的时候已经挂了，司栗一脸狐疑："他跟你说什么了？"

悦一沉望着她，表情跟她每次"拔草"心仪的口红色号一样："他把你托付给我了。"

"啊？"司栗一脸茫然，"托啥？"

"他说要出差，可能好几个月都回不来了，怕你再变小没人照顾，让我看好你。"这下他能正大光明、理所当然地照顾她啦。

司栗却笑不出来，表情还有些委屈："他又去哪儿啊？"

悦一沉立刻又心疼了："他很快就回来了，就是之前那个区域又有重大发现，他得回去看一下，这是最后一次了。"

司栗仍然不高兴。

悦一沉伸手捏捏她的脸，和她商量道："是住你家还是去我那边？"

司栗被气笑了："我现在不是小可爱哦。"

悦一沉扬眉，改为捏她鼻子："小可爱出来。"

"小可爱拒绝出现。"

"那帮我连线小可爱，问她要不要去我家。"

"小可爱不去。"

"我把C家最新款的套装都买了，你真的不来我家住吗？"

司栗果然动摇了。

悦一沉下"猛料"："司栗的也买了。"

司栗眼睛一亮："大的也有？"

"有，我还给你订了口红，下午可以去提货。"

司栗完全妥协："那我们现在就回去，趁着我还没有变回来，我要试C家最新款！"

"先去取口红。"

见鬼，女人在新衣服和口红面前果然完全没有抵抗力啊。

在回去的路上，司栗把那几支口红看了又看，对悦一沉的崇拜之情溢于言表："悦一沉啊，你怎么选的每一支口红色号都刚好是我想要的呢？"

他"嗯"了一声，语调微微上扬，不以为意道："只是觉得这个颜色涂在你的嘴唇上会很好看。"

司栗捂胸口："哎哟，会选口红也就算了，嘴巴还那么甜。"

"你不是试过了吗？"他笑了，"还能更甜。"

司栗没有琢磨他这话里的意思，忙着拍照发微博，一不小心又忘了切换小号，发到小可爱的号里了。

评论立刻爆了。

可爱："啊啊啊啊啊啊！小可爱，你什么时候再出化妆教程？"

Kkkkkk："妈呀！我真的是输在了起跑线。"

山中有只笨妖怪："真是我见过最娇艳的小朋友了，可是我好喜欢！！！"

当然也有一大堆"喷子"，说她小小年纪就浸淫在化妆品里，不清纯、早熟。

也有阴阳怪气地说化妆品有害、致癌什么的。

但很快就被覆盖，看不见了。

车子开到半路，悦一沉就接到桔姐的电话，说钟编导又来了，正在工作室等他。

"是送你回家还是跟我去工作室？"悦一沉挂了电话问她。

"是上次说的那一档综艺？"司栗问，"我现在的状态不算稳定，上节目可能有些难。"

"我知道。"他柔声解释，"不是你去，是我去。"

司栗结结实实地诧异了："你要去？你不是从来不上综艺节目的吗？"

"要赚钱啊，他们给的片酬很高。"以前是无心赚钱，可是现在得赚钱娶老婆了。

能达到悦一沉的"很高"，那就是真的很高了。

看来真的是下了重金要推的一档节目呢。

司栗来了兴趣："我跟你去。"怎么说也是他的助理啊。

悦一沉"嗯"了一声，掉转车头往工作室去。

这一档明视台着力推出的综艺节目叫《叔叔是个大笨蛋》，邀请六个明星和六个童星搭配组合，用节目组特定的金额去旅游。

路上司栗和悦一沉就不谋而合，认为这档节目一定会火。

悦一沉和钟编导聊了一会儿，剩下的都是司栗在谈。

"录制时间比较短，所以下个月就要出发了。"钟编导说，"你们小可爱真的不考虑吗？"

悦一沉看了司栗一眼："抱歉，她抽不出档期。"

"好吧。"钟编导一脸无奈，"真遗憾。"

送走钟编导后，司栗问悦一沉："你真的决定参加了？"

"嗯。"悦一沉从柜子里拿出一瓶香蕉牛奶递给她，"给你留的。"

"……谢谢。"司栗接过，又有些不好意思喝，"下个月就出发，要去多久呀？"

悦一沉看了她一眼，微微顿了顿："不确定。"

"那你是和谁搭档？"她刚刚都忘记问了。

“小绒绒，你见过的。”

司栗想起来了，就是拍《孤独的心灵》时碰到的那个小演员。

“小绒绒啊，她很可爱的。”

“是很可爱。”

司栗无端有些失落：“和你组队肯定也有很多人喜欢。”

悦一沉心下了然，忍不住捏捏她的脸：“这么大的醋味呀？”

司栗想了想，她确实是有些吃醋。

她被悦一沉宠得太厉害了，现在居然容不下任何人站在他旁边，也没法接受他去喜欢别人。

“我也想加入。”

58

她很想和他一起上节目。悦一沉还在不动声色地想如何诱惑她跟着去，没想到她这么快就改变心意了，一时有些反应不过来。

“我想参加这个节目。”

“可是你现在……”

司栗仰着脑袋看他，一双眸子漆黑澄澈，仿佛所有心事都写在里面了，声音很软很轻：“如果我再变回去了，你就带我参加，和我组队，好不好？”

悦一沉觉得自己的心跳停了半拍，而后才抿唇笑了：“当然好。”

这张脸用这种表情、这种语气和他说话，就是要他的命他也愿意。

但第二天她没有变回去，第三天也没有，司栗急得要跳脚。

节目紧锣密鼓地开始筹划，拍摄日程和细节通过邮件一封封地发过来，他和小绒绒见了几次面，两人相处得很好，节目组拍了照片，本想拿来做宣传，被悦一沉拦下了。

也亏得他拦下了，不然给司栗在网上看到肯定要气死。

晚上司栗在沙发上看节目方案，悦一沉在厨房给她切水果，听到她漫不经心地问：“小绒绒好像长胖了一点哦？”

悦一沉顿了顿，谨慎地回答：“是胖了点。”

“网友说她胖了更可爱哦。”

悦一沉不敢作声了。

女人的眼神递过来，跟刀子似的：“是不是很可爱？抱起来跟棉花糖似的？”

悦一沉一惊：“你怎么知道？”

“节目组之前发邮件过来的时候我看到了，照片看起来很和谐嘛……所以你是不是真的很喜欢她？”

他连忙表白：“还是最喜欢你。”

“那如果我一直变不回去，你还会继续参加节目，和她组队吗？”然后不等他回答又立刻摆摆手，“当然要参加了，赚钱‘圈粉’最重要啊。”

悦一沉将酸奶和火龙果拌在一起，端着碗过去给她：“如果你不能参加，我也就不参加了。”

“开玩笑，违约是要赔钱的。”司栗接过碗吃了一口火龙果，酸酸甜甜的，“话又说回来了，我一直没有变回来，你会不会觉得自己被骗了？就像之前在网上看到的一个段子，网友在淘宝买了一只荷兰宠物猪，结果到货的是一个后来长到一百多斤的大胖猪，抱都抱不动。”

悦一沉被逗笑了，他拿走她手里的碗放到茶几上，手臂穿过她的腰和腿弯，将她打横抱起。

司栗莫名其妙：“干吗？”

他挑眉：“抱得动。”

“……我不是猪！”

“比方是你打的。”

司栗一直在安慰自己，要顺其自然，如果真的在临行前都没有变回去，那就说明她和小可爱的缘分到此为止了。

结果她还是在接到通知要提前出发录制时慌了阵脚。

悦一沉接过电话看了她一眼，而后便起身往露台去。司栗自然知道他的意思，连忙一把拉住他，用眼神示意他。

悦一沉却没有打住话头：“……你帮我跟节目组联系，说我有事去不了，违约金我来付。”

司栗抢过他的手机，对电话里的桔姐说他喝多了，是瞎说的，他会做好准备的。

桔姐怔了一下：“司栗？现在都十二点了，你在悦一沉家？你们……我去，那么快就同居啦？”

“小可爱非要来找他玩，我们一会儿就要走了。”司栗面不改色地撒谎，“具体的行程和方案有了吗？”

“有了，我发他邮箱了，等会儿你也看一下。”

“好。”

挂了电话，她才回头看他：“后天就走，你准备一下。”

男人表情淡淡的，看不出什么情绪："我不去了。"

司栗觉得很头疼："这违约金一付出去，你大半年收入就没有了，而且明视台我们也得罪不起。你既然都已经决定了，怎么能出尔反尔？"

"我骗你的。"他突然开口。

"什么？"

"我骗你的，我没觉得小绒绒可爱，我只想和你一起参加，当初会接，也是觉得你一定会和我一起参加。"他没想到她不会再变小了，"我不会和别人一起上节目。"

司栗愣住了。

"除了你，我不想带任何人去旅游，也不想你不高兴。"

司栗高兴、感动，但也有一点点心酸："小可爱就这么重要吗？"她望着他问，"你不是想带我去，是想带小可爱去。但是如果你的小可爱再也不会回来了呢？"

这话有些重了，悦一沉微微皱眉，他完全不知道她为什么突然就生气了。

空气仿佛凝固了几秒，司栗自知说错话了，立刻道歉："对不起。"

"算了。"悦一沉好脾气地笑了笑，完全不在意的样子，"时间不早了，上去休息吧。"

看起来是主意已定，她再怎么说都没有用了。

司栗上楼之后一直辗转难眠，越想越过意不去，最后还是穿上衣服出门了。

悦一沉尚未睡着，听到动静时以为她只是下楼喝水，但隔了十分钟仍未听到她回来的声音，心下一顿。他掀开被子穿衣下楼，发现楼下并没有人，再到车库一看，果不其然车子已经被开走了。

悦一沉耐着性子给她打电话，也不知道是她不接还是根本没带手机。

好在他之前就给她的手机设置了定位，所以还能查看到她的方位，确定之后，他立刻回屋拿了车钥匙追出去。

他赶到的时候，她已经进屋了，悦一沉庆幸自己随身携带了她家的钥匙，开门跟进去。

屋里漆黑一片，但仍然能听到主卧传来翻箱倒柜的声响，悦一沉拧着眉走进去，啪地开了灯。

女人显然被这突如其来的光亮吓了一跳，回头看到他时表情还有些茫然。

"你在这儿做什么？"

司栗紧抿唇线，不置一词。

悦一沉的视线落在她手上："你拿的是什么？"

她闻言立刻攥紧了手往背后藏，悦一沉伸出手："拿出来。"

司栗摇头。

悦一沉已经了然，心思一转，觉得有些好笑："你就不怕喝多了再也变不回来？"

对，她就是跑回来找那瓶水的，当时喝的时候黑灯瞎火，她觉得味道有些难闻，也没喝完，刚刚一看，竟然还有一多半。

司国庆心大，以为她全喝光了，所以也没来查看。

悦一沉揉揉眉心："把东西放回去，跟我回去睡觉……算了，今晚就在你家睡吧，大半夜的。"

司栗仍然不动。

"听话。"悦一沉朝她伸着手掌心，"给我。"

司栗没法不听话，他的声音太温柔，她根本无力抗拒，只能乖乖把东西递过去。

悦一沉这才满意："去睡觉吧。"

"那我帮你铺床，你睡我爸房间好吗？"

悦一沉屈指弹了一下她的额头："麻烦你了。"

明明是她比较麻烦，三更半夜跑出来，还害得人家要留宿她家。

司栗利落地换了干净的床单。

悦一沉在旁边也帮不上忙，看了一会儿又觉得好笑："这是你爸爸的床单吗？"

"啊？"

"没看出来叔叔这么少女心。"

司栗扑哧一声笑了："这不是我爸爸的啦，这是我的床单，我怕你嫌弃他。"

上一次他睡的也是这床，但那时候他没有注意。

"好了，你睡吧。"司栗拍拍床，"晚安。"

悦一沉也道了晚安，看着她走出去之后才在床上躺下。

原本不知道，现在知道了，忽然觉得有些异样。

虽然床单洗得干干净净，上面只有洗衣液的淡雅香味，但只要一想到这是她睡过的床单，悦一沉就有些……燥热。

糟糕，真是太久没有纾泄了。

意识到这点之后，那点念头越发强烈，他还想起了在海边的浴室看到的那具胴体，以及不久前抱过的温香软玉。

悦一沉起身去了浴室，所幸这小区老旧是老旧，但隔音效果还是非常好的。

第二天他还没醒就听到有人叫他，而后有软绵绵的东西靠上来。

"悦一沉，悦一沉。"

悦一沉"嗯"了一声微微睁开眼，就看到一个小家伙衣衫不整地挂在他身上，让他以为自己还在梦里。

“我又变回来啦！”

悦一沉立刻醒了：“你喝那个水了？”

司栗连连摇头：“我没有喝哦，是自己变的。”然后咯咯笑，“我可以跟你上节目去旅游啦！”

悦一沉笑了，把手机丢给她：“给钟编导发短信，然后乖乖的，让我再睡一会儿。”

“好的，好的，你睡。”

她没再出声，但人坐在床边，大腿靠着他的手臂，软软的、暖暖的。

悦一沉没忍住，伸手一把将她抱进怀里：“你也再睡会儿。”

司栗忙着发短信，无暇顾及他，等发完短信抬头时他已经睡着了。

不是没有近距离看过他，但还是每次都被迷住，司栗既不忍心挣开他的怀抱吵醒他，也舍不得挣开。等他再睡醒的时候，已经十点了。

钟编导打了电话过来，语气非常兴奋：“小可爱真的要参加吗？”

“对，空出档期了，只是不知道你那边好不好安排？”

“这个我来搞定，你们俩回去了解一下流程就好了。”

两人在外边吃了面，而后就回了悦一沉家。

晚上钟编导亲自带队过来踩点。

根据流程，出发的前一天是节目组分别到几个嘉宾家里，让他们抽选队员，还要通过玩游戏获取旅游经费。

别的嘉宾都是到了机场再碰面的，但小可爱和悦一沉这一对比较特殊。

“小可爱父母不在家，所以我就把她接过来了。”悦一沉和钟编导商量，“你看要怎么安排？”

钟编导倒是无所谓，觉得这样也挺不错：“大家都知道你们的关系，住在一起倒也没什么，而且你帮她收拾行李什么的，肯定很戳萌点。”

观众肯定很期待看到两人私下的相处模式。

59

摄影师走了一下机位，又在家里的几个角落安了摄像头。一切就绪之后钟编导先去了下一家，编剧和摄影师退出去，开了机子重新敲门。

悦一沉让司栗去开门，司栗踮着脚开了门，对着黑洞洞的镜头，有些茫然，可爱得不行。

“哎哟，小可爱。”编剧忍不住摸摸她的脸，“你怎么在这里啊？”

悦一沉从里面走过来，先是欢迎他们进屋，而后才解释了一番。

司栗还给他们倒了水。

“你们收拾行李了吗？”编剧问。

“正在整理。”

编剧要收集素材，便提出进去拍一小段小可爱收拾行李的片段，悦一沉很配合，领着他们上楼了。

摄影机把小可爱房间的全景拍了一圈，悦一沉有些不好意思：“化妆品那些……”

“放心，我们后期会剪掉。”编剧同他解释，“你只当我们不存在，帮小可爱收拾好行李吧。”

悦一沉摸摸鼻子，笑言：“她不需要我帮忙。”

确实不需要，司栗早在他们上楼前就收拾得差不多了，和她一样高的大箱子里塞满了压缩袋装着的衣服鞋子。

“这一边装的是什么？”编剧指着行李箱被拉链盖住的那一层问。

悦一沉来不及拦，司栗已经大手一拉，把盖子掀开给她看了。

满满一层的化妆品、护肤品，卷发器、发膜、洁面仪，居然还有瘦脸仪。

悦一沉看编剧的脸都有些僵了，她本来是想来一出发现小可爱暗藏零食而后收缴，小可爱撒娇的桥段的，没想到……只能低头默默在本子上记下一句：删掉。

司栗还一边往已经没有任何缝隙的箱子里塞东西，一边拿着两条裙子问他：“这一套比较好看还是那一套？”

悦一沉表情很认真：“两套都好看。”

“可是装不下了。”

“我帮你装。”

“万一我和你不是一队呢？”

他笑了：“那留黄色这套吧。”

这日常也太萌了吧！

之后几人一起下楼，编剧说：“今晚是抽队员，还有做任务获取经费。悦先生想和谁组队呢？”

“和谁都可以。”悦一沉说。

司栗瞪了他一眼，这个表情也被摄影机捕捉进去了，助理也忍不住笑：“那小可爱呢？你想跟谁？”

“都有谁呢？”司栗奶声奶气地问。

助理便拿出手机给她看：“这个，这个，还有这个。你喜欢哪个？”

“第三个。”

悦一沉也凑过去看，若有所思地点点头：“原来你喜欢这样的。”

编剧给摄影师一个眼神，表示这一段可以放在片头吊观众胃口。

抽队员的环节心照不宣，悦一沉按照他们的指示选了橙色的棒子。

助理在摄影机面前展示了棒子里的名字，但没有立即告诉他们：“明天在机场才公布名单，悦先生，你希望和谁一起旅游呀？”

悦一沉笑眯眯地说：“想和小绒绒一起。”

此时镜头给了司栗特写，那张漂亮的脸蛋立刻就开始胀气，悦一沉连忙改口：“也想和小可爱旅游。”

司栗还是一脸生气的样子，气鼓鼓地没有理他。

悦一沉之前跟她说过，既然是综艺节目，那就解放天性，怎么可爱怎么来。

“那我们开始做游戏了，悦先生先来？”

她把写了规则的卡片递过去，悦一沉看了一眼就笑了：“一个俯卧撑一块钱？这也太便宜了吧？”

编剧也笑：“这个是不限时的。”

悦一沉利落地趴下，司栗蹲在旁边帮他数数。

悦一沉一口气做了三百多个，汗水浸透了白衬衣，顺着他结实的胳膊和鼻尖滴落在地板上，性感到“爆炸”。

“悦先生……等会儿还有别的游戏，您悠着点儿吧，这只是你们明天去机场和吃早餐的经费。”

镜头里的悦一沉微微一顿：“我想请你们吃一顿。”

编剧失笑：“那也够了。”

“小可爱就不够，她早上要吃很多的。”

司栗乐颠颠地去给他拿纸巾和水：“我明天可以吃少一点的。”

他坚持到了四百个才爬起来。

摄影师给了他一个特写，他的长睫毛上都是汗水，侧身弯腰让小可爱帮他擦汗，胸膛起伏，微微喘息。

就这张脸，完全可以撑起一整个节目的收视率了。

小可爱的游戏就简单多了，单脚站立，一秒钟一块钱。

司栗信心满满，不等编剧掐表她就开始了，但是出乎她意料的是，不到十秒她就踉踉跄跄地往前倒了。悦一沉一把捞住她。

编剧笑着报时：“十三秒，恭喜小可爱。”

司栗目瞪口呆，十三秒是什么鬼？恭喜什么？有什么好恭喜的？

编剧递过一个信封："悦先生，这是您赢取的资金。"然后又递给司栗一个小信封，"小可爱，这是你的。"

"谢谢姐姐。"司栗礼貌地接过。

"真乖呢。"编剧完全被"圈粉"了，"这是你们明天的车费和早餐钱，明天早上十点准时出现在机场，届时不可以带助理，不能使用自己的现金。"

摄影师和编剧走了之后，司栗又试了一次单脚站立，仍然撑不过十五秒。

悦一沉不敢笑她，连连安慰："小孩子就是这样的，平衡感比较差。"

司栗更郁闷了，他一下子拿下了四百块，她才十几块，差距也太大了，让她忍不住开始担心之后的环节里她会给他拖后腿。

她有心理负担，晚上没怎么睡好，第二天一早被悦一沉叫醒的时候，眼睛都睁不开。

她迷迷糊糊地被悦一沉抱去浴室洗脸，他捏着她的下巴用电动牙刷给她刷牙。

回房后她又爬到床上，还没躺下就被揪起来。

"换衣服要出发了。"悦一沉说，"晚了就吃不上牛肉面了。"

司栗几乎立刻就醒了，迅速换了衣服，悦一沉帮她梳好头发扣上棒球帽，而后便拖着两个行李箱出门了。

编剧和摄影师刚刚到，看到他们已经在门口了，有些诧异，连连称赞："悦先生好早啊。"

悦一沉朝他们笑笑："说了要请你们吃早餐的。"

悦一沉家附近就有一家地道的面馆，面条筋道，面汤很鲜，牛肉大块，番茄肉汁酸酸辣辣，叫人胃口大开。

去之前司栗还不停地打哈欠，到了店里一闻到香味，眼睛都亮了。

悦一沉点了单，用昨晚做俯卧撑获取的资金买了四碗面，又给司栗加了卤蛋和牛肉，满满一大碗，司栗都不好意思了。

她吃的哪是牛肉，是他的汗水呀。

编剧拍了照片发到节目组的大群炫耀，别的工作人员纷纷表示羡慕。

他们都知道悦一沉人好，但是没想到有这么好。

其中一个跟当红小生的编剧忍不住发牢骚：还早餐呢，在门口站了大半天，姑奶奶都还没下楼。

他们团队以前一起制作过很多期节目，所以内部氛围很好，说话也毫不避讳，连老大也没有阻止。

编剧又拍了小可爱呼噜呼噜吃面的照片发过去，群里又"炸"了。

因为实在是太可爱了，都超级想发微博的。

两个女孩子吃得比较慢，悦一沉说了一声“慢吃”，就出去打车了，同样已经吃完的摄影师跟着他出去了。

他们只能用节目组给的现金，所以不能用手机叫车，只能到路口打车。

好在悦一沉住的这一片不算闹市区，行人不算多。摄影师不敢跟太近，怕引起路人的注意，加之悦一沉又戴了口罩，前两天刚理了头发，倒也没有引起围观。

他很快就拦下了一辆车，询问了一下价格才知道去机场要一百八左右。

他刚要把行李箱放到后备厢，就接到了一个电话，来了一个免费的车夫。

编剧红着脸上了车：“虞纪，我是你的粉丝！等下能不能给你拍张照？”

“当然可以。”虞纪笑着说，“就是不知道我来接你们，算不算违反你们的规定。”

编剧连连摇头：“不会不会！你来是我们的荣幸！”

不仅是荣幸，还会引爆收视率啊，真是太给力了，最强外援啊！

虞纪说他是想来送小可爱的，节目组邀请了虞纪好几次，但虞纪发展方向不在综艺节目，档期也实在是空不出来，只能婉拒了。

“我也很遗憾啊。”虞纪说，先是把他们节目一通夸，然后又说非常想和小可爱去旅游。

悦一沉在后座给司栗涂唇膏，眼皮也不抬地说：“小可爱不想和你去旅游。”

虞纪特认真地问编剧：“我能把这男人丢下车吗？”

编剧扑哧一声笑了。

到了机场，一行人下了车，虞纪绕到后边帮他们拎行李。

“我等会儿还有点事，不然就陪你们进去了。”

悦一沉立刻说：“好的，谢谢你了，再见。”

虞纪弯腰把司栗抱起来，“嗯”了一声：“好像胖了。”

司栗一点儿都不想和他说话了。

虞纪趁她不注意，亲了她一口：“回来请你吃火锅。”

司栗愣了一下，脸马上红了。

“哎哟，还会脸红啊，真可爱。”虞纪忍不住逗她，“再亲一口。”

悦一沉已经伸手把她接过去了：“行了，我们进去了。”

虞纪皱眉：“你这人怎么这么讨厌？”

悦一沉和编剧说了一声：“我们进去吧。”

编剧看他抱着小可爱，连忙帮他推另外一个箱子。

司栗趴在悦一沉肩头，冲虞纪挥挥手：“虞纪哥哥，拜拜。”

虞纪朝她比了一个飞吻。

司栗又脸红了——这个人真的是行走的荷尔蒙。

悦一沉忍不住拍了一下她的屁股。

60

他们几人不是最早的，钟导已经在现场了，比他们早的还有一个嘉宾，是去年奥运会的游泳冠军，外形俊美，气质阳光，身材超级好。

悦一沉抱着司栗过去和钟导打了声招呼，钟导忙着统筹现场，和他们打了声招呼就离开了。

冠军比较热情，一见他们就上前来打招呼了，说自己不仅是悦一沉的粉丝，也是小可爱的粉丝，微博还关注了她。

“我也关注你了。”司栗小声说，脸还红扑扑的。

他笑了一下，问悦一沉：“我能抱抱她吗？一直觉得她好像棉花糖，抱起来肯定很舒服。”

司栗立刻朝他伸手，也不等悦一沉开口。

这冠军就是昨晚她说喜欢的那一位。

之后，他们俩一直在讲话，他还教她蝶泳，手把手地纠正她的姿势。

悦一沉坐在对面看着，有些怨那些迟到的嘉宾，要不是有人迟到，他们早就开始录制了，根本不用在这儿让他有机会接触小可爱。

好在小绒绒很快就到了，她一来就跑到司栗旁边和她说话，司栗也总算没有再学那该死的蝶泳。

参与节目录制的一共有六组嘉宾，节目组拟了三个出行地点，一个是夏威夷，另一个是瑞士，剩下一个是国内。

钟导问了一圈，小朋友们都想去夏威夷，只有司栗说想去瑞士，男人们则表示无所谓，反正是没人想留在国内的。

“两个旅游地点倒是没有好坏之分，但小朋友们都喜欢夏威夷，所以夏威夷还算抢手。”钟利笑着说，“所以一会儿的游戏不仅可以为大家获取旅行经费，经费最高的还有优先选择地点的权力。”

随后节目组公布了所有人的经费。

成年男嘉宾里前一晚获取经费最多的是悦一沉，其次是游泳冠军。但悦一沉因为早上花了二百块钱吃早餐，所以现在的经费总额屈居第三。如果不是因为有虞纪来送他们，悦一沉恐怕就要垫底了。

小孩里边小绒绒最厉害，获得了八十块，其他小朋友都是四五十。

她垫底了，真是有些尴尬。

所有嘉宾到齐时，已经比预定时间晚了半个小时。

节目组有经验，多预留了时间，但游戏环节仍然有些紧凑。

小嘉宾这边的游戏设置的是画画，根据要求画出相应的东西，然后在机场寻找特定的群众，被认出来就算通过。

司栗觉得她做这些任务都像作弊，但也深知不能大意，昨天晚上就是大意了。

悦一沉和游泳冠军都朝她比大拇指鼓励她。

几个小朋友分别开始玩游戏，司栗这边的指令是恐龙，没有照片和图片，是编剧在她耳边说的，全靠她自己想象。

幸亏在这之前悦一沉陪她去看了《侏罗纪公园》，她很快就画了一幅特点突出的简笔画，另一个指令是在机场找到一个金色头发的人，只要对方认出画里的东西就算通过了。

司栗立刻抱着画板往外跑，摄影师和编剧跟在后面，悦一沉和游泳冠军也跟上去，但游泳冠军被他的编剧拦住了。

四个小孩，他们两个都跟着司栗的话，就有一个小孩落单了，不太好看。

游泳冠军立刻打了一个OK的手势表示理解，停下了脚步。

这边司栗已经跑得不见人影了。

摄影师扛着机器追得满头大汗，编剧也笑着和悦一沉说："这小家伙跑得也太快了吧。"

悦一沉迈着大长腿，倒是很快就追上了她，她已经找到了对象，编剧跟过来时很诧异："找到了？"而后一抬头便笑了，"原来误打误撞地来了这里。"

悦一沉莞尔，可不是误打误撞，司栗直接跑到国际通道这里来了。

虽然此时通道上没人，但是出口处有人接机，恰好就站着一位金发碧眼的美妞。

司栗吭哧吭哧地跑过去，刚要开口询问，就看到那个黑洞洞的摄影机，便活生生地把那句英语咽下去，而后转头巴巴地望着悦一沉。

这种被需要的感觉很好，悦一沉一扫刚才"蝶泳"的阴霾，笑着走过去帮她翻译。

悦一沉的英语说得自然又流利，而且非常口语化，听着就知道是常年往外跑的人。那美女看到帅哥眼睛都亮了，再一低头看到小女孩，被"萌"得不行，听清了来意之后立即蹲下来看她的画，但是也不知道是不是司栗的理解有偏差，那美女居然说是鳄鱼。

鳄鱼和恐龙差了不止一点点。

每个路人只有一次回答的机会，美女猜错了司栗也不气馁，迅速在美女脸上亲了一口，说了“再见”之后转身就跑了。

她直接跑进了附近的咖啡店，现在还早，咖啡店里人不算多，摄影机跟着她进去，她迅速找准目标，跑到人家面前。

正在喝咖啡的青年转头看她，朝她微微一笑，取下耳机问她有什么事。

青年金发，符合条件，长得阳光帅气，司栗要被迷晕了，回头想找悦一沉来帮忙，却发现后者在门口就被小粉丝拦住拍照了。

她赶时间，只能拣最简单的英语说：“打扰了，请问你知道这是什么吗？”

青年看了她的画板一眼，扬了扬眉，问：“这是你的画？真可爱，画的是大象吗？”

司栗快急哭了，道过谢就要走，走了两步又回头，红着脸问：“可以拍张照吗？”

小帅哥欣然应允，摄影师都快笑死了，举着摄影机把他们自拍的情景也录了下来。

然后司栗匆匆往外跑，都没来得及搭理悦一沉，经过刚刚的国际通道又看到那个美女。她似乎接到人了，也是一个金发碧眼的帅大叔，美女朝她招手，然后拉着帅大叔过来。

“小可爱，没准他能帮你。”美女笑眯眯地说。

司栗连忙把画板给他看，大叔只看了一眼就道：“是恐龙？”

司栗兴奋得连说了几句“Yes”，编剧掐了表，跟着司栗一起道谢，而后往回跑。

她不是第一个完成任务的，另外一个男孩子的指定对象是一米九的男人，恰好那个游泳冠军就是，所以他两分钟内就完成了任务。

节目组定的规则是第一名三百元，第二名二百元，第三名一百，最后三名都是十元。

那三个小家伙都快哭了。

随后公布成年嘉宾的游戏，板子一揭开，几个大男人都要崩溃了。

“又来俯卧撑？”

“节目组想不出其他法子了？”

游泳冠军笑着对镜头说：“导演你出来，我们好好谈一下，保证不打你。”

“昨天一口气做了几百个，现在手臂都是酸的。干什么啊？”

司栗仰头看悦一沉，无声地询问他。

悦一沉摸摸她的脑袋：“没事。”

众人怨声载道，但上了贼船，也没有别的办法了。

几个身形高大、外形英俊的男人在机场空地趴下预备，立刻吸引了一大拨观众，把摄影区域团团围起来，怪叫连连，举着手机拍个不停。

男嘉宾里有个热度很高的当红小生，朝着人群比了一个嘘的手势，女粉丝们立刻乖乖消声。

围观群众越来越多，节目组怕失控，临时将俯卧撑规则改为限时，随着导演一声令下，几个男人立刻开始，登时一阵此起彼伏，荷尔蒙四散，粉丝们都快昏厥了。

计时结束后，导演卖了个关子，没有立即揭晓成绩，而是先宣布组队。

节目组将昨晚几名男嘉宾选择的对应的小嘉宾一一公布，毫无悬念，悦一沉和司栗是一组，旁边的游泳冠军李优技看起来有些遗憾。

他抽到了目前资金排名第一的小男孩，直被别的男嘉宾戏称两人是实力组。

组队后资金整合，悦一沉他们仍然排在第二。

排在第一位的李优技组有优先选择目的地的权力，李优技全交由小男孩决定。

那个小男孩选了瑞士。

所有人都有些吃惊，因为最开始他说想去的是夏威夷。编剧问他为什么选瑞士，他酷酷地回答："因为优技哥哥想和小可爱在一起。"

李优技乐了，虽然他非常满意小男孩的这个选择，但还是打趣道："明明是你喜欢小可爱。"

所有人选定目的地之后就开始收拾，准备出发了。

小嘉宾们和父母道别，小绒绒哭了，和李优技一组的小男孩眼圈也有些红，抱着他妈妈的脖子不撒手。

他爸在旁边逗他："你看人家小姑娘都不哭。"

小家伙看了司栗一眼，泪花在眼眶里打转，死死咬着下嘴唇不让眼泪落下来，看得他妈妈一阵心疼，拉着他到李优技面前拜托了一阵。

之后编剧递上两组的登机牌，悦一沉只看了一眼便皱眉："经济舱？"

"咦？"李优技也凑过来，"你的是经济舱吗？我的是头等舱欸。"

编剧解释："节目组经费有限，除了目前排名第一的队伍，其余队伍都是经济舱。"

悦一沉没再说什么，抱着司栗要去登机，司栗没让他抱："你的手还有力气吗？"

悦一沉笑了，捏捏她的脸："抱你的力气肯定是有的。"

司栗仍然不让他抱，他也没坚持，只伸出一只手牵她。

李优技也抱着陶宁走过来："小可爱，你和陶宁一起坐好不好？"

悦一沉和司栗都望向他，李优技向悦一沉解释："让两个小孩坐头等舱，我和你去坐经济舱。"

悦一沉还未开口司栗就已经笑着婉拒了："愿赌服输，我就和悦一沉坐经济舱好了。"

李优技也笑了，他把陶宁放下来，说："呦，你还知道愿赌服输呢。其实我是想让你陪陪陶宁，他第一次出远门，我怕他不适应。"

司栗牵起陶宁的小手，奶声奶气地说："不用担心，陶宁肯定能适应。"

陶宁看了她一眼，努力憋住眼泪，也握紧了她的手。

61

悦一沉和李优技跟在后头，李优技穿着休闲的POLO衫，反戴一顶鸭舌帽，悦一沉穿着白衬衣，方才做俯卧撑时卷起的袖子还未来得及放下，手臂线条饱满。两人英俊过人，身形高大，一个青春阳光，另一个气质不凡，比在大屏幕上看到的还帅气，一路上都有人举着手机对着他们。

编剧提醒他们已经有点迟了，这两人才一改优哉游哉的姿态，一人抱起一个娃，迈开长腿朝登机口跑去，又引得周围群众一阵尖叫。

"妈呀，李优技已经那么高了，悦一沉居然和他不相上下，我还以为悦一沉才一米八出头。"

"他的官方身高是一米八五，这么一看肯定超过了！"

"啊啊啊啊啊！'路转粉'了！"

两人一路狂奔，才在起飞前赶上了飞机。

李优技有意让小可爱和陶宁去头等舱，但节目组不允许，虽然两个小孩坐一起会很有爱，但李优技和陶宁两人需要磨合，李优技没有照顾小孩的经验，这方面更有看点。

悦一沉牵着司栗走到他们的位置上，这大概是悦一沉第一次坐经济舱，狭窄的座位让他有些束手束脚。

束手束脚的他还是费力地拿毯子给她盖脚，垫护枕。

飞行一个小时后，空姐来发飞机餐，司栗早就饿了，但是打开饭盒有些失望。

不仅悦一沉没有坐过经济舱，她也已经很久没有坐经济舱了。那快餐她吃了两口就不愿吃了，宁愿饿着，也不想塞一堆垃圾在肚子里堵几个小时。

悦一沉早有准备，摸摸她的脑袋："我带了一块起司蛋糕，你要吃吗？"

司栗眼睛亮了："悦一沉，你好棒！"

悦一沉瞧着她，忽然笑了，而后悄悄看了一眼周围，凑过去指了指自己的脸颊。

司栗微微一怔，有些脸红："干吗？"

"赏一个？"悦一沉仍然笑着，"不然我亲你也是一样的。"

司栗"哦"了一声，扯着他的衣袖把他拉过来，大大方方地在他脸颊上亲了一口，退回来的时候"咦"了一声："悦一沉，你脸红了？"

悦一沉弹了一下她的额头，把蛋糕递过去，又叫了空姐送果汁来。

编剧坐在前面，递过来一个信封，示意他们打开。

悦一沉拆开看了一眼，然后望向司栗。

信上说的是他们有一次机会加钱升级到头等舱，但他们身上总共也只有几百块，如果要凑够升级的资金，需要玩一个小游戏。

在飞机上玩游戏有局限性，也不好大声喧哗影响其余乘客，因此他们玩的是不需要说多少话的"心有灵犀"，由编剧出题，司栗比画，悦一沉来猜。

节目组没想到的是，两人默契这么好，而且司栗又足够机智，一口气居然把编剧准备的词卡都猜完了。

编剧要去办升舱手续时，司栗扯着悦一沉说："我不想去头等舱。"

悦一沉立刻反应过来了，笑着问编剧："我们不升级，请问可以折现吗？"

编剧愣了一下："你们真是精明。"倒也没说不可以。

落地的时候一行人去等行李，编剧趁机宣布了最新资金排名，悦一沉这一组一跃到了第一位，李优技费解不已，不明白怎么就被反超了。

下了飞机之后他们需要自己想办法订酒店、打车，李优技在等行李的时候就和悦一沉沟通好了，决定一路同行，不仅省钱，还能有个照应，两个小孩也不会无聊。

悦一沉自然是没有穷游经验的，所以来之前司栗就给他做足了功课，教他研究攻略，在手机上下载好各种软件。

他们先到的是苏黎世，悦一沉在网上订了一家民宿，是一家坐落在利马特河边的独栋公寓，有阳台和厨房，五百元一晚。

悦一沉订了三间房，并拜托编剧留下来和司栗睡，编剧欣然应允。

跟着两组的工作人员一共有十人，有一些大型摄影设备运不过来，只能在本地租借，所以有四人是提前到这边准备的，钟导跟着去了夏威夷，他们这边是一个副导演跟着。

悦一沉订酒店，李优技负责找车，结果走了一圈都没找到合适的。

"这边的出租车死贵。"

"只能包车了。"悦一沉和编剧商量，节目组租了两辆车，空间刚好合适，就是价格不合适。编剧按照租车的费用摊下来和他们算，他们也无力支付。

协商未果，李优技瞧出了节目组的套路，直接问：“你们干脆给我们指明方向吧。”

编剧嘿嘿一笑，用手指向机场门口不远处在路边卖唱的吟游歌手。

李优技摊手，望向悦一沉：“我五音不全，你让我表演游泳还差不多。”

悦一沉也笑：“我只是个演员。”

于是所有人的目光都集中到司栗身上。

“我只会跳那一支舞。”司栗弱弱地说。

“已经足够！”李优技兴奋地说，“我手机上就有音乐。”

他们找了个空地开始放音乐，司栗有些不好意思，两个男人往那儿一站本来就很抢眼，更不要说陶宁和司栗都是粉雕玉琢的漂亮人儿。许多路过的人都停下来拍照，问他们是不是中国娃娃。

围观群众越来越多，李优技给司栗打了个眼色，她被赶鸭子上架，只能戴好帽子，走到中间，摆了个酷酷的造型。

群众里发出欢呼声，也有惊讶声，大概是没想到跳舞的是小娃娃。

上次在节目上跳过一次之后，司栗回头看了重播，又对着原版视频复习了动作，所以这一次跳得还算流畅。

一曲结束，围观群众笑着鼓掌，司栗大汗淋漓，喘着气把帽子摘下来回了个礼，而后将帽子放至地上，立刻就有人上前投币，陆陆续续地居然把帽子都塞满了。

李优技盘腿坐在地上数钱，陶宁蹲在旁边看。这边悦一沉在喂司栗喝水，怕她喝急了漏出来，拿手在她下巴下接着。

摄影师拍了个特写，编剧也在旁边小声笑称：“悦先生，以后你的妻子一定很幸福。”

悦一沉拧好瓶盖，一边帮她擦汗，一边问：“什么？”

“你这么会照顾小孩，你妻子都不用操心了。”

悦一沉笑笑，对她的话不置可否。

李优技那边数好了钱，兴奋地跑过来：“太棒了，付了车费还有余。”

陶宁也一脸崇拜地看着司栗：“姐姐，你好厉害。”

司栗微微一怔，而后体会到了悦一沉在她这里受到过的会心一击。

太可爱了啊！小包子什么的，真的好可爱。

之后一路上司栗都在和陶宁玩，玩他的小手，捏他的小脸，吃他的糖。

悦一沉坐在旁边备受冷落，有些哀怨地和李优技说：“我们还是分开走吧。”

李优技：“啊？”

车子转了个弯，他们看到了那条河流，也很快就到了公寓前。房子虽然有些老旧，但胜在干净，且周边风景迷人。

两个男人一手一个箱子，悦一沉打头，李优技在后，两个小孩牵着手蹦蹦跳跳地走在中间。

他们给户主提供了信息，缴了费用，被领着上楼看房间。

卧室空间不大，他们选了一张床比较大的给司栗和编剧，悦一沉住对门，李优技和陶宁住一间，在他们楼上。

悦一沉把行李箱放进房间之后就到司栗房间去了，里面只有编剧在整理本子，看到他站在门口立即告诉他：“小可爱到楼上找陶宁玩了。”

悦一沉上去的时候，司栗正在和陶宁研究那台看起来像是古董的电视机，两人交流起来真的是毫无障碍。

悦一沉由着他们疯闹了一会儿，而后才把司栗拎出来带回去换衣服。房东送了一些面包和水果给他们，吃东西的时候副导演将几位嘉宾一一叫过去录制微访谈。

悦一沉是第一个被叫过去的，访谈的地点在顶楼的小平台，户主在这里做了一个玻璃小茶室，周围种着不知名的小野花，在阳光下迎风招展。

悦一沉担心的是司栗上来之后会喜欢这里，不愿走了。

落座后编剧例行问了一些问题，而后递上这两天的任务卡。

任务自然是用获取的资金游玩瑞士，一天至少去两个地方，并且做到物有所值。获取资金的方式除了早中晚节目组放送的游戏挑战，还有暗线。

因为节目的宗旨是带着小朋友旅行，所以他们的感受是最重要的。

副导演问他：“来之前我们悄悄采访了小可爱，问了一些她想去的地方，悦先生，您能猜到她最想去的三个地方吗？”

悦一沉换下了衬衣，只穿着纯棉T恤，整个人舒适又慵懒，扬一扬眉问：“猜到了有资金奖励吗？”

在场的工作人员都笑了：“看来您很有信心。”

“答对一个十元。”副导演说。

“法郎？”

“人民币。”

悦一沉笑了：“真便宜。”

副导演也笑：“您还跟我们讨价还价呢。”

“她应该会想去滑雪吧。”悦一沉道，“然后是各种街区，她很喜欢购物。”

导演笑了："二十元到手。购物都能猜到，真的是非常了解。"又问，"还有一个呢？"

悦一沉摸了摸眉毛，思索半秒，最后只能摇头："想不出来了。"

导演却没有告诉他答案，递过去兑换成法郎的资金后，副导演又问他："你听过小可爱唱歌吗？"

悦一沉摇头："没有。"

"中午的任务是……让小可爱唱歌给你听，任务完成后获取的资金是50法郎。"

50法郎挺多了，足够他带她去比较好的餐厅吃牛排了，但想完成任务也相对要难得多。

"可以换别的吗？"悦一沉笑了，"我觉得让她给我刮胡子、洗衣服都比这要容易。"

他觉得这个任务他真的完成不了。

他这么说，就更合导演心意了："只有这一个选项。"

62

之后悦一沉亲自下去把司栗带上来了，果不其然，小家伙一上来看到天台的景象，眼珠子都不会动了。

"我晚上可以在这里睡吗？"玻璃房里有榻榻米，躺下就能看到满天繁星。

悦一沉捏捏她的小脸蛋："不可以，快进去吧。"

她进去后悦一沉就被赶走了。

导演问司栗："你觉得悦一沉今天的表现怎么样？如果要打分，是多少分？"

"一百分啊。"司栗一边摸着腿上的抱枕一边说，"他很棒。"

导演又问她今天为什么没有和李优技换座位到头等舱去。

"我怕他无聊啊。"司栗一脸纯真。

"谁？"

"悦一沉。"

导演笑了。

但她说的是真的嘛，如果她过去了，悦一沉肯定也放心不下。

最后导演问她："有没有什么非常想吃的或者想玩的？"

司栗那双葡萄一样乌溜溜的眼珠子转了转："冰淇淋。"

"平时不能吃？"

"悦一沉不让吃，也没给我买过。"

“如果你开口跟他要他也不会给吗？”

“不会。”司栗回答得斩钉截铁，“他是很有原则的。”

导演“哈哈哈”地笑了一通，然后告诉她，她的任务就是这个。

“不能开口要，也不能暗示，如果他给你买了，那你就能获得50法郎。”

“50法郎是多少？”她不记得汇率了，导演却以为她没有这方面的概念，便笑着回答她，“可以吃很多很多冰淇淋了。”

司栗嘟嘴：“这比跳舞难。”

这确实比跳舞更难，自从她吃火锅吃坏肚子，悦一沉对她饮食这一块就格外注重。

采访结束之后司栗跟着编剧回房，悦一沉寻过来的时候她已经睡着了，衣服掀开一个角，露出圆鼓鼓的肚皮。

房间里还有别人，他不好走进去，只能小声提醒里面的编剧给她扯好衣服、盖好被子。编剧在旁边有些惭愧：“抱歉，刚刚没注意。”她没有小孩，也没有带小孩的经验，所以难免会有疏漏。

悦一沉笑了笑：“没事，你也早点儿休息吧。”

他们要倒时差，但也没有多少时间可以睡，凌晨三点多就又起来了。

悦一沉和李优技商量了一下，还是决定两组一同出发比较好，毕竟车费太过昂贵。出发前导演递上任务卡，并告诉他们：“这一次是一个动作一法郎。”

两个男人对视一眼，皆有种不祥的预感。

果不其然，打开任务卡之后李优技发出一声哀号。这一次的任务仍然是做俯卧撑，而且还是让两个孩子分别坐在他们背上，不仅难度加大了，更重要的是，昨晚和今天早上他们都是用生命在做俯卧撑啊，哪里还有余力！

李优技都想和导演打架了，这边悦一沉倒是慢条斯理地撸起了袖子，李优技以为他是要帮自己打人，结果他下一秒就弯腰趴下了。

李优技：“你妥协得也太快了吧？”

“经济基础决定上层建筑，小可爱，上来。”

司栗心疼他，不愿意上：“我胖……”

李优技笑喷了：“你哪儿胖了？多可爱。”

悦一沉朝她笑笑：“乖，上来，我们速战速决。”

司栗小心翼翼地坐上去时，立刻就感觉到了男人身上喷发的能量。

一个，两个……三十五，三十六……

他越来越缓慢，司栗坐在他背上，能清晰地感觉到他的身躯因手臂脱力而微微颤抖，肌肉结起，僵硬如大理石。

编剧也在旁边小声劝："悦先生，您悠着点儿。"受伤就不好了。

悦一沉自然是有分寸的，司栗不担心这一点，只是有些心疼。

他平时是会通过健身管理自己的身形的，所以才能在第一天晚上做几百个俯卧撑，但人民币和法郎比起来，还是亏了。

节目组太奸诈。

悦一沉坚持到了五十个，司栗在他快要撑不住的时候立刻跳了下去，然后扶着他起来。他的手臂仍然在抖，肌肉一弹一弹的，司栗拉着他坐下，用力帮他捏手臂给他按摩放松。

编剧也连忙过来帮忙。

李优技本身是运动员，手臂力量强大，但也只坚持到五十五个就停了下来。

结束后两人都有点惺惺相惜的味道："再来一遍我就要打人了。"

"打人？砸机器吧。"

导演充耳不闻，递上两个信封，陶宁和司栗跑过去问："我们没有任务吗？"

"没有了，今天中午起床你们没有自己洗脸，任务失败，所以没有了。"

两个小朋友也要"爆炸"了。

李优技和悦一沉跟户主租了车，价格比市价低不少。

他们出发去教堂，李优技开车，上车前悦一沉买了一些吃的，准备在车上吃，司栗看李优技开车不方便吃，便掰了一点饼干喂他。

李优技幸福得不行："小可爱，小可爱，再来一口。"

悦一沉把司栗推回去："坐好，别乱动。"

"啧。"李优技目不斜视道，"看把你小气的，喂我吃饼干也不行，那小宁宁，你喂我。"

陶宁乖乖掰了一块饼干递过去。

"好乖。"李优技简直要痛哭流涕了，他今天的隐藏任务就是要陶宁喂他吃东西，没想到会那么顺利，瞬间20法郎就到手了。

他们的第一站是教堂，结果李优技走错路，拐进了小道，导航不管用，他们问了好几次路，绕了个大弯才找回正确的路。

到教堂的时候天已经黑了。

整个教堂亮着昏黄的灯光，宛若罩了一层薄纱，看起来既朦胧又圣洁。

他们在教堂门口完成了指定拍照动作，获取了部分路费返还。

之后他们返回市区，找了一家餐厅共进晚餐。

餐厅是悦一沉推荐的，牛排非常鲜嫩，服务员也特别帅，四人吃得很尽兴，结账的时候才发觉大事不妙，一顿饭就"吃"去了几百个俯卧撑。

出了餐厅后，大家安排了一下之后的行程。他们手上的法郎所剩无几，不能去远的地方了，附近倒是有一个博物馆，陶宁看起来还蛮想去的，所以李优技决定带他过去。

“你们要一起吗？”

“我想带她在附近逛逛。”悦一沉道。这条街区背后就是著名的商圈，她一定更想过去那边。

司栗大概能猜到他是要带她去逛街，眼睛都亮了。

“那行。”李优技也不勉强，“那我开车送你们过去。”

“不用，走过去也不远。”悦一沉说，“你们直接去博物馆，省油。”

李优技笑了：“真行，那我们逛完博物馆再来接你们。”

节目组也兵分两路，只留三个人跟着悦一沉这边。

人少了一半，司栗轻松许多，但逛街的时候被机器跟着，还是有些不自在。

悦一沉倒是泰然自若，牵着她轻车熟路地穿过路口，走到那一片热闹的街区。

他们不能逛太久，就只在外面走了一圈，司栗看到路边有卖手工冰淇淋的店，只看了一眼就目不斜视地走过去了，走出好久才拉着悦一沉说：“悦一沉，我口渴了。”

“嗯？”悦一沉低头看她，“刚刚在餐厅你不是喝了水？”

“还是渴。”

悦一沉抱着她到前面的便利店买水，拧开给她，她却扭开头不喝了。

“怎么了？”悦一沉拧好瓶盖，“不想要这个？那给你买牛奶？”

司栗蔫蔫地摇头：“热。”

悦一沉顿了顿，伸手摸摸她的脸蛋：“不热啊。”

“热。”司栗不依不饶起来，“又渴又热。”

悦一沉连忙哄：“那我们回去休息。”

司栗自然是不愿意回去的，当下就在人来人往的街头闹了起来。

她为了那50法郎真是拼了。

悦一沉还从未经历过这种情况，也没见过司栗这个样子。虽然小孩子会闹很正常，但是司栗会闹……那就很不正常了。毕竟是录节目，摄像头还对着他们，他只能弯下腰耐心地哄：“乖，是哪里不舒服吗？”

司栗来来回回只会说那两个字：“热，渴。”

悦一沉立刻就想起方才路过的冰淇淋店，稍作联想，已经了然，于是笑着捏起司栗的下巴：“想吃冰淇淋？”

司栗还没反应过来，又见他嘴角弧度扩大。

“想都不要想。”

司栗气得想吐血，他还不如没猜出来呢。

“走，前面有一家书店，我们去逛逛。”

司栗连忙蹲在地上，不愿意动，只眼巴巴地望着他。

悦一沉伸手想抱她，却被拍开了。镜头对着她，她的情绪说来就来，眼眶立刻泛起泪花，撇着嘴委委屈屈的样子。

悦一沉叹气：“不买就不走了是不是？”

司栗点头。

悦一沉撒手：“那你就在这儿待着吧。”说完，便大步流星地往前走了。

编剧和摄影师都一愣，一个去追他，另一个留下来拍小可爱。

虽然是在录节目，但这也确实是她第一次被他抛下，还这么突然。司栗愣了一下，望着悦一沉远去的背影，而后眼眶里的泪珠就开始一滴滴地往下落，肩膀一抽一抽的，偏偏一点儿声音都没发出来，像只小猫似的，摄影师都心疼了。

另一边的悦一沉走到街角暗处回头，编剧连忙道：“小张跟着，别担心。”

悦一沉有些无奈地揉揉眉心：“真是……”

“悦先生，你真的不给她买吗？”

“我是不想买，但不买她今晚一定不会走了。”悦一沉朝她笑笑，“只是我身上钱不够了。”

编剧反应过来，也笑：“你在她面前毫无原则可言。”

“所以节目组能借我点钱吗？晚上我回去做俯卧撑还。”

编剧被他逗笑了：“你还能做吗？”

“不能也得撑着。”

编剧借了钱给他，他立刻往回走，经过司栗身边的时候一把将她捞起抱在怀里，大步流星地往冰淇淋店走去。

司栗仍然愣愣的，被抱到粉白色的冰淇淋店门口时仍然还张着小嘴，眼泪挂在眼角要落不落的。悦一沉伸手替她拭去泪珠，笑她：“多大个人了还哭。”

很稀疏平常的一句话，但是套在司栗身上，就真的让她感到有一丝羞耻了。

她……挺大的了。

“想吃什么味道的？”悦一沉问她。

她不敢作声，他便做主给她买了草莓味的，然后递给她：“只能吃一口。”

司栗没有接。

他笑了：“还生气呢？”

她摇摇头。

“那就快吃一口，都要化了。”

司栗伸出舌头舔了一口，她的小舌头跟冰淇淋的颜色一样，但一个是冰的，另一个是暖的。

“我以后不会这样了。”她暗示今天只是为了节目效果。

“我知道。”他当然知道是因为节目。

63

晚上回去的时候编剧把做任务的钱给她了，但是只有30法郎，因为导演认为她暗示了悦一沉。

司栗觉得节目组在欺负她，气得一晚上没和编剧说话。

那边，悦一沉洗完澡之后打算做俯卧撑还钱，编剧及时提醒他：“你今天还有任务没做，做了任务就不用做俯卧撑还钱了。”

悦一沉微微一怔，而后笑了：“让小可爱唱歌？这个真的不用指望了，我还是做俯卧撑吧。”

“真的这么难吗？”编剧问，“她就从来没唱过歌？”

“真没有，我估计只有她父母才听过。”

“去试一试。”编剧劝他，“小可爱刚刚洗完澡，还在玩手机。”

屋里到处是摄像头，悦一沉本来就在想要寻个什么理由过去找她玩，编剧这么一说他就立刻热了牛奶动身了。

司栗正趴在床上玩消消乐，听到脚步声就知道是谁来了，立刻麻溜地坐起来，但仍然被揉了揉脑袋：“说了多少次，不要在床上玩手机。”

司栗嘿嘿一笑，接过牛奶喝光，又问他：“手臂没事吧？”

悦一沉扬眉，找到一个台阶连忙就下：“有点疼，好像伤到肌肉了。”

“啊？”司栗吓了一跳，“真的吗？需不需要去医院看一下？你跟导演说了吗？”

“没事。”悦一沉又见不得她着急，“你唱首歌哄哄我就好了。”

司栗本来还在扯他的袖子想看他的手，闻言立刻打住，狐疑地望向他：“什么？”

“我想听唯唯经常唱的那首歌。”

司栗被气笑了：“谁答应要唱歌了？你还点上歌了？”

男人难得地开始撒娇：“唱嘛，我今天好累了，你唱首歌给我听，我就回去休息了。”

他要她唱歌和她要他买冰淇淋是一样的，都有点不符合人物设定，司栗当然很快就反应过来这是节目组的任务了。但即便是这样，她也不能答应。

“我不会唱歌。”

“就哼几句。”

“不会，你手疼吗？我给你揉揉。”

悦一沉无奈，把手递给她：“揉吧。”

揉手臂和唱歌让他选，他当然选揉手臂，司栗胖乎乎的小手在他手臂上那么一抓一揉，他就真的觉得肌肉没那么酸痛了，揉完回去继续做俯卧撑。

悦一沉要走的时候司栗拉住他，把编剧给她的钱交给他。

悦一沉自然要问：“哪里来的钱？”

“做任务获得的，这是冰淇淋钱。”

“冰淇淋没有那么贵。”悦一沉笑着说。

“还有晚饭钱、车费什么的。”司栗其实根本不需要和他解释，但对着摄像头她得解释，“我这两天赚的钱都很少，一直在用你的，还要吃冰淇淋，你的钱根本不够。”

悦一沉忍不住捏捏她的脸：“钱什么钱？别想着钱了，肯定够的。”

回去之后他没有拿司栗的钱还给编剧，而是又做了俯卧撑。他一边做一边想，如果明天的任务还是做俯卧撑，那他肯定要砸机器了。

早上，司栗被编剧叫醒，她尚未睡醒，迷迷糊糊地问：“悦一沉呢？”

“他还没起来。”编剧帮她穿衣服，“小可爱，你早上有个任务，所以要起得比他早，能自己洗脸漱口吗？”

司栗点点头：“能。”

编剧给她接了水，她自己蹲在洗手间洗脸、漱口，然后擦润肤乳，陶宁就跑过来了：“姐姐，早上好。”

“早。”司栗朝他招手，“过来擦香香。”

陶宁乖乖走过去伸着脖子把脸露出来。

司栗挤了点润肤乳帮他擦脸，他的脸白白嫩嫩的，擦完更加光滑。

“谢谢姐姐。”他咧着嘴说，眼睛又大又漂亮，真是个美人坯子，司栗的手在他脸上磨蹭了一会儿才恋恋不舍地撒手。

两人擦完脸之后便手牵着手到了一楼。

节目组跟户主借了厨房，司栗一进门看到桌上简单的食材便了然了。

他们今天的任务是给叔叔们准备一顿简单的早餐，而后去叫他们起床。

东西已经准备了一大部分，水煮鸡蛋、西蓝花、火腿肠、面包片和果酱，还有一大盒鲜牛奶。

是简单得不能再简单的食材，基本上随便弄弄就好了，但对于十指不沾阳春水的小陶宁来说，显然是一道难题。

他咬着手指头，巴巴地望着她。

司栗拉着他爬上椅子，然后装作笨拙地剥鸡蛋，陶宁在旁边有样学样，只是他剥出来的鸡蛋基本上只剩蛋黄了。

他们两人分着吃了那蛋黄，而后司栗重新拿了一个鸡蛋给陶宁，第二次他就麻利多了，剥得格外干净。

两人把鸡蛋放在碗里，司栗拿着刀叉将鸡蛋切成两半，和西蓝花摆在一起，又从罐子里倒出一些青豆。

陶宁看到之后连忙把碗挪过来："姐姐，我也要豆豆。"

司栗给他舀了两勺，陶宁嚷嚷着："我还要。"

司栗又给他添了两勺。

"还要……"

于是他那碗里几乎全是青豆。

之后是剥火腿肠，他们的刀子是切牛排的刀子，割不开包装，司栗向编剧要刀子，对方却没有表示，最后她只能用嘴巴扯开。

陶宁一脸崇拜地把火腿肠伸过来，示意她也帮他咬开。

司栗把两根火腿肠都咬得满是口水，还没抽纸巾来擦陶宁就已经把火腿肠挤出来了。

他把鸡蛋、西蓝花和火腿肠都切碎了搅拌在一起，玩得不亦乐乎，还挖了一大勺沙拉酱，看起来有些……惨不忍睹。

之后，司栗给面包片抹果酱，面包片烤得焦黄，抹上粉色的草莓果酱，看起来就让人食指大动。

编剧直夸司栗有天赋，因为她弄得很干净，摆盘也漂亮，摄影师都不敢拉近景，怕播出的时候被观众质疑他们在作假。

陶宁在旁边跟着她抹果酱，抹了厚厚一层，沾在手指上之后他舔了舔："姐姐，这个好好吃。"

他拿勺子挖了一口要送进嘴里，司栗连忙拦住他："乖乖，这样吃会甜倒牙齿的。"

把厨房桌子弄得乱七八糟之后，总算完成了两份早餐，两位小朋友端着食物上楼，结果出师不利，刚到二楼陶宁就手滑，一整碗青豆全撒了。

司栗听到声音回头，就看到陶宁站在她身后，可怜巴巴地看着一地的食物，眼圈都红了。

司栗于心不忍，连忙把自己手上的那碗递给他："你拿姐姐的上去。"

陶宁不愿意拿，编剧和导演轮番哄了一遍他才接过去。

司栗只剩面包和牛奶，进门时悦一沉已经醒了，刚刚换好衣服就来开门了，衣服还没来得及整理好，腰腹一侧的角朝里折着，露出来的腰线迷人，肌肉结实。

编剧连忙示意摄影师给个特写，男神的肉体啊！这种“要露不露”最诱人了。

司栗在旁边不乐意了，她男神的肉只能她看，怎么能拍下来，给全国观众看呢！她试图用屁股把摄影师撑开。那头的悦一沉有所察觉，不动声色地扯好了衣服，而后朝司栗笑笑：“早啊，小可爱。”

美好的早晨就是自这一声温柔沙哑的问好开始。

司栗“咦”了一声：“你感冒了？”

“有一点。”他的视线落在她手里的餐盘上，“这是什么？”

“我给你准备的早餐。”小家伙的语气里是满满的自豪，“快点儿趁热吃。”

悦一沉配合地表现出一副惊讶的样子：“你自己准备的？”

他屋里没有桌子，于是他把吃早餐的阵地转移到了楼顶的小茶室。

上楼的时候他才发现李优技他们两人已经到了。

他笑着跟他们打招呼，而后示意他们坐下。

悦一沉望着李优技面前丰盛的早餐，再看看自己碗里的两片面包，摸了摸鼻子。

陶宁老实地解释：“一沉哥哥，这一碗是小可爱姐姐弄的，我的撒了，所以姐姐给了我。”

悦一沉摸摸他的脑袋：“你们吃了吗？”

“吃了一点儿，我们一边给你们做一边吃的，那个火腿肠还是我咬的呢。”

李优技差点儿被噎死。

他之前还纳闷怎么这个火腿肠切面这么粗糙呢。

爱心早餐任务完成，司栗和陶宁各自获得了50法郎。

而悦一沉和李优技的任务则是角色扮演，由小朋友猜，猜中一个10法郎，时限是10分钟。

李优技连呼节目组偏心：“悦一沉是演员啊！我是运动员，这不是欺负人？”

悦一沉拍拍他的肩膀：“我们还分彼此？”这几日两队的钱基本上都是一起花的。

李优技立刻被安抚了。

编剧让悦一沉先来，第一个角色亮出来时悦一沉就笑了，而后做了一个手势，朝空中比了几个动作。

司栗立刻了然：“蜘蛛侠！”

悦一沉朝她竖起一个大拇指。

第二个题板亮出来的时候悦一沉看起来有些无奈，随后重复了一遍之前的动作，见司栗仍然一脸茫然，便抚了一下脸颊，看起来有些妩媚。

司栗反应过来："蜘蛛精！"

编剧吓了一跳："这也能猜出来？这两个人太厉害了，完了！"

悦一沉能挑最经典的动作、最传神的神态，司栗自然能迅速猜出来。不到十分钟，他们就把节目组准备的词都猜出来了，最后又临时抽了李优技的五个词来用。

他们答对了18个词，获得了180法郎。

所有人都目瞪口呆。

之后李优技和陶宁那组"不负众望"地只答对了8个词，两个人一起来抱悦一沉的大腿："男神！今天带我们飞！"

之后，编剧问悦一沉和李优技今天的行程。司栗代为回答："今天去坐热气球！"

"李优技，你们呢？"

李优技摸摸陶宁的脑袋："陶宁说要跟着小可爱。"

编剧呵呵："不是因为没有钱吧？"

李优技也笑："不要拆穿嘛。"

64

于是，一行人出发去坐热气球。

他们收拾行李，直接去了代堡村，坐了热气球还能去滑雪。两个小孩兴奋得不行，李优技则是担忧得不行："今晚要没地方住了。"

刨去车费和坐热气球的钱，他们不单是没有地方住，很有可能晚上都没饭吃。

李优技把他们的钱掏出来全给悦一沉保管，直言自己拉低了他们的生活水平。他和陶宁默契度不够，所以隐藏任务没完成几个，可怜得不行。

悦一沉毫不在意："船到桥头自然直，中午还有任务，放心。"

抵达代堡村后陶宁和司栗就疯了，在雪地上跑来跑去，叫得嗓子都快哑了。两个男人跟在后面，一面吩咐他们慢点跑，一面跟着他们笑。

小朋友的笑声太感染人。

陶宁过来拉李优技："叔叔，我们来打雪仗！"

司栗也在前方望着他们，一脸期待。

"我们先坐热气球，晚一点再玩。"李优技摸摸他的脑袋，帮他把帽子戴好，"要在这边住几天，保证你玩个够。"

陶宁又屁颠屁颠地跑过去跟司栗传话了。

之后他们去租热气球，租两个小的划不来，于是干脆租了一个大的，付了钱编剧才问他们："你们怎么不讲价？"

两个男人俱是一愣："可以讲？"

编剧扶额。

一行人租了一个七星瓢虫模样的热气球，陶宁和司栗上去了才反应过来，他们太矮，在上面根本看不到东西。

热气球在两个小孩哭唧唧的时候缓缓升空。

悦一沉不能直接把她抱起来，只能撑着她让她趴在边缘，把小脑袋露出来，这个姿势其实很别扭，也很需要臂力。

风景很美，她看了一会儿就让悦一沉放她下去了。

"怎么了？"悦一沉问。

"恐高。"如果说是心疼他的手，他肯定不会放下她。

果然他听到这个理由后立刻便松了手："别怕，没有多高。"

司栗牵着他的手，虽然看不到什么景致，但也仍然能感受到这种在空中飘荡的失重感。陶宁被李优技抱着，手伸在外面挥舞着，呜哇乱叫。

"姐姐快看！那边好多热气球！"

司栗刚要开口，便感觉到身上的手臂收紧，她又被举起来了。

她攀在边缘，望着底下越来越小的村庄，望着远处的皑皑白雪，身心都舒畅了。

"明天我们就是去那边滑雪的。"悦一沉指着远处的山脉说。

司栗自知已经被他看穿"恐高症"的借口，只能小声说："你累了就放我下去。"

悦一沉朝她笑一笑："等你大了我再带你来玩。"

司栗微微一怔，抬眼看他，对上那双如微风般温柔的眸子，莫名有些脸红。

他的意思是，等她变回去了，还带她过来玩吗？

"好。"她重重地点头。

热气球落地的时候已经是傍晚了，夕阳红彤彤地斜挂在山头，美得让人挪不开眼睛。

他们在附近找到一家小餐厅，餐厅通体以纯木打造，暖黄的色调，墙角壁炉燃着，看起来就像是霍比特人的树底洞屋。

李优技小声和悦一沉商量："这店人均消费估计要五十，我们没那么多钱了。"

悦一沉扬眉递给他一个眼神，他没懂，倒是旁边的司栗拉着他坐下了："优技哥哥，先吃东西啦，饿死我们了。"然后和陶宁脑袋凑在一起像模像样地看菜单。

李优技胆战心惊地跟着坐下，瞧着悦一沉点了一大堆东西，有些肉疼，但也不敢出声阻止。

悦一沉镇定自若地替两个小朋友点餐，详细询问食材，看起来就跟普通游客没什么两样，哦，不是普通游客，是有钱的普通游客。

他也硬着头皮点了餐，只是没敢像悦一沉那么不要脸地问松露产地。

虽然忐忑，但这一顿他还是吃得很爽的，并且吃得比任何人都多。

用过餐后服务员来结账，还没等悦一沉掏出零钱，编剧就在旁边递上一张卡。

李优技有些目瞪口呆："啊？这顿节目组请客吗？"

司栗悄悄在陶宁耳边说了什么，而后陶宁大声道："叔叔是个大笨蛋，今天中午没有做任务，所以晚餐肯定不用付账啦。"

李优技忍不住捏他的小脸："就你聪明。"

"请几位嘉宾移步到里面去。"编剧道，"晚上的任务就在里面，今晚是露宿还是住酒店就看你们的实力了。"

餐厅背后是一个酒吧，旁边的休息区放着供行人休闲的器材。

"保龄球、高尔夫球、飞镖、篮球。"编剧一一介绍，"你们各选一项完成任务。"

"等一下……我和悦一沉还好，两个小朋友你让他们怎么玩？"

"小朋友选择的项目，在规则方面会适当调整。"

几个人商量了一下，李优技表示这里面飞镖和篮球他最有把握。

悦一沉先问司栗："你会玩什么？"

李优技有些无奈："你问她有用吗？保龄球她拿不动，高尔夫球杆比她长，飞镖和篮球就更不用说了。"

司栗笑了一下，说李优技小瞧人，而后又认真回答悦一沉："保龄球我应该可以。"

悦一沉摸摸她的脑袋，又转过去看陶宁："小家伙，你呢？"

陶宁有些犹豫，瓮声瓮气道："我爸爸教我玩过飞镖，站在椅子上可以。"

"那我高尔夫，你篮球。"悦一沉对李优技说，"可以吗？"

李优技比了一个OK的手势。

摄影机到位之后，编剧问几位谁先来，李优技跃跃欲试，说了句"我来"，便站到了投篮机面前。

酒吧里的其他游客都挤过来参观，围了一圈又一圈，不断呼好给李优技打气。

李优技拿了一个篮球在手里掂量，正等着编剧下指令，就见她笑眯眯地抬着一筐气球过来，扬手倒进投篮机里。

有几个气球甚至不受控制，慢悠悠地飘出来了。

周围一阵哄笑。

李优技有些难以置信地看着那一筐东西："这是什么意思？"

"投球规则：将气球投进篮筐，每进一个球得10法郎，限时3分钟。"编剧解释完之后做了一个请的手势。

李优技回头望着悦一沉："哥，今晚我们就睡帐篷吧。"

司栗连忙拉着陶宁喊："优技哥哥加油！我们要睡大床！要暖气！要热水！"

陶宁也在旁边应和。

李优技只能硬着头皮上了。

投气球比投篮球要难得多，无论用多少力气，它都是慢悠悠地飘过去，李优技试了十几次，却连篮筐都没有碰到。他有些心浮气躁，悦一沉倒是瞧出门路了，低声给他出主意："打过气排球吗？"

这么一问，李优技立刻心领神会，用掂气排球的方法把气球掂起来，气球果然飘高了许多，又试了几个，终于有一个碰到篮板，又慢悠悠地从篮筐里掉下来。

围观的群众欢呼起来，司栗和陶宁两个小啦啦队队员也兴奋不已："优技哥哥你最棒！"

找到诀窍之后的李优技沉下心，不愧是国家队队员，不仅不会受到环境和时限的干扰，还越来越快，命中率越来越高。

时间到了，编剧宣布成绩："60个。"

司栗和陶宁带头鼓掌："好厉害！"

投完气球之后围观的群众更多了，大家都很好奇接下来的游戏规则。

之后的投掷飞镖却是两人配合，由李优技站在飞镖靶前，陶宁站在椅子上，李优技靠墙站着，直道今天要死于非命，待编剧拿上道具之后，周围的人又笑了。

原来要投掷的是棉花糖飞镖。

陶宁准头不是一般地好，不需要李优技怎么配合就能丢到他嘴里，李优技都来不及吃掉，下一个棉花糖就投过来了。

司栗觉得就算是真的投飞镖，陶宁也能拿个好成绩。

随后到悦一沉的时候，编剧搬上"高尔夫球"，就连悦一沉也莞尔。

这是一个跟瑜伽球一样大的高尔夫球。

杆是标准杆，场地也是标准场地，就是球有些不正经。

"一杆进洞能获得100法郎，两杆90，三杆80，以此类推。"编剧在旁边介绍规则，"男神，加油！"

旁边有女生朝他吹口哨，用英语给他加油。

悦一沉敛眉观察，试探性地推了一下球，球往前滚了一段距离，倒是离球洞更远了。

周围的人叽叽喳喳地开始出主意，有让他用力的，也有让他轻轻推的，一时间整个酒吧闹哄哄的一片。

悦一沉没有受干扰，握杆的姿势标准又漂亮，眸子低垂，专注地望着手里的杆和不远处的洞口，瞄准，推杆。

大球被推着往前滚动，这一次倒是没有偏离轨道，在洞口转了一小圈，而后稳稳地停在洞口。

陶宁和司栗尖叫一声，就连李优技也握拳，几乎热泪盈眶："今晚可以睡酒店了。"

三人齐声道："暖气！热水！大床！电视机！"

到司栗的时候她难免有些心理负担了。

李优技笑呵呵地给她打气："别担心，就算你一个子儿都拿不到，我们也能住酒店了。"

司栗抿着小嘴，一声不吭地接过编剧递过来的篮球，掂着重量观察前方的保龄球道。

悦一沉在她身后，没有像陶宁一样给她加油，也没有像李优技一样叽叽歪歪地告诉她技巧，他完全信任她。

瞄准后司栗准备脱手，却又在电光石火间生生地按住球，重新调整姿势，将球放置在面前，而后往后退了一小步，绷直脚背，将篮球踢了出去。

篮球受了力，咕噜咕噜地往前滚去，到后边的时候歪了一点，但还是撞倒了三个瓶子。

30法郎到手。

李优技叫了一声："漂亮！"

篮球上没有洞，她自然拿不稳。她臂力不足，用手推出去或者抛出去都不太可能。没有人说不可以用脚。

编剧在导演的示意下递上第二个球。

这一次没踢准，篮球滚出去之后就落进了沟里，瓶子一个没倒。

周围发出一阵遗憾的叫声。

司栗咬着下唇，接过最后一个球，稳住心神踢出去，这一下太用力，连鞋子都飞出去了，引得周围的人又是一阵哄笑。

这一次倒没有偏离轨迹，击倒了一大半瓶子。

最后60法郎到手了。

一行人终于如愿以偿地住进了大酒店。

他们开了一个家庭套房，加了一张小床，李优技和陶宁睡一张床，悦一沉睡一张，司栗单独睡一个房间。

没人的时候，司栗悄悄和悦一沉说：“你晚上进来和我睡吧，加的那张床太小，你肯定睡不好。”

悦一沉揉揉她的脑袋，只是说：“知道了。”

话是这样说，但司栗也知道他肯定不会进来，这里里外外都装了摄像头，她是个女孩，总归不太好。

65

因为第二天是去滑雪，所以几人早早就睡下了，司栗睡得很沉，迷迷糊糊间忽然听到敲门声，她以为是悦一沉所以没睁眼，直到有两只小手摇了摇她的胳膊，她才醒过来，揉着眼睛回头：“嗯？”

是陶宁，他站在床边抽噎着：“姐姐，我做噩梦了，我好怕。”

司栗连忙开了床头灯，一边帮他擦眼泪一边安慰他：“别怕，只是做梦而已。”

陶宁仍然紧紧攥着她的衣角，小肩膀一抽一抽的，司栗心疼极了，掀开被子说：“上来和姐姐睡。”

陶宁手脚麻利地爬上她的床，头挨着她，紧紧抱着她的手臂，没一会儿就睡着了。

司栗关了灯，替他掖好被子之后也抱着他睡着了。

第二天早上李优技起床没看到陶宁，差点儿疯了，到悦一沉房里没看到，又慌慌张张地要跑出去问编剧，被悦一沉拉住了：“到小可爱房里看看。”

两人都不需要敲门，就看到了两个挤在一个枕头上呼呼大睡的小家伙。

吃早餐的时候悦一沉问起来，司栗悄悄在他耳边说：“我让你过来跟我睡，你不来，我一个人怕，所以把他抱过来了。”

满嘴胡话，悦一沉弹了一下她的脑门：“回去之后你赶我我都不会走了。”

司栗登时有种搬起石头砸自己脚的感觉，有些脸红，小声辩驳：“我是开玩笑的。”

悦一沉像是没有听到，伸手给李优技递纸巾。

吃过早餐之后一行人往滑雪场去了。

节目组又“作妖”，问他们滑雪服是要租还是买新的。

“试问有谁不喜欢新的？”李优技无奈极了，“又有什么要求？”

“很简单。”编剧笑眯眯地给他们分发写字题板。

李优技叹了一声气，然后说：“我一看到她这样笑就毛骨悚然！”

“请你们在题板上写出各自的队员刚刚早餐吃过的食物，完全答对节目组才赞助你们买新的滑雪服。”

李优技捂脸：“刚刚吃的是自助餐啊，大佬！”

小可爱和悦一沉还好，他和陶宁可是吃得超多啊。

“小可爱和陶宁的早餐都是你们帮忙取的。”编剧提醒他。

李优技简直要翻白眼了：“陶宁非常挑食，我拣了那么多，一大半他都没吃，都让我吃掉了。”

所以四个人吃的种类最多的算是李优技，可算是为难陶宁了。

悦一沉第一个完成答题，其次是司栗和李优技，陶宁最末，悦一沉自然是完全答对的。

导演调侃道：“估计你问他自己吃了什么，他都不一定能回答正确。”

爆冷门的居然是陶宁，李优技吃的十一种菜式他完全答对了。李优技和司栗蹲在雪地上画圈圈，气压极低。

悦一沉把穿新滑雪服的资格让给了司栗，他和李优技两个人去租。司栗本来还有些闷闷不乐，但到了滑雪场之后就彻底疯了。

两组人先是在小坡上坐轮胎滑下去，司栗坐在悦一沉怀里，叫得悦一沉耳膜都快破了。不等节目组开口，两个小孩就直接要比赛，悦一沉和李优技自然得伺候着，再次往下滑的时候司栗这组的轮胎颠了一下，整个都抛起来了，吓得司栗搂紧了悦一沉的脖子。

于是她听到了悦一沉难得爽朗的笑声。

司栗抬头，一眼就看到他洁白的下巴、红润的薄唇，还有低头看她时温柔的眼眸。

司栗整个人都开始发烫，导致她都没法专心完成接下来的任务。

这一天就在滑雪场度过了，夜幕低垂的时候陶宁都不愿意走。

这一天是瑞士行的最后一天，节目组包下了一个餐馆，大家狂欢了一整夜。最后李优技是被扛回屋的，悦一沉也喝了不少，只是看起来面色无异，抱着司栗、牵着陶宁和大家说了“晚安”之后就回房了。

陶宁仍然要和司栗睡，悦一沉本来想把他拉出去，但司栗已经坐在床上拍了拍枕头：“快上来。”

悦一沉看着两个小家伙都睡下了，才替他们关了灯出去。

他睡得不算沉，大概凌晨三点钟的时候，察觉到枕边的手机亮了一下，立刻就醒了过来。

短信是小可爱发过来的。

“我又变回来了。”

悦一沉立刻坐起来回复她：“在哪儿？”

“还在房间，有摄像头，我不敢乱动。”

悦一沉匆忙拿了一件外套出去，穿过客厅来到司栗的门前，她还缩在被窝里一动不敢动。

她房间里有两个摄像头，但只有一个是夜视的，挂在墙角。

悦一沉站在床边隔着被子碰了碰她的脚，待她小心翼翼地探出头之后给她打了一个手势。

之后他走到墙边扯了一下窗帘，趁着窗帘遮住摄像头，司栗爬下床往门口跑。

卧室门口算是一个死角，但离开了那块地方也是处处都有摄像头，所以她窝在门口没敢再往外走。

悦一沉松开窗帘走过去，先是给她披上外套，而后才低声道：“到我房间去。”

“可是你房间也有摄像头。”

“来。”悦一沉揽着她的腰，不由分说地往那边去。

进屋后，悦一沉就拿浴巾盖住了所有摄像头，而后从行李箱里翻出一套衣服递给她：“先把衣服换上。”

司栗摸黑套上衣服，发现还有内衣内裤，难免讶异：“你居然准备了这个？”

她虽然自己也备了，但刚才的情况根本不容许她去拿衣服。

悦一沉含糊地应了一声。

司栗忍不住笑：“你就不怕被人翻出来？”

万一过安检的时候被抽检了呢？

“我行李箱里装着一套我女朋友的衣服，有什么问题？”

虽然知道这是针对她提出的问题而准备的措辞，但她也还是被戳到了。

“将就着在我这里睡一下吧。”悦一沉说，“你早点儿睡，我很快就回来。”

司栗看着他在穿外套，忍不住问：“你要去哪儿？”

他笑了一下：“狸猫换太子。”

他说完就走了。

有悦一沉在，她完全不担心被发现或者是有什么别的问题，几乎一沾到悦一沉的枕头就立刻睡着了。

过了许久他才回来，带着一点室外的寒气，似乎是怕吵醒她，进来后又立刻想出去。

“悦一沉。”司栗在床上小声叫了一声，“你回来了？”

他“嗯”了一声往回走，来到床前给她掖了掖被角：“没睡着？”

“睡着了。”她迷迷糊糊道，“你上来睡一会儿吧，明天要坐好久的飞机。”

悦一沉顿了顿，没有开口提醒她，脱掉外套便上了床。

他怕把寒气带给她，所以只靠着床沿，倒是女人的手在被窝里摸索了一下，轻轻握住了他的手给他取暖。

悦一沉忍不住靠过去，在她头顶温柔地落下一个吻。

这个吻轻飘飘的，司栗也还未睡醒，所以根本就没有察觉，在有男人身上冷冽香气的被窝里，又迅速睡着了。

早上两人是在陶宁的哭声中醒过来的。

李优技抱着他来敲悦一沉的门，门开之后立即问道：“小可爱在你这屋吗？”

悦一沉微微一怔：“怎么了？”

“小可爱不在房里，陶宁一早起来没看到她就哭了。”

编剧也正在客厅打电话找小可爱。

“昨天晚上我把她送走了。”悦一沉笑着给陶宁擦眼泪，“她爸妈过来看她，没什么事。”

编剧在一边松了一口气：“吓死我了。”

又有人着急忙慌地来敲门，编剧一开门他就在门口汇报：“好像是悦先生抱走的，然后晚上还有个女人过来了……”他话说一半，看到编剧背后的悦一沉，连忙打住话头，表情有些尴尬，“那什么……我先回去收拾了。”

节目已经录制结束，这就完全是别人的私事了，编剧也不好再打扰，红着脸出去了。

李优技在旁边挑一挑眉：“女人？那天晚上给你房卡那个？啧……”

他们前天在餐厅做任务时有个女人大胆地向他示爱，还给他塞了房卡。

悦一沉瞧他这一副想歪了的表情，好笑地解释：“我女朋友。”

李优技恍然大悟：“飞过来找你的？”

悦一沉“嗯”了一声。简直“虐狗”。

“这种女朋友在哪里买的？给我来一打好吗？”

悦一沉忍不住笑了一声：“限量版，绝无仅有。”

李优技直接被这句话虐惨了。

赶走了李优技，悦一沉才关门回头。

司栗扯着被子坐在他床头，眼神有些闪躲，显然是听到了他刚刚说的话。

只给她带了一件衬衫和牛仔裤，没有给她带外套，他只能从自己的箱子里拿出一件羊毛呢子大衣递过去：“先将就着穿一下，李优技他们下楼吃早餐了。”

司栗慢吞吞地起床穿衣服，而后出去洗漱，洗脸的时候悦一沉也跟过来了，就站在她旁边刷牙。

她先洗漱完，正要出去的时候听到大门一声响，连忙又退回来。

“悦一沉？”李优技站在门口喊了一声。

悦一沉把司栗拉至身后，打开门走出去：“怎么了？”

“导演问你跟我们走吗？”

“你们先走。”

李优技嘿嘿一笑：“我就知道，对了，你等会儿要不要解释一下？组里小姑娘都在嚼舌根，说你闲话。”

司栗以为以悦一沉的性格，肯定会淡淡地说一句：“随便他们。”

谁知他却是说：“嗯，等会儿我会说明。”

嗯？说明什么？

“你等我退群再解释好吗？我不想一早上连遭三次暴击。”

再次听到门响后，司栗才探头出去。

悦一沉笑了：“已经走了，不过等会儿应该会回来收拾行李，所以你要和我下去吃早餐吗？”

当然，她早就饿得前胸贴后背了。

两人一道儿出门，悦一沉的衣服很宽大，下摆到膝盖，袖子也完全盖住了手，电梯门镜面里的她看起来有些不伦不类，但胜在暖和，她也就不嫌弃了。

电梯很快就到了，门打开的时候电梯里的一干人都愣住了。

正是剧组的工作人员。

“悦一沉，你去吃早餐呀？”有人问。

悦一沉“嗯”了一声：“你们吃好了？”

“吃好了，吃好了。”他们陆陆续续地走出来，有些人眼观鼻、鼻观心，只有几个没眼力见儿的在偷瞄司栗。

悦一沉笑了笑，和他们介绍道：“这是我女朋友，司栗。”

Chapter 8 心悦你

66

那群人“炸”了，司栗也“炸”了。

你只介绍就算了，还说名字干什么？

“女……女朋友吗？”

悦一沉笑眯眯地说：“嗯，是我助理。”

几个小姑娘的“玻璃心”碎了一地：“助理！”

“哇，好羡慕呀。”

“专门飞过来探班吗？”

“真好，刚好节目录完了，又能去玩一圈。”

和他们告别之后两人进了电梯，司栗伸手在悦一沉面前晃了晃。

悦一沉：“怎么了？”

“我看一下你的鼻子长多长了。”

悦一沉被逗笑了，捉住她的手：“不然你觉得我应该怎么解释？”

“万一被人爆料出去怎么办？”

“你要相信我们的网宣组。”

司栗翻白眼：“所以你为什么要报我的名字？”

组里的工作人员倒是有职业素养，没有在网上乱说话，大家吃过早餐之后就收拾行李准备去机场了。

这一次司栗被滞留了。

她来时的证件是悦一沉着手办理的，现在她变回来了，自然不能用原本订的机票回去，只能等她再变回小可爱了。

“今天还想去滑雪吗？”悦一沉问她。

司栗懒洋洋地窝在沙发里，抬眼看他：“你都不担心吗？”

“担心什么？”

“万一我变不回去了，那可能要一直被滞留在这边了。”

悦一沉笑了："这边不好吗？雪山脚下，冬天白雪皑皑，喝酒泡浴；夏天绿草如茵，骑马游泳。"

司栗居然被他说得有些心动了："噢，那你走吧，我这辈子就窝这里了。"

他挑眉："谁说我要走了？"

司栗笑了一下，开玩笑道："你也打算和我在这里隐居？"

悦一沉望着她，表情很认真："你不想要我陪着吗？"

她又被他说得哑口了，短短一分钟内心动了两次，实在是有些不妙。

司栗站起来："去滑雪吧。"

变回成年人后，她不再需要悦一沉帮她穿鞋子，也不需要他拉着到滑雪场。

司栗一边费劲地弯腰给自己穿鞋，一边有些遗憾。

正想着曹操，曹操就到了。悦一沉推门进来："穿好没有？"

"好了好了。"

话音未落，悦一沉就在她身前蹲下，伸手替她整理裤脚和鞋带："怎么绑得乱七八糟的？"

"这不是挺好的？还有蝴蝶结呢。"

悦一沉似乎顿了顿，再抬头看她："还是你自己来？我不会绑蝴蝶结。"

司栗连忙求饶："您来，您来，蝴蝶结好看不实用。"

他们到滑雪场滑了半天，悦一沉一直跟在她后面，看她停下了才跟过来："怎么了？"

司栗喘大气："好累，想回去了。"

"……你连小可爱都不如。"

第一天小可爱滑了一天都没喊累。

"是啊，我是老人家，我先回去了。"她实在没力气了，转身往回滑，没几步又被人拉住胳膊："走这边近一点。"

"你去滑你的，不用管我啦。"

"你认路吗？"

一句话就服输。

两人回了酒店，司栗舒舒服服地泡了一个热水澡，穿衣服的时候通过镜子看到自己腹间的游泳圈，气得想把镜子砸了。

出去时悦一沉也已经洗漱完毕，身上只穿了一件浴袍，领口松垮，隐约可见里面线条流畅的肌理。

司栗忽然觉得室内温度有些高了。

那边的人还浑然不觉，抬眼看到她出来了，笑着道："我让酒店送了午餐上

来，烤肉和面，可以吗？”

“当然可以。”

“去把头发吹干再过来。”

她再出来的时候悦一沉已经把食物都摆放好了，桌子就在落地窗旁，临窗便可眺望不远处的雪山。他正在开红酒，身形修长，动作优雅，听到她出来的声音头也不回道：“桌上有车厘子，已经洗过了。”

司栗拍了照发微博，配字称仙境，悦一沉在旁边瞄了她一眼：“小号还真多。”

“……”

他倒出红酒，司栗连忙也推杯子过去，被无情地拒绝：“你不能喝。”

“一点点。”她拿手指在杯子边比出一毫米的高度，觍着脸说，“我现在是成年人，哥哥。”

悦一沉被她逗乐了：“再叫一声听听。”

“哥哥，一沉叔叔。”还忍不住像小可爱一样眨眼卖乖，根本忘了自己已经变回成年人了。

悦一沉眼神深了几许，嘴角牵起一个弧度，守信地给她倒了一点。

烤肉非常地道，面汤是甜辣口味，她吃得很满足，就是酒不够，悦一沉又盯得紧，再怎么叫哥哥、叔叔都不管用了。

“下午想出去走走吗？”悦一沉问她。

司栗眼睛都亮了：“可以吗？”

酒店往东不到半公里是一个小村落，那里彻夜点灯，游客聚集，非常热闹。

悦一沉失笑：“我有这么严格？”

他们用过午餐之后回房小憩了片刻，司栗因喝了点酒而睡过了头，被悦一沉叫醒的时候已经是傍晚了。

夕阳的斜晖洒在这一片土地上，仿佛在这雪白上笼罩了一层橘黄色的薄纱，美得让人有些恍惚。

两人一前一后出了酒店，通往山下的方向被清出了一条路，但仍然覆了一层薄雪。司栗和悦一沉一人一双马丁靴，走在上面咔嚓作响，这路上没几个人，于是两人的脚步声在暗夜里格外醒目。

司栗听得出神，一不小心踩到一块磨光溜了的凸起物，微微打滑了一下，又迅速被旁边的人搀住：“没事吧？”

“没事。”司栗有些不好意思，作为小可爱摔跤还情有可原，成年的她走路也踉跄就太不像话了，“鞋子不太防滑。”

“我专门买的防滑的。”悦一沉笑着拆台，“和我的是同款。”

她决定不再说话。

好在两人不说话也不会觉得尴尬，悦一沉仍然抓着她的手臂，走了几步之后又自然而然地往下滑，牵住了她的手。

司栗也习惯了被他牵着，待回过神时已经错失了抽回手的最佳时机，便也只能由着他牵着了。

悦一沉的手跟他的身材一样，骨架很大，指节修长，他的手心很暖和，轻轻落在她手背的几个指腹像棉花糖一样柔软滑腻。

司栗的心跳比往常要快得多。

天色完全暗了下来，那一点点路灯也可以忽略不计，因此悦一沉不会看到她红彤彤的耳根。

她是小可爱，但比小可爱大，感官也跟着放大了很多，那些他对小可爱做过的事再对她做，又有了一番别的风味。

还未到山脚，他们就看到了一片灯火通明，隐约能听到一点喧嚣。

悦一沉收了收手，将她牵得更紧了。

他们逛了一圈，随意找了一家小餐厅吃了点东西，司栗还买了一些纪念品。

他们往回走的时候已经是夜里十点半了。

司栗困得有些睁不开眼睛，忍不住念叨："我现在要是小可爱就好了。"

悦一沉回头看她："怎么了？"

"就能让你背我回去了。"

悦一沉笑了："为什么现在就不能背了？"

他走到一级台阶前，微微弯腰示意："上来。"

司栗慌忙摆手："不用不用，我说那句话的意思不是让你背我啦。"

"也不是没背过……每次聚餐你喝多了，都是我背你回去的。"

这话倒是，让她忽然就想起来了，那两次喝多之后都是悦一沉送她回去的。发生了什么，她完全不记得。她不好意思问，只能开玩笑道："这么一说，我还真的是正人君子呢。"

"怎么说？"

"你送我那么多回，我居然也没有趁着醉酒兽性大发把你扑倒呢。"美色当前她居然也能忍住。

悦一沉看了她一眼，嘴角勾了勾："谁说没有？"

司栗一僵："……有吗？"

悦一沉指了指自己的肩："你上来我就告诉你。"

她也不跟他客气了，麻溜地爬上去之后追问："我非礼过你？"

悦一沉背着她往下走，步伐稳当，气息平和："非礼过，你亲过我。"

司栗大惊失色，差点儿从他背上跳下来："真的假的？我那么厉害？你居然也没有辞退我？"她真的一点印象也没有了，"是哪一次？你没有骗我吗？"

"你还记得你刚刚变成小孩的那天早上吗？我的嘴唇破了，就是被你牙齿磕的。"

她记得啊，他嘴唇破了，她还暗搓搓地想他是夜会了哪个美女呢。

没想到真的是她，色胆包天啊。

"后来庆功宴，你喝多了，当着全工作室的人的面强吻了我。"他不想提的，但不清楚她是真的不记得了还是装蒜，只能说出来，和她好好算一算账。

"……你快别说了。"她不太信，但庆功宴的第二天，工作室的人齐刷刷地在朋友圈和群里说恭喜，悦一沉还发了好多个红包。

她什么都不知道，抢了红包还觍着脸说"谢谢老板"，想想真是没脸见人了。

悦一沉闭嘴不作声了，气氛反而更加尴尬。

"对不起啊……"

"嗯，没关系。"

还是尴尬。

悦一沉把她往上托了托。

司栗连忙转移话题："我是不是很重？"

"比你亲我的那个晚上要重一点。"

"真的重了很多吗？"

"也没多少吧，还能背得动。"

"真是没法聊天了。"

悦一沉笑起来，胸腔微微震动："那你睡吧，还有一段路。"

"我怕我流口水，流到你脖子里面去。"

"那就流呗。"他无所谓，"你小的时候没少流。"

司栗被气笑了，挣扎着要下地，刚好有一架空的雪橇车经过，他们立刻就上去坐了一程。

到酒店之后悦一沉又去洗了个澡，司栗躺在沙发上玩手机，而后很快就睡着了。

她累疯了。

悦一沉洗漱完毕出来时她已经变回小可爱的模样了，手里还握着手机，看样子是在玩着手机的时候睡着了。

悦一沉走过去帮她扯好浴袍，伸手想将她手里的手机抽出来时，不小心点开了屏幕，一眼便看到了她微博小号发布的内容。

一颗小栗子："今得知强吻过男神，实属人生大幸，可回味一生，唯一可惜的是，压根儿不记得了！"

他的嘴角轻轻勾起，而后弯腰将小家伙抱起来往房间走，摸索着帮她套上睡裙，而后掀开被子抱着她一起睡。

司栗早上起来时兴奋得不行："可以回家了！"

悦一沉还没睡醒，半眯着眼睛望着她，声音迷离，格外性感："你要今天就走吗？"

"今天就走吧，万一我晚上又变回去就麻烦了。"

变故太多，她不敢冒险。

悦一沉"嗯"了一声，他完全顺从。

走的这一天，天气非常不好，航班延误了半个多小时，司栗一度担心飞机无法起飞，悦一沉抱着她，给她播放手机里下载的电影，司栗眼皮耷拉着："我不看这个，我要看你的电影。"

"我手机上没有。"

"我手机上有。"

悦一沉还没把她的手机拿出来，她就歪着脑袋在他怀里睡着了。

67

司栗再醒过来的时候已经在飞机上了。

空姐看起来是一个华裔，正站在悦一沉身边弯腰说着什么，悦一沉脸上挂着清浅的笑意，最后接过她手中的笔在她的本子上签下了自己的名字。

空姐满足地走开，悦一沉似有所感，回头看她，嘴角的弧度扩大些许："醒了？"

司栗"嗯"了一声，含糊地问："'迷妹'？"

"嗯。"他替她扯了扯毯子，"喝点水。"

"还有多久到？"

"才刚起飞没多久。"

司栗脑袋一歪，简直要晕过去。

悦一沉捏捏她的脸，小声道："别睡了，万一等会儿被打回原形就不妙了。"

司栗被吓了一跳，坐直身子，怎么也不敢眯眼了。

脱离节目组之后他们总算可以坐头等舱了，午餐也比经济舱的要丰富。司栗吃饱之后就靠着悦一沉看电影，看的是悦一沉早期拍的一部片子，演的是一个被送到敌国做质子的皇子。

影片中的他聪敏过人，在敌国忍辱负重，敛起锋芒隐藏自己，不动声色地培养暗桩，最终在他父皇率军攻打过来的时候，不仅没有成为敌国掣肘他父亲的人质，还让敌国皇子在此时内斗，扰乱军心，并顺利逃脱。

他在这部剧里的表现和造型都惊为天人，司栗也是在看到这部电影的时候，才知道什么叫惊艳。

悦一沉在这部剧里只有两个造型，一是做质子时被束于高楼，常年穿一袭白衫，墨发用木簪随意地绾在脑后，赤足坐在殿内台阶上看书，落魄且贵气。

第二个造型是他终于逃出敌国，与大军会合，换上银色盔甲，英姿飒爽地跃上马背。

从心动到沉沦，不过是一部电影的时间。

悦一沉的很多电影她都会反复地看，唯有这一部，她只敢看一遍。

她怕自己多看一遍就会忍不住去绑架他、囚禁他。

她看了开头就有些受不了，频频回头看悦一沉，对方正在睡觉，脸上戴着纯黑色眼罩，只露出一截白皙的下巴，这段时间吃住都不算好，所以他明显瘦了一点，下巴都尖了。

悦一沉几乎立刻就感应到了，没有掀开眼罩，只是侧头朝她的方向发出了一个音节询问，没有得到回应才扯开眼罩，迷迷糊糊地望向她："怎么了？"

"没事。"司栗盯着他殷红的薄唇，莫名有些心虚。

悦一沉往她的小桌板上瞧了一眼，笑了："在看这部？"

"这是我最喜欢的一部。"司栗说，"读大学的时候看的。"

悦一沉笑了："这是我读高三的时候拍的。"

司栗被噎了一下："好了，我知道我比你老。"

悦一沉莞尔，捏了捏她的小胳膊："你这话说得……给别人听到要纳闷了。"

"这么一说，你好厉害啊，读高三的时候拍了电影，然后也考上了名校，天才。"

"哪儿有什么天才，不过是比别人多付出一点时间而已，那段时间我除了拍戏就是看书，每天几乎只睡四个小时。"

"那也很厉害，我读高三的时候也是睡四五个小时，其他时间全在读书，都没考上重点大学。"

"很不错了。"悦一沉笑道，"是你要求太高。"她读的也是名校，和她口中的重点大学差不了多少。

司栗递过一个耳塞："一起看吗？"

"不用。"他伸手揽着她的肩膀，揉着她的脑袋，"这部电影我不看第二遍。"

司栗微微有些讶异："为什么？"

“这部电影的导演非常好，是我入戏最深的一部。所以不敢看，一看就出不来了。”

司栗连忙把手机举到他面前：“一起看，一起看，入戏最好了，你演这部电影是颜值巅峰，你知道吗？那气质真的是秒杀众生。”

悦一沉被她逗笑了：“我家里还留着戏服。”

司栗眼睛都睁大了，语气有些兴奋：“那套盔甲吗？还是白色那套？”

“都有，只是以前很瘦，现在可能穿不下了。”

司栗眼巴巴地看着他：“回去试一试好不好？”

悦一沉捏捏她的脸，没有答话。

落地的时候两人都困得不成样子了，司栗坐在行李箱上被悦一沉推着往外走：“我想回家睡觉，好困好困。”

“我让阿姨在家煮饭了，回去吃了就能睡了。”

“哇，我想吃阿姨做的红焖猪手。”

“买了。”

他们还没走出通道，就蓦然听到一阵尖叫，而后有一群人蜂拥而至，将他们团团围住。

悦一沉被杀得措手不及，只来得及把司栗抱到怀里。

围住他们的人有粉丝也有记者，闪光灯闪个不停，悦一沉怕机器撞到司栗，一边护着她一边往外走，一时有些狼狈。

“悦先生，听说您在录制某综艺节目的时候把女人带到剧组，堂而皇之地同居了是吗？”

“悦先生，那是你女朋友还是约的女粉丝？”

“为什么这一次是单独回国？如果是女朋友，为什么没有一起？”

另一边是粉丝，声音尖厉崩溃：“悦一沉！我们不相信你有女朋友！那是谣言对吗？”

“悦一沉！我们对你很失望。”

推搡间有摄影机磕到悦一沉的额头，划出一条血痕，在眼尾堪堪停下，有些触目惊心。

有粉丝伸手用力推了一把那个机器，差点儿连人带机器都掀开。

粉丝和粉丝撕起来了，粉丝和记者撕起来了，场面混乱失控，司栗缩在悦一沉怀里，心惊胆战，也懊恼不已。

她头一次觉得这么无力。

他们没有泄露行程，但以往也会出现这种情况，特别是那种“铁杆粉丝”，他们神通广大，所以她每次落地前都会潜伏在粉丝群了解粉丝的动态，有时候会为了避免不必要的麻烦走别的通道。

今天他们太大意了，不仅没有准备，还连副墨镜都没有戴。

悦一沉一边护着她，一边宽慰那些担心他的粉丝，又让记者别挤："我怀里有孩子，你们别推了。"

但那些记者置若罔闻，仍然举着机子反反复复地问那些问题。

被推搡得厉害了，悦一沉也有些恼了。他停下脚步，盯着摄像头，声音完全冷了下来："麻烦让一让。"

一直以来悦一沉在公众前的形象都非常和气，优雅绅士，对着记者也很礼貌，从来没在人前和谁红过眼，也没有过黑新闻，可以说是媒体的宠儿。

眼下他忽然完全变了脸色，镇住了一干记者。

有粉丝尖锐地问："你是不是真的和你助理那个贱人在一起了？"

司栗心肝颤了颤，听这口气，今天和他一起出现的不是小可爱而是她本人的话，恐怕会被打死。

"悦一沉，那个女人和她带过的所有明星都睡过！她还半夜爬过虞纪的床，被拒绝了！"

记者们一脸错愕。

那个女粉丝还在滔滔不绝地"爆料"："人家都说她厉害，睡谁谁红！早就是'破鞋'了，一沉你不要被这种女人骗。"

悦一沉的视线投过去，又寒了几许："你亲眼见过吗？"

头一次被男神注视，还是这么冷的目光，用这么冷的语调，粉丝开始结巴："我……我是听说的。"

悦一沉倒是笑了一下："别听别人瞎说，我助理还是个黄花大闺女，这种话传出去不好听。"

那粉丝脸涨得通红，立刻变成墙头草，完全没有了立场："对……对不起。"

记者们连忙捡起话头："所以你们真的在一起了？"

"没在一起应该不会知道人家是不是大闺女吧？"

悦一沉拨开那些机器，声音无波无澜："这是我的私事。"

媒体圈子里向来奉行不否认即为肯定，所以悦一沉的这个回答，基本上是变相承认了恋情。

粉丝们都"炸"了："妈呀，真的在一起了。"

"我要'脱粉'了，啊啊啊。"

记者们还要问，远处已经有机场保安跑过来了，他们终于被安全转移到特殊通道，悦一沉连箱子都没拿，就捏着她的下巴左右检查："有没有弄伤你？"

司栗摇头："你额头流血了。"

"不碍事，回去再处理。"

司栗心疼地摸了摸他的脸，到车上之后又连忙找了创可贴帮他处理伤口，一边摆弄一边忍不住咋舌："睡过我带的所有艺人？我倒是想……"她带的艺人一个比一个帅，一个比一个嫩，要真睡过那才叫死而无憾了。

悦一沉笑了一下，声音有些异样："想？"

司栗没有察觉，仍然在哼哼唧唧："我带过的都是极品欸。还有说虞纪的，什么叫我被拒绝……当初每次进组都是虞纪求着要和我住一个房间呢。"

悦一沉的语调又往上升了一点："和你睡一个房间？"

"他这人胆小，住酒店总是怕这怕那的。"

"后来呢？"

"后来找了个男助理和他住了。"

悦一沉揉揉她的脸："你还带过哪些人？"

"挺多的……没带虞纪之前带过几个新人，现在都慢慢红了，就是虞纪红了之后，公司一下子塞给我三个新人，我才辞职的。"

"都是男人？"

"是啊，我们公司签的女艺人都没什么潜力，所以我不接。"

司栗还不知道自己惹恼了男神，处理完他的伤口之后嚷嚷着要喝水，哼了半天男人都自顾自地玩手机，完全不搭理她。

她这才反应过来，笑得一脸猥琐："吃醋了？"

悦一沉："……"

不开口就是默认了，司栗爆发出一阵笑声，笑得前面的司机差点儿没握住方向盘。

悦一沉头疼地揉揉眉心按住她："喝水吧你。"

他们还没到家，各大报社、网站、八卦博主都发了通稿，说辞各异，但中心都是一个。

悦一沉承认恋情，与女助理在异国深夜相会。

她的那个助理微博几乎"爆炸"了，置顶微博下面几万条评论都是骂她的，键盘侠的语气向来好不到哪里去，悦一沉干脆收缴了她的手机。

"洗澡吃饭睡觉，明天再来看新闻。"

司栗说自己不在意，那些话伤害不到她。

悦一沉只是捏捏她的脸，没有把手机还给她。

他们吃饭的时候也不得安生，桔姐的电话催魂似的，同时打给两个人，悦一沉干脆拣了她的手机出去接。

68

桔姐听到悦一沉的声音从司栗的手机里传出来，立刻就“炸”了：“我去！司栗真的去瑞士找你了？”

悦一沉揉揉眉心，问：“现在网上情况怎么样了？”

“怎么样了？”桔姐被气笑了，“你们公布之前怎么就不想一下情况怎么样呢？”

悦一沉也没解释，回头看了一眼，小家伙正坐在餐桌前，一边吃猪脚一边往这边看，满嘴的油。

“你们在处理了吗？”

“你说呢！”桔姐的白眼都要溢过来了，“已经跟各大媒体和网上的‘大V’们打过招呼了，也买了‘水军’，只是现在还不明确。你到底是什么情况？你们真的决定公开了？怎么也不提前和工作室打声招呼？”

“公开吧，向媒体那边就透露说我们在一起很久了。”他利落地说，“请‘水军’祝福我们，尽量删掉抹黑司栗的话。”

桔姐震惊得好几秒都说不出话来。

“先这样，我还没吃饭。”悦一沉往回走，到了餐桌边忍不住扯了纸巾给她擦嘴。

“我……我等会儿过去找你们。”

“别来了，我们吃过饭就要睡了，你明天再来祝福我们。”

桔姐又被逗笑了：“行，你们先休息，别的不用担心。等了这么多年，终于等到你也被八卦了一把，哈哈。”

悦一沉挂了电话，司栗搁下猪脚，巴巴地看着他：“你不打算解释了吗？”

“解释什么？”

“解释我们俩，没有在一起啊。”

“我们什么时候没有在一起了？这大半年，有哪一天你是没有和我在一起的吗？”悦一沉勾下头，眼睛弯弯的，“亲都亲两次了，还想辜负我？”

司栗脸一红，几乎说不出话来：“但是我们，还没有……”还没有什么，她也不知道，就是有些太突然了。

他扬眉，正儿八经地问了一声：“说得也是，那你愿不愿意和我在一起？”

司栗愣住了。

悦一沉却兀自笑了起来，挑眉道："这样问好像有点奇怪，那我等你变回去了再问一遍吧。"

幸福来得太突然了，司栗的脸变得通红，有些不知所措，筷子拿了又放，最后捂着脸跳下凳子往楼上逃了。

悦一沉撑着下巴望着她的背影，嘴角微微上扬。

恰好他妈妈的电话也进来了，开口就问："一沉，你有女朋友了？怎么没跟我提过？对方是什么样的人？"

悦一沉顿了顿，笑着答道："一个非常可爱的人。"

司栗回房之后缓了几分钟，待发热的脑袋冷却下来之后才去细想悦一沉说的话。

"那你愿不愿意和我在一起？"

她立刻又开始晕头转向，整个人倒在床上，陷进软绵绵的被窝里。

接着有人敲了敲门，悦一沉站在门口，朝她笑了笑："明天要去录《叔叔是个大笨蛋》的片头曲，你早点睡。"

司栗小声"哦"了一声。

他转身要走，却又顿住脚步回头，朝她伸出手："快过来让我抱抱。"

司栗立刻爬下床，屁颠屁颠地跑过去，一下扑进男人怀里。

虽然手感很好，但现在他真想抱一抱成人版的她。

悦一沉单膝跪在地毯上，温柔地抱着小家伙，手掌抚着她后背的长发，声音很轻："没有和你商量过就跟媒体说我们是一对，你会不会介意？"

司栗摇头，怕他没看到，又小声回答："不介意。"

怎么会介意呢？那是她喜欢了十几年的人，她高兴得都有些分不清这是梦还是现实了。

司栗搂着他的脖子，小声问："你真的喜欢我吗？"

"当然。"他的声音温柔得不像话，"如果可以，我想抱一抱司栗。"

司栗眼圈有些发烫："我好怕忽然醒过来，发现这只是个梦，我根本就没有变小，也没有机会和你朝夕相处，更没有让你喜欢我。"

悦一沉笑了："有什么好怕的？就算这是个梦，就算你没有变成小孩，就算睁开眼回到那个生日聚会的第二天早上，我也是打算去找你讨个交代的。"

司栗不明白："什么交代？"

"你强吻了我，不该给个交代？"

司栗把脸埋进他衣服里："别再提这茬儿了。"

悦一沉笑着按了按她的脑袋："不逗你了，去洗澡准备休息吧。"

司栗兴奋了一晚上，四五点的时候昏昏沉沉地睡过去，第二天被悦一沉抱起来的时候眼睛都睁不开。

去电视台的路上她又睡了一觉，醒过来的时候才反应过来："去录歌？"

悦一沉连忙稳住她："合唱，别怕。"

"我不会唱歌啊，我能不能不去啊？"

"当然不能，需要你唱的可能就一两句，后期也会调，不会有问题。"

要不是这具身子被悦一沉一按住就动弹不得，她早就跳车了。

悦一沉抱着她进了电视台。

到录音棚的时候其他嘉宾都已经到了，李优技抱着陶宁在角落吃橘子，看到他们过来打招呼，自然免不了提起昨天在机场的事。

"我看到你们被围堵的新闻了，我回国的时候网上就谣言满天飞了，你们都没看到新闻吗？也真是心大，你助理也不安排人去接你……"又伸手要抱司栗，"小可爱，昨天有没有被吓到啊？"

司栗作为他口中的助理，羞愧了一下："没有被吓到。"

悦一沉侧身避开他，不让他抱："你怀里不是抱着一个呢？"

"啧，小气。"

过了一会儿导演也过来了，打过招呼后跟他们介绍了一下录音老师就走了。

两个声乐老师分别教他们，悦一沉这边很快就录好了，出来的时候看到小朋友这边闹哄哄的，声乐老师都有点发火的迹象了。

悦一沉连忙过去："老师，怎么样了？"

声乐老师憋着一口气："小可爱死活不开口，其他小朋友也被影响，都不肯好好唱。"

司栗撇着嘴站在一边，倔强又委屈。

悦一沉看得心都要化了，连忙过去把她抱起来，对声乐老师道："不好意思，要不您先教其他三个孩子，先给他们录，小可爱我来教好了。"

声乐老师求之不得。

悦一沉带着司栗去了隔壁的一个小房间，还没开始说她，她就先声夺人："我真的不会唱歌嘛，我是音痴，小时候大合唱破音被全校笑了几年，之后我就没唱过歌了。"

悦一沉莞尔："跟着我唱也不行？这很简单的。"

司栗委屈地摇头："不行，有阴影。"

悦一沉无奈，只能打电话去跟导演商量："她实在是唱不了……要不您看，给她录好了后期调？”

“实在不行也只能这样了，你们进去录，我跟老师说一声。”

这样才算顺利过关。

录好曲子之后几人一起往外走，在门口时遇到了导演和台长，导演连忙介绍了一番，台长看起来很和善，和他们寒暄了一番，最后提出要请他们吃饭。

在场的几人虽然都是比较有资历、有名气的明星，但也不敢开罪了台长，便都赴约了。

台长的秘书看起来比台长还老，是个地中海，一直笑眯眯地望着司栗。

台长笑了笑，道：“陈秘书从来不追星，偏偏就喜欢这个小丫头，手机上都是她的照片。”

而后还邀了她与他们同坐一车。

他只邀了小可爱，并没有叫悦一沉，陈秘书替他们开了车门，待台长坐进去之后便伸手想从悦一沉怀里接过司栗。

悦一沉的手臂微微收紧，脸上的那点不情愿不加掩饰，眼看他就要开口婉拒了，司栗连忙偷偷掐了他一下。

她倒没什么，要是他拂了台长的面子，别说在《叔叔是个大笨蛋》里被剪戏份，以后在别处被使绊子也不是不可能。

悦一沉倒是不担心自己，却怕自己因为过于“护食”而冲动行事给司栗带去麻烦，于是不得不按捺住心头的不快，亲自弯腰把她抱到车上去。

台长话不多，只偶尔问几句，司栗还应付得来，但因着车里只有台长和陈秘书，所以她觉得有些不自在，整个人拘谨不少。

所幸吃饭的地方并不算远，车子停稳后，陈秘书下车来替他们开门，看司栗下车有些笨拙，伸手想来抱，但有一只修长的手臂比他更快一步伸了过来，一把将司栗拦腰捞起，抱进怀里。

悦一沉朝他点点头：“多谢陈秘书。”

对方也笑一笑，并未回应。

陈秘书预定了一个大包厢，里面放置了一大一小两张桌子，他们男人要喝酒，旁边的小桌子是专门为小朋友准备的。

司栗坐在陶宁旁边，一边和他说话一边吃鸡翅，陈秘书立于一侧照顾，悦一沉频频望过来，引得台长都注意到了：“悦先生别担心，我这秘书是几个小朋友的铁杆粉丝，肯定会照顾好他们的，你就只管喝掉这一杯就好了。”

台长语气里已经有了些许的不悦，导演连忙给他使眼色，悦一沉没法，只能仰头喝掉那一杯酒。

酒过三巡，悦一沉借口去洗手间的时候给桔姐打了电话，麻烦她过来先把司栗接走，回去的时候看到那个陈秘书已经坐下了，小可爱被他抱在腿上，他凑得很近，神色狎昵，嘴唇都贴到她耳边了，小可爱脑袋往后躲，拼命拿手推他，一脸抗拒。

悦一沉气血翻涌，大步走过去。立于门口正在打瞌睡的服务员忽然感觉有一阵厉风刮过，定眼望过去就只看到一个仿佛夹了冰霜的高大背影。

"陈秘书。"

69

陈秘书被这突如其来的冷声吓了一跳，随即一只手掌在他肩头按了按。

力道有些重，要是搁在平时，他肯定要变脸了，但今晚的他因为心虚，没敢声张。

司栗趁着他松手，立刻跳下地，往悦一沉这边跑，悦一沉已经更快一步地弯腰将她抱起来。

陈秘书轻咳一声，掩饰性地扯了扯西装下摆。

悦一沉扫了一眼，面若冰霜，气压又低了。

他抱着司栗走到台长面前，微微弯腰请辞："小可爱父母让我十点钟之前把她送回去，实在抱歉，扫了您的兴。"

台长抬眼看悦一沉，心里有些不快，虽然这人语气和和气气，腰也弯着，但他怎么就听出了一点不卑不亢的意味呢？

于是他没有立刻开口放人，只是笑着道："这酒才喝了几瓶你就要走了？小姑娘要回家我让老陈送一下就好了，何必让你亲自送回去？"

悦一沉也笑了一下，语气越发低柔："不敢劳陈秘书大驾，我自己带来的，自然要妥当地送回去。"

李优技在旁边不明就里，也笑着道："你再坐会儿呗，我助理就在楼下，让她送就好了。"

悦一沉看了他一眼。

两人好歹是同行过几天的"驴友"，李优技立刻从这眼神里察觉出一点什么，当即便截住了话头，笑道："算了，我那助理太路痴，只怕找不到位置，那你还是赶紧走吧，小可爱都快睡着了。"

台长往他怀里望去，果然看到小家伙在打瞌睡，模样有些可怜，便挥了挥手："那你们先走吧。"

悦一沉转身出了门，恰逢桔姐的电话过来，说已经到楼下了。

悦一沉单手抱着司栗，挂了电话后按下电梯，电梯壁倒映着他面无表情的脸，一双永远漾着温暖笑意的眸子低垂着，眉梢仿佛都结着冰霜。

司栗何曾见过他这样，一时胆怯，嘴唇张了张，却不敢叫他。

他却像忽然感应到了什么似的，垂头看了她一眼，而后冲着那张小脸笑了一下，宛若春风化雨，寒冰消融，慑人心魄。

司栗连忙搂紧他的脖子。

两人上了车，桔姐正在打电话，只和他们短促地打了声招呼便将车往外开。

也多亏她在打电话没有问东问西，司栗上车后便真的开始犯困，枕着悦一沉的腿打瞌睡，迷迷糊糊中听到悦一沉在说话，细听之下才发觉是在打电话。

“胡老，好久不见了，最近身体还好吗？”

不知道那边说了什么，司栗只听到他轻笑了一声：“这段时间在录一个节目，刚刚才回国，前两天托人送过去的茶叶是我妈在茶园里亲手摘的，她特意让我拿回来的，我本想过几天登门拜访的时候亲自送过去，但怕您心急……是吗？好，我一定代为转达，我妈身体也好，您的信她都看了。”又说了几句，他的话锋才稍稍一转，“是有些麻烦，不过是小事，何哥的电话我有，对，那好，您先休息，我给我妈回个电话。”

之后他便挂了电话，再拨过去时那边却并非他母亲。

“何哥，你好，我是小悦，有点事想麻烦你。”悦一沉替司栗拢起头发，声音有些低，“明视台台长的秘书，他好像有一些癖好，你帮我确认一下……当然，他有一条腿不安分，如果能处理，就处理得干净一点。”

司栗立刻醒了过来，爬起来看他。

两人对视，悦一沉的目光清明，似乎只是在安排一件工作。他的手还搁在她脑袋上，见她起来了还安抚性地揉了揉，同时对着电话那边的人又吩咐了几句，而后才挂了电话问她：“不睡了？”

司栗的心跳得有些快：“你不要……”

悦一沉微微皱眉，拿眼神堵住她要说的话，若有似无地瞄了一眼前面。

这是在提醒她前面还有人。

司栗只能忍住不开口，又听他接着打电话，语气有一点像小孩子做错了事找大人摆平的撒娇意味，听得司栗张大了嘴巴。

“也没什么，就是找人动了一个台长的秘书……舅舅，你看我什么时候求过你？不需要您帮我擦屁股，就是和那台长敲打敲打就好了……”

话说到这里，桔姐在前面大概也猜出是发生什么事了，由后视镜往后看了一眼，笑道："我还从没见过你主动去找你舅舅摆平事情，看来这次真的是被摸到逆鳞了。"

悦一沉似乎笑了一下，正在给李优技回复微信，让他们看着点小绒绒，后者回他，他们走后陈秘书就下楼了。

陈秘书在车外抽了几支烟，没多久那一桌人便下来了，他连忙将车开过去，待台长上车后便将车往外开。

台长喝了不少酒，但意识还算清醒，揉了揉眉心问："你今天又给我惹事了吧？"

陈秘书在前面心惊胆战："台长，我就抱了一下，真没做什么。"

台长摆摆手，示意陈秘书开车，别再说话了。

他隐隐有预感，这一次只怕他要换一个秘书了。

那个男人并非看起来那么温和简单，能忍的人，若不是太过无能，就是在酝酿大招。

桔姐把他们送到家门口，悦一沉开了门，一边小心地抱起睡着的司栗，一边和桔姐说话："这两天没什么事我就先不回工作室了。"

"噢，说起这个。"桔姐回头，"周末不是你生日了吗？那帮姑娘说要办个派对给你庆生，我提前和你说一声，到时候你空出时间过来啊。"

悦一沉有些无奈："不想去，你们太吵。"

桔姐更无奈："哥哥呀，你给个面子好不好？不然你想和谁过呢？"

悦一沉抱着司栗退出去，笑道："和我女朋友啊。"

"啧啧，真是铁树开花了。"

"我进去了，你回去路上慢一点，到家给我发个信息。"

"OK。"

悦一沉关了车门，看着她把车倒出去之后才抱着司栗上楼。

司栗是真的困了，上了楼都没有反应。悦一沉叫了阿姨过来帮她换衣服，又亲手打了热水来给她擦脸和手。

他洗完澡出来的时候过来看了一眼，小家伙果然踢了被子，圆滚滚的肚皮和小脚丫袒露在外，他走过去帮她扯好被子，而后在床边坐下。

司国庆和他说过，药效总有消散的那一天，当她变小的时间越来越短，变小间隔的周期越来越长时，可能就没有几次能变小了。

悦一沉摸着她肉乎乎的小手指，滑坐到地上，趴在床沿就睡着了。

半夜司栗醒过来一次，她总觉得睡得不安心，所以挣扎着醒过来了，一下就感觉到床边有人，钩着她小手的修长手指，不是悦一沉还会是谁。

司栗动了动手，轻轻拽了拽他，声音还迷迷糊糊的："悦一沉？上来睡啊。"

对方没有醒，她又用力摇了一下，这才把男人从梦中叫醒：“嗯？怎么了？”

“上来，地上凉。”

他似乎顿了顿：“我回房去。”

他走出几步又回头，掀开被子靠着她躺下：“还是舍不得。”

司栗窝进他怀里：“口嫌体正直的家伙。”

第二天一早，司栗就给虞纪发了信息，问他今天有事吗，能不能过来带她出去玩。

虞纪非常乐意，答应之后又问：“悦一沉今天不在家？”

“在啊。”

“他在，你还让我带你去玩，他不打死我？”不打死也不会乐意他来接走她。

“你想想办法嘛，我在家等你！”

彼时虞纪已经出门了，丢下手机就往悦一沉家里杀过去。

按门铃的时候是司栗跑过来开的门，看到他时眉毛都飞起来了。

“悦一沉呢？”他都不打算进门，想直接把人带走了。

“他在上面洗澡。”司栗拉他进屋，“等一会儿，我还没吃完早餐。”

虞纪扬了扬眉：“这都几点了，你们两个还一个在洗澡，一个没吃早餐。”

“我们刚刚跑步回来。”司栗刚说完，悦一沉就从楼上下来了，只着一件浴袍，头发湿漉漉的，看到他时有些讶异：“虞纪？你怎么来了？”

“我来接小可爱去玩。”

司栗松了一口气，不枉她千叮咛万嘱咐，让他别说是她让他来的。

悦一沉看了司栗一眼，这一眼看得她十分心虚。

“怎么没有提前说一声就来了？”

“你又不是她的监护人，干吗要和你说？”虞纪立刻呛声。

奇怪，虞纪今天火气好像有些大。

悦一沉似笑非笑地看了他一眼：“我知道没有必要说，但至少应该打个招呼吧？万一我和她今天有安排呢？”

“有安排我也要带走她！”虞纪愤愤道，“你都霸占了司栗，还想霸占小可爱？”

悦一沉顿时失语。

最后虞纪还是顺利把小可爱带出去了。

虞纪一边开着车，一边吹了一声口哨问小可爱：“哥哥表现得还好吧？”

“你太棒了，虞纪哥哥！”她当然不吝夸奖。

“所以我的小公主，今天想去哪里玩呢？”

司栗笑眯眯地说：“想去逛商场。”

“你还真是……喜欢逛街呢，也行，今天我就舍命陪公主了。”

他带她去了一个大商场，直接奔赴童装区，还扬言道，她看中的，他都买下来送她。司栗没有买衣服的心情，逛了一会儿就觉得无聊了，想要到楼下的奢侈品店去。

虞纪不解：“这楼上的童装也有大牌呀，为什么要到下面去？”

司栗抿唇，小心翼翼地说：“其实我今天出来……是想给悦一沉买生日礼物的。”

虞纪要“炸”了，亏他接到她约他出来的电话还那么高兴，没想到自己就是个车夫。

他沉着脸领着司栗下楼了，毫无耐心地陪她逛了一家又一家店，敷衍地给出意见：“这个可以可以，很适合他的气质。”

“这个也行，戴这个可以出席颁奖典礼了。”

司栗干脆不问他了，自己踮着脚看柜台里展示的款式。

导购员跟在后面笑吟吟地问：“小妹妹，是给你哥哥选领带吗？”

“是。”司栗说，“不过不是这个哥哥，是一个气质和他截然相反的人，是个很贵气又很温柔优雅的哥哥，您有什么推荐的吗？”

虞纪忍不住伸手捏她的脖子，压低声音恶狠狠地说：“我哪里不贵气？哪里不优雅温柔了？”

司栗缩了缩脖子，无辜地指了指自己脖子上的爪子。

70

虞纪被气笑了，导购员选了一条酒红色暗纹的领带给她看，司栗觉得非常漂亮，眸子亮晶晶的，抬头征询虞纪的意见，后者哼了一声，嫌弃地说：“这么骚气的颜色也只有他能驾驭了。”

司栗眼睛一眯，回头看导购员：“就这条了，麻烦帮我装起来。”

“好的，请问需要帮您包好吗？”

司栗想了想：“不用了，我回去自己打包。”

虞纪又在旁边翻白眼：“就你这小胖手还能包。”

司栗一点也不介意，问他：“悦一沉生日你去吗？”

“不去。”他断然回绝了。

“啊？为什么不去？”

虞纪揉揉她的小脑袋，许是觉得她不会听明白，所以才坦言：“因为不想见到司栗。”

司栗怔了一会儿，不明白自己哪里招惹这位爷了。

他又笑了一下，嘴角勾着，神情看起来却有些落寞：“准确地说，是不想见到作为他女朋友站在他身边的司栗。”

她现在一定是幸福的，但那种幸福会灼伤他。

司栗一下子就噤声了。

导购员开好了票据，装好了领带之后，两人一道儿出了商场，而后去吃了火锅，虞纪还带她去游乐场玩了一下午，中途还被人认了出来，围着他们拍照。

虞纪把她送到家的时候已经十点多了，车还未停好，悦一沉就走出来接她了。

司栗提着小袋子下车，悦一沉自然而然地接过袋子弯腰将她抱起来，问虞纪：“你们吃过了？”

虞纪对着他依旧没什么好脸色：“你说呢？这都几点了？”

悦一沉本来想问吃的什么，最后还是憋住了。

虞纪不耐烦地跟他招招手示意，然后扳着司栗的脑袋用力在她脑门上亲了一口：“记得和我的约定。”

司栗揉着脑袋，嘟着嘴点头。

虞纪上车走人，悦一沉抱着她往回走，既没问她为什么约了虞纪出去，也没问她买了什么，更没问她和虞纪的约定是什么，只是问她玩得开不开心，晚上吃了什么。

她一一回答了。

进了屋之后，悦一沉把她放下来，司栗换了鞋就自己抱着购物袋跑上楼了，藏好东西之后才下楼。

悦一沉正盘腿坐在茶几前专心致志地鼓捣什么东西，听到声音头也不抬：“过来吃雪梨。”

司栗屁颠屁颠地跑过去，蹲在他对面拿叉子叉起一块先喂他，悦一沉张开嘴由着她送过来，又说：“我吃过了，你吃就好了。”

他勾着脑袋，白皙的脖颈形成一道优雅的弧度，司栗一边吃雪梨一边看过去，发现他是在摆弄一枚发卡。

“这是什么？”司栗问。

“你的发卡。”

“我的发卡？”司栗仔细辨认了一会儿，“我好像没有这样的发卡呀。”

他笑了：“你原来那个黄色的坏掉了，我找了一条丝带给你做一个新的。”

司栗像看怪物一样看了他一会儿：“你是在给我修复发卡？”

“这个程度算是重新做了吧？”

“……”

悦一沉做好收尾工作，拿起来给她看了一眼，表情有些期待：“试一试？”

他找的丝带是宝石蓝色的，底色是暗紫色蕾丝，看起来端庄大气。

不待司栗应声，他就起身越过茶几把她整个人抱了过来，而后温柔地帮她梳理头发，熟练地将发卡别上去。

“很漂亮。”他很满意，“我生日的时候你就戴这个去吧。”

司栗看不到，伸手摸了摸，有些不确定：“不会有些成熟吗？”

“不会，我特意挑的这个颜色，这样你变成司栗的时候也适合戴。”

司栗微微一怔，又难免有些感慨：“难得你疼爱小可爱的时候还记得我呢。”

悦一沉失笑：“这口气真酸，小可爱是谁？”

这问题不亚于先有鸡还是先有蛋了。

晚上司栗熬夜包好了要送他的礼物，小胖手非常不灵巧，剪子都拿不好，来来回回包了三次才成功，结果睡了一觉起来发现已经变回了司栗。

悦一沉一大早就听到司栗在房间里发飙：“早知道你能变回来我还那么折腾干什么？！”

他收回要敲门的手，默默下楼了。

两人用过早餐后一起出门，司栗开了手机登上微信才看到工作室的群里那几百条信息，她闲着无聊“爬”完了“楼”，然后惊悚地回头看悦一沉：“聚餐地点改了？”

悦一沉“嗯”了一声，又解释：“我本来是担心在外边玩不开，又怕人多眼杂。”

所以这就是你把地点改到自己家的原因？

群里的一堆年轻人乐疯了。

悦一沉的母亲年轻时是国际名模，生了悦一沉之后就开始经商，自己开经纪公司，做时装品牌，同时涉猎房地产开发。这套她送给儿子的半山别墅当时还传言值二十亿，装潢华丽，极尽奢华，就连门口的壁灯都是古董。

他们在群里说自己能到悦大家玩是三生有幸，桔姐一下子打破了他们的幻想：根本没有那么高端，他们家半年没有人住了，今晚你们的晚餐应该是灰尘。

因为悦一沉极少回那边，所以司栗也还没有去过。

大家又表示毫不介意：灰尘也是比寻常灰尘要好吃的，毕竟是盖过奢侈品的。

有个八卦的造型师问：“悦大这一次其实是想把女朋友带回去给家长看吧？嘿嘿。”

悦一沉在下面回了一个神秘的笑脸。

司栗捂脸。

抵达半山腰的时候刚好十一点，司栗远远地就看到了郁郁葱葱间的那一片红色屋顶，房子比她想象中的要大很多，光是别墅侧边的停车场就有一个篮球场那么大。

两人从停车场直接进别墅，先是穿过了一个小花园，而后来到了客厅。

两人还没站稳脚，就听到一阵欢快的狗吠，一大一小两只金毛飞扑过来，急刹在悦一沉面前。

悦一沉微微一怔，弯腰摸了摸它们的脑袋，狗狗舒服地嗷呜了一声。

"怎么了？"司栗在他后面问，"你养的狗？好可爱！"

两只狗狗似乎听得懂她在夸它们，吐着舌头仰头望着她。

"不是，是我妈养的狗。"

"啊？"

"我妈回来了。"

"……"

悦一沉抓住她的手腕防止她逃跑，逗她："又不会跟她说你是我女朋友，紧张什么。"

司栗笑了笑："悦大，你这么说我就放心了。"

话音刚落，他们就看到一个保养得当的女人端着果盘走出来："一沉，你回来了。"又和善地朝司栗笑了笑。

"妈。"他拉着司栗走过去，抱了抱她。

"阿姨好。"司栗尽量大方自然地和她打招呼。

"你好你好。"方仪笑眯眯的，不动声色地打量面前的女人，还未开口询问名字，悦一沉就先一步介绍了："妈，这是我女朋友，叫司栗。"

司栗要"炸"了。

刚刚说不会这样说的人是谁？

方仪面色无异地点点头："我知道，在新闻上看过了，你终于谈恋爱了，妈妈替你感到高兴。"

悦一沉又抱了抱她："谢谢妈妈。"

"谢我干什么？"方仪嗔怪地看了他一眼，"又不是我收了你。"她又转向司栗："和悦一沉这种人谈恋爱真是难为你了，新闻上说你是他助理？所以你们在一起多久啦？"

司栗站在一旁，脸红得不知所措。

悦一沉怕他妈问个不停，连忙转移话题："妈，你们什么时候到的？叔叔呢？"

"早上就到了，你叔叔还在睡觉，等会儿我上去叫他下来。"

"没事。"悦一沉说，"让他睡吧，家里有东西吃吗？我们还没吃午饭。"

"厨师正在准备，你们坐一会儿，马上就可以用餐了。"方仪热情地对司栗说，"儿媳妇，你坐，我给你泡茶喝，这是我从新西兰带回来的茶叶，你试试……"

悦一沉把她拉开："妈，你还是上去倒时差吧，我想带她转一圈。"

方仪瞧着他的眼色，识趣地点头："那行，不打扰你们了，我上去把你叔叔叫下来。你记得给我们儿媳妇泡茶就好了。"

女人上楼去了，悦一沉坐在沙发上，四平八稳地开始给她泡茶。

月牙白的茶具衬得他修长的双手越发白皙。

司栗坐在他旁边，终于缓过劲来："儿媳妇？"

悦一沉笑着"嗯"了一声，递过茶："试一试。"

司栗抿了一口，又听到他说："喝了这杯茶你就是我们悦家的人了。"

司栗差点儿被噎到。

喝过茶后悦一沉带她在别墅里转了一圈，两只狗狗摇着尾巴跟在后面闹个不停。

"我小时候就是在这里长大的。"悦一沉给她介绍，"因为时不时要拍戏，所以没有去上学，只是在有时间的时候，家教老师过来教学。"

"我知道，以前看你的访谈你说过。"他说得轻描淡写，但想想也知道，利用零碎的时间进行高强度的学习，他的压力会有多大。天才背后的付出是旁人想象不到的艰辛，和他比，自己真的很幸运了。

悦一沉忍不住揉揉她的脑袋："这是什么表情？跟你说这个只是想显摆一下，我很聪明的，好吧？根本不需要学多久。"

司栗懒得理他。

转了一圈之后，方仪就给悦一沉打电话让他们回去吃饭了。

午餐是地道的墨西哥菜，厨师手艺堪比外边餐馆的大厨，司栗几乎要吃撑了。

饭后方仪切了水果来给她消食，又拉着她说了一会儿话，倒没问东问西，只是一直在和她说悦一沉小时候的事。

说他小时候很怕狗，特别是那种巨型狗，被吓哭过好几次。后来她送给他一条刚刚出生的哈士奇，他非常喜欢，一直带在身边，拍戏也要盯着，一直把它养大，后来长得比他还高，之后他就没有再怕过狗了。

又说了很多他小时候拍戏的窘事，这些算是独家信息了，她从来没有在新闻和采访里看过，恨不得掏出小本本记录下来。

最后还是悦一沉笑着打断他妈妈："妈，我先带她上楼休息会儿，今晚可能要熬得比较晚。"

方仪笑他："你不是害羞了吧？"

他一言不发，拉着司栗就上楼了。

71

"都打好几个哈欠了。"悦一沉带着她进了一个房间，"房间我提前让阿姨打扫过了，你在这边休息一下。"

司栗不情不愿地说："可是我想听呀，为什么不让你妈妈继续说。"

悦一沉笑了一下："因为这些事我想以后慢慢说给你听，亲自说给你听。"

司栗瞬间被他这句话"秒杀"了。

悦一沉伸手想揉她的脑袋，碰到那个发卡之后又缩回手："进去睡觉吧，我就在隔壁，有事叫我。"

司栗"噢"了一声。

她小憩了一会儿，很快就被一阵水声吵醒。

声音不算大，但因为别墅里太安静了，所以显得清晰又突兀。

司栗起床去浴室洗了把脸，而后走到窗前拉开了半开的落地窗，从窗台往下看，一眼便能看到别墅后庭湛蓝的游泳池。

池内有一副健美的身躯，剑鱼一般地反身蹬壁后滑出去几米。

她转身打开门便看到那只名为小波的金毛俯卧在她门边，见她开门了立刻站起来欢快地摇了摇尾巴。

司栗摸摸它的脑袋："嗯？是悦一沉叫你在这里等我的吗？"

它"嗷呜"一声，带着她下楼去到泳池边。

悦一沉正在水里畅游，那只大的金毛懒洋洋地窝在一旁晒太阳，小波把她带到之后也凑过去，伸着懒腰挨着它趴下。

司栗走到泳池边蹲下，望着水中央游刃有余的匀称身影，午后明媚的阳光打在水面上，折射出粼粼碎光。

她的视线随着他的身影游移，不多时那身影忽然潜入水里，一时水面动荡，模糊不清，司栗正要仔细辨认，忽然感觉脚踝一凉，一只湿漉漉的手从水里伸出来握住了她，随后男人探出水面，带起的水花溅到她脚上，带起一阵凉意。

司栗推他："走开，自己偷偷跑下来游泳不叫我，过分。"

悦一沉笑呵呵的，一双眸子浸了水越发黑亮。

被这样的眼睛盯着，很难不动心。

“我有过去叫你，不过你睡得太沉了，敲门都没听见。”他很无辜，“那你现在要不要下来游一下？浴室那边有新的泳衣，让小波带你过去。”

“不要了，等会儿桔姐他们就来了。”

悦一沉松了手，撑着池壁出水，司栗不敢看他，默默地转过去逗金毛，悦一沉拿着浴巾站在她后面，忍不住笑了：“又不是没见过，害什么羞？”

他指的是两人在海边玩，她见过他只穿泳裤的样子，司栗却想到了第一次在卫生间时的场景，立刻脸红得要命。

还好那人说完一句话就转身走了。

他们回到客厅的时候，悦一沉的叔叔已经睡醒了，是一个很可爱的中年人，刚刚睡醒还不是很清醒，和悦一沉拥抱过之后又来抱司栗，被悦一沉拉开了。

男人很不满意，用有些生涩的中文说：“小子，这是礼节。”

“我知道。”悦一沉点头，“但就是不想让你抱。”

司栗失笑，越过他和对方轻轻抱了抱：“叔叔你好。”

“好，好。”他笑眯眯的，又转过去问方仪：“是不是应该给红包？”

“我准备了，走的时候再给。”

司栗脸红了，无措地望向悦一沉。

悦一沉挑眉，对司栗说：“快谢谢妈。”

“……”

傍晚的时候，工作室的人陆陆续续到了，还有悦一沉的几个朋友，别墅里一下子热闹了起来。

大家在泳池边上烧烤，几个年轻人换了泳裤叫着跳下水，溅起的水花引起边上一堆女人的叫骂。

司栗和桔姐围在炉子边烤肉，悦一沉抱着唯唯坐在一旁，时不时跑过来问：“可以吃没有？”

唯唯在他怀里跟着念叨：“可以吃没有？”

“别催别催。”桔姐赶他们，“这边烟大，去那边等着。”

悦一沉看了司栗一眼，欲言又止地走开了。

司栗动作很快，没一会儿就烤好了十串牛肉，还没装到碟子里，就被闻香而至的小姑娘们瓜分完了，悦一沉坐在一旁，表情和唯唯的一样，可怜又委屈。

司栗又抓了十串开始烤，立志要在他们吃完之前重新烤好给悦一沉吃，结果因为太着急，刷油的时候不小心把油罐子打翻了，一整瓶油倒进火炭里，哗地腾起一大簇火苗，司栗猝不及防，被烫得丢掉了肉串，还没反应过来的时候悦一沉就已经冲了过来，抓着她的手臂检查手上的伤势，而后拉着她到水下冲洗。

痛感此时才传来。

冰凉的液体冲在烫红了的手上，火辣辣的一片，司栗缩着手下意识地想躲开，却被悦一沉死死按着：“别动，先冲一下，免得留疤。”

司栗安分了。

边上的人这才反应过来，纷纷围上来询问。

“被火烫了，你们自己玩，我带她上去涂药。”

“哦哦哦，悦大你赶紧的，留疤了我们可担当不起。”

悦一沉被气笑了：“你还知道呢？懒死了，自己烤。”

冲了几分钟之后，悦一沉带着她回了客厅，翻箱倒柜地找了一通才找到药箱，回来又开始念叨：“刚刚我就想说了，你这裙子是在瑞士买的，要是被火星溅到就废了……结果裙子没废，你的手倒是废了。”

司栗被他提醒，连忙低头看了看自己的裙子，果然在腰部看到几个小黑点，登时就快哭了：“我的裙子啊啊啊。”

悦一沉笑了，一边给她上药一边说：“所以你那么勤快干什么？那群人就是懒惯了，你不去烤他们饿了自然会自己烤。”好在伤口不算太严重。

还不是他们一来就“嫂子、嫂子”地叫她，叫得她心花怒放，屁颠屁颠就承包了此项工程。

“怪你，谁叫你不给我准备围裙，都起泡了，会不会留疤？”

悦一沉被她前一句话弄得语塞了，没好气地说：“留疤最好。”

话是这样说，手上的动作却又轻了一点。

他这么温柔，让司栗有些想亲他，但她刚凑过去，那只大金毛不知道从哪儿蹿出来了，一下子就跃到了沙发上，挤在两个人中间。

悦一沉没有发觉，收拾好药箱之后还摸了摸狗狗的脑袋：“乖，怎么不在外面玩？”

司栗：“……”

就是，怎么不在外面玩？害得她偷吻不成，心痒难耐。

大家一直玩到了凌晨一点多，吃了蛋糕，又喝了不少酒，悦一沉安排司机一个个把他们送回去，司栗也捡起自己的包跟方仪说“晚安”，被悦一沉一把揪住：“你干吗？”

“我回家啊，我没有喝酒，可以自己开车。”其实司栗是不想走的，但是第一次见他妈妈，她不能表现得太不要脸不是？

方仪立刻知道了自己儿子的意思，连忙挽客：“儿媳妇啊，你看这么晚让你

自己开车回去我们怎么放心？这司机又都安排完了，干脆就在这儿住一晚吧，家里备有干净睡衣，明天还能陪我吃顿早餐呢。”

“我拿了她的衣服来。”悦一沉在旁边搭腔。

司栗矜持地还要婉拒，但是方仪丝毫不给她说话的机会，拉着她就往里走了：“我明天就得飞回去了，难得见一面，好歹陪我吃顿早餐啊，你看今天见得又匆忙，我都没能和你说什么话。”又吩咐保姆关门，示意悦一沉把她带上去。

司栗根本都没反应过来，包就到了悦一沉手上，整个人被推上了楼。

“这样影响不好啦。”司栗小声说。

“这么晚你自己回去我真的不放心。”悦一沉安抚她，“我妈她真的很喜欢你，你放心。”

言下之意就是他妈妈不会因为女孩子留宿就看轻对方，司栗立刻就会意了。

她被悦一沉带回了房间，又被细细叮嘱：“手不要碰水了，特别是热水。”

司栗好笑：“我是右手受伤，不碰水要怎么洗澡？”

悦一沉扬眉：“你这话……是在邀请我帮你洗？”

司栗怒了：“不要脸！出去。”

悦一沉笑得不行：“不是，真不能碰水啊，你等等，我下楼给你找保鲜袋。”

“我要回家了！”

“你要是现在走我妈还不得以为我欺负你了。”

“你就是欺负我了。”

“那对不起？”

司栗嘟嘴：“好没诚意。”

悦一沉下楼去给她拿保鲜袋和她的衣服，回来时还带了一杯牛奶上来，司栗都服他了：“不要喝牛奶。”

“你乖。”悦一沉把杯子放到桌子上，又把衣服递给她，“等会儿我过来检查，牛奶没喝光的话就不给你买新衣服了。”

司栗的眼角跳了跳：“还拿这个威胁我呢？我又不是小可爱。”

“噢，上一次是谁答应我给她买包包就乖乖喝一个月来着？好像不是小可爱的时候吧？”

说得也是，她比小可爱还要物质一点。

悦一沉仔细帮她把手裹好，又催她去洗澡，

司栗费劲地洗了个澡，还因为受不了头发里的味道又洗了个头，自然无可避免地弄湿了手。

她拆掉保鲜袋，又小心地拿纸巾擦干手之后才出去，结果悦一沉已经在门口

等着了，只看了她一眼就说："打湿了对吗？"

司栗梗着脖子否认："没有啊。"

他走过来："让我看一眼。"

司栗把手伸过去的时候下意识地看了一眼，就这个动作被捕捉了，悦一沉也不用看了，当即就知道答案了。

他忍不住抬手弹了一下她的额头："不是让你小心一点了？"

司栗没敢顶嘴，乖乖地说："我等会儿会重新上药的。"

悦一沉按着她坐在梳妆台前，弯腰给她检查手上的情况，手背有部分已经开始发白，看着有些恐怖。

司栗本来没觉得疼，看到这惨状之后心里开始发毛。

悦一沉给她换了一支药膏，轻柔地将淡绿色膏状物涂上去，凉凉的，缓解了不少疼痛。

悦一沉微微垂着头，长长的眼睫毛在眼睑上打下阴影，认真地检查着她手上还有没有别的地方需要涂药。

"悦一沉，谢谢。"司栗突然说。

"嗯？"悦一沉仰头看她，眼睛黑亮，看起来像一只优雅漂亮的波斯猫，"谢我做什么？"

司栗顿了顿："谢谢你照顾我……我是指在第一次拍戏，我弄伤手那会儿。"

他"噢"了一声，放好药膏，仍然握着她的手："所以打算怎么报答我呢？"

司栗咽了咽口水，突然问："悦一沉，我现在是你的女朋友对吗？"

悦一沉勾了勾唇："你这不是废话吗？"

"那我，那我可以亲你吗？"

72

悦一沉一怔，而后眼睛都笑弯了，又在司栗懊恼得要跑走时揽着她的腰将她带到床上去，俯身落下一个深吻。

早在悦一沉把她拉到床上去的时候她的大脑就一片空白了，炙热的气息贴近，他一只手撑在她脑侧，另一只手抚摸着她的脸和下巴，当唇瓣贴合的时候，司栗仿佛听到了自己被瞬间点燃的声音，浑身烫得几乎要爆炸。

悦一沉的吻与他本人给人的感觉完全不同，他的吻炙热又强势，步步紧逼，攻城略地，司栗被动地被他吮咬着嘴唇，唇腔和舌头被他一寸寸温柔地攻略，辗转碾轧，深入浅出，周而复始。

许久后悦一沉才松开她，眸光像带水，垂头问她："这个程度，可以吗？"

他身下的女人仿佛完全融化了，双目似一湾清泉荡漾，双颊绯红，唇瓣像是被揉拧出花汁的玫瑰，看着让人怜惜之余又想犯罪。

偏偏那漂亮的唇说出的话却很煞风景："吻技那么好……是吻戏拍多了吧？"

悦一沉笑得不行："我还真没拍过多少场吻戏。"

司栗不想问了，伸手揽住他的脖子："再来一次。"

悦一沉低头舔了舔她的嘴唇，在她期待的目光中缓缓起身："再亲我就走不了了。"

司栗脸一红，她对某些顺其自然、水到渠成的事并不排斥，但今晚不行，他妈妈就住楼上。

悦一沉不知道她在想什么，只是觉得对女孩子来说这样有些早，也没什么氛围，又怕第二天痕迹太重让他妈妈笑话。

悦一沉把她拉起来，趁她混混沌沌之际将牛奶递到嘴边，压低了声音哄："乖，喝了牛奶好睡觉。"

司栗毫无抵抗之力，乖乖喝光了一整杯牛奶，最后嘴角残留的一点奶渍也被他凑近舔干净了。

牛奶加他的甜吻，让司栗这一晚真的睡得很好，还做了一个很甜的梦，黎明的时候被渴醒，她爬起来喝水，然后发现自己又变小了。

她喝了水之后滑下床，裹着宽阔的睡衣和拖鞋，磕磕绊绊地走到悦一沉房门口，敲门之后拧开锁打开门探头进去。

屋内漆黑一片，但她仍然能辨认出床上的身影。她蹑手蹑脚地跑到床边，刚要溜上床，就有一只手掌伸过来摸了摸她的脑袋："探头探脑的干什么？"

他的声音很含糊，也不知道是被吵醒了还是在呓语。

司栗继续往上拱，男人往里挪了一点，给她腾出一个窝，司栗靠着他蹭了蹭，脚搭在他肚子上，寻了一个舒服的姿势，又呼呼睡过去了。

细软的呼吸喷在悦一沉颈侧，他才完全醒过来。

他的女朋友又变成小家伙了。

这要放在以前，刚刚睡醒就能在枕头边看到小可爱，他一定满心欢喜，爱不释手，但是在经历了昨晚的激吻后，他现在看到小可爱，是失望的。

可爱有什么用，又不能……

悦一沉抓着她的小手百无聊赖地把玩着，没过多久她就醒了，迷迷糊糊中还蹬了他一脚，皱着眉问："你怎么又把我抱过来了？"

悦一沉无辜得要死："你自己过来的。"又指指床下，"看到你的鞋子没有？

如果是我过去把你抱过来，怎么会有鞋子在这里？”

司栗撇嘴：“谁知道呢？你心思这么缜密，说不定是特意把鞋子也拿过来的。”

悦一沉翻过身懒得搭理她，司栗又不要脸地凑过来，整个人八爪鱼似的挂在他身上：“还睡啊？都几点了，快起来、起来、起来啦。”

最后悦一沉不得不抱着她爬起来，找衣服给她穿，伺候她刷牙洗脸。

他抱着小家伙下楼的时候，正在用早餐的方仪和她丈夫眼珠子都要掉出来了：“这、这就只是过个夜，怎么孩子都那么大了？”

悦一沉笑了一下，开玩笑道：“对啊，所以你和叔叔暂时先别走了，等我完婚再回国吧。”

方仪擦了擦嘴，认真地问：“婚期在什么时候？不着急，我和你叔叔没什么要紧事，你慢慢操办。”

悦一沉抱着司栗坐下，保姆替他们端上早餐，方仪望着自己儿子熟练又温柔地给怀里的丫头喂食，有些反应不过来：“我儿媳妇呢？你等一下她，等她起了再一起吃。”

司栗敲了敲他的手背，示意她要自己吃。

“她有点急事先走了。”悦一沉一边说一边把司栗放到旁边的板凳上，“说过两天忙完了再过来看你。”

“没事。”方仪有些失望，但仍然很大度，“年轻人，有事就先忙自己的事，不用介意。”

方仪也真的是一个善解人意的人，丝毫没觉得司栗一声不吭地离开不礼貌。

吃过早餐后，方仪说想出去逛逛，非要儿子和丈夫陪同，悦一沉推辞不过，只能牵着司栗和他们一道儿出门了。

悦一沉开车，方仪丈夫坐副驾驶座，方仪和司栗坐在后面，她摸着司栗的脑袋感慨：“真像三代同堂……就是车里还差一个人。”

悦一沉轻咳一声，透过后视镜望向司栗，眼角带着笑意。

“儿子啊，算妈妈拜托你了，明年的今天，一定要让我带上孙子啊。”

她丈夫也在前面笑：“你妈妈不是要给你压力，她是真的想孙子都快想疯了。”

四人到城市的新地标处逛了一圈，又在江畔附近吃了铁板烧，出门前，方仪这对夫妇却因为结婚是要办中式还是西式而争执了起来。

悦一沉哭笑不得，叫来服务员结账后抱着司栗想先出去挪车，司栗却听得津津有味，看起来根本不想走。

悦一沉只好自己起身去车库取车，几分钟之后驱车到门口，却只见到那对夫妻，看神色还在吵。

他摇下车窗，开玩笑似的朝他们问："我的小可爱呢？"

方仪一愣，显然是吵得完全忘了这回事，只能朝旁边的人望去。

他指指旁边："她刚刚说要吃冰淇淋，我就让她自己去了。"

隔壁是有一家意大利手工冰淇淋店，悦一沉看了一眼，一丝不妙爬上心头，当即什么也管不了了，猛地甩上门下车冲进店里。

方仪跟在他后头，慌慌张张地跟着找了一圈。店里人不多，一眼便能扫完，并没有小可爱的身影。

悦一沉的心沉了下去。

司栗被悦一沉逼着看过很多新闻和纪录片，也知道人贩子有多可怕。但一直以来她都被悦一沉保护得很好，也因为自己是成年人所以有恃无恐，没想到大意失荆州，今天着了道。

她只是没想到，人贩子现在都那么会伪装了。

她在排队买冰淇淋的时候，身后是一个抱小孩的妇女，后来她接了个电话，又因为店里机器太吵，她便把小孩放下，对司栗说："小朋友，能不能帮阿姨看一下弟弟？"

小男孩咬着手指，模样呆呆的，特别可爱，她爽快地应了，牵着他继续排队。女人则走出去接电话，几分钟之后小男孩忽然哭了起来，她哄不过来，只能转头去看，发现那女人就站在路边一辆面包车旁，一边接电话一边朝他们招手。

司栗就牵着小弟弟走过去了，结果完全是自投罗网，刚走到车旁，车门就唰地打开，一双大手把她抱上去，她都没来得及挣扎，车就利落地开走了。

她只是蒙了半秒，之后立刻就回过神去扳车门和车窗，但很快就被人掐着脖子拎了回去。

"安分点，听到没有！"那个掐她脖子的人威胁道。

开车的是个精瘦的男人，闻言笑了一下："老三，轻一点，这可是瓷娃娃。"

那个被唤作老三的男人哼了一声，从脚边拿起一捆黑胶带，将司栗双手别到后面捆住了，又提醒开车的人："莉莉撤了没有？"

"留了联系方式就会撤的，放心，她机灵着呢。"

"主要是她还带着一个'拖油瓶'。"

"那娃就是捡来的智障乞丐，关键时刻可以放弃的。"

司栗听到此，稍微宽了点心。

他们只是绑架，不是人贩子，那她目前的处境还不算太危险。

她装出一副惊慌的、恐惧的、想哭又不敢哭的样子，等那两人放下戒备不再看她的时候，才偷偷望着窗外记路线。

车子一路往郊外开，中途还换了一辆更破的车。路越走越颠簸，司栗干呕了几声，试图让他们停车让她下去吐，结果男人面不改色地将一个塑料袋挂在她两只耳朵上。

车子最后驶入了一个砖瓦厂。

司栗被夹下了车，下车前她发现司机并没有拔车钥匙，连车门都没扣紧。

显然是时刻在为跑路做准备。

她被带进了一间平房，房门口拴着一只大黄狗，一见到人就吠个不停，被那个老三一呵斥就安分了。房间里灰尘遍布，家具都歪歪斜斜的，墙上靠着一个灰扑扑的床垫。男人走过去把床垫踢倒，又顺手把司栗往上面一丢。

“让你轻点！”那个精瘦的男人提醒他，“磕碰坏了，就不值钱了。”

男人满口应着，却看也不看司栗一眼。

司栗被摔得七荤八素，又被垫子摔下时扬起的灰尘呛了一下，咳嗽个不停。

几分钟后那女人也回来了，还抱着那个小男生，一进屋就骂骂咧咧。

“那个男人太精了，视线一直在周围扫射，我根本近不了他们的身，而且警察也来得很快。”

那个老三摩拳擦掌：“那看来抓对人了。”

73

女人放下怀里的男孩，走到司栗跟前蹲下，和颜悦色地问：“小妹妹，你看你走丢了呢，你知道你家里人的电话吗？打个电话让他们来接你回去好不好？”

司栗瞪着她，没有吭声。

无论是司栗还是小可爱，看到这个骗了自己的女人，都不会不愤怒。

女人反而笑了：“瞧这双漂亮的眼睛，真跟葡萄似的，说起来，我好久没有吃过葡萄了呢。”

那个精瘦的男人连忙拉了她一把：“会不会说话啊？别吓着小孩子了。”转过头的时候，他看到司栗已经眼泪汪汪的了，连忙柔声哄：“别怕，阿姨和你开玩笑呢。你乖一点，告诉我们你家里的电话，我们打电话叫人来接你。”

呵呵，真当她是小朋友呢！

她露出一副听不懂的样子，傻愣愣地看着他们。

“不记得吗？不记得的话，今晚就不能回家了哦，我们也没有饭给你吃哦。”

她刚刚吃得可饱了。

之后那几人就出去商量如何联系她家人了。

司栗是这样想的，要是给悦一沉打了电话的话，那个人肯定会因为担心她的安危送钱来，而绑匪向来都是贪婪的，只怕悦一沉把家底掏空那群人都不会放她。

其次是她有些自大过头了，觉得凭自己的能力能逃出去。

过了一会儿，他们商量好了之后回来给她拍了一张照片，几个人又围在一起鼓捣了半天，才成功把照片发到悦一沉微博上留下的工作室邮箱里。

他们不知道的是，工作室的邮箱会自动过滤垃圾邮件。

于是他们等了一晚上都没有人联系他们。

“算了，明天再出去想办法。”那老三打着哈欠说，“我泡泡面了，你们要吃吗？”

三个人泡了三桶泡面，女人吃了一半之后又喂那个男孩吃了几口，还转过来问她：“小可爱，你吃不吃？”

司栗摇头。

女人拿手指头杵她脑袋：“呦，还嫌弃呢。”

“别给她吃，自己家人电话都不知道，吃什么吃。”那老三说，“饿到想起来为止。”

晚上那两个男人在屋子外边的车上睡觉，女人抱着男孩就在床垫上睡，司栗坐在旁边她也不管，大概是觉得小孩子困了自然会倒下睡了。

司栗确实困了，但是不敢睡。

一是觉得床垫脏；二是她怕自己晚上会变回去。

如果那几个绑匪一早起来看到屋里是一个成年女子，不知道会是什么反应。

她不敢冒险。

她硬熬着，半夜女人起夜还被她吓了一大跳：“作死哦，你这瓜娃子，大半夜想吓死谁啊？赶紧睡觉！”还扬起手作势要打她。

司栗连忙倒下。

屋里漆黑一片，但司栗一直没睡，所以已经适应了。躺下后她才发现那个男孩也没睡，睁着一双眼睛看着她。

司栗忍不住摸摸他的脸蛋，低声哄：“睡吧宝宝。”

男孩伸出手握住她的手。

司栗稍微有些诧异，隐约感觉这小孩并不是智障。

女人出门上厕所，很快就回来了，这时间根本不够司栗做任何事情。她仍然熬着，到黎明的时候睡了一会儿，很快又惊醒了。

三个成年人蹲在屋子中央吃泡面，味道弥漫在整个房间里。

司栗听到他们在商量。

“等会儿我们兵分两路，我和猴子去探路，你带着她在远处等我们的指示，一有不对立刻带她先走。”

估摸着是悦一沉已经看到邮件，决定拿钱来赎她了。

那老三有些犹疑：“你说他真的能在一晚上筹集到这么多现金吗？别是陷阱吧？”

“放心，他绝对不敢报警，当明星的，钱重要，命重要？”

他们又规划了一下路线，最后在十点半的时候出发。

出发前他们还和悦一沉通了电话。

他们先是跟悦一沉确认了金额和地点，又警告他不要耍花样，大概是悦一沉在那边要求和司栗说几句话，老三特别不耐烦：“等会儿你老实给了赎金不就能见到了？”

悦一沉又说了几句，那绑匪才不耐烦地点了扩音，递到司栗面前：“说话。”

男人低沉的声音通过老三手机传出来，绑匪大概装了反追踪的设备，所以声音有些模糊和扭曲，却仍然熟悉得让司栗有点想哭。

“悦一沉……”

“乖。”悦一沉声线紧绷，但语调还是很温柔，“你还好吗？有没有受伤？”

“还好，没有受伤，你不用担心，我是大人了，不会让自己受伤的。”

悦一沉在那边隐隐倒抽了一口气，他听懂了司栗话里的意思。

她是大人，不会让自己受伤，她会想办法自己逃出去。

“小可爱，你听我说，乖乖等我去找你，不要……”他急促的声音被老三狠狠按断了，男人回头恶狠狠地盯着她：“废话真多，浪费我话费！”

“行了，行了，开车吧。”

司栗的手仍然被缚着，那个女人本想把她的脚也绑上，最后因为一时半会儿找不到胶带而作罢了。

他们回到了原来更换车的地方，那女人和猴子上了面包车先行，老三带着她和那个男孩子往另一个方向开。

车子最后在一个高速公路路口停下了。

男人玩着手机等消息，这是一个绝佳的机会，只要她现在能睡着，然后再以成年人的状态醒过来，虽然冒险，但也是最后的机会。

但她现在神经高度紧张，实在是没有什么困意。

“叔叔，我想上厕所。”

男人在前面头也不回地递过来一个塑料袋。

司栗："……"

"干吗？还要我端着你拉啊？"他说完才反应过来，"对哦，你的手被绑住了。"他收起手机，作势要过来，司栗生怕他真的端着她上厕所，连忙往后缩："不上了，不上了。"

好在男人嫌麻烦，没有真的过来："那就好，给我憋着。"说完又继续玩手机了。

司栗心急如焚，倘若悦一沉真的乖乖付了赎金，这几人也不会把她送回去，人的贪婪是无止境的。但若是被他们发现悦一沉带了警察，他们便会照计划把司栗卖到偏远地区。

司栗急得真有些尿急了，忽然有一只小手伸过来碰了碰她的手。

她低头，看到她旁边的小男孩呆呆地望着她，左手在后边悄悄给她撕开了胶带。

司栗心跳如雷，但不敢有大的反应。待手上的束缚没有了之后，她开始低头找武器。

开门跳下车逃走的成功率不高，这一带没有什么车来往，很难求救，而且以她的身板，根本跑不远。

但车里除了一些废报纸和水瓶，没有别的东西了。

司栗绞尽脑汁地想办法，那边男人的手机又响了起来。

他玩着游戏接了电话，设置的是扩音。

"老三，计划有变，那个男人说让我们立刻把人送回去，他再付五千万。但如果他看不到人，就一分钱也不会给我们。"

老三不以为然："不给的话我就拍几张小姑娘被虐待的照片过去，看他还敢讨价还价吗？"

"算了，一个亿已经够我们金盆洗手，下半辈子不愁吃喝了。"女人说，"我和猴子都觉得按他说的做也行，毕竟对方看起来很有诚意，我们在这边转了几圈都没看到条子，网上也没有任何动静，显然只是想把孩子要回去。"

"你确定不是陷阱？"老三仍然在迟疑。

"陷阱也不怕，我们不是还有后路嘛，你把带把儿那个藏好就行。"

之后他们挂了电话，老三发动了车子，热车的时候，他打开车门吐了一口痰，然后下车走到车后方的树后小解。

司栗在他下车的瞬间就做好了准备，整个人犹如拉紧的弓箭，悄无声息地溜到驾驶座上，把椅子往后扒拉，站着扶着方向盘手刹，伸脚刚要踩油门，又在千钧一发之际反应过来这车是手动挡，于是迅速调整，放下手刹，启动车子。

车子轰隆隆地往前溜了一小段，老三吓了一跳，尿也没撒完就匆匆忙忙提起裤子追过来。司栗连车门都来不及关，迅速踩下油门，她开得费劲，脑袋也是刚刚到方向盘之上，勉强能看清路况，但这破车不好控制，加上她换挡的时候有些慌乱，直接从一挡换到了四挡，踩下油门的时候熄火了。

她满头大汗地重新启动，车子还没动，那边老三已经追上来了。后座的男孩却在此时迅速跑过来，蹲在驾驶座上关上了门，死死扣着，外边的老三已经碰到车门了。千钧一发之际，司栗点着了火，她不敢心急，慢慢加速，老三破口大骂，一边追着车一边拿手肘撞车窗。

司栗看也不看他一眼，专心致志地开车换挡，终于在那个男人扒开车门前把时速提到了六十码。

男人终于被远远甩开，司栗看了一眼后视镜，男人仍然不要命地追着车，一脸难以置信。

他可能到死也不会明白，为什么一个四五岁的孩子会开车，还是手动挡。

司栗迅速把车开到了大路上，并入车流时因为没看到后方来车，差点儿被撞上。

那辆车的车主怒气冲冲地开到她旁边降下车窗骂："你不会开车别上路……"

那人骂完一句就惊呆了，是他眼睛有问题还是那个开车的人是侏儒？

司栗怕老三跑到路边拦出租车追上来，所以一路都不敢停，一直开进了市区，跌跌撞撞地停进了一个加油站。

她拉着小男孩跑下车，一直跑进加油站的便利店里，抓着收银的姐姐就道："姐姐救命，我被坏人绑架了，刚刚逃出来，请您借个电话给我。"

那姑娘不敢怠慢，连忙把电话递给她。

司栗拨通了悦一沉的电话，那边很快就接了，司栗听到他的声音，眼泪就哗啦啦地落了下来："悦一沉，我逃出来了，现在在建设路入口的加油站便利店里……"

74

悦一沉来不及说别的，声音发紧地道了一声"在那儿等我"，就立刻撂了电话往这边赶。

店里的小姐姐已经帮她报了警，又让人给两个小朋友拿了面包和牛奶，小男孩狼吞虎咽地吃着，司栗礼貌地道谢，接过后只吃了一口又放下了。她根本不敢松懈，频频往外看，生怕那个男人再追过来。

虽然就算他追过来了也不敢进来抓他们，但司栗仍然不敢放下心。

五分钟之后店门被推开，司栗回头看了一眼，立刻跳下凳子跑过去。

悦一沉微微弯着腰，伸手牢牢地接住了她。

司栗搂着他的脖子，哭得眼睛、鼻子都凑到一块了：“悦一沉，你终于来了。”

悦一沉把她揽得很紧，心跳得飞快，他第一次在市区超速行驶还闯红灯，这两天都不知道自己是怎么熬过来的，那种手脚发冷、心口发麻的感觉这辈子都不想再感受一次。

之后司栗就昏睡过去了。

她再醒过来的时候已经在医院病床上了，屋里没人，她觉得口渴，伸手想按铃才发现自己已经恢复了大人的样子。

病房门在此时被推开，穿着纯黑色线衫的男人走进来，一眼就看到病床上的人睁开了眼睛，连忙快步走到床边：“司栗，你醒了。”

他一只手按了铃，另一只手端起床头的杯子递过去，司栗就着杯子上的吸管喝了几口水。

“慢点，先别喝那么多。”悦一沉收回杯子，“有没有哪里不舒服？”

司栗摇摇头，想开口说话，但很快护士和医生就一窝蜂地拥进来给她做检查，把她和他隔开了。

医生出去的时候桔姐进来了，看到她醒了连忙过来问她感觉怎么样。

“医生刚走，说她需要休息。”悦一沉代为回答。

“那就好。”桔姐说，“那悦一沉你回去睡会儿吧，这里我看着就好了。”

悦一沉替她掖了掖被角，轻轻摇头：“我没事，我在这儿陪着她。”

桔姐欲言又止，最后还是妥协：“那你好歹到沙发上合一下眼吧？你都好几天没睡觉了。”

司栗望向悦一沉：“悦一沉，我没事了，你休息一会儿吧。”她又问桔姐：“我昏睡了很久吗？”

“差不多两天一夜，可把我们吓得够呛，医生又查不出你有什么问题，悦一沉差点儿就要把你搬出国治疗了。”

“别听她夸大其词。”悦一沉从床头取了一个苹果，慢慢削皮，“一切都好。”

这句话是在安抚她，言下之意是他把所有事情都处理好了。

司栗松了一口气，又说：“有没有吃的？我好饿。”

悦一沉莞尔，柔声道：“有，一会儿阿姨就送饭过来了，你等一会儿，先吃点水果垫垫吧。”

“我不想吃苹果。”她饥肠辘辘，只想吃饭。

所幸阿姨很快就到了，带了很多吃的，和司机一起拿上来。

悦一沉怕她一下子吃太多对胃不好，强逼着她喝了碗养胃汤，而后才喂鸟一样小口小口地喂她。

司栗吃得十分痛苦，但每每伸手要自己拿勺子的时候都会被他捏住手腕。

最后才吃了六分饱他就让人撤走碗筷了。

司栗一直巴巴地望着悦一沉，桔姐非常识趣，坐了一会儿就借故告辞了，将空间完全留给这小两口。

“听话，晚一点再吃，你很久没进食了，一下子吃太多胃会受不了。”悦一沉摸摸她的脑袋，“有哪里不舒服一定要和我说。”

司栗应了，又问：“那个小男孩……”

“放心，已经交给警察局了，据说是某个厅级干部的儿子，走失了大半年，被你带回来了。”

“那几个绑匪呢？”

“两个已经落网，还有一个已经在通缉了。”

司栗微微一怔：“你不是没报警吗？”

“没有报警，但是找了一个长辈借了一些人手。”

司栗想起上次他处理那个台长秘书的手法，也就是说，如果她没有自己逃出来，他也是有办法救她的。

“他们有没有欺负你？”悦一沉问。

“没有。”

“你是怎么跑出来的？”

司栗从自己去冰淇淋店开始讲，说完之后口干舌燥，悦一沉递过水给她喝了几口，但垂着眉眼并没有看她。

司栗知道他这是生气了，连忙讨饶：“一沉哥哥，我错了，以后我不敢贪吃了，也不会再自己一个人跑出去了。”

见他仍然不为所动，她又继续反省：“开车这件事也非常危险，我保证再不会这样做，我应该乖乖等你救我的。”

悦一沉笑了一下，看不出是不是真的不生气了：“你做得没有错，虽然危险，但我相信你有分寸。是我没有照顾好你。”

他这样说，司栗更难受了：“快抱抱我。”

悦一沉俯身轻轻抱了抱她：“乖，好好休息。”

司栗睡了好几天，自然一点困意都没有，但她不想悦一沉一直在病床边陪她，所以假装睡着了，结果过了一会儿再睁开眼睛，那人还坐在床边，一眼不眨地看着她。

司栗有些尴尬："你怎么还坐这儿呀。"

悦一沉笑了一下："怎么了？"

劝他去休息是不可能的了，司栗往床边挪了挪："上来陪陪我好吗？"

他摸摸鼻子，虽然看起来有些不好意思，但又立刻脱了鞋上床。

两人侧身躺着，悦一沉搂着她，忽然笑了："这样安心多了。"

本来让他上床是想让他睡觉的，结果这个怀抱太温暖，太有安全感，没多时司栗又昏昏欲睡了。

悦一沉亲了亲她的额头："睡吧。"

下午的时候，虞纪来了一趟，进门的时候都快崩溃了。司栗听到动静抬头，朝他挥挥手，做了一个噤声的动作，示意他悦一沉在睡觉。

他有敲门，但是里面没人回应，没多想就推门了。他又怎么会想到，这俩人在医院都能给他一记暴击呢？

他指了指门口，无声地询问自己是否应该识趣地离开。司栗让他坐沙发，又扬了扬手机。

于是两人相隔两米，默默地用手机交流了起来。

但也没聊什么，光发表情包了，等虞纪进入主题问她的身体情况时，她旁边的男人已经悠悠转醒了。

悦一沉朝她笑了笑，而后起身端水喂她，嘘寒问暖一番后，才慢条斯理地下床替她调整枕头的高度，而后才回头淡淡地和虞纪打招呼："你来了。"

虞纪表示他很想立即摔门出去。

司栗问他怎么知道自己住院了，他说他给她打电话是悦一沉接的，然后就知道了。他又追着问她为什么要住院，被悦一沉糊弄过去了。

司栗也说自己没问题了想要出院，但悦一沉坚持让她多住一天观察一下。

晚上阿姨送饭来的时候虞纪也不要脸地留下来蹭了一顿，还好阿姨备得多，足够三人吃饱。

吃过饭之后，司栗委婉地提出饭也吃过了，天也黑了，你虞纪是不是应该回家了？

虞纪一脸委屈："我是来探病的，你居然赶我走？"

司栗不敢说话了，悄悄看了悦一沉一眼，对方却没有反应。

虞纪得寸进尺，搬了椅子到病床旁坐下："反正你也睡好几天了，不无聊吗？正好有三个人，我们来斗地主吧？"

司栗忍不住翻白眼："就不能玩点别的？"

“斗地主很好玩啊。”

“是好玩，但是你太菜了，和你玩完全没有斗志。”

虞纪把牌往床上一丢，斜眼看她：“说这话你是要打架了？”

司栗连连摆手：“不敢不敢。”

悦一沉在另一边坐下，修长的手指开始拆那副崭新的扑克牌：“那来两局，看看虞纪到底有多菜。”

悦一沉愿意玩，司栗也被勾起了兴致：“玩就要有规则，输的人……在微博上发丑照，一局一张，如何？”

“这不公平！”虞纪当即反对，“我和悦一沉是靠脸吃饭的，你又不是，凭什么要这么玩？”

悦一沉幽幽地看了他一眼：“我不是靠脸吃饭的。”

虞纪：“……”

司栗：“哈哈哈，尿了？”

虞纪怒了：“谁说的？来就来！”

第一局虞纪拿了地主，他犹豫了一会儿之后决定不要，转到悦一沉手上，他收了牌。悦一沉的牌很顺，但都比较小，打到后边只剩几张牌的时候，悦一沉出了一个二。

司栗自己手上没有王，虞纪也没有压死，看样子应该没有王，那悦一沉可能有王炸。

所以司栗没有拿她的四个九炸他，结果他最后出了一个顺子跑光了。

司栗目瞪口呆，把剩下的牌往床上一扔，怒骂虞纪：“你有王怎么不吭声？！”

虞纪也怒：“你不也有炸！”

“天哪。”司栗揉脸，“真是宁愿自己输也不想和你一起做农民。”

第二局她顺利当上了地主，牌不算好，但悦一沉被虞纪坑了一把，让她轻轻松松赢了。

悦一沉牌品很好，一声不吭地洗牌，倒是司栗乐不可支地问虞纪：“你那么多散牌，明明自己赢不了，为什么老要压他？”

虞纪看了悦一沉一眼，小声说：“我忘了这把他不是地主。”

悦一沉呼吸一窒。

谁也不愿意和他做搭档了，所以悦一沉摸到地主牌的时候司栗苦苦央求：“求你别当地主，转给他吧，我不想和猪队友打。”

悦一沉听话地把地主转给他，结果那厮一看牌，摆手拒绝：“牌太烂，这个地主当不起。”

地主自然是转给司栗了，悦一沉连忙望向她，眼里充满了期待：“那你也别当，咱重新洗牌。”

司栗有些为难：“可是我这局牌很好……”

悦一沉扶额。

虞纪：“一沉哥哥别怕，我们弄死她。”

这一把自然是悦一沉和虞纪输。

第四把终于轮到虞纪做地主了，他还拿了王炸和四个A，眉开眼笑地收了牌，结果还是被虐得体无完肤。

虞纪好想哭：“哥哥姐姐，你们帮帮我。”

之后他就死活不当地主了，悦一沉当地主的时候，司栗带着一个拖油瓶，牌好的时候勉强能和悦一沉打个平手，只看虞纪有没有心血来潮要压牌，但若是她做地主，那两人妥妥地被虐。

结束的时候司栗拿着病历本计数。

“我输了五局，悦一沉九局，刚好凑一个发微博，虞纪十三局，得发两条了。”

虞纪哭唧唧：“能不能打个折？我没那么多丑照。”

“那不行，愿赌服输，你看悦一沉都在找照片了，没有你就现拍。”

虞纪默默地看了悦一沉一眼：“这哪儿是丑照，就是以前拍戏的一些花絮截图好吗？”

悦一沉给司栗看：“这个够丑没有？”

司栗：“妈呀，这个太黑太丑了！你不许发，要掉粉的。”

虞纪：“……”

75

最后还是司栗从自己手机里翻出了几张他巨丑无比的照片发上去了。

他百思不得其解：“这张你是什么时候偷拍的？还有这个，还是做我助理的时候吧？居然还做成了表情包？是不是有点儿过分？”

司栗扶着脖子叫唤：“哎呀，我的脑袋有些疼。”

悦一沉倒也配合，一边扶着她躺下，一边不客气地下逐客令：“虞纪，你可以回去了。”

“什……什么叫可以回去了？”

“麻烦走的时候帮我们叫一下护士来换热水。”

虞纪一声不吭地弯腰，似乎在地上找什么东西，还让悦一沉帮他找：“我心

碎了一地，你帮我找一找。”

司栗笑到脱力。

司栗洗完澡出来的时候，悦一沉还没回来，她刷了一会儿微博，悦一沉和虞纪的两条丑照微博下面闹翻了天，纷纷在问男神是不是被盗号了。

司栗乐不可支地看着评论，冷不丁有一只手在她脑袋上揉了揉。她抬头就看到那张带着温柔笑意的脸：“给你买了一些橙子，要吃吗？”

司栗点头。

他坐在床边给她剥皮，司栗抱着他的腰坐在他身后，下巴抵在他肩膀上，闻到一股淡淡的烟草味道。

显然两位男士刚刚在楼下抽了支烟。

悦一沉像剥柑子一样把橙子剥干净，又一瓣一瓣地喂她，她吃到籽的时候他便头也不回地伸手过来接。

“好甜。”现在正是脐橙上市的时令，橙子又鲜又甜。

悦一沉笑望着她：“有多甜？”

司栗感觉自己的心跳漏了一大半。她无时无刻不被他吸引着。

于是她忍不住伸手捧住他的脸，侧脸凑过去。

嘴唇相碰，司栗拿舌尖舔他的舌头，蜻蜓点水一般，很快就离开了。

“这么甜。”

悦一沉笑容更甚，起身去锁了病房的门，再折回来时眉眼弯弯，一下把她扑倒在床上。

“还没尝出味道……”

结果就是她被亲得舌根发麻，不得不又吃了一个橙子，还是被他拿嘴喂的。

司栗觉得他是故意的，那么多种水果他不买，偏偏要买这种。悦一沉无辜多了，说是她先亲他的。

而且要说他有别的心思，草莓、车厘子那种不是更好玩？

司栗哑口无言。

出院那天桔姐非要来接他们，司栗过意不去，悦一沉倒是没说什么，牵着她就下楼了。

桔姐到的时候，那两人已经在门口等着了，司栗穿着灰色呢子大衣，酒红色围巾把脖子围得严严实实，连下巴都遮住了，她往下拉了一点，悦一沉又立刻给她扯上去，看她还要扯，便捉住她的手放到嘴边亲了一口。

司栗立刻就安分了。

桔姐降下车窗，无奈地叫了他们一声：“大庭广众的，注意点形象好不好？”

悦一沉替她开了车门，司栗坐进去，脸还有些发烫。

悦一沉还要“补枪”：“早上护士还看到我和她睡一张床了。”

桔姐感到一阵窒息，视线通过后视镜看司栗，微微有一点红颜祸水的意思。

真是背了好大一口锅。

路上桔姐提议顺便在外边吃了午餐再回去，悦一沉却说外面的东西不营养，要回家吃。桔姐没有异议，还问他在哪里请的阿姨，做饭那么好吃。

到家的时候，阿姨已经在厨房忙活了，司栗回房洗了个澡，再下楼的时候饭菜已经上桌了。

悦一沉揽着她上座，又亲自帮她盛汤，体贴入微得要闪瞎桔姐的眼睛了。

“我真是后悔自己早上没事要去接你们。”

司栗非常不好意思，忍不住推了悦一沉一把：“你吃你的，别替我弄了，我都出院了，又不是半身不遂。”

悦一沉被迫收回手，似有若无地看了桔姐一眼，桔姐又笑了：“瞧给他幽怨的。”

司栗又扫了他一眼，满满的警告意味。

桔姐看得好笑：“司栗，小可爱真的不是你的女儿吗？”

司栗“啊”了一声。

“除了小可爱，我没见他对谁这样过。”

司栗转头看了悦一沉一眼，对上他带笑的眉眼，心都快被融化了。

吃过饭之后桔姐就回去了，走之前不忘提醒她：“悦一沉明天要出席一个合作品牌的新品发布会，到时候你陪他去。”

“桔姐你和我去。”悦一沉在后边说，“司栗她……”

司栗推开他：“好的，我明天陪他去，你放心。”

桔姐点头：“明天我也实在是有事，唯唯她们幼儿园开运动会，我不去不行。”

桔姐走了之后司栗才发难：“干吗不让我去？我现在还是你的助理吧？”

悦一沉很无辜：“是助理也是女朋友啊。”

司栗扬眉：“有什么问题？”

悦一沉欲言又止，最后只是摇摇头：“没有问题。”又摸摸她的脑袋，“有你在，肯定没问题。”

第二天司栗难得比悦一沉起得早，而且神清气爽，亲自准备了早餐，然后上楼叫他。

不是没见过他的睡颜，但她每见一次都会心动一次。

这人美得不像是自然产物。

司栗狠下心摇了摇他："悦一沉，起床了。"

结果悦一沉被叫醒之后看了一眼手机又睡回去了。

司栗还没见过他赖床的样子，被气笑了："悦一沉，你故意的吧？"

"我真的好困。"他的声音含混不清，像是真的没睡醒，"昨晚没睡好，你再让我睡一会儿，发布会不是下午吗？这才几点？"

"你还要试衣服，做造型。"司栗耐心地解释，就像以前他温柔地叫小可爱起床一样，"而且现场离这边有些远，怕路上堵车。"

他翻了个身："我再睡会儿，再睡会儿。"

这就一点儿不像他的性格了，司栗知道这人就是在搞事情。

"我叫你一声影帝，你敢答应吗？"

"不敢当，不敢当。"

司栗气得想咬他："你想怎么着你说吧。"

悦一沉这才终于睁开那双金贵的漂亮眼睛："你亲我一下我就起来。"

司栗笑了："我是小可爱的时候都没有那么难叫吧？"

"那是因为我在你没睡醒的时候就亲过你了。"

她实在是无言以对呢。

他望着她，一副等鱼上钩的闲适模样。

司栗后退一步："不，我今天是你的助理，悦先生，请您自重。"

悦一沉立刻闭上眼睛，怎么摇都不醒了。

司栗懒得惯他，直接转身出去了，结果过了十五分钟他还是没起来。

他真是铁了心要和她耗到底了。

司栗没他定力足，气势汹汹地抱着衣服进去，拿衣架抽他："你到底有完没完了？"

她抽得不重，但还是立刻被捉住了，悦一沉眼睛没睁，只用力一扯，她就连人带衣架一起扑到他怀里了。

司栗想爬起来，但他的手揽着她的腰，她动弹不得。

司栗没辙了，何况美人当前，她也完全被诱惑了。

"亲一下就起来？"

悦一沉头点到一半，温暖的唇瓣便贴了上来，他张开嘴由着她侵略，司栗察觉不对，忍不住咬了咬他的舌尖。

这人口腔这么清新，明明就是刷过牙了，还赖在床上要她。

悦一沉渐渐有些不满足她轻描淡写的吻技，手臂刚要使力将她卷到身下，女人就先抽离了。

“亲也亲过了，是不是该起了？”

悦一沉轻轻扬眉，手揽着她的腰不让她起来，司栗越挣扎，他按得越紧，目光灼灼，看得司栗几乎要缴械投降。

“这点程度，你也好意思称之为亲？”

“你这么说我就不乐意了啊，是你让我亲的，亲完还给差评？你这可不厚道。”

悦一沉勾唇，本来已经打算放过她了，一看到她奓毛就忍不住，手臂微微一带，两人局势颠倒，他扣着她的下巴低头，堵住那张要提醒他注意时间的嘴。

嗯，他花了二十分钟给她上了生动的一课，让她知道什么才叫吻。

他松开她，慢悠悠地起来换衣服，司栗坐在他床上昏头昏脑，衣衫不整。

最后她双手作揖，冲着站在床边扣衬衫扣子的男人比了比：“领教了。”

对方勾唇。

他们比预定的时间晚了两个多小时，因为悦一沉对助理做的早餐赞不绝口，吃得一干二净，一点也不顾频频看表的助理。

好在造型师脾气好，即便他们晚到，他也没有丝毫怨言。

她当然不知道是悦一沉提前和他打过招呼了。

发布会无聊且冗长，一开始的走秀过了之后司栗就想到外面去等了，但悦一沉一直扯着她不放。

司栗在手机上打字递过去：“很无聊啊，我去车上等你。”

悦一沉看了一眼，打了字递过来：“我也很无聊，你要是走了我更无聊。”

司栗立刻想转身就走，但衣角被人拽着，悦一沉可怜兮兮地看着她：“好助理，在这儿陪陪我。”

他也知道她不会真的走，一会儿还有粉丝互动的环节，现场肯定会有点乱，她不可能放心得下。

整场活动进展得非常顺利，快结束时主办方过来提醒他们先走，说门口聚集了很多粉丝，怕引起骚乱。

司栗让悦一沉去侧门等她，她下去取车，结果才刚刚拿出车钥匙，就被一阵闪光灯晃得睁不开眼睛。

万万没想到她会被记者堵。

“请问您是司栗吗？您就是悦一沉的助理吧？之前悦一沉当众承认您是他的女朋友，近期又被发现您和他同居了，是否好事将近？”

“根据资料显示，你做他的助理不过一年多时间，请问你们在一起多久了？”

“有网友爆料你们已经有一个孩子了，请问红极一时的小可爱是不是你们的女儿？”

这些问题噼里啪啦地砸下来，砸得她眼冒金星，丧失了应对的能力：“麻烦让一让，不要挤。”

“小可爱是不是你女儿？”

“司栗，麻烦你回答一下……”

司栗勉强开了车门，但根本挤不上去，又担心悦一沉等不到她下来找她造成更大的混乱，只能竭力冷静下来应付：“小可爱不是我们的女儿。”

她的回应引发了更多的问题。

司栗扶额，笑着说：“麻烦你们发稿前帮我修一下图。”而后才四两拨千斤地一一回应。

开玩笑，虽然做小可爱的时候被悦一沉保护得密不透风，但她的职业素养还在那里，虞纪的新闻通稿都是她写的呢。

记者们看实在挖不出东西了，又担心堵太久保安会寻来，被司栗哄了一通之后便稀里糊涂地放她走了。

司栗松了一口气，上车后立刻开到前面去找悦一沉。

悦一沉举着手机已经走到停车场出口了，眉心拧着，看到她的车之后立刻走过来，一边开车门一边问：“怎么这么久？”

“放心，我没有被绑架的价值啦，只是刚刚被记者堵住了。”司栗不想说出来让他担心，但他早晚会看到新闻，干脆一五一十地告诉他了。

悦一沉听完之后的反应却有些出乎她的意料，神情实在说得上是有些微妙：“等等，什么叫，没有正面回应？”

“就是正常情况下助理的应对方法啊，这叫公关。”

悦一沉望着她，好一会儿都没有说话。

“怎么了？我说错了吗？还是说我应该一口否认？”

悦一沉转过头系上安全带，淡淡道：“没有，走吧。”

这人是……不高兴了吗？

回去的路上司栗一直在没话找话，他也还算接茬儿，但兴致不高，晚餐看起来也没什么胃口，吃了几口就撂筷子了。

这还是第一次他没等她吃完就先放碗筷上楼了。

司栗还没有见过他生气的样子，所以不确定，于是悄悄给桔姐发信息，话还没说完，那边就斩钉截铁地答复她：“绝对是生气了。”

76

司栗倒是很无辜："我觉得我做得没错啊，大家都知道明星会谈恋爱，但是都不能接受啊，你看有多少男星会公布恋情的？"

之前他公开的时候，她的微博就沦陷了，是悦一沉强制给她关了评论，费了很大的劲才公关过去。

悦一沉的铁粉太多，那些喜欢了他十几年的粉丝，是最难接受男神恋爱的，何况对方还只是一个小助理。

"我知道，作为他的助理，你做得没错，但作为他的女朋友，你这样做就有点伤他的心了。"桔姐笑着说，"人家公布你的时候可什么都没想，你这样瞻前顾后，不是打他的脸吗？别跟我说什么星途事业，他要是在意这些，这几年会连个影帝都拿不到吗？"

"是我错了，职业病犯了。"司栗捂脸，很是头疼，"所以我最讨厌和明星谈恋爱了呢。"

"哈哈，悦一沉很好哄的啦，我觉得他也不是不理解你，你和他好好谈谈，我得带唯唯洗澡去了，先不和你聊了。"

司栗挂了电话，结果刚一扭头，就看到男人站在门口，神色淡淡，看不出喜怒："最讨厌和明星谈恋爱？"

司栗被吓了一跳，回神之后一阵心虚，连连否认："啊？不是，你听错了。"

悦一沉转身就走。

这人就听到那句讨厌，没听到她反省吗？

司栗连忙追上去一把抱住他，连声认错："悦大！男神！我错了，我错了。"

悦一沉顿住脚步，指指她横在他腰上的手，面不改色："司助理，请自重。"

司栗哼哼唧唧："工作已经结束啦，我现在不是你的助理，是你的女朋友兼房客，不是吗？"

"嗯。"他不置可否，回头来看她，"那我的女朋友，我们现在来谈谈，为什么你没有承认自己是我的女朋友？"

司栗愣了一下。

她以为以他的性格，是不会主动开口谈这件事的，所以他突如其来的问话，让她一时不知道要如何回答。

答案有很多种，但肯定都不是他想要的。

司栗想了一个折中的办法："你还记不记得，当初我变成小可爱的时候，担

心不能再变回来，你要我干脆做你女儿算了，然后被我干脆利落地拒绝了？”

他点头，表示自己记得。

“我那时候不好意思说，不想做你女儿，除了因为我有爸爸，还因为我根本就不想当你的女儿。”司栗望着他，说出那句让自己血液发热的话，“因为我只想做你的女人。”

悦一沉低头望着她，眸光沉沉，除了温柔，瞧不出别的情绪。

“无论是过去还是现在，这种愿望都只增不减，所以没有人比我更想向全世界宣布你是我的，但是我还不敢。”

就像吝啬的守财奴，战战兢兢地守着她的宝贝，生怕一个不小心就不见了，也怕被人指指点点，说她没资格拥有这宝贝。

司栗抿了一下唇，刚要继续说，就被人捧着脸颊亲了一口。

嗯？这就消气了？果然千穿万穿，马屁不穿。

“悦一沉……”

“我明白了。”

“真聪明。”

悦一沉再次吻了下去。

他一早就知道，他能无所顾忌地说她是他的女朋友，她却不能，她要面对的，比他要多得多了。但没想到，她也会不自信。

之后两天，悦一沉忽然变得格外忙，不仅早出晚归，还不愿让她跟着。

“我陪你去吧。”司栗站在门口巴巴地说，“我今天很闲啊。”

“那个导演跟桔姐比较熟，她去比较好，你在家等我回来就好了。”悦一沉系好领带回头亲了亲她，声音很温柔，“你好好过个周末，下个星期我通告比较多，会比较忙。”

司栗抚了抚他的领带，笑着问：“怎么不系我送你的领带？不喜欢吗？”

“很喜欢，打算留在婚礼上戴。”

司栗听到自己脑袋里某根筋像是“嗞”的一声烧掉了，愣愣地看着他：“什么？”

“婚礼。”悦一沉笑着说，“颜色很适合。”

“那是酒红色，酒红色！”司栗强调，“而且，我送你那个颜色，纯粹只是觉得颜色很适合你，根本没有想别的！”

他这么一说，她感觉自己送的好像不是领带，而是戒指一样。

“嗯，我知道。”他捏捏她的脸，“我先出门了，你记得吃早餐。”

星期一的时候，她接到桔姐的电话，说悦一沉有一个古装片的试镜，让她陪着去。

司栗欣喜得不行，拽着悦一沉反复确认："真的吗？你真的决定重新接戏了？还是古装片？"

悦一沉摸摸眉毛，眼中闪过一丝不易察觉的抱歉："嗯，九点钟出门，你来得及化妆吗？"

"化什么妆？口罩、帽子一戴就好了，不能耽误你试镜！"

悦一沉推她回房："化个妆吧，啊？求你了，不然你会打我的。"

她不明就里："我为什么要打你？"

悦一沉顿了顿："这个试镜对我来说很重要，所以我希望你美美地陪在我身边。"

这个理由倒是很让她觉得暖心。

于是司栗乖乖去换衣服化妆了，还神速地烫了一下头发，悦一沉满意得不行，还亲自帮她戴了耳环。

试镜的地方在一个拍摄基地的宫殿里，殿里没有多少人，只有几个工作人员在调整机位。

悦一沉被叫到后面去换剧服了，司栗在门口站了一会儿，忽然发现殿里的人都走开了，她以为是人家在清场，连忙识趣地往外退，结果才刚走到门口，就听到背后传来声音。

"殿下，前方已传来信号，我们可以从密道撤退了。"

而后是一道悦耳又沉磁的嗓音："前殿情况如何？"

司栗的心跳陡然一停，那种瞬间被击中的感觉再次席卷了她，使她无法再动弹半步，只能傻傻地回头。

男人穿着那套在她梦里百转千回过的白衫，面若白玉，双眸含水，墨发松绾在脑后。他盘腿坐于案前，慵懒地托着腮，左手优雅地煮着茶，与侧身立于他旁边的暗影侍卫身上的肃杀和紧张截然相反。

司栗几乎要昏厥过去。

看电影都能流口水，现在看到真人版，她整个人如坠云端，心跳频率快到几乎要进医院。

"禀殿下，前殿如您预料的那般闹了起来……恐怕一时半会儿顾及不到城门了。"

他"呵"了一声，抿掉杯里的最后一口茶，眉梢透着一股邪意，轻飘飘地往外看了一眼，这目光投向司栗，随后他伸出舌尖，舔了舔唇角。

司栗捂紧胸口，感到一阵窒息。

她今天就是死在这里也值了！

司栗泪流满面地掏出手机一顿拍，那边悦一沉望着她狂拍的手机，差点儿破功。

而后两人由偏殿离开了，司栗缓过劲来，抓着一旁的工作人员问："试镜为什么要演他以前的戏呢？"

那人摇头，表示自己也不清楚，司栗刚想给桔姐打电话，就听到殿外传来一阵嗒嗒的马蹄声。司栗下意识地往外看了一眼，又要晕过去了。

悦一沉穿着那身英姿飒爽的银色盔甲，手持长枪，骑马而来。

司栗真觉得自己活够本了。

她又想拍照了，旁边的工作人员连忙提醒她："那边有专门负责拍照的！"

司栗这才把自己的破手机收起来。

悦一沉很快就到了殿前，勒住马，自下往上地望着她。

她觉得自己这辈子，真是完了。

有人在她背后轻轻推搡了一下，她恍恍惚惚地，不由自主地往下走，向着他走去。

奇怪的是，并没有人出来制止她，就连一直望着她的悦一沉脸上也并无异色，他只是静静地在马上等她走下来。

司栗走下台阶，在距离他还有三米的时候，他撑着长枪一跃而下，摘下头盔夹在臂下，三步并作两步，迈步来到她面前，牵着她的手单膝下跪，凝望着她："我的小公主，我凯旋了，你是否愿意做我的王后？"

这一句台词可算是石破天惊，司栗被镇得说不出话来，过了好一会儿才想起电影里的太子有一个青梅竹马的玩伴，从小就被他父王赐予封号许配给了他。

到了现在，司栗都还以为他是在演剧本上的场景，只是一时半会儿找不到女演员，所以拉她来凑数。

她绞尽脑汁地在想要如何接他的词，就见他放下头盔，从怀里取出一个酒红色的天鹅绒小盒子。

司栗一脸蒙：这是啥？穿越剧吗？

悦一沉打开盒子，里面那颗硕大的钻石在阳光下折射出漂亮的光芒："司栗，你愿意嫁给我吗？"

她浑身一震，僵了大概有十秒钟，而后捂着脑袋四处看了看，再低头的时候眼圈都红了。

悦一沉见不得她哭，整颗心都跟着软了："小可爱，你愿意嫁给我吗？"

司栗猛点头，眼泪跟着落下来："我愿意！愿意！愿意！"

他问了三次，她答了三次。

悦一沉微微笑起来，低头从盒子里取出钻戒给她戴好，司栗左右看了看刚好合适的戒指，猛地抱住他，而后又被坚硬的盔甲硌了一下。

悦一沉连忙去解盔甲，司栗抱不得，也等不得，踮脚揽着他的脖子就要吻上去，却又在几厘米的地方犹豫着停住。

这里是影视基地，不仅有工作人员，还可能会有游客经过，万一被看到……

悦一沉却已经低头吻了下来，火热的唇直接将她的所有顾虑全压回了肚子里。

当晚，悦一沉对此前的一些新闻报道给出了正面的回应。

他发了一条微博："她确实不是我的女朋友……她是我的妻子。"

配图是一双十指交握的手，无名指上的那枚戒指最为醒目。

微博瞬间"爆炸"了。

悦一沉的这条微博评论下，祝福和谩骂五五对开，"喷子"自然是把司栗"喷"得体无完肤的。晚上洗过澡之后的司栗窝在悦一沉怀里，刷着他微博的那些评论，啧啧称奇。

"原来我有那么多'黑历史'啊。"

"不要理会那些评论。"悦一沉生怕她生气了，柔声哄着，"桔姐正在帮我们公关，你看已经有好几个营销号在转发祝福了，明天风向就会变了。"

还有几个营销号甚至发了很多修得她自己都认不出的美照，还有一个叫娱乐猫的博主把她的家底、学历、工作经历全扒出来了。

虽然里面说的都是好话，但司栗还是觉得有些不舒服。

悦一沉敏锐地察觉了，从她手里抽走手机，低头亲了亲她："只是一些非常时期的公关手段，不要太放在心上，过段时间大家就会忘记了。"

她知道，但还是会有些不高兴。

这些评论和微博，让她觉得自己配不上悦一沉。

作为悦一沉迷妹中的一枚，她也清楚，如果不是她，是别的助理，别说是助理明星什么的，就是王室公主嫁给他，她都会觉得配不上他。

所以她能理解粉丝，也因为理解所以更加失落。

她自己也觉得配不上他啊。

悦一沉摸摸她的脑袋："还不高兴呢？"

司栗"嗯"了一声："要亲亲才高兴。"

他毫不犹豫地把她按倒在沙发上。

之后舆论的走向确实如悦一沉所料那般，甚至更快。

他找了一个骂司栗心术不正、狐狸精的评论回复："不许这么说她，我会生气。”

而后他又专门发了一条微博安抚粉丝：“她就是我这辈子想要保护的女人，希望你们对她好点儿，叫一声嫂子有糖吃。”

有人叫了嫂子，他立刻回复人家：“敲工作室，直接发地址给他们。”

工作室也跟着发微博：“亲们，刚刚悦男神说你们要是不祝福他们的话，他就要退隐啦。”

两条讨巧的微博立刻让粉丝们心软了，纷纷倒台，之后工作室又发了给粉丝送糖的发货截图。

这下彻底笼络了粉丝的心。

司栗是第二天才知道，悦一沉几乎一晚没睡，空前绝后地在评论里和粉丝互动了一夜，回复了上百条评论，都是维护她、夸赞她的。

粉丝纷纷调侃他是护妻狂魔，他一说话后边就有人嚷嚷：护妻狂魔来了，大家快跑！

跑得慢的人被逮着一通洗脑。

这个哏被各大营销号转发，一时微博上和气融融，再有“喷子”出现，不待悦一沉真身出现，就有铁粉一通碾轧了。

她跑到悦一沉房间，强行从他手里夺走手机：“别回复了，睡觉吧。”

悦一沉笑眯眯地揽着她亲了一口：“你陪我睡。”

司栗“嗯”了一声，靠在他怀里：“其实你不需要为我的不高兴买单，我自己消化一会儿就好了。”

“我不想让你自己消化。”悦一沉揉着她的脑袋，“老婆就是拿来疼的嘛，你现在应该纠结的是婚纱要选什么款式，伴娘找谁当，婚宴选什么风格……”

“你快别说了，想想就更头疼了。”

悦一沉完全被她逗笑了。

婚礼确实很让她头疼，但头疼的不是她要穿什么婚纱，而是悦一沉要穿什么礼服。

他们一开始打算办中式古典婚礼，做了三套礼服，但通通被司栗否决了。

因为悦一沉完全像是一个穿越过来的古人，她没有见过谁能把古装穿得那么美的。

不仅完全夺了她的风头，她也怕照片传出去会引发血案。

最后她选了中规中矩的西服，悦一沉没有异议，反而还挺喜欢的。

因为司栗允许他佩戴那条酒红色的领带。

婚礼办得低调又温馨，司栗不想来回跑，所以就在国内办了，悦一沉只请了一些圈内要好的朋友，司栗朋友更少，十根手指都数得过来。

新婚当夜，他们送走了亲朋好友，强打着精神洗漱，而后一觉睡到日上三竿。

悦一沉的妈妈提前给他们留了话，让他们好好休息几天，尽快弄个孙子给她玩。

于是早上司栗还在梦中，就被吻醒了。

司栗推开他："No，no，no，去换衣服。"

悦一沉一脸茫然："不是要脱衣服？"

"把那三套喜服穿给我看。"司栗害羞地说，"殿下，赶紧的。"

悦一沉：我女人入戏太深了？

但他还是乖乖去换了衣服。

红袍加身，衣袂飘飘，悦一沉缓步走来，眉眼带笑："吾后可满意？"

司栗从床上一跃而起："满意！满意！"

"皇上，来，妾身给您宽衣。"

"皇上，您身材真好！"

"皇上……哎哟，慢点儿，疼，疼，好嘛，我不闹了。"

她被压倒在床上，男人捏着她的手腕……司栗的脸红扑扑的，几乎不敢与那双深情凝视她的眸子对视。当他除去她的睡衣，手指抚上她后，她除了自己的心跳声，什么也听不到了……

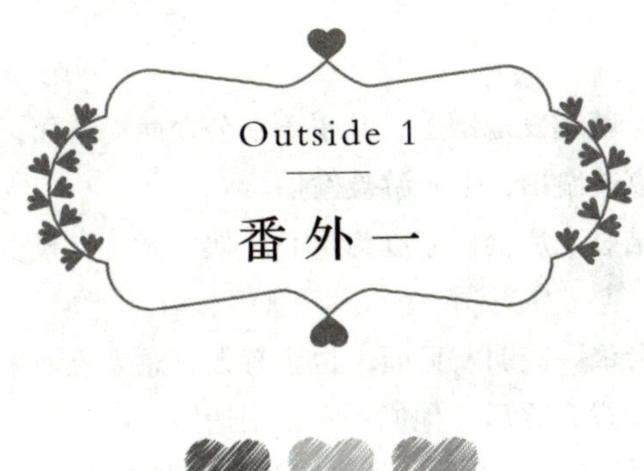

Outside 1

番外一

悦一沉结婚之后，就越发地懒了，几乎不在公众面前露面，偶尔上热搜，也是因为他和司栗逛超市被偷拍，去旅游被偷拍。

他之前就说过，结婚之后会以家庭为重心，偶尔做一点投资，其余的都交给司栗打理了。

司栗倒是偶尔还会跟一些朋友见面，也会有人有意无意地来问她，悦一沉还有拍戏的想法吗？得知没有之后，他们都觉得很遗憾。

用一个制片人的话来说："像他这种既有演技又有热度的演员，还这么年轻，就这样隐退了，真不知道是谁的损失。"

桔姐也开玩笑似的说，悦一沉懒洋洋的样子，倒像是怀孕了。

这话听得多了，司栗总会是有点想法的。

倒不是觉得自己耽误他了，她知道悦一沉不完全是因为她而退居幕后的，但也会跟别人一样觉得可惜。

而且她也有一点点闲得慌。

她闲得天天在家看悦一沉以前的电影，还有那些经典的综艺。

时间久了，悦一沉就觉得她是在暗示他什么。

"要不，我去拍部戏？"晚上上床前，他小心翼翼地试探着问。

司栗"啊"了一声，不明就里："为什么要去拍戏？"

"我以为你想我去拍。"

"不，我希望你能做自己喜欢做的事。"司栗说。

"目前我喜欢做的事只有一件。"悦一沉目光灼灼地望着她，"你知道的。"

司栗感觉自己老脸一红，悦一沉就喜欢逗她。

"其实也不是不想拍，只是没有遇到让我非常感兴趣的剧本。"

到他这个"咖位"，实际上能送到他面前的剧本不多，经过桔姐和司栗的筛选，基本上就只剩下一些冲奖的片，商业片桔姐不喜欢，动作片司栗不想让他拍，文艺片他自己不喜欢。

所以他是真的不感兴趣，不是不想拍。不过这个借口挺好的，毕竟很多前辈和朋友递过来的剧本他不感兴趣又不好拒绝，通通以此为由推托了。

“我手上有两个很好的剧本，你要不要看一下？”司栗兴致勃勃地跟他说，“一个是科幻片，一个是推理片，你想先听哪一个？”

悦一沉“噢”了一声，语调上扬，眸光微亮：“我有说我要拍吗？”

“你听听看嘛。”司栗坐到他腿上撒娇说，“不感兴趣再说嘛，这两个我都觉得很好，想介绍虞纪过去的，还有我们公司不是新签了一个男孩子嘛，我已经叫他过去试镜了。”

“……你现在是我的老婆，是我们公司的老板娘吧？”悦一沉提醒她，“虞纪不是我们公司的吧？”

“一把年纪了还吃这种醋？”司栗无奈。

“他还没谈恋爱。”

言下之意是他仍然是要防备的对象。

“他谈啦！”

悦一沉又皱眉：“这你也知道？你们经常联系？”

“不说了，不说了，我睡觉了。”司栗从他腿上下来，“每次话题都能扯到天边。”

她腿刚抬起，就又被他强制按住：“说清楚再睡觉，他真谈了？什么时候跟你说的？”

司栗抵死不从，又被“悦爸爸”按住一顿调教。

再好好说上话的时候，已经快两点钟了，司栗困得不行，悦一沉还捏着她的鼻子一直问。

“他都有女朋友了，上次还约你吃饭？”

“他女朋友是哪种类型的？你有照片吗？”

司栗简直快要烦死，扭过头问他：“你是不是……暗恋虞纪啊？”

悦一沉满脸疑问：“你说这话，是在侮辱我还是在侮辱你自己？”

司栗不知道“脑补”到哪儿去了，一个人在旁边乐不可支地笑了半天。

悦一沉生怕她多想，连忙转移话题：“你给我说说剧本吧。”

司栗：“等会儿，我现在脑子很忙。”

“不许忙！就现在跟我说，过时不候。”

司栗这才恋恋不舍地暂停脑海里的剧情，跟他说起那两个剧本了。

两个都是不可多得的好剧本，科幻片是畅销书改编的大制作，推理片则是一个新人导演的作品。

“我个人比较喜欢推理片，拍得好的话，能拿很多奖。”司栗说，“但是这个导演是新人，有一定的风险。”

悦一沉“嗯嗯”地应着，司栗又跟他说了一下大概的剧情，说到让她感兴趣的地方，她根本停不下来，等她意识到很久没听到悦一沉的声音时，扭头才发现他已经睡着了。

司栗又好气又好笑。

第二天，司栗一整天都没理他。悦一沉十分心虚，主动跟她要了剧本，认真地看了。

司栗以为他只是做做样子而已，结果晚上他就来跟她说，要接这个推理的。

司栗大吃一惊：“你这未免也太草率了吧？”

拿到剧本的时候，她对这个剧本特别满意，可现在悦一沉突然决定要接之后，她又突然开始挑剔了起来。

“这个导演我不太放心，而且这种小成本的电影，制作可能会很粗糙。剧本是很好啦，但是如果拍得不好，就是烂片了，会影响你的口碑吧？”司栗开始劝他，“算了，我们再看看吧，这个也不是非常好。”

悦一沉失笑：“永远都不会有完美的剧本，这个你是知道的。这个还不错，我对这个角色很感兴趣，想挑战一下。”

他做什么都是随心而动。

“而且，更重要的是，这片子的取景地是巴厘岛。你不是一直很想去吗？”

司栗“嗯”了一声：“怎么？你要带我去？”

“你不去吗？”悦一沉抓住她的手揉了揉，“我的助理。”

时间很赶，在定下来的一个星期后，他们就飞到了巴厘岛。

桔姐给悦一沉配了一个小助理，大多数事情是小助理在做，但是作为悦一沉的老婆，司栗总有操不完的心。

她担心他衣服带得不够，担心他在那边吃得不好，简直焦虑症都要犯了。

悦一沉倒是很享受司栗在他身边转来转去的时刻。

“维生素你带了吗？”

“带了。”

“你让我看看。”

悦一沉无奈，只能伸手从行李箱外侧掏出来给她看了一眼，她这才放下心，在备忘录上画个钩。

拍戏自然是辛苦的，悦一沉这次扮演的是一对双胞胎兄弟，两兄弟平时就很喜欢模仿对方，所以在真杀了人之后，所有人都不知道两兄弟谁是凶手。

司栗每天都会到片场陪着他，看他演戏是一种享受，他入戏很快，总让人感觉是在看舞台剧，丝毫没有演的感觉。

年轻的导演虽然经验很少，但是很有想法，和悦一沉一拍即合，两人非常有默契。

“我很少见到悦大这样的演员，入戏快，出戏也快。”小助理说。

其实这种片子拍起来，要做很多心理建设，所以很多演员都不会让自己完全出戏，力图把自己和角色完全融合。

但悦一沉几乎是一听到“咔”就浑身放松地朝她走过来了。

“其实我出戏是很慢的。”悦一沉在旁边一边喝水一边开玩笑似的说，“现在是因为我老婆在这儿，我才会这样。”

那种阴狠毒辣的表情，留在屏幕上就好了，他一点儿都不想让司栗看到。

一到休息的空当，他就会和司栗到海边散步，去附近找好吃的。这边没什么人，一般不会引起骚动，他们完全放松地度了个假。

一直到杀青那天，他们准备打道回府的时候，悦一沉忽然不经意间问她：“你经期推迟了很久。”

司栗的心猛地一跳。

于是行李也不收拾了，悦一沉穿着拖鞋出去买试纸，当时就被路人拍下上了热搜，说悦一沉要升级当爸爸了。

实际上试纸的测试结果是阴性。

全国都在帮悦一沉的宝宝取名字，只有他俩情绪饱满地回了国。在机场被围堵的时候，大家还很贴心地没有挤，连粉丝都在高喊：“有孕妇不要挤，有孕妇不要挤！”

根本没有怀孕的司栗只好装作怀孕了，护着肚子和悦一沉飞快地跑了。

本来就没有很想要孩子的悦一沉，和一开始很想要，后来也习惯了二人世界的司栗，对孩子的到来都是有点不欢迎的。

所以一开始以为怀孕之后，他俩挺郁闷的，发现没有怀，又挺开心的，结果现在被全国公布“怀孕”，一下子就很被动了。

如果几个月之后肚子没有隆起，就好像是他们在骗人。

悦一沉尝试澄清，结果热搜更离谱，说他们“求子心切，可惜无果”，然后越传越离谱。

司栗在家等了两个月，都没来姨妈，只能去医院。她怕悦一沉陪她去被拍到，就一个人偷偷去了，结果还是被人拍了。网友说她去检查不孕什么的，还说悦一沉因为她生不出孩子，两人之间有隔阂了，所以没陪她来医院。

悦一沉很无奈地发微博，说老婆只是常规体检，他们暂时还没想要孩子。

司栗还在就诊室外看热搜，就听到医生在里面叫她：检查结果出来了，早孕两个月。

司栗都蒙了。

她给悦一沉打电话，说怀了，刚刚发完微博说不想要孩子的悦一沉："……"

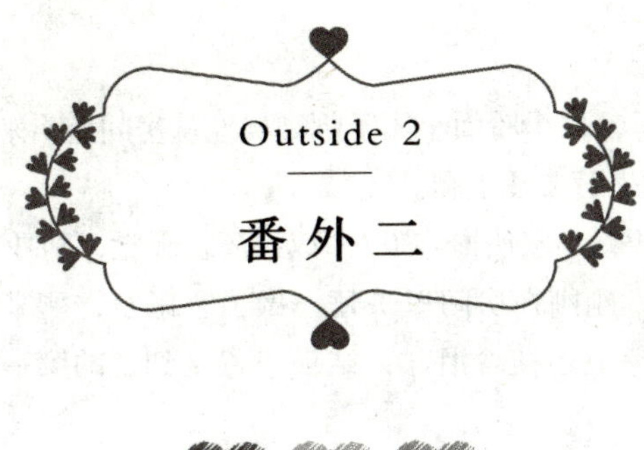

Outside 2 番外二

某海岛度假别墅里，一个粉面小团子颤巍巍地从房间跑出来，一边喊着“拔拔”，一边抓着男人的裤管要往上爬。

“嘘。”悦一沉弯腰将小家伙抱起来，“妈妈还在睡觉，别吵。”

小家伙微微一愣，刚刚在房间里午睡，做了个噩梦，醒来就下意识地跑过来找爸爸妈妈，眼睫毛上还挂着泪珠，结果爸爸见到她的第一句话居然是让她别吵。

她委屈极了，嘴巴使劲往下撇，简直下一秒就要“哇”的一声哭出来，但是她不敢，妈妈就在旁边的椅子上睡觉，妈妈昨晚睡得很晚。

悦一沉抹掉她脸上的眼泪，想抱她到别处去，又怕司栗醒过来看不到他……

司栗醒过来的时候，已经临近七点了。

落日的余晖洒在海面上，泛着金色的粼光。

她偏头，就看到女儿在玩球……准确地说，是悦一沉在玩女儿。他将球丢远，悦冉屁颠屁颠地跑过去捡，然后拿过来给他，他喂小家伙吃口樱桃，再丢出去。

如此往复，乐此不疲。

悦一沉带女儿，真的像遛狗一样，纯散养。摸摸头，喂一口，然后叫她去玩，别闹。

如果不是因为他对司栗还是那么好，司栗简直要以为这个男人不爱她们娘儿俩了。

生之前，司栗其实幻想过很多场景，关于悦一沉会如何宠他们的女儿，她觉得只有自己想不到，没有悦一沉做不到的。

得知冉冉是女孩，悦一沉确实高兴坏了。

冉冉刚出生那会儿，他也特别殷切，换尿布、洗澡这类事情，多数是他在做。到冉冉开始长牙、喝奶、会咬她的时候，悦一沉就露出一点嫌弃的意思了。

早早让冉冉断奶不说，连她开始蹒跚学步、最可爱的时候，悦一沉也不那么觉得稀奇。

也不能说觉得不稀奇，他仍然是一个耐心的爱女儿的好爸爸，只是当初作为小可爱被他那么宠过之后，她就觉得，自己女儿并没有得到相同的待遇，显得有点可怜了。

司栗只稍微动了一下，悦一沉就转过头，发现她醒了之后，男人笑了笑，低声温柔道："醒了？"

他这一声，仿佛世界的静音被解除了，那边在捡球的小家伙立刻大喊了一声"妈妈"，然后抱着球朝司栗跑来。

她抱着球跑得有些踉跄，司栗怕她摔了，伸手把她接住抱了起来，摸了摸她后颈的汗，又亲了亲她。

悦冉放鞭炮似的，开始噼里啪啦地说自己刚刚做的梦，又想到爸爸的不重视，一下子就委屈了起来："妈妈，我好害怕。"

"不怕，妈妈在呢。"

悦一沉在旁边更委屈："怎么不理我？"

司栗憋着笑"哦"了一声，像刚刚对悦冉一样，摸了摸他的后颈，又亲了亲他："不怕，老婆在呢。"

妈妈的注意力被爸爸抢走了！

小悦冉急了，在妈妈的怀里蹭了蹭，又黏乎乎地叫："妈妈——"

"嗯？"司栗低头看她。

"冉冉饿了——"她说。

"饿了？"司栗看看悦一沉，"那我们让爸爸去冲奶粉好不好？"

"好。"她奶声奶气地应。

其实她不饿，但是，只有这样才能支走爸爸。

"饿了？"悦一沉在旁边意味深长地问了一声。

悦冉有点心虚，不敢去看爸爸的眼睛。

悦一沉似乎哼了一声，然后转身回房去给她冲奶粉了。

晚上一家三口用过晚餐，又去沙滩散了步，回来喂了奶粉之后，悦一沉想快点把悦冉哄睡了抱去给保姆，结果不知道她今天怎么了，死活不睡，都快十二点了，还在床上蹦来蹦去。

他们俩都哄不动了，悦一沉干脆下床把她抱走。

小家伙自然不愿意，号得地动山摇。

"我要妈妈，我要妈妈！"

"妈妈累了，你不许闹。"悦一沉不由分说就要把她抱走。

对比他们夫妻俩遇到过的小孩，悦冉确实过于调皮爱哭了，而且完全没法治，只要她哭了，就是天塌下来都止不住。

悦一沉干脆就把她放在床上不理，任由她哭，还拿出手机开始放音乐，被音乐盖住了哭声的悦冉顿了顿，然后张着嘴哭得比音乐更大声。

悦一沉又调高了音量。

小家伙一边号着说讨厌爸爸，一边偷偷看妈妈，发现妈妈也没有要哄她的意思，就慢慢放低了哭声，委委屈屈地抽噎着。

最后还是悦一沉耐着性子去哄她，小声跟她说了什么，这次仿佛达成了什么协议似的，她哭了一会儿就停了，然后还乖乖跟着他去隔壁屋找保姆睡觉去了。

悦一沉回来之后就开始"压榨"司栗，折腾了很久，然后一边温柔地亲着她的耳朵，一边恶狠狠地说："你女儿都会争宠了。"

"那是因为你不宠她呀。"司栗迷迷糊糊地说。

"还不够宠吗？"悦一沉问。

司栗睁开眼睛看他："嗯，和我比，差远了。"

她指的是小可爱。

悦一沉也笑了："她哪儿有你可爱？"

这就是真娃娃和假娃娃的区别吧，一个是小可爱，另一个是小恶魔。

没有人比你更可爱了。

悦一沉将她搂进怀里："快睡，明天带你出海钓鱼。"顿了顿，他又愉悦地笑道，"出海就不能带悦冉了。"

听起来丝毫不感到遗憾。

图书在版编目（CIP）数据

心悦一个小可爱 / 柚子多肉著 . -- 天津 : 天津人民出版社 , 2020.5

ISBN 978-7-201-15820-4

Ⅰ . ①心… Ⅱ . ①柚… Ⅲ . ①长篇小说—中国—当代 Ⅳ . ① I247.5

中国版本图书馆 CIP 数据核字 (2020) 第 036612 号

心悦一个小可爱

XIN YUE YIGE XIAO KEAI

出　　版　天津人民出版社
出 版 人　刘　庆
地　　址　天津市和平区西康路 35 号康岳大厦
邮政编码　300051
邮购电话　（022）23332469
网　　址　http://tjrmcbs.com
电子邮箱　reader@tjrmcbs.com

责任编辑　范　园
特约编辑　蒯　欣
封面设计　46 设计

印　　刷　天津旭丰源印刷有限公司
经　　销　新华书店
开　　本　700 毫米 ×980 毫米　1/16
印　　张　23.25
字　　数　442 千字
版次印次　2020 年 5 月第 1 版　2020 年 5 月第 1 次印刷
定　　价　48.00 元